T0000671

JOHN GRISHAM

John Grisham es autor de cuarenta y nueve libros que se han convertido en bestsellers número uno de manera consecutiva y que han sido traducidos a casi cincuenta idiomas. Sus obras más recientes incluyen *El sueño de Sooley, La lista del juez, Adversarios, Los chicos de Biloxi* y *Tiempo de perdón*, que está siendo adaptada como serie por HBO.

Grisham ha ganado dos veces el Premio Harper Lee de ficción legal y ha sido galardonado con el Premio al Logro Creativo de Ficción de la Biblioteca del Congreso de Estados Unidos.

Cuando no está escribiendo, Grisham trabaja en la junta directiva de Innocence Project y Centurion Ministries, dos organizaciones dedicadas a lograr la exoneración de personas condenadas injustamente. Muchas de sus novelas exploran problemas profundamente arraigados en el sistema de justicia estadounidense.

John vive en una granja en Virginia.

TAMBIÉN DE JOHN GRISHAM

EL INTERCAMBIO

JOHN GRISHAM

EL INTERCAMBIO

Traducción de
Ana Isabel Sánchez Díez

VINTAGE ESPAÑOL

Título original: *The Exchange*

Primera edición: junio de 2024

© 2023, Belfry Holdings, Inc.
© 2024, Ana Isabel Sánchez Díez, por la traducción
© 2024, Penguin Random House Grupo Editorial, S. A. U.
Travessera de Gràcia, 47-49. 08021 Barcelona
© 2024, Penguin Random House Grupo Editorial USA, LLC
8950 SW 74th Court, Suite 2010
Miami, FL 33156

Penguin Random House Grupo Editorial apoya la protección del *copyright*.
El *copyright* estimula la creatividad, defiende la diversidad en el ámbito de las ideas y el
conocimiento, promueve la libre expresión y favorece una cultura viva. Gracias por comprar
una edición autorizada de este libro y por respetar las leyes del *copyright* al no reproducir,
escanear ni distribuir ninguna parte de esta obra por ningún medio sin permiso. Al hacerlo
está respaldando a los autores y permitiendo que PRHGE continúe publicando libros para
todos los lectores. Diríjase a CEDRO (Centro Español de Derechos Reprográficos, http://
www.cedro.org) si necesita fotocopiar o escanear algún fragmento de esta obra.

Impreso en Colombia - *Printed in Colombia*

ISBN: 979-88-909812-9-5

24 25 26 27 28   10 9 8 7 6 5 4 3 2 1

1

En el cuadragésimo octavo piso de una torre reluciente situada en el extremo sur de Manhattan, Mitch McDeere se encontraba solo en su despacho y miraba por la ventana hacia el Battery Park y las concurridas aguas del otro lado del parque. Barcos de todas las formas y tamaños surcaban el puerto. Enormes cargueros repletos de contenedores esperaban casi inmóviles. El ferry de Staten Island empezaba a dejar atrás Ellis Island. Un crucero lleno hasta los topes de turistas se adentraba en el mar. Un megayate estaba efectuando una espectacular entrada en la ciudad. Un valiente a bordo de un catamarán de cuatro metros y medio zigzagueaba por ahí, esquivándolo todo. Unos trescientos metros por encima del agua, no menos de cinco helicópteros zumbaban de un lado a otro como avispones furiosos. A lo lejos, en el puente de Verrazano, los camiones permanecían inmóviles por el embotellamiento. La estatua de la Libertad lo observaba todo desde su majestuosa atalaya. Era una vista espectacular que Mitch intentaba apreciar al menos una vez al día. De vez en cuando lo conseguía, pero la mayoría de las jornadas eran demasiado ajetreadas como para permitirle holgazanear de esa manera. Su vida, como la del resto de los cientos de abogados que trabajaban en el edificio, se regía por el reloj. Scully & Pershing tenía más de dos mil repartidos por todo el mundo y, vanidosamente, se consideraba el mejor bufete internacional del planeta. Los socios neoyorquinos, entre los que se contaba Mitch, se recompensaban con despachos más grandes en el centro del distrito financiero. El bufete tenía ya cien años de antigüedad y apestaba a prestigio, poder y dinero.

Le echó un vistazo a su reloj de pulsera y dejó de contemplar las vistas. Un par de asociados llamaron a la puerta y entraron para otra reunión. Se acomodaron en torno a una mesa pequeña mientras una secretaria les ofrecía café. Lo rechazaron y la mujer se marchó. El cliente del bufete era una naviera finlandesa con dificultades en Sudáfrica, donde las autoridades les habían embargado un carguero lleno de productos electrónicos procedentes de Taiwán. Vacío, el barco valía unos cien millones. Cargado, el doble, y los sudafricanos estaban molestos por ciertos problemas arancelarios. Mitch había viajado a Ciudad del Cabo dos veces el año anterior y no tenía ninguna gana de volver. Tras media hora, mandó a la pareja de asociados de vuelta al trabajo con una lista de instrucciones y recibió a otros dos.

A las cinco en punto de la tarde, despachó con su secretaria, que ya se marchaba, y pasó por delante de los ascensores camino de las escaleras. En los trayectos cortos de subida y bajada los evitaba para escapar de la cháchara sin sentido tanto de los abogados que conocía como de los que no. Tenía muchos amigos en el bufete y apenas un puñado de enemigos notorios, y siempre había una nueva oleada de asociados recién llegados y de socios júnior entusiastas cuyos rostro y nombre se suponía que debía reconocer. A menudo no era así y tampoco tenía tiempo de estudiar con atención el directorio del bufete e intentar memorizarlos. Habría muchos que se marcharían antes de que se aprendiera su nombre.

Subir las escaleras lo ayudaba a ejercitar las piernas y los pulmones y siempre le recordaba que ya no estaba en la facultad, que ya no jugaba al fútbol ni al baloncesto universitario y que tampoco sería capaz de hacerlo durante horas. Tenía cuarenta y un años y seguía estando más o menos en buena forma, puesto que cuidaba su dieta y se saltaba la comida al menos tres veces a la semana para hacer ejercicio en el gimnasio del bufete. Otro beneficio solo para socios.

Salió de la escalera en la planta cuadragésimo segunda y se dirigió a toda prisa hacia el despacho de Willie Backstrom, otro socio, aunque este con el privilegio de no facturar por horas. Willie ostentaba el envidiable cargo de director de los programas *pro bono* del bufete y, pese a que cumplía con sus horas, no enviaba facturas. No había nadie que las pagara. Los abogados de Scully ganaban mucho dinero, sobre todo los socios, y el bufete era célebre por su compromiso con el trabajo *pro bono*. Se ofrecía voluntario en casos difíciles del mundo entero. Todos los abogados debían donar al menos el diez por ciento de su tiempo a diversas causas aprobadas por Willie.

El bufete estaba dividido a partes iguales en cuanto al trabajo *pro bono*. A la mitad de los abogados les gustaba, ya que agradecían el descanso de la rutina de representar a clientes corporativos que los sometían a un estrés y a una presión enormes. Durante unas horas al mes, los abogados representaban a una persona real o a una organización sin ánimo de lucro en apuros y se despreocupaban de enviar facturas y de cobrar. La otra mitad defendía de boquilla la noble idea de servir a la comunidad, pero la consideraba un despilfarro. Esas doscientas cincuenta horas anuales estarían mucho mejor invertidas en ganar dinero y en mejorar la posición del abogado ante los distintos comités que determinaban quién ascendía, quién se convertía en socio y quién acababa de patitas en la calle.

Willie Backstrom mantenía la paz, cosa que en realidad no era tan difícil, porque ningún abogado, fuera cual fuese su grado de ambición, criticaría jamás los agresivos programas *pro bono* del bufete. Scully incluso otorgaba unos galardones anuales a quienes iban más allá del deber en servicio de los menos afortunados.

En aquel momento, Mitch dedicaba cuatro horas a la semana a trabajar en favor de un albergue para personas sin hogar del Bronx y representando a clientes que luchaban contra el desahucio. Era una tarea de oficina segura y limpia, justo lo que necesitaba. Siete meses antes, en Alabama, había visto a un cliente del corredor de la muerte pronunciar sus últimas palabras antes de que lo ejecutaran. Había trabajado ochocientas horas a lo largo de seis años para intentar salvar a aquel tipo en vano y verlo morir había sido desgarrador, el fracaso definitivo.

Mitch no tenía claro qué quería Willie, pero el mero hecho de que lo hubieran convocado era mala señal.

El susodicho era el único abogado con coleta de Scully, y de las malas. Era gris, a juego con su barba, y pocos años antes alguien de más categoría le habría dicho que se afeitara y se cortara el pelo. Pero el bufete estaba haciendo un gran esfuerzo por deshacerse de su imagen fosilizada de club de ejecutivos lleno de hombres blancos con traje oscuro. Uno de sus cambios radicales fue la supresión del código de vestimenta. Willie se dejó crecer el pelo y el bigote y empezó a ir a trabajar en vaqueros.

Mitch, que seguía llevando traje oscuro aunque sin corbata, se sentó al otro lado del escritorio mientras mantenían una charla trivial. Al final, aquel abordó el tema:

—Oye, Mitch, tenemos un caso en el sur al que quiero que le eches un vistazo.

—Por favor, no me digas que el acusado está en el corredor de la muerte.

—El acusado está en el corredor de la muerte.

—No, Willie, soy incapaz. Por favor. He tenido dos casos así en los últimos cinco años y a los dos acabaron poniéndoles la inyección. Mi historial no es precisamente bueno.

—Hiciste un gran trabajo, Mitch. A esos dos no podría haberlos salvado nadie.

—No puedo asumir otro caso así.

—¿Estás dispuesto a escucharme, al menos?

Él cedió y se encogió de hombros. Todo el mundo sabía que Willie sentía debilidad por los casos del corredor de la muerte y pocos abogados de Scully eran capaces de decirle que no.

—Vale, te escucho.

—Se llama Tad Kearny y le quedan noventa días. Hace un mes, tomó la extraña decisión de despedir a sus abogados, a todos, y contaba con un buen equipo.

—Menuda locura.

—Es que está loco, loco de atar, puede que incluso enajenado desde un punto de vista legal, pero, aun así, el estado de Tennessee no da su brazo a torcer. Hace diez años, disparó y mató a tres agentes encubiertos de la brigada de estupefacientes durante una redada que salió mal. Había cadáveres por todas partes, hubo un total de cinco muertos en la escena. Tad estuvo a punto de morir, pero consiguieron salvarlo para ejecutarlo posteriormente.

A Mitch se le escapó una carcajada de frustración y dijo:

—¿Y se supone que tengo que llegar montado en un caballo blanco y salvarlo? Venga ya, Willie. Dame algo con lo que trabajar.

—Salvo la enajenación mental, no hay apenas nada con lo que trabajar. Y, además, lo más probable es que no acepte verte.

—Entonces ¿por qué molestarse?

—Porque tenemos que intentarlo, Mitch, y creo que tú eres nuestra mejor baza.

—Sigo escuchando.

—Bueno, me recuerda mucho a ti.

—Caray, gracias.

—No, en serio. Es blanco, de tu edad y oriundo del condado de Dane, en Kentucky.

Durante un segundo, Mitch fue incapaz de contestar; luego logró decir:

—Genial. Seguro que somos primos.

—No creo, pero su padre trabajaba en las minas de carbón, como el tuyo. Y los dos murieron allí.

—Mi familia es un tema prohibido.

—Perdón. Tú tuviste buena suerte y la inteligencia necesaria para salir de allí. Tad no, así que terminó metiéndose en el mundo de las drogas, no solo como consumidor, sino también como traficante. Estaba haciendo una entrega importante cerca de Memphis con unos colegas cuando los agentes de estupefacientes les tendieron una emboscada. Murieron todos menos él. Parece que ahora se le ha agotado la suerte.

—¿No hay dudas respecto a su culpabilidad?

—Para el jurado no, desde luego. La cuestión no es la culpabilidad, sino la enajenación mental. La idea es que lo evalúen unos cuantos especialistas, nuestros médicos, y presentar una súplica de última hora. Sin embargo, primero hay que conseguir que alguien entre y hable con él. Ahora mismo no acepta visitas.

—¿Y crees que nos haremos amigos?

—Es una posibilidad remota, pero ¿por qué no intentarlo?

Mitch respiró hondo e intentó buscar otra salida. Para ganar tiempo, preguntó:

—¿Quién lleva el caso?

—Bueno, en teoría, nadie. Tad se ha convertido en todo un experto legal en la cárcel, presentó él mismo los papeles necesarios para cesar a sus abogados. Durante mucho tiempo lo representó Amos Patrick, uno de los mejores letrados de por allí. ¿Lo conoces?

—Coincidimos una vez en un congreso. Todo un personaje.

—La mayoría de los abogados del corredor de la muerte son auténticos personajes.

—Mira, Willie, no me apetece nada que me etiqueten de abogado del corredor de la muerte. He pasado por algo así dos veces y con eso me basta y me sobra. Estos casos te corroen la mente y acaban absorbiéndote por completo. ¿A cuántos de tus clientes has visto morir? —El aludido cerró los ojos y respiró hondo—. Perdona —susurró él.

—A demasiados, Mitch. Dejémoslo en que yo también he pasado por esto. Mira, he hablado con Amos mil veces y le gusta la idea. Te llevará en coche a la cárcel y, quién sabe, quizá Tad te encuentre lo bastante interesante como para charlar un rato contigo.

—No creo que esto tenga ningún futuro.

—Es obvio que dentro de noventa días no tendrá ningún futuro, pero, al menos, lo habremos intentado.

Mitch se levantó y se acercó a una ventana. El despacho de Willie daba al oeste, hacia el Hudson.

—Amos está en Memphis, ¿verdad?

—Sí.

—No quiero volver allí de ninguna de las maneras. Demasiados recuerdos.

—Es agua pasada, Mitch. Fue hace quince años. Escogiste el bufete equivocado y tuviste que marcharte.

—¿Que tuve que marcharme? Qué leches, intentaron matarme. Murió gente, Willie, y todos los abogados del bufete acabaron en la cárcel. Acompañados de sus clientes.

—Todos se lo merecían, ¿no?

—Supongo, pero me echaron a mí la culpa.

—Ahora ya no están allí, Mitch. Los han dispersado.

McDeere volvió a sentarse y sonrió a su amigo.

—Solo por curiosidad, Willie, ¿la gente de por aquí habla de mí y de lo que ocurrió en Memphis?

—No, nunca se menciona. Conocemos la historia, pero nadie tiene tiempo de cotillear sobre esas cosas. Hiciste lo correcto, escapaste y empezaste de nuevo. Eres una de nuestras estrellas, Mitch, y en Scully eso es lo único que importa.

—No quiero volver a Memphis.

—Necesitas las horas. Este año andas un poco flojo.

—Me pondré al día. ¿Por qué no me buscas alguna fundación que necesite asesoramiento legal gratuito? ¿Qué te parece una organización que alimente a niños hambrientos o que lleve agua potable a Haití?

—Te deprimirías. Prefieres la acción, el drama, el tictac del reloj.

—Te repito que ya he pasado por eso.

—Por favor. Te lo pido por favor. No tengo a nadie más a quien recurrir y hay muchas posibilidades de que ni siquiera pases de la puerta de la cárcel.

—De verdad que no quiero volver a Memphis.

—Échale valor. Hay un vuelo directo mañana a la una y media desde LaGuardia. Amos te está esperando. Como mínimo, disfrutarás de su compañía.

Mitch sonrió, derrotado. Al levantarse, murmuró:

—Vale, vale. —Se dirigió hacia la puerta—. El caso es que me suena una tal familia Kearny del condado de Dane.

—Así me gusta. Ve a visitar a Tad. Tienes razón, a lo mejor es un primo lejano.

—No lo bastante lejano.

2

La mayoría de los socios de Scully, junto con muchos de sus rivales de los grandes bufetes e innumerables corredores de bolsa de Wall Street, salían a toda prisa de los altos edificios hacia las seis de la tarde y se subían a su sedán negro conducido por un profesional. Las estrellas más importantes de los fondos de cobertura se sentaban en el espacioso asiento trasero de un largo coche europeo de su propiedad, pero conducido por un chófer a sueldo. Los auténticos amos del universo habían huido por completo de la ciudad y vivían y trabajaban tranquilamente en Connecticut.

Aunque podía permitirse un servicio de coches, Mitch usaba el metro, una de sus muchas concesiones a la frugalidad y a su pasado humilde. Cogió el tren de las 18.10 en South Ferry, se sentó en un banco abarrotado y, como siempre, escondió la cara detrás de un periódico. Debía evitar el contacto visual. El vagón estaba abarrotado de otros profesionales adinerados que se dirigían al norte, ninguno de los cuales tenía interés en charlar. Viajar en metro no tenía nada de malo. Era rápido, fácil, barato y, casi siempre, seguro. La desventaja era que el resto de los pasajeros eran, de un modo u otro, profesionales de Wall Street y, como tales, o ganaban mucho dinero o estaban a punto de hacerlo. El sedán privado estaba casi al alcance de la mano. Sus días en el metro estaban llegando casi a su fin.

Mitch no tenía tiempo para esas tonterías. Hojeó el periódico, se armó de paciencia cuando tuvo que apretarse aún más contra los demás pasajeros a medida que aumentaba el número de viajeros del vagón y permitió que sus pensamientos se desplazaran hacia Memphis. Nunca había dicho que no volvería. Entre Abby y él, no era necesario expresar esa promesa. Escapar de aquel lugar había sido tan aterrador que era incapaz de imaginarse volviendo por ningún motivo. No obstante, cuanto más pensaba en ello, más intrigado se sentía. Era un viaje rápido que seguramente no llevaría a ninguna parte. Le estaba haciendo un enorme favor a Willie, un favor que sin duda conllevaría una buena retribución.

Al cabo de veintidós minutos, salió del metro en la estación de Columbus Circle e inició el paseo diario hasta su apartamento. Hacía una espléndida tarde de abril, con un cielo y una temperatura agradables, uno de esos momentos de postal en los que daba la sensación de que la mitad de la población de la ciudad parecía estar al aire libre. Mitch, sin embargo, apretó el paso para llegar a casa cuanto antes.

El edificio en el que vivían estaba en la calle Sesenta y Nueve con Columbus Avenue, en el centro del Upper West Side. Habló con el portero, recogió el correo del día y subió hasta el piso catorce en el ascensor. Clark le abrió la puerta y se estiró para abrazarlo. Con ocho años, seguía siendo un niño pequeño y no le avergonzaba mostrarle algo de cariño a su padre. Carter, su gemelo, era un poco más maduro y empezaba a dejar atrás los rituales del contacto físico con su progenitor. Mitch habría abrazado y besado a Abby y le habría preguntado cómo le había ido el día, pero tenía invitados en la cocina. Un delicioso aroma impregnaba el apartamento. Estaba preparando una buena comida y la cena sería otra delicia.

Los cocineros eran los hermanos Rosario, Marco y Marcello, también gemelos. Eran de un pueblecito de Lombardía, en el norte de Italia, y dos años antes habían abierto una *trattoria* cerca del Lincoln Center. Había sido un éxito desde el primer día y el *Times* no tardó en concederle dos estrellas. Era difícil conseguir una reserva; en aquel momento, el tiempo de espera era de cuatro meses. Mitch y Abby habían descubierto el local y comían allí a menudo, siempre que querían. Ella tenía la influencia necesaria para que le dieran una mesa porque estaba editando el primer libro de cocina de los Rosario. También los animaba a utilizar su moderna cocina para experimentar con nuevas recetas y, al menos una vez a la semana, los gemelos acudían al apartamento de los McDeere con bolsas de ingredientes y una forma casi desenfrenada de entender la cocina. Abby estaba en el meollo de todo, hablando como una metralleta en perfecto italiano mientras Carter y Clark los observaban desde una distancia prudencial sentados en un par de taburetes junto a la encimera. A Marco y a Marcello les encantaba ejercer delante de los niños y les explicaban sus preparaciones en un inglés con muchísimo acento. También los retaban a repetir palabras y frases en italiano.

La escena le arrancó una ligera carcajada a Mitch mientras soltaba el maletín, se quitaba la chaqueta y se servía una copa de *chianti*. Les preguntó a sus hijos por los deberes y le contestaron asegurándole que ya los habían terminado, como era habitual. Marco presentó un platito de *bruschetta*, lo colocó en la encimera delante de los niños y lo informó de que no debía preocuparse por la tarea y cosas por el estilo, porque los chicos estaban desempeñando una importante labor como catadores. Mitch fingió sentirse mínimamente reprendido. Ya revisaría los deberes más tarde.

El nombre del restaurante, para sorpresa de nadie, era Rosario's y los chefs lo llevaban bordado en letra negrita en los delantales rojos. Marcello le ofreció uno a Mitch, que, como siempre, lo rechazó alegando que no sabía cocinar. Cuando estaban solos en la cocina, Abby le permitía pelar y cortar las verduras, pesar las especias bajo su atenta mirada, poner la mesa y encargarse de la basura, todas ellas tareas básicas que consideraba aptas para el talento de su marido. En una ocasión, él mismo se ascendió a la categoría de ayudante del chef, pero lo degradaron sin miramientos cuando quemó una baguete.

Abby pidió una copa pequeña de vino. Marco y Marcello la rehusaron, como de costumbre. Mitch había aprendido hacía años que los italianos, a pesar de su prodigiosa producción de vino y de su presencia en prácticamente todas las comidas, en realidad bebían poco. Una jarra del tinto o blanco de la zona que más les gustara satisfaría a una familia numerosa durante una cena prolongada.

Gracias a su conocimiento de la comida y del vino italianos, Abby era redactora en Epicurean, una pequeña pero activa editorial de la ciudad. La empresa estaba especializada en libros de cocina y publicaba unos cincuenta títulos al año, casi todos ellos volúmenes gruesos y atractivos cargados de recetas de todo el mundo. Como conocía a tantos chefs y propietarios de restaurantes, Mitch y ella cenaban fuera a menudo y rara vez se molestaban en reservar. Su apartamento era el laboratorio favorito de chefs jóvenes que soñaban con triunfar en una ciudad repleta de buenos restaurantes y de importantes *gourmands*. La mayoría de las comidas que se preparaban allí eran extraordinarias, pero, como los cocineros tenían libertad para experimentar, de vez en cuando se producía algún fiasco. Carter y Clark eran cobayas fáciles y se estaban criando en un mundo de recetas de vanguardia. Si los chefs no eran capaces de complacerlos, lo más seguro era que los platos tuvieran algún problema. Animaban a los chicos a criticar con dureza cualquier plato que no les gustara. A menudo, sus padres bromeaban a escondidas sobre que estaban educando a un par de esnobs de la comida.

Aquella noche no habría quejas. A la *bruschetta* le siguió una pizza en miniatura de trufa. Abby anunció que los aperitivos habían terminado y acompañó a su familia a la mesa del comedor. Marco sirvió el primer plato, una sopa de pescado especiada llamada *cacciucco*, mientras Marcello tomaba asiento. Los seis se llevaron una cucharada pequeña a la boca, la saborearon y pensaron en su reacción. Eran comidas lentas y los niños no solían llevarlo bien. El plato de pasta eran *cappelletti*, raviolis diminutos en caldo de ternera. A Carter le encantaba la pasta y declaró que eran una delicia. Abby no lo tenía tan claro. Marco sirvió un segundo plato de pasta, risotto con azafrán. Como estaban llevando a cabo una investigación en un laboratorio, a continuación les presentaron un tercer plato de pasta: espaguetis con salsa de almejas. Las raciones eran pequeñas, apenas unos bocados, y bromearon sobre que tenían que moderarse. Los Rosario discutían sobre los ingredientes, las variaciones de las recetas, etcétera. Mitch y Abby también les ofrecían su opinión, de manera que no era raro que todos los adultos se pusieran a hablar al mismo tiempo. Después del plato de pescado, los niños empezaron a aburrirse. Les dieron permiso para levantarse de la mesa y se fueron al piso de arriba a ver la televisión. Se perdieron la carne, conejo estofado, y el postre, *panforte*, un denso pastel de chocolate con almendras.

Mientras tomaban café, los McDeere y los Rosario debatieron qué recetas debían incluirse en el libro de cocina y cuáles necesitaban más trabajo. Faltaban meses para que lo acabaran, así que les quedaban muchas cenas por delante.

Poco después de las ocho, los hermanos estaban listos para recoger sus cosas y marcharse. Tenían que volver rápidamente al restaurante para ver cómo iban sus comensales. Tras una limpieza rápida y la habitual ronda de abrazos, se marcharon con la firme promesa de volver la semana siguiente.

Cuando el apartamento se quedó en silencio, Mitch y Abby volvieron a la cocina. Como siempre, seguía hecha un desastre. Terminaron de cargar el lavavajillas, apilaron varias sartenes y ollas junto al fregadero y apagaron la luz. La asistenta se encargaría por la mañana.

Después de acostar a los niños, el matrimonio se retiró al estudio para tomarse una última copa de vino tinto, un *barolo*. Repasaron la cena, hablaron del trabajo y se relajaron.

Mitch estaba impaciente por dar la noticia.

—Mañana pasaré la noche fuera de casa —dijo.

No era nada nuevo. Por lo general, pasaba fuera unas diez noches al mes y hacía mucho tiempo que Abby había aceptado las exigencias de su trabajo.

—No está anotado en la agenda —repuso su mujer al mismo tiempo que se encogía de hombros. Los relojes y los calendarios regían su vida y eran muy cuidadosos con su planificación—. ¿Vas a algún sitio divertido?

—A Memphis.

Ella asintió, tratando sin éxito de ocultar su sorpresa.

—Vale, te escucho, y más vale que la historia sea buena.

Sonrió y le hizo un resumen de la conversación que había mantenido con Willie Backstrom.

—Por favor, Mitch, otro caso del corredor de la muerte no, me lo prometiste.

—Lo sé, lo sé, pero no he podido decirle que no a Willie. Es una situación desesperada y lo más seguro es que el viaje no sirva de nada. Le he dicho que lo intentaría.

—Creía que no íbamos a volver nunca a esa ciudad.

—Y yo, pero son solo veinticuatro horas.

Abby bebió un sorbo de vino y cerró los ojos. Cuando los abrió, dijo:

—Hace mucho que no hablamos de Memphis, ¿verdad?

—No. No ha habido necesidad de hacerlo, en realidad. Pero han pasado quince años y todo ha cambiado.

—Sigue sin gustarme.

—No me pasará nada, Abby. No me reconocerá nadie. Los malos ya no están.

—O eso esperas. Según recuerdo, Mitch, abandonamos la ciudad en plena noche, muertos de miedo, convencidos de que los malos nos perseguían.

—Y era cierto. Pero ya no están. Algunos han muerto. El bufete implosionó y todos fueron a la cárcel.

—Que era donde les correspondía estar.

—Sí, pero ya no queda ni un solo miembro del bufete en la ciudad. Entraré y saldré sin que nadie se entere.

—No me gustan los recuerdos de ese sitio.

—Mira, Abby, hace mucho tiempo que tomamos la decisión de vivir una vida normal sin estar alerta constantemente. Lo que ocurrió allí ya es agua pasada.

—Pero, si aceptas el caso, tu nombre aparecerá en las noticias, ¿no?

—Si acepto el caso, cosa bastante dudosa, no me quedaré en Memphis. La cárcel está en Nashville.

—Entonces ¿por qué vas a Memphis?

—Porque el abogado, o exabogado, trabaja allí. Lo visitaré en su despacho, me facilitará toda la información y luego me llevará en coche hasta la cárcel.

—Scully tiene como un millón de abogados. Seguro que encuentran a otro.

—No hay tiempo. Si el cliente se niega a verme, entonces me libro de todo el asunto y vuelvo a casa antes de que me eches siquiera de menos.

—¿Quién dice que vaya a echarte de menos? Pasas mucho tiempo fuera.

—Sí, y sé que lo pasáis fatal cuando estoy fuera.

—Sobrevivimos a duras penas. —Sonrió, negó con la cabeza y se recordó a sí misma que discutir con Mitch era una pérdida de tiempo—. Ten cuidado, por favor.

—Te lo prometo.

3

La primera vez que Mitch entró en el ornamentado vestíbulo del hotel Peabody, en el centro de Memphis, le faltaban dos meses para cumplir veinticinco años. Estaba cursando tercero de Derecho en Harvard y, la primavera siguiente, se graduaría como número tres de su promoción. Llevaba en el bolsillo tres espléndidas ofertas de trabajo de megabufetes, dos de Nueva York y uno de Chicago. Ninguno de sus amigos entendía por qué desperdiciaba un viaje para visitar un bufete de Memphis que no podía considerarse que se contara precisamente entre los más prestigiosos del país. Abby también se mostraba escéptica.

Se había dejado llevar por la codicia. Aunque el bufete Bendini era pequeño, formado solo por cuarenta abogados, le ofrecía más dinero y beneficios y una vía de ascenso más rápida para convertirse en socio. Pero había racionalizado la codicia, incluso se las había ingeniado para negarla, y se había convencido a sí mismo de que un chico de pueblo se encontraría más a gusto en una ciudad de menor tamaño. El bufete tenía un aire familiar y nadie lo abandonó jamás. Al menos estando vivo. Tendría que haberse dado cuenta de que una oferta demasiado buena para ser cierta conllevaba graves ataduras y condiciones.

Abby y él duraron solo siete meses y tuvieron suerte de escapar.

En aquel entonces, cruzaron el vestíbulo cogidos de la mano, contemplando boquiabiertos el rico mobiliario, las alfombras orientales, las obras de arte y la fabulosa fuente que había en el centro, con patos nadando en círculos.

Allí seguían, y Mitch se preguntó si serían los mismos patos. Pidió un refresco light en la barra y se dejó caer en un sillón mullido cerca de la fuente. Los recuerdos lo invadieron como un torrente: el vértigo de que lo reclutaran con tanto interés; el alivio de estar a punto de terminar la carrera de Derecho; la certeza sin barreras de que tendría un futuro brillante; una carrera nueva, una casa nueva, un coche de lujo, un sueldo generoso. Abby y él incluso habían hablado de formar una familia. Sí, desde luego que albergaba ciertas dudas, pero empezaron a disiparse en el momento en el que entró en el Peabody.

¿Cómo había podido ser tan tonto? ¿De verdad habían pasado quince años? Entonces no eran más que unos críos, y muy ingenuos.

Se terminó el refresco y se encaminó hacia el mostrador de recepción para registrarse. Había reservado una habitación para una sola noche a nombre de Mitchell Y. McDeere y, mientras esperaba a que la recepcionista encontrara su reserva, se le pasó brevemente por la cabeza la idea de que quizá alguien se acordara de él. No fue el caso de la recepcionista y tampoco lo sería de ningún otro. Había pasado demasiado tiempo y los conspiradores que lo perseguían habían desaparecido hacía mucho. Fue a su habitación, se puso unos vaqueros y salió del hotel para dar un paseo.

A tres manzanas de distancia, en Front Street, se quedó mirando el inmueble de cinco plantas que en su día se conocía como Edificio Bendini. Casi se estremeció al pensar en su fugaz pero complicada etapa allí. Recordó nombres y vio caras de antaño, todas ellas de personas que ya no estaban allí, que habían muerto o llevaban una vida tranquila en otro lugar. Habían renovado el edificio, lo habían rebautizado y ahora estaba repleto de apartamentos que anunciaban vistas al río. Siguió caminando y encontró la cafetería de Lansky, una vieja tradición de Memphis que no había cambiado. Entró, se sentó en un taburete junto a la barra y pidió un café. A su derecha había una hilera de reservados, todos vacíos a media tarde. Entonces Mitch estaba sentado justo en el tercero cuando un agente del FBI apareció de la nada y empezó a interrogarlo sobre su empresa. Fue el principio del fin, la primera señal clara de que las cosas no eran lo que parecían. Cerró los ojos y reprodujo toda la conversación, palabra por palabra. El agente se llamaba Wayne Tarrance, un nombre que no olvidaría jamás por mucho que lo intentara.

Cuando se acabó el café, lo pagó y se fue andando hasta Main Street, donde cogió un tranvía para dar un paseo corto. Algunos edificios habían cambiado, otros seguían iguales. Muchos de ellos le traían a la memoria sucesos que se había esforzado por eliminar de su mente. Se apeó en un parque, se sentó en un banco a la sombra de un árbol y llamó a su despacho para ver qué caos se estaba perdiendo. Llamó a Abby y le preguntó cómo estaban los niños. En casa todo iba bien. No, no había nadie siguiéndolo. Nadie se acordaba de él.

Al anochecer, regresó al Peabody y subió en el ascensor hasta el último piso. El bar de la azotea era un lugar popular para contemplar la puesta de sol sobre el río y tomar unas copas con los amigos, por lo general los viernes por la tarde después de una semana dura. Durante su primera visita con Abby, el viaje en el que lo reclutaron, los miembros más jóvenes del bufete y sus respectivas esposas los agasajaron allí. Todos los abogados eran hombres y estaban casados. Esas eran las reglas tácitas de Bendini por aquel entonces. Más tarde, cuando se quedaron solos en la azotea, se pidieron otra copa y tomaron la calamitosa decisión de aceptar el puesto.

Le sirvieron una cerveza y Mitch se apoyó en la barandilla para contemplar el serpenteante curso del río Mississippi, que dejaba atrás Memphis en su eterno viaje hacia Nueva Orleans. Unas enormes barcazas cargadas de soja avanzaban bajo el puente camino de Arkansas mientras el sol se ponía, al fin, más allá de los campos de cultivo llanos e interminables. La nostalgia le falló. Aquellos días que les habían parecido tan prometedores se desvanecieron al cabo de pocas semanas, cuando su vida se convirtió en una pesadilla increíble.

Solo había una opción para cenar. Cruzó Union Avenue, entró en un callejón y captó el olor de las costillas. El Rendez-vous era, con diferencia, el restaurante más famoso de la ciudad y Mitch había ido a comer allí muchas veces, siempre que le fue posible. De vez en cuando, quedaba con Abby después del trabajo para ir a disfrutar de sus famosas costillas ahumadas en seco y de una cerveza helada. Era martes y, aunque siempre estaba lleno, no tenía nada que ver con los fines de semana, cuando no era raro tener que esperar una hora para que te dieran una mesa. No se aceptaban reservas. Un camarero le señaló un sitio en una de las muchas salas atestadas y el abogado tomó asiento de cara a la barra principal. Las cartas eran innecesarias. Otro camarero se acercó y le preguntó:

—¿Sabe lo que quiere?

—Una ración entera, un plato pequeño de queso y una cerveza en vaso alto.

El camarero no dejó de caminar en ningún momento.

Mitch había notado muchas transformaciones en la ciudad, pero siempre habría una constante: el Rendez-vous nunca cambiaría. Las paredes estaban repletas de fotos de invitados famosos, programas de la Liberty Bowl, carteles de neón de cerveza y refrescos, bocetos del viejo Memphis y más fotos, muchas de ellas de hacía décadas. Una tradición era pegar una tarjeta de visita en la pared antes de marcharse y debía de haber alrededor de un millón. Él mismo había pegado la suya y se preguntó si quedaría alguna de los abogados de Bendini, Lambert & Locke. Como era evidente que nadie se molestaba en quitarlas, supuso que aún seguirían allí.

Diez minutos después, el camarero le sirvió una fuente con costillas, queso cheddar y ensalada de repollo como guarnición. La cerveza estaba tan fría como la recordaba. Arrancó una costilla, le dio un buen bocado, la saboreó y tuvo su primer recuerdo agradable de Memphis.

Amos Patrick fundó la CDI, la Capital Defense Initiative, en 1976, poco después de que el Tribunal Supremo levantara la prohibición de la pena máxima. Cuando esto ocurrió, los «estados de la muerte» se apresuraron a poner a punto sus sillas eléctricas y sus cámaras de gas y comenzó la carrera. Aún continuaban intentando superarse en número de muertes. Texas era el líder indiscutible y varios estados se disputaban el segundo puesto.

Amos se había criado, pobre como una rata, en una zona rural de Georgia y había pasado hambre de niño. Todos sus amigos íntimos eran negros y, de pequeño, se enfurecía por el maltrato que sufrían. De adolescente, empezó a comprender tanto el racismo como los insidiosos efectos que tenía sobre los negros. Aunque no entendía la palabra «liberal», de mayor había llegado a convertirse en todo un radical. Un profesor de biología del instituto reconoció sus capacidades y lo orientó hacia la universidad. De lo contrario, se habría pasado la vida trabajando en los campos de cacahuetes con sus amigos.

Amos era una leyenda en el reducido mundo de la defensa de la pena de muerte. Durante treinta años, había ido a la guerra en nombre de asesinos a sangre fría culpables de crímenes que a menudo eran casi indescriptibles. Para sobrevivir, había aprendido a coger los delitos, meterlos en una caja y hacer caso omiso de ellos. El problema no era la culpabilidad. El problema era darle al estado, con sus defectos, sus prejuicios y su poder para fastidiar las cosas, el derecho a matar.

Y estaba cansado. El trabajo había terminado por doblegarlo. Había salvado muchas vidas, había perdido otras tantas por el camino y, entretanto, había creado una organización sin ánimo de lucro que atraía suficiente dinero para mantenerse y suficiente talento para seguir bregando. Sin embargo, la lucha personal de Amos se estaba desvaneciendo a marchas forzadas y tanto su esposa como su médico le insistían en que bajara el ritmo.

Su despacho también era legendario. Era una mala imitación del *art déco* de la época de 1930 que se había ido ampliando y reduciendo a lo largo de las décadas. Lo había construido un concesionario de coches que vendía Pontiacs nuevos y usados en la «Auto Row» de Summer Avenue, a diez kilómetros del río. Con el tiempo, sin embargo, los concesionarios se trasladaron, huyeron hacia el este, como la mayor parte de Memphis, y abandonaron sus salas de expo-

siciones, muchas de las cuales fueron demolidas. Amos salvó
la de Pontiac en una subasta que no atrajo a nadie más que a
él. Varios abogados de Washington que apoyaban su causa
avalaron la hipoteca. A él le daban igual el estilo, las aparien-
cias y la percepción pública y tenía poco dinero para refor-
mas. Necesitaba un local grande con suministros, nada más.
No pretendía atraer clientes, porque tenía más de los que
podía atender. La guerra contra la pena de muerte se hallaba
en pleno apogeo y los fiscales estaban en racha.

Amos se gastó unos cuantos dólares en pintura, paneles
de yeso y fontanería y, a continuación, trasladó a su creciente plantilla al viejo local de Pontiac. Casi de inmediato, los
abogados y pasantes de la CDI adoptaron una actitud defen-
siva hacia su austero y ecléctico lugar de trabajo. ¿Quién más
ejercía la abogacía en una nave reconvertida en la que antes
te cambiaban el aceite del coche y te instalaban silenciado-
res?

No había zona de recepción porque no había clientes que
fueran de visita. Todos estaban en el corredor de la muerte o
en alguna otra unidad en cárceles distribuidas desde Virginia
hasta Arizona. No era necesario tener recepcionista porque
no esperaban a nadie. Mitch llamó al timbre de la puerta
principal, entró en una zona abierta que antes era una sala de
exposiciones y esperó algún contacto humano. Le hizo gracia la decoración, que se basaba sobre todo en carteles que
anunciaban Pontiacs nuevos y relucientes de hacía décadas,
calendarios de los años cincuenta y unos cuantos titulares
enmarcados de casos en los que la CDI había conseguido
salvar una vida. No había moqueta ni alfombras. Los suelos
eran bastante originales: hormigón pulido con manchas per-
manentes de pintura y aceite.

—Buenos días —lo saludó una joven mientras pasaba a

su lado a toda velocidad, cargada con un montón de papeles.

—Buenos días —respondió Mitch—. He quedado con Amos Patrick a las nueve.

Ella se había limitado a saludarlo y no le había ofrecido ningún tipo de ayuda. La joven consiguió esbozar una sonrisa tensa, como si tuviera mejores cosas que hacer, y le dijo:

—Vale, se lo diré, pero puede que tarde un poco. La mañana está siendo complicada.

Después, desapareció. No lo invitó a sentarse y, desde luego, no le ofreció un café.

¿Y en qué consistiría exactamente una mañana complicada en un bufete en el que todos los casos eran de pena de muerte? A pesar de los ventanales altos, por los que entraba abundante luz solar, el ambiente de las oficinas era tenso, casi deprimente, como si la mayoría de los días empezaran mal, con los abogados en pie desde muy temprano para bregar con distintas fechas límite por todo el país. Había tres sillas de plástico en un rincón, junto a una mesita cubierta de revistas viejas. Una especie de sala de espera. Mitch se sentó, sacó el móvil y se puso a revisar el correo electrónico. A las nueve y media, estiró las piernas, contempló el tráfico de Summer Avenue, llamó al despacho —esperaban que lo hiciera— e intentó contener la irritación. En su mundo, tan preciso como un reloj, llegar media hora tarde a una cita era excepcional y se esperaba que ocurriera solo en caso de que existiera una explicación apropiada. No obstante, se recordó a sí mismo que se trataba de un asunto *pro bono* y que estaba donando su tiempo.

A las 9.50, un chico en vaqueros se asomó por una esquina y dijo:

—Señor McDeere, por aquí.

—Gracias.

Mitch lo siguió hacia el exterior de la sala de exposiciones y pasó junto a un gran mostrador tras el que, según rezaba un cartel descolorido, antes se vendían piezas de coche. Atravesaron una amplia puerta de vaivén y entraron en un pasillo. El chico se detuvo ante una puerta cerrada y dijo:

—Amos lo está esperando.

—Gracias.

Mitch entró y el hombre lo envolvió enseguida en un abrazo de oso. Era un personaje de aspecto salvaje, con una mata de pelo gris rebelde y la barba descuidada. Tras el abrazo, se estrecharon la mano y charlaron de unas cuantas trivialidades preliminares: Willie Backstrom, otros conocidos, el tiempo…

—¿Quieres un expreso? —preguntó Amos.

—Por favor.

—¿Sencillo o doble?

—¿Cómo vas a tomarlo tú?

—Triple.

—Pues que sean dos.

Amos sonrió y se acercó a una encimera sobre la que descansaba una elaborada cafetera expreso italiana con una colección de granos y tazas de diversos tipos. Aquel hombre se tomaba en serio el tema del café. Cogió dos de las tazas más grandes —de verdad, no de papel—, pulsó unos botones y esperó a que empezara a moler.

Se sentaron en una esquina del laberíntico despacho, bajo una puerta basculante que llevaba años sin bajarse. Mitch no pudo evitar fijarse en que el otro abogado tenía los ojos rojos e hinchados. En tono circunspecto, Amos le dijo:

—Mira, Mitch, me temo que has desperdiciado el viaje. Lo siento mucho, pero no puedes hacer nada.

—Lo entiendo. Willie ya me lo había advertido.

—Ah, no, no es eso. Es mucho peor. Esta mañana a primera hora han encontrado a Tad Kearny colgado de un cable eléctrico en la ducha. Parece que ha sido más rápido que ellos. —Se le entrecortó la voz y enmudeció.

A Mitch no se le ocurrió nada que decir.

Amos se aclaró la garganta y consiguió articular, casi en un susurro:

—Lo han considerado un suicidio.

—Lo siento.

Durante un rato largo, permanecieron sentados en silencio; lo único que se oía era el goteo del café. Amos se enjugó los ojos con un pañuelo de papel, se levantó con dificultad, cogió las tazas y las depositó sobre una mesita. Se encaminó hacia su escritorio, que estaba hecho un completo desastre, cogió una hoja de papel y se la entregó a Mitch.

—Esto apareció hace una hora.

Era una imagen impactante de un hombre blanco desnudo y demacrado que colgaba de manera grotesca de un cable eléctrico que se le hincaba en la carne del cuello y rodeaba una tubería expuesta. Él le echó un vistazo, apartó la mirada y se la devolvió.

—Perdona —dijo Amos.

—Guau.

—Pasa muy a menudo en la cárcel, pero no en el corredor de la muerte.

Volvieron a sumirse en el silencio mientras se tomaban el expreso. Mitch seguía sin saber qué decir, pero el mensaje estaba claro: el suicidio era sospechoso.

Amos clavó la mirada en una pared y dijo en voz baja:

—Quería a ese tipo. Estaba loco de remate y no parábamos de pelearnos, pero me caía muy bien. Hace mucho tiempo que aprendí a no implicarme emocionalmente con mis clien-

33

tes, pero con Tad fui incapaz de evitarlo. Ese chaval jamás tuvo una oportunidad en la vida, estaba condenado desde el día en que nació, algo que es bastante habitual.

—¿Por qué te despidió?

—Bueno, me despidió varias veces. De hecho, llegó a convertirse en una broma. Tad era muy listo, tenía mucha calle, y aprendió derecho por su cuenta; creía que sabía más que cualquiera de sus abogados. Aun así, yo no lo abandoné. Tú has pasado por lo mismo. Es difícil no dejarse consumir por hombres así de desesperados.

—Yo he perdido a dos.

—Yo a veinte, ahora veintiuno, pero Tad siempre será especial. Lo representé durante ocho años y, a lo largo de ese tiempo, no recibió ni una sola visita. Ni amigos, ni familia, nadie salvo un capellán y yo. Eso sí que es un alma solitaria. Vivía aislado en una jaula y sin nadie en el exterior, solo un abogado. Su estado mental fue deteriorándose con los años y las últimas veces que lo visité se negó a dirigirme la palabra. Luego me escribía una carta de cinco páginas llena de pensamientos y divagaciones tan incoherentes que deberían haber demostrado con claridad su esquizofrenia.

—Pero probaste con la enajenación.

—Lo intenté, sí, pero no llegó a ningún sitio. El Estado nos plantó cara en todo momento y los tribunales no mostraron compasión. Lo probamos todo y, hace unos meses, tuvimos una oportunidad de luchar, antes de que decidiera despedir a todo su equipo jurídico. No fue una decisión inteligente.

—¿Y la culpabilidad?

Amos bebió otro sorbo de café y negó con la cabeza.

—Bueno, podría decirse que los hechos no jugaban precisamente a su favor. Un traficante de drogas atrapado en una operación encubierta con agentes de estupefacientes, tres de los cuales recibieron un balazo en la cabeza y murieron en el acto. No hay mucho atractivo para el jurado. Las deliberaciones duraron cerca de una hora.

—O sea, que fue él quien los mató, ¿no?

—Uy, sí, a dos de ellos les acertó en la frente desde trece metros de distancia. Al tercero le dio en la barbilla. Tad era un tirador experto, puesto que se crio rodeado de armas: en todos los coches y camiones, en todos los armarios y en todos los cajones. De niño, daba en el blanco casi hasta con los ojos vendados. Los agentes se equivocaron de chaval al que emboscar.

Él dejó que la palabra retumbara en la habitación durante un momento y luego preguntó:

—¿Emboscar?

—Es una larga historia, Mitch, así que te haré un resumen rápido. En la década de mil novecientos noventa, hubo una banda de agentes corruptos de la DEA que decidió que la mejor forma de ganar la guerra contra las drogas era matar a los traficantes. Trabajaban con confidentes, soplones y otros matones del negocio y organizaban operaciones encubiertas. Cuando los repartidores aparecían con la mercancía, los agentes se limitaban a matarlos. No se molestaban ni con detenciones ni con juicios ni con nada por el estilo, sino que se tomaban la justicia por su mano y las autoridades y la prensa se lo tragaban sin rechistar. Una forma bastante eficaz de acabar con el negocio de los traficantes.

Mitch se quedó sin habla y decidió tomarse el café y escuchar.

—Hasta hoy, sigue sin conocerse su identidad, así que ignoramos a cuántos traficantes emboscaron. Y, la verdad, a nadie le importa. Mirándolo en retrospectiva, parece que perdieron parte del entusiasmo cuando Tad disparó a tres de sus compañeros. Ocurrió a unos treinta kilómetros al norte de Memphis, en un punto de entrega de una zona rural. Había ciertas sospechas; varios abogados habían empezado a atar cabos, pero en realidad nadie quería profundizar demasiado en el asunto. Eran agentes de la ley crueles y violentos que creaban sus propias reglas. Los que lo sabían estaban encantados de contribuir a encubrir lo que hacían.

—¿Y tú lo sabías?

—Digamos que lo sospechaba, pero no tenemos el personal necesario para investigar algo tan increíble. Ya tengo que hacer bastantes malabares con las fechas límite en otros sitios. Tad, sin embargo, siempre supo que se trataba de una emboscada y, cuando nos despidió, hizo varias acusaciones bastante descabelladas. Creo que andaba detrás de algo nuevo. Aunque, claro, el pobre chaval estaba tan trastornado que era difícil tomarlo en serio.

—¿Qué posibilidades hay de que no fuera un suicidio?

Amos gruñó y se limpió la nariz con el revés de una manga.

—Me apostaría un buen dinero, y mira que no tengo mucho, a que Tad no murió por su propia mano. Especulo al decir que creo que las autoridades querían mantenerlo callado hasta que pudieran matarlo en julio con todas las de la ley. Y nunca lo sabremos, porque la investigación, si es que se la puede llamar así, será una mera fachada. No hay forma de descubrir la verdad, Mitch. Ha muerto otro y a nadie le importa. —Se sorbió la nariz y volvió a enjugarse los ojos.

—Lo lamento.

A él le sorprendió un poco que un abogado que ya había perdido a veinte clientes condenados a muerte se mostrara tan emotivo. ¿No te tornabas insensible y hastiado en cuanto ejecutaban a unos pocos? No pensaba averiguarlo. Su etapa en aquel pequeño recodo del mundo *pro bono* acababa de llegar al final.

—Yo también lo lamento, Mitch. Siento que hayas hecho el viaje en vano.

—No te preocupes. Ha merecido la pena verte y conocer tu despacho.

Amos señaló la puerta basculante pegada al techo.

—¿Qué te parece? ¿Quién más ejerce la abogacía en un antiguo concesionario de Pontiac? Seguro que en Nueva York no tenéis estas cosas.

—Diría que no.

—Pruébalo. Tenemos una vacante, un tipo dimitió la semana pasada.

Mitch sonrió y contuvo una carcajada. No pretendía ofender, pero el sueldo sería inferior al impuesto sobre bienes inmuebles que tenía que pagar en Manhattan.

—Gracias, pero ya probé Memphis en su día.

—Lo recuerdo. La historia de Bendini fue muy sonada por aquí durante un tiempo. Un bufete entero salta por los aires y todo el mundo termina en la cárcel. ¿Quién podría olvidar algo así? Pero tu nombre apenas se mencionó.

—Tuve suerte y escapé.

—Y no vas a volver.

—Y no voy a volver.

··· ···· ·····

—¿···· · ·· ···· · ··· ·· ·· ··· ··· ····· ··· ····
·· ··· ·····

—···· ·····, ···· ··· ·· ···· ···· ··· ···· ···· ···
··· ···· ···

···· ·· ··· ·· ···· ···· ··· ·· · ··· ···· ·····
···· ··· · ···· · ··· ·· ···· ·· ···· ·· ···· · ···
··· ··· ···· ···· ··· ···· ·· ···· ··· ···· ·· · ·····
··· ·· ···· · ·····

4

Desde su coche de alquiler, Mitch llamó a su secretaria y le pidió que replanificara su viaje. Había perdido el vuelo directo de por la mañana a LaGuardia. Los vuelos con escala durarían muchísimas horas y lo obligarían a cruzar casi todo el país. Había uno directo desde Nashville a las 17.20 y ella le consiguió un billete. El trayecto hasta el aeropuerto encajaba a la perfección con una idea que le había estado rondando.

El tráfico disminuyó y Memphis quedó a su espalda antes de que una inesperada oleada de euforia lo invadiera de golpe. Acababa de esquivar una experiencia horrible y la subtrama de los agentes corruptos de la DEA bastaba para, en el mejor de los casos, provocarle úlceras a un abogado. Se había sacrificado por el bufete, le había hecho un favor enorme a Willie Backstrom y estaba huyendo de Memphis una vez más, en esta ocasión sin amenazas ni otras cargas.

Como iba sobrado de tiempo, se limitó a conducir por carreteras secundarias y disfrutó de un viaje tranquilo. Hizo caso omiso de varias llamadas de Nueva York, llamó a Abby para ver cómo estaba y holgazaneó circulando a ochenta kilómetros por hora. La ciudad de Sumrall estaba situada a dos horas al este de Memphis y a una al oeste de Nashville. Era la capital del condado y tenía una población de dieciocho mil habitantes, una cifra alta para aquella zona del sur rural. Mitch siguió las señales y no tardó en encontrar Main Street, la calle que constituía uno de los laterales de la plaza del pueblo. En el centro de esta se alzaba un palacio de justicia del siglo xix muy bien conservado, con estatuas, cenadores, monumentos y bancos esparcidos aquí y allá, todo ello protegido por la sombra de unos robles inmensos.

Mitch aparcó delante de una tienda de ropa y dio una vuelta por la plaza. Como siempre, abundaban los despachos de abogados y los bufetes pequeños. Una vez más, se preguntó por qué su viejo amigo habría elegido una vida así.

Se conocieron en Harvard, cuando el otoño del tercer curso de Mitch estaba a punto de llegar a su fin y los bufetes de abogados más prestigiosos hacían su expedición anual a la facultad. Aquel juego del reclutamiento era la recompensa; no por el esfuerzo realizado, porque eso era algo que se exigía en todas las facultades de Derecho, sino por haber sido lo bastante listo y afortunado como para que te hubiesen aceptado en Harvard. Para un chico pobre como él, el reclutamiento era especialmente emocionante porque captaba el olor del dinero por primera vez en su vida.

A Lamar lo habían enviado con el equipo porque solo tenía siete años más que Mitch y siempre era importante transmitir una imagen más juvenil. Tanto él como su esposa, Kay, habían acogido con los brazos abiertos a los McDeere desde el momento en el que llegaron a Memphis.

No habían mantenido ningún tipo de contacto en los últimos quince años. Era fácil husmear en internet y ver a qué se dedicaba la gente, sobre todo los abogados, que, como casta, y con independencia de su éxito o su falta de él, disfrutaban de toda la atención que fueran capaces de generar. Era bueno para el negocio. El sitio web de Lamar era bastante sencillo, pero también lo eran los asuntos que abordaba en su praxis: una anodina oferta de redacción de escrituras, testamentos, divorcios no contenciosos, transacciones de propiedades y, por supuesto, ¡¡¡lesiones!!! Todo abogado de pueblo soñaba con hacerse con unos buenos accidentes de coche.

No se mencionaban cosas tan desagradables como la acusación, la declaración de culpabilidad y la condena carcelaria de Lamar.

Su despacho estaba encima de una tienda de artículos deportivos. Mitch subió despacio varios escalones que crujieron, respiró hondo y abrió la puerta. Una mujer corpulenta sentada detrás de una pantalla de ordenador detuvo su actividad y le dedicó una dulce sonrisa.

—Buenos días.

—Buenos días, ¿está Lamar?

—Está en el juzgado —dijo mientras señalaba con la cabeza hacia atrás, en dirección al edificio del centro de la plaza.

—¿En un juicio?

—No, solo es una audiencia. No debería tardar en volver. ¿Puedo ayudarlo?

Él le tendió una tarjeta de visita de Scully y le dijo:

—Me llamo Mitch McDeere. Iré a buscarlo. ¿En qué sala está?

—Solo hay una, en el segundo piso.

—De acuerdo, gracias.

Era una sala de tribunal de las antiguas, muy bonita: remates de madera teñida, ventanales altos, retratos de dignatarios blancos y muertos en las paredes, todos hombres. Mitch entró y se sentó en la última fila. Era el único espectador. El juez se había marchado y Lamar estaba charlando con otro abogado. Cuando al fin lo vio, se sobresaltó, pero continuó hablando. Al terminar, avanzó despacio por el pasillo central y se detuvo junto al final de la hilera de sillas. Era casi mediodía y la sala estaba vacía.

Se contemplaron durante unos instantes hasta que Lamar preguntó:

—¿Qué haces aquí?

—Solo estoy de paso.

Era una respuesta sarcástica. Solo un idiota que se hubiera perdido estaría de paso por un pueblo tan remoto como Sumrall.

—Te lo voy a preguntar de nuevo: ¿qué haces aquí?

—He pasado la noche en Memphis, tenía un tema de trabajo que se ha cancelado. Mi avión sale de Nashville dentro de unas horas, así que voy para allá en coche y se me ha ocurrido pasar a saludar.

Lamar había perdido tanto pelo que costaba reconocerlo. El poco que le quedaba era gris. Como muchos hombres, intentaba suplir lo ralo del cabello con una barba espesa, pero esta también era gris, como suele ocurrir, y no hacía más que acentuar su aspecto envejecido. Se adentró en la fila de asientos anterior a la de Mitch, se detuvo a tres metros y se apoyó en el banco de delante.

Aún sin sonreír, preguntó:

—¿Querías hablar de algo en concreto?

—La verdad es que no. Pienso en ti de vez en cuando y solo quería decirte hola.

—Hola. La verdad, Mitch, yo también pienso en ti. Pasé veintisiete meses en una prisión federal por culpa tuya, así que me resulta bastante difícil olvidarte.

—Pasaste veintisiete meses en una prisión federal porque

eras uno de los voluntariosos miembros de una conspiración criminal que hizo todo lo posible por persuadirme para que me uniera a ella. Conseguí escapar por los pelos. Tú estás resentido, yo también.

Al fondo, una alguacil pasó por delante del banco. La observaron y esperaron a que desapareciera para volver a mirarse a los ojos.

Lamar se encogió ligeramente de hombros y dijo:

—Vale, tienes razón. Cometí un delito y cumplí la condena. No es algo a lo que le dé muchas vueltas.

—No he venido a crearte problemas. Confiaba en que pudiéramos mantener una charla agradable y enterrar el hacha de guerra, por decirlo de algún modo.

Quin respiró hondo y dijo:

—Bueno, como mínimo, debo reconocer que te admiro por haberte presentado aquí. Pensé que no volvería a verte.

—Lo mismo digo. Eras el único amigo de verdad que tenía en aquel momento, Lamar. Pasamos buenos ratos juntos a pesar de la presión y todo lo demás. Abby y Kay se llevaban muy bien. Conservamos un buen recuerdo de ambos.

—Pues nosotros no. Lo perdimos todo, Mitch, y fue fácil echarte la culpa a ti.

—El bufete iba a caer, Lamar, lo sabes de sobra. El FBI os seguía la pista cada vez más de cerca. Me eligieron porque era el nuevo y pensaron que sería el eslabón más débil.

—Y acertaron.

—De pleno. Como no había hecho nada malo, tomé la decisión de protegerme. Cooperé y corrí como alma que lleva el diablo. Ni siquiera los del FBI fueron capaces de encontrarme.

—¿Adónde fuiste?

Mitch sonrió y se puso en pie despacio.

—Esa, amigo mío, es una larga historia. ¿Puedo invitarte a comer?

—No, pero vamos a buscar una mesa.

La primera cafetería de la plaza estaba «demasiado llena de abogados», según Lamar. Caminaron otra manzana y encontraron una mesa en un local de bocadillos situado en el sótano de una antigua ferretería. Cada uno pagó su almuerzo y se sentaron en un rincón, alejados del resto de los clientes.

—¿Cómo está Kay? —preguntó Mitch.

Daba por hecho que seguían casados. Su somera investigación en internet no había arrojado resultados de documentos de divorcio en los diez últimos años. De vez en cuando, se acordaba de una cara o de un nombre de aquella época y perdía unos minutos buscando trapos sucios en la red. Sin embargo, quince años más tarde, su curiosidad empezaba a disminuir. No tomaba notas ni mantenía ningún tipo de registro.

—Está bien, vende suministros médicos para una buena empresa. No le va nada mal. ¿Y Abby?

—Igual. Trabaja en una editorial de Nueva York.

Lamar dio un mordisco a su bocadillo de pavo y asintió con la cabeza. Epicurean Press, redactora jefe, aficionada a la comida y el vino italianos. Había encontrado y hojeado varios de sus libros en una tienda de Nashville. A diferencia de Mitch, él sí llevaba un registro. «Socio de Scully. Abogado internacional». La única razón de ser del expediente era satisfacer su propia curiosidad, no tenía más valor que ese.

—¿Hijos?

—Dos niños gemelos de ocho años, Carter y Clark. ¿Y los tuyos?

—Wilson ha empezado a estudiar este año en la universidad de Sewanee. Suzanne está en el instituto. Caíste de pie, ¿eh, Mitch? Eres socio en un gran bufete, con despachos repartidos por todo el mundo y demás. Vives al ritmo acelerado de la gran ciudad. El resto acabamos en la cárcel, pero tú conseguiste librarte.

—Yo no me lo merecía, Lamar, y tuve suerte de salir vivo. Piensa en los que no lo consiguieron, tus amigos entre ellos. Si no recuerdo mal, hubo cinco muertes misteriosas a lo largo de unos diez años. ¿Me equivoco?

El otro asintió mientras masticaba. Tragó y después bebió un sorbo de té helado con una pajita.

—Te esfumaste de repente. ¿Cómo lo hiciste?

—¿De verdad quieres que te cuente toda la historia?

—Desde luego. Llevo mucho tiempo preguntándomelo.

—Muy bien. Tengo un hermano, Ray, que estaba en la cárcel. Convencí a los federales de que lo pusieran en libertad a cambio de mi cooperación. Viajó a Gran Caimán y allí quedó con un amigo y lo organizó todo para que escapáramos en barco. Era un velero de diez metros de eslora, muy bonito, aunque no es que yo sepa mucho de barcos. Abby y yo huimos de Memphis con lo puesto y nos escondimos en Florida, cerca de Destin. El barco fue a recogernos allí y zarpamos en plena noche. Pasamos un mes en Gran Caimán y luego nos trasladamos a otra isla.

—¿Tanto dinero tenías?

—Bueno, sí. Me recompensé con parte del dinero sucio de la empresa y los federales hicieron la vista gorda. Al cabo de unos meses, nos cansamos de las islas y empezamos a viajar, siempre con miedo. La vida de fugitivos no es sostenible.

—Pero ¿no te estaba ayudando el FBI?

—Sí. Les entregué todos los documentos que necesitaban, pero me negué a testificar en el juicio. No pensaba volver a Memphis. Como sabes, no hubo juicios.

—Uf, qué va. Caímos como fichas de dominó. Me ofrecieron tres años a cambio de cooperar o ir a juicio y enfrentarme al menos a veinte. Todos cedimos. La clave fue Oliver Lambert. Lo presionaron hasta que cantó. En cuanto empezó a hablar, los demás nos convertimos en presas fáciles.

—Y murió en la cárcel.

—Que descanse en paz, el muy cabrón. Royce McKnight se pegó un tiro en cuanto salió. A Avery, como imagino que ya sabes, se lo cargó la mafia. El último capítulo del bufete no fue precisamente bonito. Nadie volvió a Memphis. Para empezar, porque nadie era de allí. Éramos todos un puñado de delincuentes inhabilitados y condenados, así que nos dispersamos y tratamos de perdernos de vista. Bendini no es un tema muy popular.

Mitch clavó el tenedor en una aceituna que encontró al fondo de su ensalada y se la comió.

—¿No estás en contacto con nadie?

—No, con nadie. Fue una pesadilla. Un día eres un abogado de primera, con un pedigrí de lujo, un montón de dinero y todos los juguetes del mundo, y, de pronto, zas, el FBI está haciendo una redada en el despacho, enseñando placas, amenazando, confiscando ordenadores, cerrando las puertas con llave. Huimos, conmocionados, y nos pusimos a buscar buenos abogados penalistas a la carrera. No había muchos en Memphis. Esperamos el mazazo durante meses y, cuando llegó, se nos cayó el mundo encima. Mi primera noche en la cárcel fue horrible. Pensaba que iban a atacarme. Pasaron tres noches más hasta que salí bajo fianza. Parecía que cada día llegaban malas noticias: alguien más había cambiado de bando y había empezado a cooperar. Me declaré culpable en el tribunal federal del centro de Memphis, ya sabes en qué juzgado, con Kay y mis padres en primera fila, todos llorando. Pensaba en el suicidio a diario. Luego me largué de allí. La primera parada fue Leavenworth, en Kansas. En la cárcel, un abogado es un blanco fácil para los guardias y otros reclusos. Por suerte, los abusos fueron solo verbales.

Dio otro bocado y dio la sensación de que se había cansado de hablar.

Mitch dijo:

—No pretendía sacar a relucir la parte de la cárcel, Lamar. Lo siento.

—No pasa nada. Sobreviví y me hice más fuerte. Tuve suerte, porque Kay siguió conmigo, aunque no fue fácil. Perdimos la casa y otras cosas, pero eran solo eso, cosas. Te das cuenta de lo que es importante. Los niños y ella fueron fuertes y aguantaron. Sus padres nos ayudaron mucho. Pero hubo muchos divorcios, muchas vidas arruinadas. Toqué fondo al cabo de un año y decidí que la cárcel no me destruiría. Me puse a trabajar en la biblioteca jurídica y ayudé a muchos reclusos. También empecé a estudiar para volver a pasar el examen de abogacía. Comencé a planear mi regreso.

—¿Cuántos de nuestros antiguos amigos han vuelto a ejercer de abogados?

Lamar sonrió y gruñó como diciendo: «Ninguno».

—No sé de nadie que haya vuelto a ejercer. Es casi imposible tras una condena por delito grave. Pero en la cárcel mi expediente fue intachable: esperé el tiempo necesario, aprobé el examen de abogacía, conseguí muchas recomendaciones, etcétera. Me rechazaron dos veces, pero a la tercera funcionó. Ahora soy un abogado de pueblo corriente y moliente que intenta llegar a los sesenta mil pavos al año. Por suerte, Kay gana más que yo y por eso hemos podido pagarle la matrícula de la universidad al mayor. —Le dio un mordisco rápido al bocadillo y dijo—: Estoy harto de hablar. ¿Cómo pasaste de ir vagando de playa en playa a convertirte en socio de Scully?

Mitch sonrió y bebió un sorbo de té.

—Lo de vagar de playa en playa no duró mucho tiempo, nos aburrimos enseguida. Lo disfrutamos durante más o menos un mes, pero luego podría decirse que volvimos a la vida real. Dejamos las islas y nos marchamos unos meses a Europa; viajamos de mochileros, siempre en tren. Un día nos encontramos en un pintoresco pueblecito de la Toscana. Cortona, no muy lejos de Perugia.

—Nunca he estado en Italia.

—Es un pueblo de montaña precioso. Pasamos por delante de una casita situada justo al lado de la plaza del pueblo y vimos un cartel en la ventana. Se alquilaba por trescientos euros al mes. Pensamos: «¿Qué leches?». Nos lo pasamos tan bien el primer mes que lo alargamos otro. La dueña de la casa también regentaba un hostal no muy lejos de allí y siempre lo tenía lleno de turistas estadounidenses y británicos que querían recibir clases de cocina. Abby se apuntó y enseguida se obsesionó con la cocina italiana. Yo me concentré en los vinos. Tres meses, luego cuatro, después cinco y al final alquilamos la casa durante un año. Ella trabajaba de ayudante de cocina mientras yo paseaba por el campo intentando imitar a los italianos de verdad. Contratamos a un profesor particular para que nos enseñara el idioma y lo dimos todo en las clases. Al cabo de un año, nos negamos a hablar inglés en casa.

—Y yo, mientras tanto, en la cárcel.

—¿Vas a seguir echándome la culpa a mí?

Lamar envolvió los restos de su bocadillo con el papel encerado y lo apartó.

—No, Mitch. A partir de ahora, se acabó el resentimiento.

—Gracias. Lo mismo digo.

—¿Y cómo entraron Scully & Pershing en escena?

—Tres años más tarde, llegó el momento de seguir adelante. Los dos queríamos tener una carrera profesional y familia. Nos instalamos en Londres y, obedeciendo un impulso, me presenté en las oficinas que Scully tiene en la ciudad y los tanteé. Haberte licenciado en Derecho por Harvard abre muchas puertas. Me ofrecieron un puesto de asociado y lo acepté. Tras dos años en Londres, decidimos volver a Estados Unidos. Además, Abby estaba embarazada y queríamos criar aquí a los niños. Esa es mi historia.

—Me gusta más la tuya que la mía.

—Pareces satisfecho.

—Somos felices y estamos sanos. Eso es lo único que importa.

Mitch agitó los hielos de su vaso vacío. Ya se había comido el bocadillo y la ensalada: el almuerzo había terminado.

Lamar sonrió y dijo:

—Hace varios años fui a Nueva York para ocuparme de un pequeño asunto de negocios en nombre de un cliente. Cogí un taxi hasta el 110 de Broad Street, vuestro edificio, y me quedé fuera mirando la torre, las ochenta plantas. Un rascacielos espectacular, aunque en realidad es uno entre mil. Allí se encontraba la sede internacional de Scully & Pershing, el mayor bufete de abogados del mundo, aunque su nombre era uno de tantos en el abarrotado directorio. Entré y me quedé maravillado con el atrio. Hileras de ascensores. Escaleras mecánicas que subían y bajaban en todas direcciones. Cuadros modernos y desconcertantes que costaban una fortuna. Me senté en un banco y me quedé mirando a la gente que iba y venía, observando el frenético ajetreo de profesionales jóvenes bien vestidos, la mitad de ellos al teléfono, con el ceño fruncido, hablando en tono solemne. Todos corriendo a un ritmo vertiginoso para ganar el siguiente dólar. No había ido a buscarte, Mitch, pero, desde luego, pensé en ti. Me pregunté: «¿Y si me viera y se acercara ahora mismo? ¿Qué le diría? ¿Qué me diría él?». No tenía respuesta para aquellas preguntas, pero sí sentí una punzada de orgullo al saber que tú, un viejo amigo, habías llegado a lo más alto. Sobreviviste a Bendini y ahora participas en la escena mundial.

—Me gustaría haberte visto allí sentado.

—Es imposible, porque nadie levanta la vista. Nadie se toma un momento para apreciar el entorno, el arte, la arquitectura. La descripción perfecta es que es una «carrera de ratas».

—Yo soy feliz allí, Lamar. Tenemos una buena vida.

—Entonces, me alegro por ti.

—Si alguna vez vuelves, nos encantaría que Kay y tú vinierais a nuestra casa.

El aludido sonrió y negó con la cabeza.

—Mitch, mi viejo amigo, eso no va a pasar.

5

Era casi medianoche cuando Mitch salió del ascensor y entró en su apartamento. Por fin había concluido el viaje de vuelta, en el que nada había salido según lo planeado. Los retrasos se habían adueñado de la tarde: en el embarque, en el autobús que los esperaba en la pista y en el despegue; le habían servido con retraso incluso la cena fría del avión. Tardó media hora en coger un taxi en LaGuardia y un accidente en el puente de Queensboro le hizo perder otros cuarenta minutos. Había empezado el día con un desayuno tranquilo y puntual en el Peabody. Después de aquello, nada se había ajustado al horario previsto.

Pero estaba en casa y ya no le importaba nada más. Los gemelos llevaban horas dormidos. Normalmente, también se habría encontrado a Abby acostada, pero aquel día estaba sentada en el sofá, leyendo y esperándolo. Mitch le dio un beso y le preguntó:

—¿Qué haces aún levantada?

—Quiero que me cuentes todo lo del viaje.

La había llamado para comunicarle la grata noticia de que el más reciente caso de pena de muerte que le habían asignado no se había materializado y ambos se sentían aliviados por ello. No le había comentado lo del desvío para ver a Lamar Quin. Abby le sirvió una copa de vino y hablaron durante una hora. Mitch le aseguró en más de una ocasión que no sentía nostalgia por los viejos tiempos. No habían dejado nada que mereciera la pena en Memphis.

Cuando empezó a cabecear, su esposa lo mandó a la cama.

Cinco horas más tarde, a las seis en punto de la mañana, el despertador sonó a la misma hora de siempre y Mitch se obligó a salir de la cama dejando en ella a su mujer. Su primera tarea fue preparar el café. Mientras esperaba a que terminara de hacerse, abrió el portátil y buscó *The Commercial Appeal*, el periódico diario de Memphis. En la portada de la sección local, el titular rezaba: TAD KEARNY HALLADO MUERTO POR SUICIDIO. Parecía que el artículo lo hubiera escrito el mismísimo alcaide de la prisión. No había ninguna duda sobre la causa de la muerte. Ni la menor idea de dónde había encontrado un cable eléctrico el «convicto, asesino de varios policías». A los condenados a muerte se les permitía darse dos duchas semanales y, durante los diez minutos que duraba cada una de ellas, quedaban «sin vigilancia». Los funcionarios de prisiones estaban atónitos, pero, oye, es la cárcel y los suicidios son una constante. De todos modos, Tad estaba a punto de morir ejecutado y había despedido a sus abogados. ¿De verdad le importaba a alguien? Citaban las palabras de la esposa de uno de los agentes de la DEA asesinados: «Estamos muy decepcionados. Queríamos estar presentes cuando exhalara su último aliento».

Se habían puesto en contacto con su último abogado, Amos Patrick, de Memphis, pero no había hecho declaraciones.

El *Tennessean* de Nashville era aún menos compasivo. El

condenado había asesinado a tres excelentes agentes de la ley «a sangre fría», por acuñar un término original. El jurado había hablado. El sistema había funcionado. Que descansara en paz.

Mitch se sirvió una taza de café solo, se lo tomó y rezó una oración por Tad, seguida de otra de agradecimiento por haber esquivado un nuevo caso complejo e imposible. Suponiendo que lo hubiera conocido y que, de algún modo, lo hubiese convencido de que firmara, él se habría pasado los siguientes noventa días batallando por demostrar la enajenación mental de su cliente. Si hubiese tenido suerte y encontrado al médico adecuado, después habría tenido que correr como un loco en busca de un tribunal que lo escuchara. A Tad ya le habían dicho que no todos los tribunales posibles. El resto de las estrategias, que eran muy pocas, constituían una posibilidad remotísima y desesperada. Mitch habría tenido que coger numerosos aviones desde Nueva York hasta Memphis y Nashville, se habría alojado en moteles baratos, habría acumulado miles de puntos de Hertz y Avis y se habría alimentado de platos que no tendrían hada que ver con la deliciosa cocina de Abby. Habría echado de menos a su esposa y a los gemelos, se habría retrasado mucho con sus otros clientes, habría perdido un mes de sueño y se habría pasado las últimas cuarenta y ocho horas en la cárcel, bien gritando por teléfono, bien mirando fijamente a Tad a través de una hilera de barrotes y mintiéndole sobre sus posibilidades.

—Buenos días —dijo Abby al mismo tiempo que le daba unas palmaditas en el hombro. Se sirvió una taza de café y se sentó a la mesa—. ¿Alguna buena noticia en el mundo?

Mitch cerró el portátil y sonrió.

—Lo de siempre. Se avecina una recesión. Nuestra invasión de Irak parece aún más desacertada. El clima es cada vez más cálido. Nada nuevo, en realidad.

—Estupendo.

—Un par de artículos de periódicos del sur sobre el suicidio de Tad Kearny.

—Es una tragedia.

—Sí, pero el expediente se ha cerrado. Y he decidido que mi carrera como abogado del corredor de la muerte ha terminado.

—Me suena que eso ya lo dijiste en su día.

—Bueno, pero esta vez va en serio.

—Ya veremos. ¿Trabajarás hasta tarde esta noche?

—No. Volveré a casa sobre las seis, creo.

—Genial. ¿Te acuerdas de ese restaurante laosiano del Village al que fuimos hace un par de meses?

—Claro, ¿cómo iba a olvidarlo? No sé qué Vang.

—Bida Vang.

—Y el chef tiene un apellido con al menos diez sílabas.

—Se hace llamar «Chan» y ha decidido escribir un libro de recetas. Vendrá esta noche a destruir la cocina.

—Maravilloso. ¿En qué consistirá el menú?

—En demasiados platos, pero quiere experimentar. Me ha dicho algo de una salchicha de hierbas y de un arroz de coco frito, entre otras cosas. A lo mejor te interesa saltarte el almuerzo.

Clark emergió de la oscuridad y se dirigió en línea recta hacia su madre para darle un abrazo. Carter aparecería cinco minutos más tarde. Mitch sirvió dos vasitos de zumo de naranja y les preguntó qué planes les esperaban ese día en el colegio. Como siempre, Clark tardó en espabilarse y habló poco durante el desayuno. Carter, el parlanchín, solía encargarse de las dos bandas de la conversación matutina.

Cuando los niños se pusieron de acuerdo en que querían gofres con plátano, él salió de la cocina y se metió en la ducha. A las ocho menos cuarto en punto, los tres se despidieron de Abby con un abrazo y se marcharon al colegio. Cuando no estaba de viaje y el tiempo lo permitía, Mitch acompañaba a los gemelos a pie. La River Latin School estaba a solo cuatro manzanas de distancia y el paseo siempre era una delicia, sobre todo cuando su padre iba con ellos. Cerca del centro escolar, aparecían otros muchachos y resultaba obvio que se dirigían hacia el mismo destino. Llevaban el uniforme: americana azul marino, camisa blanca y pantalones de color caqui. El calzado no estaba contemplado dentro del código de vestimenta y era una sorprendente mezcla de zapatillas de baloncesto de alta gama, botas de montaña L. L. Bean, zapatos de piel sucios y mocasines tradicionales.

Mitch y Abby seguían preocupados por la educación de sus hijos. Pagaban el mejor colegio de la ciudad, pero, como la mayoría de los padres, querían más diversidad. A diferencia del resto del mundo, la River Latin tenía un noventa por ciento de alumnos blancos y era exclusivamente masculino. Sin embargo, como productos de escuelas públicas mediocres, eran conscientes de que solo tenían una oportunidad para educar a sus hijos. De momento, no preveían cambiarlos de centro, pero su inquietud iba en aumento.

Sin mostrar demasiado afecto, Mitch se despidió de los niños, prometió que los vería por la noche y apretó el paso hacia el metro.

Cuando entró en la torre de Broad Street y cruzó el inmenso atrio, se detuvo para recordar la historia sobre la visita de Lamar a aquel lugar. Se fijó en los bancos de cromo y cuero recortados contra una pared de cristal y se sentó un instante. Sonrió al ver desfilar a las hormigas: centenares de profesionales jóvenes bien vestidos como él, ansiosos por empezar la jornada y deseando que las escaleras mecánicas subieran más rápido. Sin duda, supondría un gran impacto para un abogado de pueblo con un bufete tranquilo.

Se alegraba de haber hecho el esfuerzo de ir a ver a su viejo amigo, pero no volvería a ocurrir. Lamar no le había tendido la mano para que se la estrechara cuando Mitch se marchó. Había demasiados recuerdos desagradables, así de simple.

Y él estaba de acuerdo.

Le echó un vistazo a su reloj de pulsera y se dio cuenta de que, hacía unas veinticuatro horas, estaba sentado en la antigua sala de exposiciones de un concesionario Pontiac, en una zona un tanto turbia de Memphis, aún esperando a que se produjera una reunión de la que no quería formar parte.

El repentino sonido de la palabra «Mitch» interrumpió sus pensamientos aleatorios y lo devolvió a la realidad. Willie Backstrom se dirigía hacia él con un grueso maletín colgado del hombro gracias a una bandolera de cuero. McDeere se levantó y lo saludó:

—Buenos días, Willie.

—Llevo treinta años aquí y nunca he visto a nadie sentado en estos bancos. ¿Estás bien?

—Estamos demasiado ocupados para sentarnos. En serio, ¿cómo vas a facturarle horas de trabajo a un cliente si estás sentado en el vestíbulo?

—Lo hago constantemente.

Echaron a andar y se unieron a la masa que esperaba junto a una pared de ascensores. En cuanto se embutieron en uno de ellos e iniciaron el ascenso, Willie le dijo en voz baja:

—Si tienes un minuto, pásate hoy por mi despacho y hablamos de Amos.

—De acuerdo. ¿Has estado alguna vez en el concesionario de Pontiac?

—No, pero llevo años oyendo hablar de él.

—Me dio la impresión de que cualquier abogado de visita puede pedir que le cambien el aceite mientras toma declaración a alguien.

El mandamás de Scully & Pershing se llamaba Jack Ruch. Era un veterano con cuarenta años de experiencia que seguía dándolo todo en el trabajo a pesar de que le faltaban pocos meses para alcanzar la meta de los setenta años. El bufete exigía la jubilación a esa edad, sin excepciones. Era una política sensata, pero muy impopular. En general, los socios con más años eran expertos de renombre en sus respectivos campos y facturaban a las tarifas más altas. Cuando se veían obligados a abandonar el bufete, se llevaban consigo no solo su experiencia, sino también una larga relación de confianza con sus clientes. Por un lado, fijar un plazo tan arbitrario parecía indicar cierta cortedad de miras; sin embargo, la juventud lo exigía. Los socios de cuarenta y tantos, como Mitch, querían ver que en la cima había sitio para ellos. Los asociados jóvenes eran muy ambiciosos y muchos se negaban a entrar en los grandes bufetes que no despejaban el terreno echando a los viejos.

Jack Ruch contaba los días que le faltaban. Su cargo oficial era el de socio gerente y, como tal, dirigía el bufete como si fuera el director general de una gran empresa. No obstante, aquello no era una empresa, sino un bufete de abogados, una organización formada por profesionales orgullosos, de manera que los títulos tenían mucho más peso. Y él era el socio gerente.

Cuando Jack llamaba, todos los abogados del edificio dejaban lo que estuvieran haciendo, porque nada era ni de lejos tan importante como lo que Jack tuviese en mente. Pero Ruch era un gestor hábil y sabía que no debía interrumpir ni sacar provecho de su influencia. En su correo electrónico, le pedía a Mitch que se presentara en su despacho a las diez de la mañana si le iba bien.

Le fuera bien o no, decidió que estaría allí cinco minutos antes.

Eso hizo y una secretaria lo condujo al magnífico despacho esquinero justo a las diez en punto de la mañana. Le sirvió café de una jarrita de plata y le preguntó si le apetecía algo de la bandeja de repostería recién hecha que colocaban a diario sobre el aparador. Mitch, consciente de que Chan y su banda de ayudantes de cocina laosianos invadirían su cocina en cuestión de horas, le dio las gracias y declinó la invitación.

Se sentaron alrededor de una mesita auxiliar situada en un rincón del despacho. A sesenta pisos de altura, las vistas del puerto eran aún más impresionantes, aunque Mitch estaba demasiado concentrado como para atreverse a echar un vistazo. Las personas que trabajaban en los edificios más altos de Manhattan eran expertas en pasar de las vistas, mientras que los visitantes las miraban boquiabiertos.

Jack estaba bronceado y en forma y vestía otro de sus maravillosos trajes de lino. Podría pasar por un hombre quince años menor y por eso parecía una pena echarlo del bufete. Sin embargo, no tenía tiempo para mortificarse por una política a la que había accedido hacía treinta años y que no iba a cambiar.

—Ayer hablé con Luca —dijo en un tono bastante serio. Era evidente que estaba sucediendo algo grave.

En el vasto universo de Scully, solo había un Luca. Veinte años antes, cuando los grandes bufetes estadounidenses se lanzaron a un maratón de fusiones y engulleron despachos de abogados de todo el mundo, Scully había conseguido convencer a Luca Sandroni para que sumaran fuerzas. Había construido un bufete internacional de prestigio en Roma y era muy respetado en toda Europa y el norte de África.

—¿Cómo está?

—No muy bien. No concretó; de hecho, fue bastante vago, pero tuvo que hacer una visita desagradable a la consulta del médico y recibió una mala noticia. No me dijo de qué se trataba y yo no se lo pregunté.

—Qué horrible.

Mitch lo conocía bien. Luca viajaba a Nueva York varias veces al año y le gustaba pasárselo bien. Se había sentado a la mesa de Abby para cenar y los McDeere se habían alojado en su espaciosa villa del centro de Roma. Que la joven pareja estadounidense hubiera vivido en Italia y conociese la cultura y el idioma era muy importante para él.

—Te quiere en Roma lo antes posible.

Era extraño que no se hubiera puesto en contacto con él directamente para pedírselo, aunque Luca siempre había sido muy respetuoso con la cadena de mando. Al hacérselo saber a través de Jack, el mensaje que le estaba transmitiendo a Mitch era que debía dejarlo todo y marcharse a Roma.

—De acuerdo. ¿Alguna idea de lo que necesita?

—Algo relacionado con Lannak, la constructora turca.

—He trabajado alguna vez para ellos, pero no mucho.

—Luca representa a la empresa desde hace siglos, es un

gran cliente. En Libia vuelven a estar a la gresca y Lannak está metida de lleno en el asunto.

Mitch asintió con ganas e intentó reprimir una sonrisa. Parecía otra gran aventura. A lo largo de los cuatro años transcurridos desde que lo habían ascendido a socio, se había labrado la reputación de ser una especie de jefe de unidad jurídica de operaciones especiales al que Scully enviaba para rescatar a los clientes en apuros. Era un papel que disfrutaba y que intentaba ampliar al mismo tiempo que se lo guardaba para él.

Jack continuó:

—Como de costumbre, Luca no me ha dado muchos detalles. Sigue sin gustarle el teléfono y odia el correo electrónico. Ya sabes que prefiere hablar de negocios mientras disfruta de un largo almuerzo romano, al aire libre si es posible.

—Suena fatal. Me marcho el domingo.

6

Scully & Pershing era un bufete conocido por las lujosas oficinas que montaba allá donde se estableciera. En aquel momento, estaba presente en nada menos que treinta y una ciudades repartidas entre los cinco continentes y no tenía intención de parar, porque para Scully los números eran importantes y alquilaba espacios de primera categoría en los edificios de mayor prestigio, por lo general en los rascacielos más altos y nuevos diseñados por los arquitectos más de moda. El bufete enviaba a su propio equipo de decoradores, que llenaba todos los despachos de obras de arte, tejidos, mobiliario e iluminación propios de la zona. Al entrar en cualquiera de las oficinas de Scully, los sentidos se conmovían ante el aspecto, el ambiente y el gusto caro. Era lo mínimo que esperaban sus clientes. Teniendo en cuenta las tarifas por hora que pagaban, querían ver el éxito.

A lo largo de los once años que llevaba en el bufete, Mitch había visitado alrededor de una decena de aquellas sedes, casi todas situadas en Estados Unidos y en Europa, y lo cierto era que cada vez se sentía menos deslumbrado. Cada una de las oficinas era distinta, pero todas se parecían y había llegado a un punto en el que apenas se detenía a apreciar la enorme cantidad de dinero que llenaba las paredes y los suelos.

Con el tiempo, había empezado a confundirlas unas con otras. Aun así, se recordó que aquella opulencia no estaba pensada para él. Era todo un espectáculo destinado a los demás: a los clientes adinerados, a los potenciales asociados y a los abogados que iban de visita. Se sorprendió protestando entre dientes, como los demás socios, por el gasto que suponía mantener semejante fachada. Gran parte de ese dinero podría haber ido a parar a sus bolsillos.

En Roma, las cosas eran distintas. Allí, tanto los despachos como todos los demás aspectos relacionados con el ejercicio de la profesión estaban bajo el control de Luca Sandroni, el fundador. A lo largo de más de treinta años, había ido construyendo poco a poco un bufete ubicado en un edificio de piedra de cuatro plantas sin ascensor y con unas vistas limitadas. Estaba escondido en la Via della Paglia, cerca de la Piazza Santa Maria, en el barrio del Trastévere, que pertenecía al centro histórico de Roma. Todos los edificios que lo rodeaban tenían cuatro plantas, la fachada estucada, tejas rojas en el tejado y, además, mostraban con buen gusto el deterioro de las construcciones que databan de hacía siglos. A los romanos nunca les han gustado los edificios altos, ni a los modernos ni a los antiguos.

Mitch lo había visitado muchas veces y le encantaba aquel lugar. Era como dar un paso atrás en el tiempo y suponía un bienvenido descanso respecto a la imagen implacablemente moderna del resto de Scully. Ninguna otra sede del bufete tenía tanta historia; en ninguna otra de sus oficinas se atrevían a decirte que fueras más despacio cuando entrabas. Luca y su equipo trabajaban mucho y disfrutaban del prestigio y del dinero, pero eran italianos y se negaban a sucumbir a la adicción al trabajo que esperaban los estadounidenses.

Mitch se detuvo en el callejón y admiró la enorme puerta

de doble hoja. Junto a ella, un viejo letrero rezaba: SANDRO-NI STUDIO LEGALE. Cuando Scully se fusionó con Luca, le permitió conservar el nombre de su bufete, una condición en la que el italiano se negó a ceder. Durante un segundo, pensó en los bufetes de abogados que había visto a lo largo de aquella semana: desde su propia torre reluciente en Manhattan hasta el aletargado despacho con vistas a la plaza del pueblo de Lamar Quin, pasando por el mugriento concesionario de Pontiac en Memphis. Y ahora aquel.

Franqueó la puerta y entró en el estrecho vestíbulo en el que siempre estaba sentada Mia. La mujer sonrió, se puso en pie de un salto y saludó a Mitch con los dos teatrales y obligatorios besos en las mejillas, un ritual que aún seguía incomodándolo un poco. Hablando en italiano, cubrieron los temas básicos: el vuelo, Abby, los niños, el tiempo. Se sentó frente a ella mientras se tomaba un expreso, que siempre sabía mejor en Roma, y por fin abordó el asunto de Luca. Ella frunció un poco el ceño, pero no le reveló nada. El teléfono no dejaba de sonar.

El susodicho lo estaba esperando en su despacho, el mismo que tenía desde hacía décadas. Era pequeño para los estándares de Scully, sobre todo en el caso de un socio gerente, pero a él no podría darle más igual. Recibió a Mitch con más besos y abrazos y los saludos habituales. Si estaba enfermo, no se le notaba. Señaló con la mano una mesita de café situada en un rincón, su lugar de reunión favorito, mientras su secretaria preguntaba si querían beber o comer algo.

—¿Cómo está la bella de Abby? —preguntó Luca en un inglés perfecto, con apenas un ligero acento.

Había cursado un máster de Derecho en Stanford. También hablaba francés y español y, hacía años, se manejaba con el árabe, pero lo había perdido a fuerza de no usarlo.

Mientras se ponían al día sobre las novedades de la familia McDeere, Mitch empezó a percibir que la voz de su colega era más débil, aunque la diferencia era sutil. Cuando Luca se encendió un cigarrillo, le dijo:

—Veo que sigues fumando.

El aludido se encogió de hombros, como si fuera imposible que fumar tuviera algo que ver con los problemas de salud. Había una ventana doble abierta y el humo escapaba a través de ella. Desde la Piazza Santa Maria, situada a los pies del edificio, ascendían los ruidos de la ajetreada vida callejera. Mia volvió con una bandeja de plata y les sirvió sendos cafés.

Mitch pasó de puntillas por el campo de minas que era el tema de la familia de Luca. Se había casado y divorciado dos veces y nunca estaba claro si su compañera del momento tenía potencial para durar; ni él ni ninguna otra persona se atrevería a preguntárselo. Tenía dos hijos adultos de su primera esposa, una mujer a la que Mitch no había visto nunca, y un adolescente de la segunda. Una pasante joven y atractiva había roto su primer matrimonio y, después, destrozado el segundo cuando sufrió una crisis nerviosa y huyó con el hijo de ambos a España.

En medio de aquel desastre, su rayo de luz era su hija, Giovanna, asociada de Scully en Londres. Cinco años antes, Luca había burlado las normas de nepotismo del bufete y, con mucha discreción, le había conseguido un puesto. Según los rumores que corrían por la empresa, la hija era tan brillante y decidida como el padre.

A pesar de su caótica vida privada, su carrera profesional había sido intachable. Todos los grandes bufetes estadounidenses habían cortejado al Sandroni Studio Legale antes de que Luca consiguiera, al fin, el trato que deseaba con Scully.

—Me temo que tengo un problemilla, Mitch —dijo con tristeza. Tras años de práctica, había conseguido pulir casi todas las imperfecciones de su acento, pero «Mitch» seguía sonando más a «Mech»—. Los médicos llevan un mes haciéndome pruebas y por fin han llegado a la conclusión de que tengo cáncer. Y de los malos. De páncreas.

Él cerró los ojos y se le hundieron los hombros. Si existía un cáncer peor, él no lo conocía.

—Lo siento mucho —susurró.

—El pronóstico no es bueno y voy a pasarlo mal, así que me cogeré la baja mientras los médicos hacen su trabajo. Quizá tenga suerte.

—Lo siento muchísimo, Luca. Es terrible.

—Sí, pero estoy animado y siempre nos quedan los milagros, o eso me dice mi cura. Últimamente paso más tiempo con él. —Se le escapó una risa socarrona.

—No sé qué decir, Luca.

—No hay nada que decir. Es alto secreto, confidencial y todo eso. No quiero que mis clientes lo sepan todavía. Si las cosas empeoran, iré informándolos poco a poco. Ya les estoy pasando unos cuantos casos a los socios de por aquí. Y ahí es donde entras tú, Mitch.

—Aquí estoy, preparado para ayudar.

—El asunto más importante que tengo ahora mismo sobre la mesa tiene que ver con Lannak, la constructora turca a la que represento desde hace mucho tiempo. Es un cliente valiosísimo, Mitch.

—Trabajé en uno de sus casos hace unos años.

—Sí, lo sé, e hiciste una labor magnífica. Lannak es una de las empresas de construcción más importantes de Oriente Medio y Asia. Han construido aeropuertos, autopistas, puentes, canales, presas, centrales eléctricas, rascacielos, de todo.

Se trata de una empresa familiar y su gestión es impecable. Cumplen los plazos, se ajustan a los presupuestos y saben hacer negocios en un mundo en el que todos, desde los príncipes sauditas hasta los taxistas kenianos, estiran la mano en busca de un soborno.

Mitch asintió y notó que a Luca se le apagaba un poco más la voz. En el avión, camino de Roma, había leído los informes internos del bufete sobre Lannak. La sede central de la empresa se encontraba en Estambul; era la cuarta constructora más grande de Turquía, con unos ingresos anuales que rondaban los dos mil quinientos millones de dólares; se encargaba de grandes proyectos por todo el mundo, pero sobre todo en la India y en el norte de África; contaba con alrededor de veinticinco mil empleados; era propiedad exclusiva de la familia Celik, que al parecer era tan discreta como los banqueros suizos; se creía que la fortuna familiar superaba los mil millones, pero esa suposición era tan buena como cualquier otra.

Luca encendió otro cigarrillo y echó el humo volviendo la cabeza hacia atrás con desgana.

—¿Te suena el proyecto del Gran Río Artificial de Libia?

Mitch había leído algo al respecto, pero solo sabía lo básico. Sus conocimientos, o su falta de ellos, daban igual, porque el hombre tenía ganas de contarle la historia.

—La verdad es que no.

Luca asintió al oír la respuesta correcta y dijo:

—Viene de hace décadas, pero, hacia 1975, el coronel Gadafi decidió construir un canal subterráneo para bombear agua desde las profundidades del Sáhara hasta las ciudades de la costa septentrional de Libia. Cuando las compañías petroleras empezaron a husmear en busca de petróleo hace ochenta años, encontraron unos acuíferos enormes debajo del desierto. La idea era extraer el agua y enviarla a Trípoli y Bengasi, pero el coste era excesivo. Hasta que descubrieron petróleo. Gadafi dio luz verde al proyecto, pero la mayoría de los expertos consideraban que era imposible. Se necesitaron treinta años y veinte mil millones de dólares, pero vaya que si los libios lo consiguieron. Funcionó y Gadafi se erigió en genio, algo que tiene por costumbre hacer. Como ahora ya era capaz de dominar la naturaleza, decidió crear un río. No existe ni uno solo en todo el país. Lo que sí tienen son unos cauces estacionales, conocidos como *wadis*, que se secan en verano. El siguiente gran proyecto de Gadafi consistiría en unir varios de los más importantes, desviar el caudal de agua, crear un río permanente y construir un magnífico puente sobre él.

—Un puente en el desierto.

—Sí, Mitch, un puente en el desierto, con planes delirantes para unir un extremo de la extensión de arena con el otro y, de algún modo, edificar ciudades. Si construyes un puente, el tráfico lo encontrará. Hace seis años, en 1999, Lannak firmó un contrato de ochocientos millones de dólares con el Gobierno. Gadafi quería un puente de mil millones, así que pidió cambios antes de que iniciaran la construcción. En sus periódicos, posaba con maquetas del «Gran Puente Gadafi» y le decía a todo el mundo que la obra costaría mil millones, cantidad generada por el petróleo libio. No se pediría prestado ni un céntimo. Como Lannak llevaba muchos años haciendo negocios en Libia, sabía lo caóticas que podían ser las cosas. Dejémoslo en que el coronel Gadafi y sus caudillos no son hombres de negocios avezados. Entienden de armas y petróleo. Los contratos suelen ser un fastidio. Lannak no empezaría a trabajar hasta que los libios depositaran quinientos millones de dólares estadounidenses en un banco alemán. El proyecto de cuatro años duró en realidad seis y ya está terminado, lo cual es un milagro y una prueba de la tenacidad de Lannak. La empresa cumplió los términos de su contrato. Los libios no. Los sobrecostes fueron horrendos. El Gobierno le debe cuatrocientos millones a Lannak y se niega a pagárselos. De ahí nuestra demanda.

Luca soltó el cigarrillo, cogió un mando a distancia y lo apuntó hacia una pantalla plana que había en la pared. Varios cables bajaban desde detrás de ella hasta el suelo, donde se unían a otros que serpenteaban en todas direcciones. Las exigencias de la tecnología actual requerían todo tipo de dispositivos y, como las paredes eran de piedra maciza y superaban el medio metro de grosor, los informáticos no taladraban. Mitch adoraba el contraste entre lo viejo y lo nuevo: los artilugios más modernos embutidos en un extenso laberinto de habitaciones construidas antes de que existiera la electricidad y diseñadas para durar eternamente.

La imagen que apareció en la pantalla era una fotografía en color de un imponente puente suspendido sobre el lecho seco de un río y por el que discurría una autopista de seis carriles en cada sentido. Luca dijo:

—Este es el Gran Puente Gadafi, situado en el centro de Libia sobre un río sin nombre aún por encontrar. Fue, y es, una idea estúpida, porque en esa región no hay gente y nadie quiere trasladarse allí. Sin embargo, hay mucho petróleo y puede que al final terminen utilizando el puente. A Lannak eso le da igual. A ellos no les pagaron para planificar el futuro de Libia, sino que firmaron un contrato para construir el puente y cumplieron su parte del trato. Ahora nuestro cliente quiere cobrar.

Mitch estaba disfrutando de la conversación y sentía curiosidad por saber adónde iría a parar. Tuvo una corazonada e intentó controlar su entusiasmo.

Luca apagó el cigarrillo y cerró los ojos, como si estuviera experimentando algún tipo de dolor. Apretó un botón del mando a distancia y la pantalla se apagó.

—Presenté la demanda en octubre ante la Junta Arbitral Unida de Ginebra.

—La he visitado varias veces.

—Lo sé, y por eso quiero que te encargues de este caso.

Mitch intentó mantenerse impasible, pero no consiguió reprimir una sonrisa.

—De acuerdo. ¿Por qué yo?

—Porque sé que eres capaz de representar a nuestro cliente de manera eficaz y ganar el caso y porque necesitamos a un estadounidense al mando. La presidenta de la Junta, que formalmente ostenta el cargo de magistrada rectora, es de Harvard. Seis de los veinte jueces son estadounidenses. Hay tres asiáticos que suelen estar de acuerdo con ellos. Quiero que este caso lo lleves tú, Mitch, porque lo más probable es que yo no viva lo suficiente para encargarme de él hasta el final. —Se le apagó la voz al pensar en la muerte.

—Me siento muy honrado, Luca. Por supuesto que acepto el caso.

—Bien. He hablado con Jack Ruch esta mañana y me ha dado luz verde. Nueva York nos apoya. Omar Celik, el director general de Lannak, estará en Londres la semana que viene e intentaré concertar una reunión. El expediente ya es bastante grueso, contiene miles de páginas, así que tienes que ponerte al día.

—Estoy impaciente por empezar. ¿Los libios tienen algún tipo de defensa contra la demanda?

—La habitual avalancha de disparates: diseño y materiales defectuosos, retrasos innecesarios, falta de supervisión y control, sobrecostes innecesarios… El Gobierno libio utiliza a los abogados del bufete londinense Reedmore para que le hagan el trabajo sucio. No te resultará una experiencia agradable, son muy agresivos y no destacan por su ética.

—Los conozco. ¿Y nuestra demanda está bien blindada?

Luca sonrió ante la pregunta y dijo:

—Bueno, siendo el abogado que presentó la demanda, te diré que confío sin reservas en mi cliente. Te pondré un ejemplo, Mitch: en el diseño original, los libios querían una superautopista que se acercara al puente desde ambas direcciones. Con ocho carriles, nada menos. No hay suficientes coches en toda Libia para llenarlos. Y también querían ocho carriles sobre el río. La constructora se opuso de lleno y acabó convenciéndolos de que un puente de cuatro carriles sería más que suficiente. El contrato dice eso. En un momento dado, Gadafi revisó el proyecto y preguntó por los ocho carriles. Se puso como un energúmeno cuando su gente le dijo que el puente tendría solo cuatro. ¡El rey quería ocho! Al final, los de Lannak lo persuadieron para que se conformara con seis y exigieron una orden de modificación del diseño original. La ampliación de cuatro a seis carriles añadió unos doscientos millones de costes a la obra y ahora los libios se niegan a pagarlos. No paraban de recibir una orden de modificación importante tras otra. Para complicar aún más las cosas, el mercado del crudo se desplomó y Gadafi dio órdenes estrictas de apretarse el cinturón, cosa que, en Libia, significa que se recorta en todo salvo en el Ejército. Cuando los libios acumularon un atraso de cien millones de dólares en el pago, nuestro cliente amenazó con detener los trabajos. Así que Gadafi, que es Gadafi, envió al Ejército, a sus matones revolucionarios, a supervisar el avance de la obra. Nadie resultó herido, pero la situación fue tensa. Más o menos cuando se terminó el puente, hubo alguien en Trípoli que abrió los ojos y se dio cuenta de que aquella infraestructura no se utilizaría jamás. Así que los libios perdieron interés en el proyecto y se negaron a pagar.

—¿Lannak ha acabado el trabajo, entonces?

—Solo le faltan los remates finales. La empresa siempre termina, con independencia de lo que estén haciendo los abogados. Te sugiero que vayas a Libia lo antes posible.

—¿Es seguro?

Luca sonrió y se encogió de hombros. Fue como si le faltara el aire.

—Igual de seguro que siempre. He viajado al país varias veces, Mitch, y lo conozco bien. Puede que Gadafi sea un hombre inestable, pero ejerce un control férreo sobre el Ejército y la Policía y hay muy poca delincuencia. El país está lleno de trabajadores extranjeros y tiene que protegerlos. Dispondrás de un equipo de seguridad, estarás a salvo.

A la hora de comer, cruzaron tranquilamente la plaza hasta un pequeño restaurante al aire libre protegido por unas sombrillas enormes. Sin detenerse, Luca sonrió a la anfitriona, le dijo algo a un camarero y, para cuando llegó a su mesa, el dueño ya lo estaba recibiendo entre abrazos y besos. Mitch ya había comido allí en alguna ocasión y a menudo se preguntaba por qué su colega elegía el mismo establecimiento un día tras otro. En una ciudad llena de restaurantes maravillosos, ¿por qué no explorar un poco más? Sin embargo, decidió quedarse de nuevo con la curiosidad. Él era un extra en el mundo de Luca y estaba encantado de que lo incluyeran.

Un camarero les sirvió agua con gas, pero no les ofreció

la carta. El italiano pidió lo de siempre: una ensalada pequeña de marisco con rúcula acompañada de un plato de rodajas
de tomate en aceite de oliva. Él pidió lo mismo.

—¿Quieres vino, Mitch? —preguntó Luca.

—Solo si tú también tomas.

—No, gracias. —El camarero se fue—. Mitch, tengo que
pedirte un favor.

En un momento así, ¿cómo iba a negarse a cualquier cosa
que le pidiera?

—¿De qué se trata?

—Ya conoces a mi hija, Giovanna.

—Sí, hemos cenado juntos en Nueva York un par de veces, si no me equivoco. Estaba haciendo unas prácticas de
verano en un bufete de la ciudad. En Skadden, creo.

—Así es. Bueno, como sabes, está en nuestra oficina de
Londres desde hace cinco años y le va muy bien. He comentado el caso Lannak con ella y está deseando implicarse. Lleva una buena temporada encerrada en la oficina, cumpliendo
con la rutina de las noventa horas semanales, y necesita un
poco de sol y de aire fresco. Te harán falta varios asociados
para las tareas más laboriosas y quiero que incluyas a Giovanna. Es muy inteligente y trabajadora. No te decepciona-
rá, Mitch.

Y, como McDeere recordaba con claridad, era bastante
atractiva.

Era una petición fácil de satisfacer. Le esperaba una enorme cantidad de trabajo arduo y penoso: leer y clasificar documentos, descifrar pruebas, concertar declaraciones, redac-
tar informes. Él lo supervisaría todo, pero delegaría el tedio
en los asociados.

—Pues la fichamos —dijo—. La llamaré para darle la
bienvenida al equipo.

—Gracias, Mitch. Estará encantada. Estoy intentando convencerla para que vuelva a Roma, al menos durante el próximo año. La necesito cerca.

McDeere asintió, pero no se le ocurrió nada que decir. Llegó la comida y se centraron en el almuerzo. La plaza empezaba a animarse con el ajetreo del mediodía, cuando los oficinistas salían de los edificios en busca de algo para comer. El flujo peatonal le resultaba fascinante, Mitch nunca se cansaba de observar a la gente.

Luca dejó de comer cuando una repentina punzada de dolor le agarrotó la espalda. Cuando pasó, le sonrió como si todo fuera bien.

—¿Has estado alguna vez en Libia, Mitch?

—No. Nunca ha estado en mi lista.

—Es un lugar asombroso, de verdad. Mi padre vivió allí en la década de mil novecientos treinta, antes de la guerra, cuando Italia intentaba colonizar el país. Como ya debes de saber, a los italianos no se les daba nada bien el tema de la colonización. Eso era cosa de los británicos, los franceses, los españoles e incluso los holandeses y los portugueses. Por alguna razón, los italianos nunca le cogieron el truco. Nos retiramos después de la guerra, pero mi padre se quedó en Trípoli hasta 1969, cuando Gadafi se hizo con el poder tras un golpe militar. Libia tiene una historia interesantísima a la que merece la pena echarle un vistazo.

Aparte de no haber tenido nunca intención de visitar el país, Mitch jamás había sentido ni la más mínima curiosidad por su historia. Sonrió y dijo:

—Dentro de una semana, habré hecho un doctorado en el tema.

—Durante los diez primeros años en los que ejercí la abogacía, representé a varias empresas italianas que hacían negocios en Libia. Pasé bastantes temporadas allí, incluso tuve un pisito en Trípoli durante un par de años. Y hubo una mujer, una marroquí. —Sus ojos recuperaron el brillo. Mitch no pudo evitar preguntarse cuántas novias habría tenido su colega diseminadas por el mundo en su día—. Era una belleza —dijo en voz baja, con nostalgia.

Como no podía ser de otra manera. ¿Acaso iba Sandroni a perder el tiempo con una mujer poco atractiva?

Mientras se tomaba un expreso y se fumaba el cigarrillo de después de comer, que parecía obligatorio en Italia, Luca le dijo:

—¿Por qué no haces escala en Londres y vas a ver a Giovanna? Le hará muchísima ilusión que la invites personalmente a unirse al caso. Y así le echas un vistazo y le dices que estoy bien.

—¿Lo estás, Luca?

—La verdad es que no. Me quedan menos de seis meses, Mitch. El cáncer es agresivo y no puedo hacer gran cosa. El caso es tuyo.

—Gracias por la confianza, Luca. No te decepcionaré.

No, no me decepcionarás, pero me temo que no llegaré a ver cómo termina.

7

Dos horas antes de tener que embarcar en el vuelo directo desde Roma hasta Londres, Mitch cambió repentinamente de idea y compró el último billete disponible en un avión con destino al aeropuerto JFK de Nueva York. Tenía asuntos urgentes que atender en casa. La cena con Giovanna podía esperar.

Encajado en un asiento estrecho durante ocho horas, el abogado mató el tiempo, como solía hacer siempre en los vuelos largos, sumergiéndose en sumarios tan gruesos y aburridos que, por lo general, inducían un par de siestas largas. En primer lugar, revisó la lista de casos pendientes y la composición actual de la Junta Arbitral Unida y leyó la biografía de sus veinte miembros. Los nombraba uno de los numerosos comités de las Naciones Unidas y, durante el periodo de cinco años que permanecían en el cargo, pasaban temporadas largas en Ginebra y disponían de generosas cuentas de gastos. Un antiguo miembro le dijo una vez a Mitch, mientras se tomaban unas copas en Nueva York, que pertenecer a la Junta era uno de los mejores trabajos del mundo para los abogados de cierta edad con pedigrí y contactos internacionales. Como de costumbre, la institución estaba formada por mentes jurídicas brillantes de todos los continentes, la mayoría de las cuales habían pasado en un momento u otro de su vida por las facultades de Derecho de la Ivy League, bien para estudiar, bien para enseñar. En general, sus asuntos se trataban en inglés y en francés, aunque se admitían y aceptaban todos los idiomas. Hacía dos años, Mitch había comparecido ante la Junta y había defendido un caso en nombre de una cooperativa cerealista argentina que había demandado por daños y perjuicios a un importador surcoreano. Abby y él habían pasado tres días como de luna de miel en Ginebra y todavía hablaban de ellos. Ganó el caso, consiguió el dinero y envió una abultada factura a Buenos Aires.

Ganar casos ante la Junta Arbitral Unida no era tan difícil si los hechos encajaban. Tenía jurisdicción porque los contratos como el del proyecto del puente que Lannak había firmado con el Gobierno libio tenían una cláusula que obligaba con total claridad a ambas partes a someter sus disputas al arbitraje de la Junta. Además, Libia, como casi todos los demás países, era signataria de varios tratados destinados a propiciar el comercio internacional y a hacer que los socios malos —que nunca faltaban— se comportaran bien.

Ganar era relativamente fácil. Cobrar una indemnización ya era otra historia. Decenas de Estados corruptos firmaban de buena gana todos los contratos y tratados necesarios para conseguir el negocio en cuestión aunque no tuvieran ninguna intención de pagar los daños y perjuicios que se adeudaran en el arbitraje. Cuanto más leía, más cuenta se daba Mitch de que Libia tenía un largo historial de intentos de abandonar acuerdos que parecían prometedores en el momento de la firma, pero que terminaban torciéndose.

Según la información obtenida por Scully, el puente era un ejemplo perfecto de los sueños erráticos de Gadafi. Se había enamorado de la visión de una estructura inmensa en medio del desierto y había ordenado que la construyeran. Luego había perdido el interés y se había centrado en otros proyectos importantes. En algún momento, alguien había logrado convencerlo de que era mala idea, pero, para entonces, aquellos turcos tan fastidiosos ya les estaban exigiendo grandes cantidades de dinero.

La demanda de Luca ante la Junta Arbitral Unida ocupaba noventa páginas y, para cuando Mitch terminó de leerla por primera vez, estaba casi dormido.

El asunto urgente que tenía que atender en casa era un partido de béisbol infantil en Central Park. Carter y Clark jugaban en los Bruisers, uno de los contendientes más importantes de la división sub-8 de la liga de la policía metropolitana. Carter era el receptor y le encantaban el polvo y el sudor. Clark vagaba por el jardín, la parte más alejada del campo, y se perdía la mitad de la acción. Mitch apenas tenía tiempo para ayudar en los entrenamientos del equipo, pero se había ofrecido como entrenador de banquillo y procuraba estar muy atento a las alineaciones. Era una tarea fundamental, porque, si algún niño, con independencia de su grado de talento o de interés, jugaba una entrada menos que los demás, sus padres lo estarían esperando al terminar el partido para tenderle una emboscada.

Tras algunos ligeros roces con otros progenitores, McDeere ya estaba tramando formas de interesar a los gemelos en algún deporte individual, como el golf o el tenis. Sin embargo, algunos de esos padres resultaban igual de aterradores. Quizá el senderismo o el esquí fueran más agradables.

Los niños estaban de pie en el vestíbulo, el uno al lado del otro, mientras Mitch inspeccionaba el estado de sus uniformes. Abby empezaba a preocuparse por la hora, se les estaba haciendo tarde. Salieron a toda prisa y se dirigieron a buen paso hacia Central Park West por la calle Sesenta y Ocho. Los equipos estaban en uno de los muchos campos del Great Lawn, calentando en el jardín mientras los entrenadores gritaban y los padres se arrebujaban para protegerse de las bajas temperaturas.

Esconderse en el banquillo presentaba sus propios retos, pero Mitch lo prefería a las gradas, donde los adultos charlaban sin parar sobre trabajo, propiedades inmobiliarias, restaurantes nuevos, niñeras nuevas, entrenadores nuevos, colegios, etcétera.

Llegaron los árbitros y comenzó el partido. Durante noventa minutos, él permaneció sentado en la marquesina, rodeado de doce niños de ocho años, y consiguió aislarse del resto del mundo. Se encargó de ir tomando notas en el cuaderno de tanteo, hizo las sustituciones, se acurrucó junto a Mully, el entrenador principal, reprendió a los árbitros, se burló del entrenador contrario y atesoró los momentos en los que sus hijos se sentaban a su lado y hablaban de béisbol.

Los Bruisers machacaron a los Rams y, tras la última eliminación, los jugadores y los entrenadores se pusieron en fila para cumplir con el ritual de estrecharse la mano después del partido. La plantilla del equipo, Mully y Mitch, estaba decidida a enseñar a sus jugadores las virtudes de la deportividad y predicaba con el ejemplo. Ganar siempre era divertido, pero hacerlo con clase era mucho más importante.

En una ciudad abarrotada con escasez de campos y abundancia de niños, los partidos se limitaban por tiempo, no por entradas. Había otro previsto justo a continuación y era preciso despejar el campo. Los Bruisers y sus padres, victoriosos, se dirigieron a una pizzería de la Columbus Avenue, donde se apropiaron de una larga mesa en la parte del fondo y pidieron la cena. Los padres tomaron cerveza en vaso alto y las madres chardonnay mientras los jugadores, todos ellos orgullosos de su uniforme sucio, devoraban pizza y veían a los Mets en una pantalla gigante.

Casi todos los progenitores se dedicaban a las finanzas, el derecho o la medicina y procedían de familias acomodadas de cualquier rincón del país. Por regla general, no hablaban mucho de su lugar de origen. Siempre se mantenían charlas amenas sobre rivalidades en el fútbol universitario, los mejores campos de golf y cosas por el estilo, pero las conversaciones rara vez derivaban hacia el tema de sus respectivas ciudades natales. Ahora estaban en Nueva York, en el escenario más grande, viviendo la gran vida, orgullosos de su éxito, y se consideraban auténticos neoyorquinos.

Danesboro, en Kentucky, era otro mundo y Mitch nunca lo mencionaba. Sin embargo, pensaba en él cuando veía a sus hijos reír y parlotear con sus amigos. Él había participado en todos los deportes que se ofrecían en su pueblo y no recordaba ni un solo partido en el que sus padres estuvieran presentes. Su padre había muerto cuando él no era más que un crío y, después, su madre empezó a trabajar en puestos mal pagados para mantenerlos a él y a su hermano, Ray. Nunca tenía tiempo de ir a ver ningún partido de béisbol.

Qué suerte tenían aquellos niños. Vidas acomodadas, colegios privados y padres entregados que se implicaban en exceso en sus actividades. A Mitch muchas veces le preocupaba que sus hijos estuvieran demasiado mimados y fuesen demasiado blandos, pero Abby no estaba de acuerdo. Iban a un colegio exigente que presionaba a los alumnos para que avanzaran y sobresalieran. Carter y Clark, al menos hasta el momento, estaban recibiendo una educación equilibrada y les enseñaban buenos valores tanto en el colegio como en casa.

Abby se alarmó ante la noticia de que Luca estaba enfermo de gravedad. Había conocido a muchos socios de Scully de todo el mundo, puede que a demasiados, y él era su favorito con diferencia. No le entusiasmaba la idea de que Mitch viajara a Libia, pero, si Luca decía que era seguro, no se opondría. Aunque tampoco habría servido de nada. Desde que había ascendido a socio hacía cuatro años, su marido se había convertido en un viajero empedernido. Ella lo acompañaba a menudo, sobre todo cuando el destino era interesante. Las ciudades europeas eran su opción favorita. Entre sus padres, su hermana pequeña y toda una colección de niñeras, el cuidado de los gemelos no solía ser un problema. Sin embargo, los críos se estaban haciendo mayores y eran cada vez más activos, así que Abby temía que sus días de trotamundos estuvieran a punto de verse restringidos. También sospechaba, aunque no había dicho nada, que el éxito de Mitch implicaría que su marido pasara aún más tiempo fuera de casa.

Esa noche a última hora, preparó un par de infusiones de manzanilla, que se suponía que inducía cierta «somnolencia», se acurrucaron en el sofá y charlaron mientras intentaban que les entrara sueño.

Abby preguntó:

—¿Y te vas una semana entera?

—Más o menos. No hay una agenda clara porque no podemos predecir lo que va a pasar. Lannak tiene una plantilla mínima trabajando aún en el puente y nos han dicho que uno de sus mejores ingenieros estará disponible.

—¿Qué sabes tú de construir puentes? —preguntó con una risita.

—Nada, pero estoy aprendiendo. Cada caso es una aventura nueva. Ahora mismo soy la envidia de casi todos los abogados de Scully.

—Eso son muchos abogados.

—Sí, muchos, y, cuando yo esté atravesando el desierto en un cuatro por cuatro en busca de un magnífico puente que no lleva a ninguna parte y que da la casualidad de que ha costado más de mil millones de dólares, el resto de mis colegas estarán atrapados detrás de su escritorio, preocupados por su facturación por horas.

—No es la primera vez que me dices algo así.

—Y seguro que no será la última.

—Bueno, has elegido un buen momento. Mi madre ha llamado hoy y vienen a pasar el fin de semana.

«No, he elegido un momento perfecto», pensó Mitch. En años anteriores, lo habría dicho en voz alta y le habría cerrado el pico a su esposa, pero se hallaba en el a menudo incómodo proceso de reconciliarse con sus suegros. Había avanzado bastante, pero había mucho terreno que recorrer ya desde el principio.

—¿Tenéis algún plan? —preguntó para ser educado.

—La verdad es que no. A lo mejor salgo a cenar con las chicas el sábado y dejo a los niños con mis padres.

—Deberías hacerlo. Necesitas una noche de juerga.

La guerra había empezado hacía casi veinte años, cuando los padres de Abby habían insistido en que rompiera el compromiso con el tal McDeere y lo mandara a paseo. Ambas familias eran oriundas de Danesboro, un pueblo tan pequeño que todos sus habitantes se conocían. El padre de ella era director de un banco y su familia tenía cierto estatus. Los McDeere no tenían nada.

—Mi padre me ha dicho que quizá se lleve a los niños a ver a los Yankees.

—Debería llevarlos a ver a los Mets.

—Carter estaría de acuerdo. Y, precisamente por eso, Clark se está aficionando a los Yankees.

Mitch se echó a reír y dijo:

—Tengo un hermano. Me acuerdo de esas cosas.

—¿Cómo está Ray?

—Bien. Hablamos hace dos días; todo sigue igual.

Una semana antes de terminar los tres primeros años de universidad, Mitch y Abby se casaron en una pequeña capilla del campus ante veinte amigos y ningún familiar. Los padres de ella estaban tan furiosos que boicotearon la boda. Para su mujer, eso supuso un golpe tan terrible que pasaron años antes de que pudiera abordar el tema con un psicólogo. Él nunca llegaría a perdonarlos de verdad. Ray habría asistido a la boda si no hubiera estado cumpliendo condena en la cárcel. Ahora trabajaba como capitán de un barco de alquiler en Cayo Hueso.

La rehabilitación de Mitch con respecto a sus suegros lo había llevado al punto de poder mostrarse cortés con ellos, cenar juntos y permitirles cuidar de sus nietos. No obstante, cuando entraban en la habitación, él levantaba varios muros a su alrededor y todo lo demás quedaba vedado. No podían alojarse en el apartamento. Mitch argumentaba que, de todas formas, no era lo bastante grande. No podían preguntarle por su trabajo, aunque era evidente que ser socio del bufete les proporcionaba un estilo de vida que superaba con creces el que cualquiera pudiera llevar en Danesboro. Sus suegros no podían esperar, ni lo hacían, que la familia McDeere los visitara en Kentucky. Mitch no pensaba volver de ninguna de las maneras.

La licenciatura en Derecho por Harvard había atenuado un poco el rechazo que sentían hacia su yerno, pero solo temporalmente. El traslado a Memphis les había resultado desconcertante y, cuando las cosas estallaron y Abby desapareció durante meses, lo culparon a él, como no podía ser de otra manera, y volvieron a vilipendiarlo.

Con el tiempo, a medida que fueron adentrándose en la madurez, algunos de los problemas empezaron a desaparecer. Un psicólogo ayudó a Abby a iniciar el proceso de perdonar a sus padres. El mismo psicólogo se dio cuenta de que Mitch era harina de otro costal, pero logró un pequeño avance cuando, a regañadientes, su paciente aceptó al menos mantener las formas cuando estuviera en la misma habitación que ellos. Poco a poco, continuaba haciendo algún que otro progreso, más motivado por su amor hacia su esposa que por las manipulaciones del psicólogo. Como suele ocurrir en las familias complicadas, la llegada de los nietos había suavizado las aristas y arrinconado aún más parte de la historia.

—¿Y tu madre? —preguntó Abby en voz baja.

Mitch bebió un sorbo de manzanilla y negó con la cabeza.

—Sigue igual, supongo. Ray va a verla una vez a la semana, o eso dice. Tengo mis dudas.

La mujer estaba pasando sus últimos años en una residencia de ancianos de Florida. Diagnosticada de demencia, estaba cada día más cerca del final.

—¿Y qué se hace en Trípoli?

—No lo sé. Montar en camello. Jugar a pegarse tiros con los terroristas.

—No tiene gracia. Me he metido en la web del Departamento de Estado. Según nuestro gobierno, Libia es un Estado terrorista que odia con todas sus fuerzas a los estadounidenses.

—¿Quién no odia a los estadounidenses?

—El Departamento de Estado dice que se puede visitar el país, pero que hay que tomar precauciones.

—Luca sabe más de Libia que los burócratas de Washington.

—Preferiría que no fueras.

—Tengo que ir y no me va a pasar nada. Nuestros guardaespaldas son más rápidos que los terroristas.

—Ja, ja…

No muchos años antes, Mitch le habría espetado algo así: «Bueno, prefiero pasar el rato con un grupo de guardias revolucionarios que ver a tus padres».

Sonrió al pensarlo y lo dejó pasar. Tras gastarse varios miles de dólares en terapia, había aprendido a morderse la lengua.

A menudo, estaba a punto de sangrarle.

8

No había vuelos directos hasta Trípoli. La maratón empezó
en Nueva York, con un viaje nocturno de ocho horas hasta
Milán en Air Italia, y siguió con una escala de dos horas antes de embarcar en un avión de Egyptair con destino El Cairo. Este sufrió un retraso de dos horas sobre el que nadie le
ofreció ninguna explicación. Las cancelaciones y los cambios de reserva se sucedieron a un ritmo lánguido y Mitch
pasó trece horas dando cabezadas y leyendo en el aeropuerto de El Cairo mientras alguien, en algún lugar, arreglaba el
desaguisado. ¿O no? Lo único bueno era que no había desperdiciado el tiempo por completo. Lannak acabaría pagando la factura de aquellas horas.

Cuando salió de Nueva York, al menos la mitad de los
pasajeros parecían ser «occidentales» o, dicho de otro modo,
gente cuyo aspecto, forma de vestir, de hablar y de actuar
podían describirse como parecidos a los suyos. La mayoría
de ellos se bajaron en Italia y, cuando Mitch embarcó en un
vuelo de Air Tunisia para iniciar la última etapa de su viaje, el
avión estaba repleto de personas que, desde luego, no eran
«occidentales».

No le molestaba el hecho de que en aquel momento se
encontrara en clara minoría. Libia fomentaba el turismo y

atraía a medio millón de visitantes al año. Trípoli era una ciudad bulliciosa con dos millones de habitantes y varios distritos comerciales llenos de bancos y empresas nacionales. Había decenas de empresas extranjeras registradas en el país y en algunas zonas de Trípoli y Bengasi existían vibrantes comunidades internacionales con colegios británicos y franceses para los hijos de los ejecutivos y diplomáticos extranjeros.

Como solía hacer cuando viajaba al otro lado del mundo, Mitch sonrió al pensar que, sin duda, era el único chico de Kentucky en todo el avión. Y, aunque nunca lo diría en voz alta, se sentía orgulloso de sus logros y quería más. Su avidez era la misma de siempre.

Casi treinta horas después de salir de Nueva York, bajó del avión en el aeropuerto internacional Mitiga, en Trípoli, y se dirigió hacia el control de pasaportes arrastrando los pies junto al resto de la multitud. Los carteles estaban sobre todo en árabe, pero había suficientes en inglés y en francés como para mantener a la gente en movimiento. Bajo la mano de hierro del coronel Gadafi, Libia llevaba treinta y cinco años siendo un Estado militar y, como en la mayoría de los países gobernados mediante la intimidación, era importante impresionar a los recién llegados con la presencia de soldados armados hasta los dientes. Recorrían los pasillos del moderno aeropuerto ataviados con sus uniformes elegantes, vigilaban los puestos de control y, con un desagradable ceño fruncido, inspeccionaban a todos los occidentales que pasaban por allí.

Mitch se escondió detrás de sus gafas de sol e intentó no hacerles caso. No había que establecer contacto visual en ningún momento, si era posible. La misma rutina que había aprendido hacía mucho tiempo en el metro de Nueva York.

En el control de pasaportes, las colas eran largas y lentas. La sala era enorme, calurosa y no disponía de ventilación. Cuando un guardia le señaló una cabina vacía con la cabeza, Mitch se acercó a ella y presentó su pasaporte y su visado. El aduanero no sonrió en ningún momento; de hecho, al ver que era estadounidense, frunció aún más el ceño. Pasó un minuto, luego otro. La aduana puede ser una experiencia bastante angustiosa incluso para un ciudadano que regresa a su propio país. Puede que haya algún problema con el pasaporte. En el caso de un lugar como Libia, siempre cabía la horrible posibilidad de que un estadounidense acabara de repente en el suelo esposado y de que luego se lo llevaran a rastras y lo detuvieran de por vida. A Mitch le encantaba la emoción de lo desconocido.

El funcionario no paró de negar con la cabeza mientras descolgaba el teléfono. Él, sin las gafas de sol, se volvió para mirar a los cientos de viajeros cansados que hacían cola tras él.

—Por ahí —le dijo el aduanero con brusquedad al mismo tiempo que movía la cabeza hacia la derecha.

Mitch miró y vio que un caballero vestido con un traje bueno se acercaba a ellos. El hombre le tendió la mano, sonrió y dijo:

—Señor McDeere, soy Samir Jamblad. Trabajo con Lannak y también con Luca, un viejo amigo.

A él le entraron ganas de darle un beso, cosa que, entre el repentino abrazo y el forcejeo que siguieron, pareció probable. Tras el correspondiente apretón, el libio le preguntó:

—¿Qué tal el vuelo?

—Maravilloso. Creo que he estado en al menos trece países desde que salí de Nueva York.

Se alejaron de las cabinas, la multitud y los guardias de seguridad.

—Por aquí —dijo Samir, que iba saludando con un gesto de la cabeza a los funcionarios con los que se cruzaban.

Luca le había dicho a Mitch que no se preocupara por la entrada en el país. Él se encargaría de todo.

El anfitrión utilizó unas puertas restringidas, lejos de la muchedumbre, y apenas tardaron unos minutos en salir a la calle. Su sedán Mercedes estaba aparcado cerca de la abarrotada terminal, en un carril reservado a la policía. Había dos agentes apoyados en un coche patrulla, fumando, holgazaneando y, al parecer, sin vigilar nada que no fuera el elegante vehículo de Samir. Este les dio las gracias y metió la bolsa de Mitch en el asiento trasero.

—¿Es la primera vez que visitas Trípoli? —preguntó mientras salían del aeropuerto.

—Sí, la primera. ¿Cuánto tiempo hace que conoces a Luca?

El aludido esbozó una sonrisa tranquila y dijo:

—Uy, muchos años. He trabajado para Scully & Pershing y para otros bufetes de abogados. Para empresas como Exxon y Texaco, que son vuestras. Para British Petroleum, Dutch Shell. Además de para algunas empresas turcas, entre ellas Lannak.

—¿Eres abogado?

—Qué va. Un cliente estadounidense me describió una vez como «consultor de seguridad». Una especie de facilitador, un manitas empresarial, el tipo al que acudir en Libia. Nací y crecí aquí, llevo toda la vida en Trípoli. Conozco a la gente, solo somos seis millones.

Se rio ante su propio intento humorístico y Mitch se sintió obligado a hacer lo mismo.

Samir continuó:

—Conozco a los dirigentes, a los militares, a los políticos y a los funcionarios del Gobierno que hacen que las cosas marchen. Conozco al jefe de aduanas del aeropuerto. Una palabra mía y te dejan en paz. Otra palabra mía y puede que pases unos días en la cárcel. Conozco los restaurantes, los bares, los barrios buenos y los malos. Conozco los fumaderos de opio y los burdeles, los buenos y los malos.

—No estoy en el mercado.

Samir volvió a reírse y contestó:

—Sí, eso dicen todos.

A juzgar por la primera impresión que causaba —el traje de buena calidad, los zapatos de cuero negro bien lustrados, el sedán reluciente—, estaba claro que el tío sabía lo que se hacía y que le pagaban bien por ello.

Mitch consultó su reloj de pulsera y preguntó:

—¿Qué hora es aquí?

—Casi las once. Sugiero que te registres en el hotel, te instales y quedemos para comer sobre la una allí mismo. Giovanna ya está aquí. ¿La conoces?

—Sí, nos vimos en Nueva York hace unos años.

—Es encantadora, ¿verdad?

—Sí, eso creo recordar. ¿Y después de comer?

—Todos los planes son provisionales y están sujetos a tu aprobación. En ausencia de Luca, tú estás al mando. Tenemos una reunión con los turcos a las cuatro de la tarde en el hotel. Se reunirán con tu equipo de seguridad y hablarán de la visita al puente.

—Una pregunta obvia. Lannak ha demandado al Gobierno libio por casi quinientos millones de dólares y es una demanda que sin duda parece legítima. ¿Cuánta fricción hay entre la empresa y el Gobierno?

Samir respiró hondo, bajó un poquito la ventanilla y se encendió un cigarrillo. El tráfico se había congestionado y estaban parados en un atasco.

—Yo diría que no mucha. Las constructoras turcas llevan mucho tiempo en Libia y son muy buenas, bastante mejores que las libias. El Ejército necesita a los turcos y a los turcos les gusta el dinero. No paran de pelearse y de reñir, eso está claro, pero al final los negocios se imponen y la vida sigue.

—Vale, segunda pregunta obvia: ¿por qué necesitamos un destacamento de seguridad?

Samir volvió a reír y respondió:

—Porque esto es Libia. Un Estado terrorista, ¿no te has enterado? Lo dice tu propio Gobierno.

—Pero eso es terrorismo internacional. ¿Qué pasa aquí, dentro del país? ¿Por qué llevamos guardaespaldas turcos a visitar una obra turca?

—Porque el Gobierno no lo controla todo, Mitch. Libia tiene mucho territorio, pero el noventa por ciento lo forma el desierto del Sáhara. Es inmenso, salvaje, a veces incontrolable. Las tribus luchan entre sí. Es difícil atrapar a los fugitivos. Ahí fuera sigue habiendo caudillos, siempre en busca problemas.

—¿Tú te sentirías seguro yendo adonde vamos mañana?

—Por supuesto. De lo contrario, no estaría aquí, Mitch. Estás a salvo, o tan a salvo como cualquier extranjero.

—Eso dice Luca.

—Conoce el país. ¿Habría permitido que viniera su hija si la situación lo preocupara?

El hotel Corinthia era el punto de encuentro para los hombres de negocios, los diplomáticos y los funcionarios occidentales, y el ornamentado vestíbulo estaba repleto de ejecutivos con trajes caros. Mientras Mitch esperaba para registrarse, oyó inglés, francés, italiano, alemán y otras lenguas que no fue capaz de identificar.

Su habitación esquinera estaba en la quinta planta y tenía unas vistas espléndidas al Mediterráneo. Al mirar hacia el nordeste, vio las antiguas murallas de la ciudad vieja, pero no dedicó mucho tiempo a contemplarlas. Tras darse una ducha caliente, se tumbó en la cama, durmió profundamente durante una hora y se despertó solo gracias a la alarma del despertador. Se duchó otra vez para quitarse las telarañas, se vistió de ejecutivo —pero sin corbata— y bajó a comer.

Samir estaba esperándolo en el restaurante del vestíbulo del hotel. Mitch lo encontró sentado a una mesa en un rincón oscuro y, cuando llegó Giovanna Sandroni, acababan de entregarles las cartas. Se lanzaron al ritual de los abrazos y los besos y, una vez que todos se hubieron saludado, se sentaron de nuevo y comenzaron los prolegómenos habituales. Giovanna le preguntó por Abby y los niños y, con un poco de esfuerzo, se pusieron de acuerdo en que su primer encuentro se había producido unos seis años antes, durante una cena en Nueva York. Ella había pasado un verano en la ciudad como becaria de un bufete de la competencia. Luca también estaba en Manhattan y se vieron, para sorpresa de nadie, en un restaurante italiano de Tribeca. Abby conocía al chef y entonces estaban barajando la posibilidad de escribir un libro de cocina.

Giovanna era una romana de pura cepa, con los ojos oscuros y tristes y unos rasgos clásicos. Sin embargo, había pasado la mitad de su vida en el extranjero: internados de élite en Suiza y Escocia, un título del Trinity College de Dublín, un diploma de la facultad de Derecho de la Queen Mary, en Londres, y otro de la Universidad de Virginia. Hablaba italiano como nativa que era e inglés sin el menor rastro de acento. Luca decía que estaba «adquiriendo» el mandarín, su quinto idioma, y Mitch se frustraba solo con pensarlo. Abby y él seguían aferrándose con uñas y dientes a su italiano y a menudo les preocupaba estar perdiéndolo.

La joven llevaba cinco años en Scully e iba a convertirse en socia por la vía rápida, aunque en el bufete jamás se reconocería la existencia de dicha vía. Cuando los asociados superaban el campamento militar que parecía su primer año en el despacho, los altos cargos ya solían saber quién estaba comprometido de por vida y quién acabaría marchándose al cabo de cinco años. Giovanna tenía cerebro, tenacidad y pedigrí, por no hablar de su buena apariencia, que en principio no contaba para nada, pero que en realidad abría muchas puertas. Tenía treinta y dos años, estaba soltera y los tabloides la habían relacionado en una ocasión con un donjuán italiano sin oficio ni beneficio que se había matado haciendo paracaidismo. Ese había sido su único roce con la fama y le había bastado. Como miembro de una familia prominente, en Italia era un blanco fácil para los cotilleos; por eso prefería llevar una vida más tranquila en el extranjero y vivía en Londres desde hacía cinco años.

—¿Cómo está Luca? —le preguntó Mitch en cuanto vio que se sentía cómoda.

Ella frunció el ceño y fue directa al grano. La salud de su padre se estaba deteriorando, el pronóstico era desalentador. Hablaron del susodicho durante casi quince minutos y prácticamente lo enterraron. Samir lo conocía desde hacía treinta años y no faltó mucho para que se le saltaran las lágrimas. Pidieron unas verduras ligeras y un té verde.

Mientras esperaban la comida, el anfitrión sacó una hoja de papel doblada y la sostuvo en alto para que quedara claro que tenía la palabra. En su docta opinión, debían salir al amanecer del día siguiente, hacia las cinco de la mañana, cuando el tráfico de la ciudad aún era llevadero. El puente estaba al sur de Trípoli, a más de seis horas de viaje en coche. Suponiendo que llegaran a mediodía, podrían pasar un máximo de tres horas en la obra antes de tener que regresar a la ciudad. Era demasiado peligroso viajar una vez que anochecía.

—¿Qué clase de peligros? —Mitch preguntó.

—A dos horas de la ciudad, las carreteras están en mal estado y no son seguras. Además, hay bandas y los malos no escasean. En el puente, Lannak ya está levantando el campamento y a punto de rematar el trabajo. La empresa está bastante ansiosa por marcharse. Al menos dos de sus ingenieros siguen allí, así que os explicarán el diseño, la historia, los problemas, etcétera. Luca cree que es importante que veáis con vuestros propios ojos algunos de los cambios impuestos por el Gobierno libio y que hicieron que el proyecto se descontrolara. Tenemos mucho material: dibujos de arquitectos, bocetos, fotos, vídeos y demás, pero el proyecto completo es algo que hay que ver en persona. Luca lo ha visitado al menos tres veces. Trabajaremos deprisa y luego emprenderemos el regreso a Trípoli.

Mitch le preguntó a Giovanna:

—¿Has revisado el resumen de tu padre?

Ella asintió con confianza y contestó:

—Sí, las cuatrocientas páginas; no sé si se puede considerar un resumen. A veces es un poco farragoso, ¿no te parece?

—Sin comentarios. Es tu padre.

Cuando les sirvieron la comida, Giovanna se quitó las enormes gafas de sol. Mitch ya había decidido que eran solo un accesorio de moda y que no tenían nada que ver con mejorarle la vista. Llevaba un vestido largo negro y suelto que llegaba casi hasta el suelo. No se había puesto ni joyas ni maquillaje; no los necesitaba. Hablaba poco; se mostraba segura de sí misma al mismo tiempo que deferente, puesto que aún era asociada, y transmitía la sensación de ser capaz de defender su punto de vista en cualquier debate. Mientras comían, hablaron del Gran Puente Gadafi. Samir los entretuvo con las historias que, desde hacía años, circulaban sobre el proyecto, otro despilfarro inútil ideado por el coronel. Un hombre nacido en una tienda de campaña. Aquellas anécdotas, sin embargo, nunca habían llegado a imprimirse. La prensa estaba sometida a un estricto control.

La mejor, y quizá la más probable, era que, una vez terminado el puente, el coronel quería volarlo y culpar a los estadounidenses. Sus ingenieros habían sido incapaces de desviar el caudal del río más cercano. Los despidió a todos y dejó de pagar a Lannak.

Como era la primera vez que visitaban la ciudad y apenas tendrían unas horas libres, le preguntaron a Samir si los acompañaría a la ciudad vieja para hacer un poco de turismo. Él se mostró encantado de hacerles de guía. Salieron del hotel a pie y no tardaron en entrar en la parte amurallada de la antigua Trípoli. Las calles estrechas estaban atestadas de coches pequeños, bicicletas de reparto y *rickshaws*. Había un mercado bordeado de puestos en los que vendían carne fresca y pollos, frutos secos que tostaban en sartenes calientes, pañuelos para el cuello y todo tipo de ropa. El coro de gritos y bromas, los bocinazos, las sirenas y el estruendo lejano de la música se combinaban para formar un alboroto constante y ensordecedor. Entonces, a las tres de la tarde, unos altavoces invisibles emitieron el *adhan*, la llamada a la oración, y casi todos los hombres que los rodeaban salieron corriendo hacia la mezquita más cercana.

Mitch había estado en Siria y en Marruecos y había oído el resonar del *adhan* por las calles y los barrios cinco veces al día. Aunque sabía poco de la religión musulmana, sus tradiciones y la disciplina de sus fieles lo fascinaban. En Estados Unidos, la costumbre de marcharte a toda prisa a la iglesia para ponerte a rezar en pleno día nunca había arraigado.

De repente, los mercados y las calles se quedaron mucho más tranquilos. Giovanna decidió ir de compras. Mitch la acompañó y le compró un pañuelo a Abby.

9

Cualquier preocupación que Mitch y Giovanna pudieran tener respecto a sufrir una emboscada en el desierto a manos de algún caudillo o bandido se disipó cuando conocieron a su equipo de seguridad turco. Estaba formado por cuatro hombres: Aziz, Abdo, Gau y otro cuya denominación sonaba como «Haskel». Les costó tanto pronunciar los nombres de pila que ni siquiera les dijeron cómo se apellidaban. Los cuatro jóvenes turcos eran corpulentos y tenían el tórax y los brazos muy gruesos; llevaban tantas capas de ropa voluminosa que resultaba evidente que ocultaban todo tipo de armamento. Haskel, el líder indiscutible, era el que más hablaba y lo hacía en un inglés pasable. Samir se apresuró a señalar unas cuantas cosas en turco, solo para impresionar a Mitch y a Giovanna con sus habilidades lingüísticas.

La reunión se celebró en una sala pequeña, dentro de un almacén situado a una media hora del hotel. Haskel señalaba aquí y allá en un mapa grande y colorido que ocupaba toda una pared. Llevaba cuatro años en Libia; había hecho el trayecto de ida y vuelta desde el puente decenas de veces sin incidentes y estaba seguro de que les esperaba un día tranquilo. Saldrían del hotel a las cinco de la mañana siguiente en un solo vehículo, un camión de reparto personalizado con un montón de ejes, combustible y otras «protecciones». Durante la comida, a Samir se le había escapado que los ejecutivos de Lannak solían desplazarse hasta la obra del puente en helicóptero. A Mitch se le pasó por la cabeza preguntar por qué no ponían uno a disposición de su equipo jurídico, pero luego se lo pensó mejor.

El camión lo conduciría Yusuf, empleado de confianza de Lannak y libio de pura cepa. Habría puestos de control y quizá alguna leve tentativa de hostigamiento por parte de los soldados locales, pero nada con lo que Yusuf no pudiera manejarse. Llevarían comida y agua en abundancia, ya que era mejor no parar, a menos que, claro está, así lo requirieran sus necesidades fisiológicas. El Gobierno había autorizado el viaje, de manera que, en principio, nadie vigilaría sus movimientos. Samir los acompañaría solo por si acaso, aunque resultaba obvio que no le apetecía nada hacer otra excursión hasta el puente.

Dejó a Mitch y Giovanna en el hotel cuando ya había anochecido y se fue a casa. Tras saludar a su esposa y husmear un poco en la cocina, se dirigió a su recogido despacho, cerró la puerta con llave y llamó a su contacto de la policía militar libia. El parte duró media hora y abarcó todos los temas posibles, desde la ropa que se había puesto la italiana hasta la marca de su teléfono móvil, el número de su habitación del hotel, las compras que había hecho en el mercado y lo que tenía planeado para la cena. Mitch y ella habían quedado en que cenarían en el hotel a las ocho de la tarde y habían invitado a Samir a acompañarlos. Él se había excusado.

En su opinión, la visita al puente era una pérdida de tiempo, pero típica de los abogados occidentales. Lannak les pagaba por horas, así que ¿por qué no viajar un poco, divertirse, salir de la oficina y ver la octava maravilla del mundo, un puente de mil millones de dólares sobre un río seco en medio del desierto?

Como había tantos occidentales en el hotel, Giovanna decidió abandonar el estilo local y arreglarse. El vestido ajustado le llegaba hasta las rodillas y hacía justicia a su espléndida figura. Llevaba un par de pendientes de oro largos, un collar y varias pulseras. Al fin y al cabo, era italiana y sabía vestir. Había quedado con un apuesto socio estadounidense de su bufete y quizá hubiera cierta tensión en el ambiente. Estaban muy lejos de casa.

Mitch iba con un traje oscuro sin corbata. Se llevó una grata sorpresa al ver el cambio de imagen de su compañera y le dijo que estaba preciosa. Entraron en el bar y pidieron un par de martinis. El alcohol estaba estrictamente prohibido en territorio musulmán, pero los gobernantes sabían lo importante que era para los occidentales. Hacía tiempo que los hoteles habían convencido a Gadafi de que, para mantener el negocio a flote y obtener beneficios, tenían que ofrecer una barra bien surtida y una carta de vinos.

Se llevaron las bebidas a una mesa situada junto a un gran ventanal y contemplaron las vistas del puerto. Como sentía curiosidad por el pasado de Giovanna y la consideraba mucho más interesante que él, Mitch dejó que, poco a poco, el peso de la conversación fuera recayendo sobre ella. Había vivido la mitad de sus treinta y dos años en Italia y la otra mitad en el extranjero. Tenía muchas ganas de volver a casa. La enfermedad de su padre era un factor importante y su muerte, que Dios no la quisiera, dejaría un vacío enorme en la sede de Scully en Roma. Luca, por supuesto, la quería a su lado en aquellos momentos y ella estaba decidida a dar el paso. Le encantaba Londres, pero estaba cansada del clima deprimente.

Cuando se acabaron las copas, Mitch le hizo un gesto al camarero. Como a la mañana siguiente salían tan temprano, no podían permitirse una cena de tres horas ni querían platos pesados de carne y salsas. Se decidieron por un guiso ligero de marisco y Giovanna eligió una botella de *pinot grigio*.

—¿Qué edad tenías cuando te fuiste de Roma? —preguntó Mitch.

—Quince años. Iba a un colegio estadounidense de allí y ya había viajado mucho para tener esa edad. Mis padres se estaban separando y, en casa, las cosas no iban nada bien. Me mandaron a un internado suizo, una salida obscenamente cara para los chavales ricos cuyos padres estaban demasiado ocupados como para criarlos. Había alumnos de todo el mundo, muchos árabes, asiáticos y sudamericanos. El ambiente era maravilloso y me divertí incluso más de lo debido, aunque la preocupación por mis padres era constante.

—¿Volvías a Roma a menudo?

—No mucho, solo durante las vacaciones. En verano hacía prácticas aquí y allá para mantenerme alejada de casa. Culpaba a mi padre por el divorcio, aún lo hago, pero hemos conseguido alcanzar una tregua.

—¿Qué fue de tu madre?

Se encogió de hombros, sonrió y dejó claro que ese tema estaba vedado. A Mitch le pareció bien. Él tampoco tenía ninguna intención de hablar de sus padres. Le preguntó:

—¿Por qué elegiste ir a la universidad en Dublín?

Llegó el vino y llevaron a cabo el ritual de abrirlo, probarlo y darle el visto bueno. Cuando el camarero sirvió las dos copas y se marchó, Giovanna prosiguió:

—Me había corrido demasiadas juergas en el internado y mi solicitud era bastante floja. No impresionó en absoluto a las universidades de la Ivy League y ninguna me aceptó, tampoco Oxford ni Cambridge. Mi padre movió unos cuantos hilos y me admitieron en Dublín, en el Trinity. No me tomé nada bien el rechazo y llegué a la universidad resentida y con muchas ganas de sacarme la espina. Estudié mucho y entré en la facultad de Derecho decidida a poner el mundo patas arriba. Me saqué el título en dos años, pero, a los veintitrés, no estaba bien preparada para presentarme al examen de acceso a la abogacía. Mi padre me propuso que me fuera a estudiar a Estados Unidos y pasé tres años estupendos en la Universidad de Virginia. Pero basta de hablar de mí. ¿Cómo entraste en la facultad de Derecho de Harvard?

Mitch sonrió y bebió un sorbo de vino.

—¿Te refieres a que cómo es posible que a un chico pobre de un pueblecito de Kentucky lo aceptaran en la Ivy League?

—Sí, algo así.

—Alumno brillante, líder carismático, esas cosas.

—No. ¿En serio?

—¿Que si en serio? Tuve una media de matrícula de honor en los tres primeros años de universidad y una puntuación casi perfecta en el examen de acceso a la facultad de Derecho. Además, procedía del condado carbonífero de Kentucky, un factor muy importante. Harvard no recibe muchas solicitudes de ese rincón del mundo, así que a la inteligentísima gente de admisiones le pareció que mi grado de exotismo era suficiente. La verdad es que tuve suerte.

—Cada uno se busca su propia fortuna en la vida, Mitch. Te fue muy bien en Harvard.

—Como tú, llegué con ganas de sacarme una espina, de demostrar que podía, así que, sí, me esforcé mucho.

—Mi padre me contó que terminaste entre los primeros de tu clase.

¿Por qué le habría contado Luca algo así?

—No, no es cierto. Terminé el tercero.

—¿De entre…?

—Quinientos.

Eran casi las nueve de la noche y todas las mesas estaban ocupadas por hombres ruidosos que hablaban a voz en grito en más idiomas de los que Mitch era capaz de seguir. Algunos iban vestidos con túnica y kufiya, pero la mayoría lucían trajes caros. Aparte de consumir grandes cantidades de alcohol, muchos tenían un cigarrillo en la boca y la ventilación del restaurante era inadecuada. El petróleo impulsaba la economía libia y él captaba retazos de conversaciones en inglés sobre los mercados, los precios del crudo y las perforaciones. Intentaba no hacerles caso, ya que estaba cenando con una de las dos únicas mujeres de la sala y su acompañante merecía toda su atención. La joven atraía miradas; ella lo sabía y parecía aceptarlas como si formaran parte de su mundo.

Giovanna quiso hablar de Abby y de los gemelos y eso hicieron durante un buen rato, mientras jugueteaban con el guiso, que no estaba muy bueno, y se tomaban el vino, que no estaba mal, pero que habría sabido mucho mejor en Lombardía. Cuando agotaron el tema de la familia inmediata de Mitch, la joven apartó el plato y le dijo que necesitaba un consejo. Llevaba cinco años con Scully, todos ellos en la oficina de Londres, y estaba decidida a convertirse en socia. ¿Tendría más posibilidades si se quedaba en Londres o si volvía a Roma? ¿Y cuánto creía que tardaría? En Scully, la media era la misma que en el resto de los grandes bufetes estadounidenses, unos ocho años.

Mitch sintió la tentación de hablarle de manera extraoficial y de compartir los rumores que le habían llegado: que lo más seguro era que llegara a socia por la vía rápida si mantenía el ritmo actual y que daba igual dónde se encontrara. Sin embargo, no le cabía duda de que ser la hija de Luca Sandroni le abriría más puertas en Roma. Era una mujer inteligente, emprendedora y con pedigrí. Además, la empresa estaba apostando por la diversidad y necesitaba más mujeres en la cúpula.

Le contestó que no importaba. Scully era un bufete célebre por reconocer el talento legal, ya fuera de cosecha propia o captado, y daba igual dónde lo encontraran.

Cuando se terminaron el guiso y el vino, ambos estaban cansados. El día siguiente sería una aventura. Mitch cargó la cena a su habitación. Acompañó a Giovanna a la suya, situada en la misma planta, y le dio las buenas noches.

10

Estaba dormido como un tronco y no tenía ni idea de qué hora era cuando se despertó en la oscuridad y se aferró a las sábanas porque la cama le daba vueltas. Estaban empapadas de agua, de sudor o de algo así, no fue capaz de distinguirlo durante los primeros horribles segundos en los que intentó incorporarse y respirar. Tenía el corazón desbocado y a punto de explotar. Sintió náuseas y el estómago revuelto y, antes de que le diera tiempo a encontrar el interruptor de la luz, toda la cena, tanto el guiso ligero de marisco como el *pinot grigio*, había iniciado su ardiente camino hacia el exterior. Apretó los dientes e intentó tragar con fuerza, pero no pudo contener la avalancha y empezó a vomitar por un lado de la cama. Tuvo arcadas, escupió y tosió y, cuando terminó de sacar la primera tanda, se quedó mirando el desastre en la penumbra e intentó pensar. Era imposible. Todo le daba vueltas: la cama, el techo, las paredes, los muebles. El sudor le rezumaba por la piel y el corazón y los pulmones le retumbaban dentro del pecho. Volvieron las arcadas, las toses y los vómitos. Tenía que ir al baño, pero estaba demasiado mareado para levantarse. Rodó sobre el colchón, cayó encima del vómito y empezó a arrastrarse por la moqueta hasta el cuarto de baño, donde encendió una luz y volvió a descargar en el retrete. Una vez que tuvo el estómago vacío, se apoyó en la bañera y se lavó la cara con una toalla de mano y agua fría. Varias punzadas de dolor agudo le atravesaron la cabeza y lo hicieron jadear. Seguía teniendo la respiración muy agitada. Sentía el pulso como un martillo neumático. Pensó en intentar ponerse en pie una vez más y, despacio, se colocó a cuatro patas. Estaba seguro de que se iba a morir.

El estómago volvió a explotarle y las arcadas lo llevaron de nuevo al retrete. Cuando pasó la oleada, se apoyó otra vez en la bañera y abrió el grifo. Notaba su propio olor y necesitaba lavarse. Tumbado boca arriba, se bajó los calzoncillos y los pantalones del pijama y después se liberó de la camiseta. Todas las prendas estaban empapadas de sudor y apestaban a guiso de pescado rancio. Las lanzó hacia la ducha; ya se ocuparía de ellas más tarde. Consiguió meterse en la bañera sin romperse ningún hueso. El agua estaba demasiado fría, así que giró uno de los mandos. Le bajó por la cabeza y el cuello y, cuando la bañera estaba medio llena, cerró el grifo y pasó un buen rato en remojo con los ojos cerrados. Las vueltas eran incesantes. Se dio cuenta de que había un reloj en el lavabo: la 1.58. Había dormido menos de tres horas. Volvió a cerrar los ojos, se masajeó las sienes y esperó a que se le pasara el mareo.

Si se trataba de una intoxicación alimentaria, Giovanna estaría igual de enferma. Habían pedido el mismo guiso, bebido el mismo vino y empezado con el mismo martini. Tenía que llamarla, estaba a solo cuatro puertas de distancia. ¿Y si también estaba así de mal? ¿Y si se estaba muriendo?

El problema era que no podía andar. Qué narices, le costaba incluso permanecer tumbado en la bañera de agua tibia mientras la cabeza le daba vueltas como una noria. Vio un albornoz blanco y grueso colgado de la puerta y tomó la determinación de llegar hasta él y taparse. Salió a trompicones de la bañera, encontró una toalla y se secó; luego, tiró del albornoz para descolgarlo del gancho y se lo puso. Las náuseas atacaron de nuevo y se tumbó en el suelo de baldosas frías a esperar a que se le pasaran. Habría vomitado violentamente, pero tenía el estómago vacío.

Se arrastró hasta un aparador, levantó con cuidado el teléfono del hotel y pulsó el botón de recepción. No obtuvo respuesta. Soltó un taco y volvió a intentarlo. Nada. Dijo unas cuantas palabrotas más y pensó en Samir, el único amigo que tenía en la ciudad con capacidad para encontrar un médico, tal vez un hospital. La idea de que lo metieran en una ambulancia en Trípoli y lo llevaran a un centro del tercer mundo le resultaba aterradora, pero no más que acabar muerto en un hotel tan lejos de casa.

Necesitaba agua, pero no veía ninguna botella. Pasaron cinco minutos, luego diez y se juró que llegaría hasta los treinta, porque eso significaría que aún estaría vivo y mejorando, ¿no? De repente, volvió a sentir espasmos y ardor en las tripas. Se inclinó hacia un lado e intentó no vomitar, pero no pudo evitarlo. Lo que expulsaba ya no era la cena de la noche anterior, eso ya estaba en el suelo. Ahora regurgitaba sangre y agua. Llamó a recepción, pero no le contestó nadie.

Marcó el número de la habitación de Giovanna. Después de cuatro tonos, al fin contestó:

—Hola, ¿quién es?

—Soy yo, Mitch. ¿Estás bien?

A juzgar por su voz, estaba bien, quizá un poco adormilada. Él, con la garganta inflamada y la boca seca, parecía un moribundo.

—Sí, ¿qué pasa?

—¿No estás enferma?

—No.

—Estoy fatal, Giovanna. Creo que me he intoxicado y necesito un médico. En la recepción no me contestan.

—Vale, voy enseguida.

Colgó antes de que le diera tiempo a decirle nada más. Ahora ya solo tenía que llegar a la puerta para quitarle el pestillo.

Durante la siguiente media hora, estuvo tumbado en el colchón desnudo, en albornoz, intentando no moverse ni hablar mientras Giovanna le ponía toallas frías en el cuello y la frente. Ella había quitado las sábanas, la manta y las fundas de las almohadas y las había amontonado en el suelo, tapando parte del desastre que Mitch había causado. Samir había dicho que estaba a veinte minutos.

Las náuseas habían desaparecido, pero el estómago y los intestinos se le seguían acalambrando y retorciendo. Pasaba de la agonía a perderse en el país de nunca jamás en cuestión de segundos.

El anfitrión llegó a toda prisa, aún gruñéndole al encargado del mostrador de recepción, que lo seguía sin hacer mucho más que estorbar. Ambos discutían en árabe. Detrás de ellos, entraron dos sanitarios uniformados con una camilla. Hablaron con Mitch a través de Samir, que hizo de intérprete. Le tomaron la tensión: demasiado alta. Tenía ciento cincuenta pulsaciones por minuto. Estaba a todas luces deshidratado. Su amigo le dio unas palmaditas en el brazo y le dijo:

—Nos vamos al hospital, ¿vale, Mitch?

—Vale. Vienes conmigo, ¿verdad?

—Claro. Tenemos un buen centro en la ciudad. Confía en mí. No te preocupes.

Lo sacaron en camilla de la habitación y lo llevaron por el pasillo hasta los ascensores. Samir y Giovanna les pisaban los talones. Había otro sanitario esperando en el vestíbulo y la ambulancia estaba aparcada ante la puerta principal. El libio le dijo a ella:

—Ven conmigo en el coche. Los seguiremos. —Después, dirigiéndose a Mitch, añadió—: He llamado a los médicos adecuados. Nos estarán esperando en el hospital.

Él mantuvo los ojos cerrados y asintió. No recordaría nada de su primer viaje en ambulancia, salvo el ulular de la sirena.

No había tráfico contra el que luchar, así que circularon a toda velocidad por las calles y, en cuestión de minutos, la camilla entró en las urgencias del hospital militar Metiga, un complejo tan moderno que encajaría a la perfección en cualquier barrio residencial estadounidense.

—¿Un hospital militar? —preguntó Giovanna.

—Sí, el mejor del país. Si tienes dinero o contactos, vienes aquí. En Libia, nuestros generales reciben lo mejor de lo mejor.

Sin preocuparse lo más mínimo, Samir aparcó en una zona prohibida. Entraron a toda prisa en urgencias y siguieron a la camilla. Llevaron a Mitch a una sala de exploración y lo trasladaron a una cama. Las enfermeras y los técnicos corrían de un lado a otro y, después de haberse temido lo peor, el enfermo se sintió aliviado por la atención y el nivel de los cuidados. Permitieron que Samir y Giovanna entraran en la habitación. Un tal doctor Omran apareció junto a la cama y tomó el mando. Con una amplia sonrisa y un acento muy marcado, dijo:

—Señor McDeere, yo también estudié en Harvard.

El mundo es un pañuelo. Mitch consiguió sonreír por primera vez desde hacía horas y se relajó cuanto pudo. Con la ayuda de Giovanna, repasaron todos los alimentos que probaron no solo durante la cena, sino también a la hora de la comida. Mientras hablaban, dos enfermeras le cogieron una vía y lo conectaron a un gota a gota. Le comprobaron las constantes vitales y le extrajeron un pequeño vial de sangre.

El relato pareció extrañar al doctor Omran, pero no preocuparlo.

—No es la primera vez que una persona enferma y las demás ni se inmutan. Es poco frecuente, pero pasa. —Miró a Giovanna y le dijo—: Aún cabe la posibilidad de que usted también tenga la bacteria y no se encuentre bien. Puede tardar uno o dos días.

Ella contestó:

—No, estoy bien. No tengo ningún síntoma.

El médico se dirigió en árabe a las enfermeras. Un técnico salió a buscar algo. Luego le dijo a Mitch:

—Vamos a probar un par de medicamentos. Uno para calmar las náuseas y detener los calambres y otro para aliviar el dolor y que quizá te ayude a dormir un poco.

Ambas cosas le parecieron maravillosas y el paciente volvió a sonreír. En un esfuerzo por parecer duro, preguntó:

—¿Cuándo puedo marcharme?

—Vamos a dejarlo ingresado, señor McDeere —respondió el médico con una sonrisa—. Pasará aquí algún tiempo.

Y a Mitch le pareció estupendo. Le había gustado sobre todo la parte del analgésico y la siesta larga. Seguía teniendo calambres en las tripas y la cabeza no había parado de darle vueltas. No le apetecía hacer nada más que dormir durante unas horas. Pensó en Abby y en los niños y supo que estaban a salvo. Lo último que necesitaban era una llamada urgente desde Libia para darles una mala noticia. Se recuperaría en cuestión de horas.

Giovanna dijo:

—Mitch, son casi las cuatro de la mañana. Teníamos que salir a las cinco.

El doctor Omran señaló:

—No está en condiciones.

—¿Podemos retrasarlo veinticuatro horas? —preguntó él.

Samir y el médico se miraron de hito en hito y ambos negaron con la cabeza.

—No tengo claro si podré darle el alta en las próximas veinticuatro horas —repuso el médico—. Quiero ver los análisis de sangre.

El libio, por su parte, dijo:

—El viaje está autorizado para hoy. Tendría que volver y pedir otra autorización. Como ya os he comentado, el Gobierno se está poniendo cada vez más estricto. Por razones obvias, la demanda de Lannak no los entusiasma y solo habían autorizado la visita de hoy para quedar bien ante el tribunal.

—O sea, que es posible que no la autoricen para otra fecha, ¿no? —preguntó Mitch.

—¿Quién sabe? Creo que sí, pero retrasarán la decisión como mínimo unos días, solo para hacernos esperar. Son burócratas, Mitch. Tipos duros.

—Ya voy yo, Mitch —intervino Giovanna—. Me he estudiado los resúmenes, la lista de verificación, todo. Yo me encargo. Lo hacemos así y nos lo quitamos de encima.

Él cerró los ojos y aguantó el embate de otra oleada de calambres. En aquel momento, ya había pasado suficiente tiempo en Libia y no veía la hora de marcharse. Miró a Samir y le preguntó:

—¿Sigues pensando que es seguro?

—Mitch, si no lo creyera, no estaríamos aquí ahora mismo. Como ya te he dicho, he hecho el viaje una decena de veces y jamás me he sentido amenazado.

—¿Y hoy también vas a ir?

—Mitch, trabajo para ti, tu bufete y tu cliente. Tú mandas. Si quieres que acompañe al equipo, iré.

McDeere gruñó y gritó apretando los dientes:

—¡Ahhh! ¡Diarrea! ¡Que alguien traiga la cuña!

Samir y Giovanna se volvieron hacia la puerta y huyeron por el pasillo. Esperaron y observaron durante unos minutos a los celadores y las enfermeras que entraban y salían de la habitación. Finalmente, la joven dijo:

—Vámonos al hotel. Tengo que cambiarme.

El camión blindado estaba aparcado cerca de la entrada principal del hotel. Yusuf, el conductor, se había quedado dormido en su asiento. Junto a él, en la cabina, estaba el sexto miembro del destacamento, Walid, otro conductor libio que los iba a acompañar por si Yusuf necesitaba descansar. Le esperaba una larga jornada de al menos diez horas al volante. Los cuatro turcos merodeaban por la calle, todos fumando y vestidos con uniforme de camuflaje desértico y botas de lona.

Samir habló con ellos mientras esperaban y luego se alejó con el teléfono pegado a la oreja. Se reunió con Giovanna en el vestíbulo y le dijo:

—El doctor Omran opina que debería quedarme y echar una mano con Mitch. Es posible que haya complicaciones.

—¿Qué tipo de complicaciones?

—Puede que no fuera una intoxicación alimentaria.

—¿Y se supone que eso debe tranquilizarme?

—No tienes por qué ir, Giovanna. Volveremos a intentarlo la semana que viene o quizá la siguiente.

—¿No te preocupa este viaje?

Por cuarta o quinta vez, Samir aseveró:

—No. Vas con un buen equipo de seguridad y tengo la certeza de que ni siquiera lo necesitarás.

—Pues voy. Cuida de Mitch.

El libio la besó en ambas mejillas y le dijo:

—Nos vemos aquí para cenar esta noche, ¿vale?

—Genial. Pero nada de guiso de marisco.

Ambos se echaron a reír y él se quedó mirándola mientras salía por la puerta giratoria con paso decidido.

11

La cabina del camión era como un puente de mando con dos sillas de capitán para los conductores. Se comunicaba con la parte de atrás del vehículo a través de un pasillo estrecho para que los conductores pudieran hablar con los pasajeros si lo necesitaban. Cerca de la puerta trasera, había apiladas varias cajas de suministros sin marcar y en una vaca instalada sobre el techo había aún más. Cuando Yusuf se aseguró de que todo estaba bien amarrado y sujeto, agarró el volante y cambió de marcha.

Giovanna y sus guardaespaldas ocupaban unos asientos muy mullidos que podían reclinarse unos cuantos centímetros y resultaban bastante cómodos, al menos en las calles asfaltadas de la ciudad. Haskel, el jefe, le explicó a la abogada que las carreteras no eran tan llanas en la zona rural. Según él, el camión se había modificado para transportar a los ingenieros y ejecutivos de Lannak desde la ciudad hasta el puente, y viceversa, y hacía años que se utilizaba prácticamente a diario. Yusuf era capaz de hacer el trayecto con los ojos cerrados y eso hacía en muchas ocasiones.

Aziz le ofreció un espeso café turco que desprendió un olor delicioso mientras se lo servía en una taza de metal. Haskel le tendió una especie de hojaldre retorcido con los bordes desmigajados y un inconfundible aroma a sésamo. Le explicó:

—Se llama *kaak*. Muy sabroso.

Yusuf se volvió y le dijo:

—Mi mujer me los hace siempre para estos viajes.

—Gracias —dijo ella y le dio un mordisco; sonrió para transmitir su aprobación.

Las calles de Trípoli estaban oscuras y vacías y era demasiado pronto para que se entreviese siquiera un atisbo de sol. A cada lado de la bodega de carga había dos ventanas estrechas que les permitían vislumbrar la ciudad. Pocos minutos más tarde, Gau y Abdo estaban despatarrados, cada uno en un asiento, con los ojos cerrados a cal y canto. Tras beber dos sorbos de café, Giovanna supo que no sería capaz de dormir. Se comió aquella versión libia de una galleta e intentó asimilar el contexto. Hacía dos días, estaba en su despacho de Londres, como siempre, impecablemente vestida y sin ganas de afrontar otra aburrida ronda de reuniones. Ahora, estaba en Trípoli, en la parte trasera de un camión modificado, escoltada por cuatro turcos armados hasta los dientes y a punto de aventurarse en el desierto, donde tendría que inspeccionar un puente de mil millones de dólares que no llevaba a ninguna parte. Se había puesto unos vaqueros holgados, unas botas de montaña y ni una gota de maquillaje. Sacó el móvil. Haskel se dio cuenta y le advirtió:

—La cobertura va bien durante una hora, luego nada.

—¿Cómo hablas con tu gente de la obra del puente?

—Con un sistema de satélite para teléfonos e internet. Puedes usarlo cuando lleguemos.

Estaba preocupada por Mitch y le envió un mensaje de texto. No esperaba respuesta. Le mandó otro a Samir, que le contestó enseguida con la noticia de que el abogado se encontraba mejor. El libio tenía pensado pasar el día en el hospital. Giovanna se acordó de su padre y decidió esperar. Con suerte, aún estaría dormido.

Aziz empezó a cabecear, de manera que Haskel se quedó solo montando guardia, aunque de momento la seguridad no era necesaria. Ella comenzó a sentir un aburrimiento abrumador y repentino, así que abrió un apasionante memorándum oficial que pretendía resumir el lamentable estado de la Libia moderna, o al menos desde 1969, cuando Gadafi había dado el golpe de Estado y se había proclamado dictador, gobernante y rey vitalicio. A las afueras de la ciudad, cuando la autopista se estrechó, empezó a bostezar y cayó en la cuenta de que había dormido menos de tres horas. Mitch la había llamado a las dos de la madrugada medio muerto y, desde entonces, había permanecido sumida en un estado de constante tensión.

Le echó un vistazo al móvil. Sin cobertura. Solo quedaban cuatro horas.

Los guardias de seguridad del puesto de control eran soldados del Ejército libio. Había cinco y llevaban muertos una hora cuando Yusuf tomó la curva larga y las barreras de hormigón aparecieron ante ellos. Los cadáveres estaban metidos en la parte trasera de un camión robado al que no tardarían en prenderle fuego. Ahora los uniformes de los soldados los lucían sus asesinos.

Yusuf vio a los guardias y anunció:

—Puesto de control. Puede que tengamos que bajarnos.

—Este es el más importante y normalmente nos bajamos del camión para que los guardias echen un vistazo dentro

—le explicó Haskel a Giovanna—. Sienta bien estirar las piernas un rato. Y hay una especie de baño, si lo necesitas. No te preocupes.

Ella asintió y dijo:

—No hace falta. Gracias.

El camión se detuvo. Dos guardias los apuntaron con los rifles. Yusuf y Walid se apearon de la cabina y los saludaron. Todo era rutinario. Otro guardia abrió la puerta trasera y les hizo un gesto a los cuatro turcos y a Giovanna para que salieran.

—¡Nada de armas! —gritó el guardia en árabe.

Como de costumbre, los turcos las dejaron en los asientos y salieron a la luz del día. Eran casi las nueve de la mañana y ya hacía calor en el desierto. Dos hombres uniformados subieron al camión y se pusieron a inspeccionarlo. Los minutos pasaban y Yusuf empezó a mirar a su alrededor. No reconocía a los guardias, pero cambiaban muy a menudo. Tenían a dos muy cerca, ambos con un kalasnikov y el dedo apoyado en el gatillo.

El líder salió del camión con la pistola automática de Haskel en la mano. Los señaló con ella y gritó en árabe:

—¡Manos arriba, en alto!

Los cuatro turcos, los dos libios y Giovanna las levantaron poco a poco.

—¡De rodillas! —gritó el hombre.

En lugar de arrodillarse, Yusuf dio un paso en la dirección equivocada y dijo:

—¿Qué pasa aquí? Estamos autorizados.

El líder le apuntó a la cara con la pistola y, desde un metro de distancia, apretó el gatillo.

Haskel había llamado a su jefe, que los esperaba en el campamento de la obra de Lannak, al salir de Trípoli y le había dicho que llegarían a las diez de la mañana, tal como estaba previsto. Ese había sido el procedimiento habitual desde el momento en el que habían empezado a construir el puente: siempre planificaban el viaje, no dejaban nada a la improvisación; siempre avisaban con antelación; y siempre llamaban para anunciar tanto la salida como la llegada. Alguien con autoridad vigilaba y esperaba. La mayoría de las autopistas eran seguras, pero, al fin y al cabo, aquello era Libia, una tierra de tribus enfrentadas que se crecía ante los conflictos desde hacía siglos.

A las diez y media, el campamento llamó a la radio del camión de Yusuf, pero no obtuvo respuesta. Lo mismo ocurrió a las once menos cuarto y a las once. Si hubiera habido una avería, algo bastante habitual, el conductor habría llamado de inmediato. A las 11.05, el campamento recibió una llamada del Ejército libio. El mensaje era inquietante: otro camión se había detenido en el puesto de control y se lo había encontrado completamente vacío. Los cinco soldados habían desaparecido, junto con sus dos camiones y dos jeeps. No había ni rastro de ningún otro vehículo. El Ejército acababa de enviar helicópteros y tropas a la zona.

La búsqueda no reveló nada, aunque no resultaba difícil ocultarse en la inmensidad del Sáhara. A tres de la tarde, el ejecutivo de Lannak a cargo de la situación llamó a Samir, que estaba en su despacho. Cuando este volvió al hospital, se encontró a Mitch otra vez dormido y decidió esperar alrededor de una hora antes de transmitirle la preocupante noticia.

A las cinco, el susodicho se había olvidado de su intoxicación alimentaria y estaba al teléfono con el despacho neoyorquino de Jack Ruch, que a su vez se había puesto en contacto con Riley Casey, su homólogo de la sede de Londres. Aún faltaban muchos detalles por confirmar y parecía inconcebible que una asociada de Scully & Pershing hubiera desaparecido en Libia, pero hacía doce horas que no había rastro ni de Giovanna ni de ninguno de los hombres que la acompañaban. Tampoco se había producido ningún contacto. La pesadilla evolucionaba y se tornaba más sombría con cada hora que pasaba.

La cuestión más acuciante era cómo decírselo a su padre. Mitch sabía que no tenía más remedio que ser él quien lo hiciera, y pronto, antes de que la noticia llegara a oídos de Luca por otra fuente.

A las seis y media, llamó a Roma para hablar con él y le dijo que su hija había desaparecido.

12

Considerada por la mayor parte del mundo como un Estado paria, a la Libia de Gadafi le costaba mantener relaciones diplomáticas normales incluso con sus amigos. Con sus enemigos, los contactos sobre asuntos delicados eran espinosos en el mejor de los casos y, a menudo, imposibles. El embajador turco fue el primero en llegar al Palacio del Pueblo para asistir a una reunión convocada a toda prisa. Habló con un alto cargo militar, asesor de Gadafi, que le dijo que el Gobierno estaba haciendo todo lo posible por encontrar al equipo desaparecido. De manera extraoficial, le aseguró al embajador que dicho gobierno no estaba implicado en los secuestros, los raptos o como fuera que hubiese que llamarlos en aquel momento. El hombre salió de la reunión insatisfecho y con más preguntas que cuando había llegado, pero no era algo del todo inusual cuando tenía que tratar con el régimen.

Los siguientes fueron los italianos. Dada su historia colonial, aún mantenían lazos formales con el Gobierno y muchas veces les hacían el trabajo sucio a los occidentales que decidían tratar con Libia a causa del petróleo. El embajador italiano habló por teléfono con un general libio que lo informó ciñéndose a la disciplina del partido: el Gobierno no estaba involucrado, tampoco sabía quiénes lo estaban y no tenía ni idea de dónde se habían llevado a los rehenes. El Ejército libio estaba peinando el desierto. El embajador llamó inmediatamente a Luca, que era conocido suyo, y le repitió la conversación. Por algún motivo indeterminado, el embajador estaba seguro de que a Giovanna y a sus acompañantes los encontrarían ilesos.

Ni los británicos ni los estadounidenses recurrirían a diplomáticos para tratar con Libia. Desde que el presidente Reagan había bombardeado el país en 1986, había entrado en vigor una especie de estado de guerra no declarada. A partir de aquel momento, cualquier tipo de contacto con Gadafi y sus secuaces se complicó y se convirtió en un nido de intrigas. El hecho de que no hubiera ningún estadounidense implicado agravaba aún más la situación. Giovanna tenía la doble nacionalidad italiana y británica. Scully & Pershing tenía su sede central en Nueva York, pero era un bufete de abogados, una empresa, no una persona. Aun así, el Departamento de Estado de Estados Unidos y sus servicios de inteligencia estaban en alerta máxima, vigilando internet y aguzando el oído a la hora de captar conversaciones. Pero no percibían nada. Las imágenes por satélite aún no habían arrojado resultados.

Los espías británicos de Trípoli también estaban escarbando en busca de chismes. Los detalles, sin embargo, seguían siendo vagos y sus fuentes, por lo general fiables, no sabían casi nada.

A las diez de la noche, los secuestradores aún no habían dado señales de vida. Nadie sabía cómo referirse a ellos porque nadie sabía quiénes eran. Terroristas, matones, revolucionarios, guerreros tribales, fundamentalistas, insurgentes, bandidos..., había muchas descripciones posibles. Como el Estado controlaba la prensa, la noticia no se había confirmado. A los medios de comunicación occidentales no se les había filtrado ni una sola palabra.

Samir pasó aquella tarde larga y terrible sentado junto a Mitch en su habitación del hospital y paseando por el aparcamiento con el teléfono pegado a la oreja. Ninguna de las dos cosas resultaba agradable. El convaleciente se había puesto bastante enfermo debido a lo que parecía haber sido una intoxicación alimentaria. El doctor Omran no había encontrado ninguna otra causa. Los vómitos y la diarrea habían cesado al fin, puesto que ya no le quedaba nada en el organismo. Le daba miedo comer y no tenía apetito. En cualquier caso, sus problemas físicos habían desaparecido en cuanto había recibido la impactante noticia de la emboscada. Ahora lo único que pretendía era salir del hospital.

Los contactos de Samir en la policía militar le habían facilitado poca información. Le habían asegurado que no se trataba de una estratagema del Gobierno para obligar a Lannak a abandonar el país sin, por supuesto, los aproximadamente cuatrocientos millones de dólares que exigía a cambio del maldito puente. Sus fuentes parecían estar tan en la inopia como todos los demás. Aun así, desconfiaba, porque odiaba a Gadafi y sabía que su capacidad para la depravación era ilimitada. Esos pensamientos se los guardaba para sí.

A las once, hora del este, el bufete Scully tomó la decisión de sacar a Mitch McDeere de Trípoli. La empresa tenía una póliza de seguros que preveía la evacuación urgente de cualquiera de sus abogados en caso de que cayeran enfermos en un país con una atención sanitaria poco recomendable. Libia cumplía los requisitos. Jack Ruch llamó a la compañía de seguros, a la que ya habían puesto sobre aviso. Luego llamó a Mitch por tercera vez y discutieron los detalles. Por un lado, McDeere quería quedarse porque se negaba a irse sin Giovanna. Por otro, quería marcharse porque seguía encontrándose fatal y se negaba a volver a poner los pies en territorio libio. Había hablado dos veces con Abby y ella insistía en que se largara de allí cuanto antes. Ruch argumentó, en un lenguaje claro y contundente, que Mitch no podría contribuir de ningún modo a la búsqueda de Giovanna y de su equipo de seguridad y que sería imbécil si lo intentaba.

A las seis y media de la mañana del sábado 16 de abril, lo sentaron en una silla de ruedas y lo sacaron del hospital para meterlo en una ambulancia. Lo acompañaban Samir y una enfermera. Cuarenta minutos más tarde, se detuvieron en una pista situada en una parte del aeródromo que el público general no veía ni utilizaba. Había cinco o seis aviones de empresa aparcados y vigilados por guardias de seguridad armados. Un Gulfstream 600 plateado lo estaba esperando. Mitch insistió en subir a pie la escalerilla y en embarcar por sus propios medios. Ya en el avión, un médico y una enfermera lo sujetaron de inmediato a una camilla muy cómoda. Le estrechó la mano a Samir y se despidió de él.

Tenía el pulso y la presión sanguínea demasiado elevados, aunque no era de extrañar, teniendo en cuenta las emociones de la última hora. También le había subido un poco la fiebre. Bebió un vaso de agua helada, pero rechazó unas galletas. El médico le preguntó si quería dormir y él contestó que sí, por favor. La enfermera le dio dos pastillas con un poco más de agua y el paciente empezó a roncar antes de que el Gulfstream hubiese siquiera despegado.

El vuelo hasta Roma duró una hora y cincuenta minutos.

No se despertó hasta que el médico le dio unas palmaditas en el brazo y le dijo que era hora de desembarcar. Con la ayuda de uno de los pilotos, consiguió bajar la escalerilla y encaramarse a la parte trasera de otra ambulancia.

En el hospital Gemelli, en el centro de Roma, lo llevaron a una habitación privada y volvieron a examinarlo. Todo estaba en orden y el médico le dijo que le darían el alta antes del mediodía. Cuando las enfermeras salieron, un socio de Scully llamado Roberto Maggi entró en la habitación y lo saludó. Los dos habían coincidido en varias ocasiones a lo largo de los años, pero no tenían una relación estrecha. El susodicho había pasado toda la tarde con Luca y, como cabía esperar, estaban conmocionados. El hombre no se encontraba bien antes de recibir la noticia. Ahora estaba sedado y al cuidado de su médico.

Mitch, espabilado y repentinamente hambriento, repasó con su compañero todos y cada uno de los pasos que Giovanna y él habían dado en Trípoli. Ninguno de aquellos datos resultó útil. Sabía menos que Roberto sobre los secuestros. Era evidente que las autoridades libias o seguían sin tener ni idea de lo que ocurría, o no querían hablar. Que se supiera, los secuestradores todavía no habían llamado.

Roberto se marchó y prometió volver al cabo de unas horas para ayudar a Mitch con el alta. Una enfermera le llevó un bol de fruta troceada, un refresco bajo en calorías y unas galletas saladas. Él comió despacio y luego volvió a llamar a Abby para contarle que estaba descansando y tranquilo en una bonita habitación de hospital de Roma y que se encontraba mucho mejor.

Su esposa estaba viendo las noticias de la televisión por cable y buscando en internet y no había visto nada relacionado con Libia.

13

El bloqueo informativo terminó de forma dramática cuando encontraron a los cuatro turcos con la cabeza cortada. Estaban desnudos y colgados por los pies de un cable que unía dos naves de almacenamiento, a un kilómetro y medio del puente. Tenían la carne acuchillada, quemada y ensangrentada, así que resultaba sencillo deducir que habían sufrido mucho antes de la decapitación. Cerca, había un gran bidón de petróleo con un tablón encima. Sobre este, formando una fila perfecta, descansaban las cuatro cabezas.

Haskel, Gau, Abdo y Aziz.

El guardia de seguridad de Lannak que los encontró aquella mañana a primera hora no intentó emparejar las cabezas con los cuerpos. Esa tarea se le asignaría a alguien mucho más inteligente que él.

No había ni rastro de Yusuf, Walid, Giovanna ni de los asesinos. Tampoco notas ni exigencias, nada. Los guardias de seguridad de Lannak apostados en el puente y en sus inmediaciones no habían oído nada, pero el más cercano estaba al menos a cien metros. Ya no quedaba mucha seguridad en la obra, puesto que la empresa estaba sacando a la gente de allí y enviándola a casa. La estructura estaba prácticamente terminada. Habían desmantelado todas las cámaras de circuito cerrado de la zona.

Sin duda, las cuatro decapitaciones incitarían a la empresa a retirarse aún más rápido.

Un funcionario libio acordonó la zona a toda prisa y prohibió que se tomaran fotos y vídeos de la escena. La orden que había recibido desde Trípoli era que mantuviera a todo el mundo, incluidos los empleados de Lannak, alejado de los cadáveres. Un espectáculo tan truculento se convertiría en viral en cuestión de segundos y no haría más que sacarle los colores al Gobierno. Aun así, no hubo manera de enterrar la historia y, antes del mediodía, Trípoli emitió un comunicado confirmando los asesinatos y los secuestros. Seguía sin haber noticias de los «terroristas». El régimen, en su primer intento de desinformación, dijo que se creía que el ataque era «obra de una conocida banda tribal establecida en Chad». Las autoridades libias prometieron encontrar a los criminales y llevarlos ante la justicia, después, por supuesto, de encontrar a los demás rehenes.

Mitch estaba saliendo del hospital en el coche de Roberto Maggi cuando se produjo la llamada. Un asociado de la sede de Roma acababa de ver las noticias llegadas de Trípoli. El Gobierno confirmaba el secuestro de Giovanna Sandroni, además del de dos empleados libios de Lannak. Se desconocía su paradero. Habían asesinado al equipo de seguridad turco que los acompañaba.

Se encaminaron hacia la villa de Luca, en la parte sur del centro de Roma, el barrio del Trastévere, y lo encontraron sentado a solas en la veranda, a la sombra de un pino, envuelto en una manta y contemplando una fuente en el pequeño patio. Junto a la puerta de doble hoja abierta, había una enfermera también sentada. El hombre sonrió a Mitch y le señaló una silla vacía con la mano.

—Me alegro de verte —dijo—. Y de que te hayas recuperado.

—Estaré dentro, Luca —se limitó a decir Roberto antes de desaparecer.

—¿Cómo estás? —preguntó Mitch.

El italiano se encogió de hombros y se tomó su tiempo.

—Seguimos luchando. Llevo toda la mañana al teléfono con mis mejores contactos libios y no he conseguido gran cosa.

—¿Crees que podría ser Gadafi?

—Siempre es una posibilidad. Está loco y es capaz de cualquier cosa. Pero tengo mis dudas. Acaban de encontrar muertos a cinco soldados del Ejército libio, los guardias del puesto de control, todos con un disparo en la cabeza y el cuerpo quemado. Dudo que Gadafi haya mandado matar a sus propios hombres, aunque nunca se sabe.

—¿Por qué iba a querer matar a esos empleados de Lannak?

—Para intimidar a la empresa, tal vez.

Una mujer bien vestida, de unos cincuenta años, se acercó y le preguntó a Mitch si le apetecía beber algo. Se marchó en cuanto él le contestó que un expreso.

Luca hizo caso omiso de ella y continuó:

—Gadafi le debe a Lannak al menos cuatrocientos millones de dólares por su precioso puente en el desierto. El precio del petróleo ha bajado. Los libios siempre tienen problemas de liquidez porque Gadafi quiere arsenales de armas. Acaba de encargarles cuarenta MiG más a los rusos. —Se le apagó la voz y se encendió un cigarrillo. Estaba pálido y parecía diez años mayor que hacía dos semanas.

Mitch quería decirle algo sobre Giovanna, pero no era capaz de sacar el tema. La mujer le llevó el expreso en una bandejita y él le dio las gracias.

Cuando se marchó, el anfitrión exhaló una nube de humo y dijo:

—Esa es Bella, mi amiga. —Luca casi siempre tenía una amiga cerca. Prosiguió—: Algo me dijo que no la dejara ir, Mitch. No me gustaba la idea, pero ella insistió. Giovanna está cansada de Londres y me temo que también podría estar hartándose de ser abogada. Quería vivir una aventura. Estuvo en casa las Navidades pasadas y hablé demasiado, sobre el puente que Gadafi estaba construyendo en el desierto y sobre Lannak, mi cliente, una gran empresa turca. No fue más que una charla trivial típica de abogados, nada confidencial. No tenía ni idea de que a Giovanna le entrarían ganas de ir. Y tampoco podía mientras el caso fuera mío. Luego enfermé, te llamé y aquí estamos, Mitch. Aquí estamos.

Él le dio un sorbo al expreso y decidió limitarse a escuchar. No tenía nada que añadir.

—¿Tú cómo estás, Mitch?

Se encogió de hombros e hizo un gesto para quitarle importancia a su situación. Con nueve cadáveres contabilizados hasta el momento —cinco quemados y cuatro decapitados—, parecía casi ridículo preocuparse por un caso grave de intoxicación alimentaria.

—Estoy bien —respondió—. Físicamente.

Luca tenía dos teléfonos sobre la mesa y uno empezó a vibrar. Lo cogió, lo miró y dijo:

—Es de la embajada libia en Milán. Tengo que contestar.

—Por supuesto.

Mitch entró y vio a Roberto encorvado sobre un portátil

en una mesa de la cocina. El hombre le hizo señas para que se acercara y le dijo en voz baja:

—Hay un vídeo que se está haciendo viral. Alguien ha grabado a los cuatro turcos muertos. Las cadenas de noticias no lo muestran, pero ahora mismo ya está en todas partes. ¿Quieres verlo?

—No lo sé.

—Es bastante explícito. ¿Sigues estando frágil?

—Comprobémoslo.

Roberto le dio la vuelta al portátil y pulsó una tecla. El vídeo se había hecho con un móvil y quienquiera que lo hubiera grabado estaba muy cerca de los cadáveres. Tanto que le decían que se apartara de la sangre que se había acumulado debajo de cada víctima. Duraba treinta segundos y acababa de forma abrupta cuando alguien empezaba a gritar en árabe.

Mitch se irguió, notó otro nudo en el estómago y dijo:

—Yo no se lo contaría a Luca.

—No voy a hacerlo, pero seguro que termina viéndolo de todos modos.

Nueva York iba seis horas por detrás de Roma. Llamó a Abby, que había estado atenta a las noticias. De momento, no habían dicho nada de Libia. Las malas nuevas del norte de África no vendían mucho en Estados Unidos. Los británicos y los europeos, por el contrario, estaban mucho más interesados. Cuando los tabloides londinenses se hicieron eco de la historia de una joven abogada británica secuestrada en Libia por una banda despiadada que, además, había decapitado a sus guardaespaldas, la noticia corrió como la pólvora en internet. En la oficina de Scully & Pershing de Canary Wharf se reforzó la seguridad de inmediato, no por temor a más atentados terroristas, sino para proteger al personal de los asaltos de la prensa británica.

Mitch y Roberto comieron con Luca en la veranda, aunque este último apenas probó bocado. Él, ahora famélico, devoraba todo aquello que entraba en su campo visual. Estaba claro que se encontraba mucho mejor, así que el anfitrión le dijo:

—Mitch, quiero que te vayas a casa. Ya te llamaré cuando te necesite. Ahora no puedes hacer nada.

—Siento lo que ha ocurrido, Luca. Tendría que haber estado allí, con ella.

—Agradece que no fuera así, amigo mío —respondió el hombre.

Después, le hizo un gesto con la cabeza a Roberto, que dijo:

—Hemos analizado todos los casos de occidentales tomados como rehenes en países musulmanes durante los últimos treinta años. Seguimos investigando. Casi todas las mujeres sobrevivieron y muy pocas fueron víctimas de maltrato. Estuvieron cautivas entre dos semanas y seis años, pero prácticamente todas terminaron liberadas, ya fuera mediante el pago de un rescate, porque alguien las salvó o porque huyeron. Lo de los hombres es otra historia. Casi todos sufrieron malos tratos físicos y alrededor de la mitad no sobrevivieron. Que sepamos, aún hay cuarenta que siguen secuestrados. Así que, sí, Mitch, agradece haberte pillado una buena intoxicación alimentaria.

—¿Hay alguna posibilidad de que se resuelva por la vía diplomática? —preguntó él.

Luca negó con la cabeza.

—Lo dudo. De momento, no sabemos quién es el enemigo, pero no creo que me equivoque al decir que la diplomacia no es lo suyo.

—¿Así que o la salvamos o pagamos un rescate?

—Sí, y no debemos obcecarnos en el pago. Siempre es una opción peligrosísima. Los británicos se pondrán las pilas de inmediato y querrán una elaborada operación de estilo militar. Los italianos querrán pagar lo que les pidan. En cualquier caso, todo esto es prematuro. Ahora mismo, lo único que podemos hacer es sentarnos y esperar la llamada.

—Lo siento, Luca —repitió Mitch—. Creíamos que estábamos seguros.

—Eso pensaba yo también. Como sabes, he viajado muchas veces a Libia. Me encanta el país, a pesar de su inestabilidad.

—Samir estaba convencido de que estábamos a salvo.

—No es de fiar, Mitch. Es un agente libio que rinde cuentas ante la policía militar.

Él tragó saliva con dificultad e intentó poner cara de póquer.

—Creía que trabajaba para nosotros.

—Trabaja para cualquiera que le pague. Samir no tiene ningún tipo de sentido de la lealtad.

Roberto añadió:

—En principio, tendría que haber acompañado a Giovanna, Mitch, pero encontró una excusa para quedarse en el hospital contigo.

—Ahora sí que estoy hecho un lío —contestó McDeere.

Luca logró esbozar una sonrisa y dijo:

—Mitch, en Libia no hay que fiarse de nadie.

14

En las doce horas que KLM tardó en trasladar a Mitch desde
Roma hasta Ámsterdam y desde allí hasta Nueva York, no se
produjo ningún cambio. Quedaba un asiento libre en un
vuelo directo a JFK, pero era en clase turista y McDeere necesitaba el espacio extra que ofrecían las butacas preferentes.
También necesitaba estar más cerca de los baños. Volvían a
sonarle las tripas y temía una erupción repentina. Después
de todo lo que su organismo había sufrido a lo largo de los
cuatro días anteriores, no pensaba dejar nada al azar. Durante el trayecto, llamó dos veces a Abby, que lo puso al día de
los asuntos familiares y de los cotilleos del barrio. Llamó a
Roberto Maggi para ver cómo se encontraba Luca, que estaba descansando. No habían recibido noticias de Libia y tampoco de los secuestradores. Llamó a su secretaria y reorgani-
zó su agenda. Mientras sobrevolaba el Atlántico, se tomó un
somnífero que apenas le hizo efecto, pero que acabó desem-
bocando en una siesta intermitente de treinta minutos. Cuando se despertó, llamó a su pasante y a dos asociados.

Intentaba no pensar en Giovanna, pero era imposible.
¿Cómo estarían tratándola? ¿Dónde la tendrían escondida?
¿Le estarían dando comida y agua? ¿La estarían interrogan-
do, lastimando, maltratando? La ley de la selva aceptaba la

tortura y el asesinato de hombres armados que habían recibido adiestramiento con armas y de los que se esperaba que también fueran asesinos, pero no de una civil inocente. Y menos de una abogada joven que solo había ido de acompañante.

¿De acompañante? A Mitch le hervía la sangre al pensar en lo arrogante y estúpido que había sido al viajar de buenas a primeras a un país famoso por su inestabilidad y peligrosidad, y por llevarse también a Giovanna para hacerle un favor a su padre. Sí, Luca era quien le había propuesto el plan y quien le había asegurado que estarían a salvo, pero él no era ningún novato y podría haber insistido en que las cosas se organizaran de otro modo. Se había planteado, en más de una ocasión, si la visita al puente era realmente necesaria. La respuesta: lo más seguro es que no. ¿Se había entusiasmado demasiado con la aventura? Sí. Nunca había estado en Libia y le habían entrado ganas de añadirlo a la lista de países que había visitado.

Mientras mataba el tiempo en el aeropuerto de Ámsterdam, había llamado a Cory Gallant, el jefe de seguridad de Scully. Cuando Mitch se había incorporado hacía once años, no sabía que la empresa disponía de su propio miniejército de expertos en seguridad. Había descubierto que la mayoría de los grandes bufetes internacionales se gastaban una fortuna no solo en proteger a sus socios, sino también en investigar a sus enemigos e incluso a sus propios clientes. Antes de partir hacia Roma y Trípoli, Cory había informado a Mitch de la situación en Libia. Gallant había visitado el puente el año anterior con Luca. En su opinión, el riesgo del viaje era mínimo. A los libios les convenía proteger a todos los empresarios y profesionales extranjeros.

Cory lo estaba esperando a la salida de la recogida de

equipajes del aeropuerto en compañía de un chófer, un joven grueso que cogió las maletas y las llevó hasta un todoterreno negro aparcado de manera ilegal cerca de los taxis. Se puso al volante mientras Mitch y Cory se acomodaban en el asiento de atrás. Un panel de plexiglás los separaba del conductor.

Eran casi las ocho de la tarde del domingo 17 de abril y el tráfico para salir de JFK era horrible, como de costumbre.

Tras describirle al jefe de seguridad las alegrías de un viaje de doce horas, Mitch le preguntó:

—¿Sabemos algo más?

—Poca cosa.

—¿Poca cosa? Ya es más que nada, que es lo que sabíamos hace unas horas.

—Se ha producido una novedad.

—Cuéntamela.

—Hay otro vídeo. Lo encontramos hace más o menos una hora en la internet profunda. Los secuestradores grabaron las decapitaciones.

Mitch exhaló y miró por la ventanilla.

Cory prosiguió:

—En directo y en color. Es terriblemente explícito. Lo he visto y desearía no haberlo hecho. Esos tipos son unos indeseables.

—No tengo claro si quiero verlo.

—No quieres, créeme, Mitch. Por favor, no lo veas. No tiene nada que ver con Giovanna, aparte del hecho de que esos sádicos enfermos son los que la tienen secuestrada.

—¿Se supone que eso debe reconfortarme?

—No.

El tráfico avanzaba y se quedaron callados durante unos instantes, hasta que él preguntó:

—¿Puedes describírmelo sin entrar mucho en detalles?

—Utilizaron una motosierra y obligaron a los demás a mirar. El último, un hombre llamado Aziz, vio cómo les cortaban la cabeza a sus tres compañeros antes de que le hicieran lo mismo a él.

Mitch levantó ambas manos y dijo:

—Vale, vale.

—Es lo peor que he visto en mi vida.

—Conocí a Aziz. Los conocí a todos. Quedamos el día anterior en Trípoli, en la oficina de Lannak, para que nos informaran sobre el viaje. No estaban en absoluto preocupados, nos dijeron que iban y volvían del puente cada dos por tres.

Cory asintió con aire triste y dijo:

—Pues parece que se equivocaron.

Mitch cerró los ojos e intentó no pensar en Aziz, Haskel, Gau y Abdo. Intentó no visualizar la imagen de los cuatro colgados de los pies. Se le revolvió de nuevo el estómago y se le disparó el pulso. Murmuró:

—Siento haber preguntado.

—He visto muchas cosas, pero nada comparable a esto.

—Entiendo. ¿Alguna noticia de Washington?

—Nuestra gente de allí ha hablado con sus contactos del Departamento de Estado, de la CIA, de la NSA… Andan todos buscando como locos, pero nadie encuentra nada. Por varias razones, no tenemos muchas fuentes fiables en Libia. Nunca le hemos caído demasiado bien a Gadafi. Tanto los británicos como los italianos tienen contactos más sólidos y, además, la secuestrada es suya. Los turcos están montando un pollo tremendo. La situación es extremadamente inestable e impredecible y no hay nadie al volante. No podemos irrumpir sin más, como hacemos otras veces.

—¿Cuánto vale Giovanna?

—Depende de quién la tenga, supongo. Si es cierto que se trata de algún grupo de terroristas disidentes o de una milicia renegada con grandes ambiciones, entonces pedirán un rescate y puede que baste con unos cuantos millones de dólares. Pero, si es Gadafi, a saber. A lo mejor la usa como moneda de cambio para llegar a un acuerdo sobre la demanda.

—Desde luego, podría ahorrarle mucho dinero —comentó Mitch.

—Ese es tu campo, McDeere.

—Si la tiene Gadafi, es una jugada bastante absurda, porque Lannak no aceptará un acuerdo. La empresa lleva dos años furiosa por el impago. Ahora, con cuatro de sus guardias de seguridad asesinados, querrá todavía más dinero. Y, en mi opinión, el tribunal se lo dará. Giovanna, por supuesto, quedará atrapada en el fuego cruzado.

—Bueno, la primera especulación que nos ha llegado desde Washington es que no se trata de Gadafi. Puede que esté loco, pero no es tonto. De todas maneras, tenemos una reunión informativa a las siete de la mañana con nuestros chicos de Washington, una teleconferencia. En el despacho de Jack Ruch.

—No estaré allí a las siete de la mañana, Cory. Cambia el horario.

—El señor Ruch ha dicho que a las siete.

—Mañana por la mañana llevaré a mis hijos al colegio y llegaré a la oficina sobre las ocho y media, mi hora habitual. Entiendo que se trata de un asunto importante, pero celebrar una reunión urgente a las siete de la mañana aquí, en Nueva York, no ayudará en absoluto a Giovanna.

—Sí, señor. Supongo que el señor Ruch te llamará.

—Ya, me llama a todas horas y suelo hacer lo que me dice.

Carter y Clark estaban en pijama y disfrutando de una hora extra de televisión mientras esperaban a su padre. Mitch entró por la puerta poco antes de las nueve y los dos salieron corriendo a saludarlo. Los cogió en brazos, los tiró en el sofá y se lanzó a por sus costillas. Cuando ambos empezaron a reír y a gritar, su mujer intervino al fin con su habitual preocupación por los vecinos. Cuando las cosas se calmaron, Carter aprovechó el momento y preguntó:

—Oye, papá, ¿podemos quedarnos levantados hasta las diez?

—No, señor —contestó Abby.

—Claro que sí —respondió él—. Y vamos a hacer palomitas.

Los dos niños echaron a correr hacia la cocina y Mitch intentó darle un beso a su esposa.

—¿Palomitas para cenar? —preguntó esta.

—Ya es mejor que la comida del avión.

—Bienvenido a casa. Hay sobras de *manicotti* en la nevera.

—¿De los hermanos Rosario?

—Sí, estuvieron aquí anoche. Creo que podrían ser los mejores que he probado en mi vida.

—Mejor los guardamos para otro momento. No tengo mucha hambre y mi organismo vuelve a estar… inestable, por decirlo de algún modo.

—Tenemos mucho de lo que hablar.

—Y que lo digas.

Una vez que los niños estuvieron envueltos en mantas y empezaron a embutirse palomitas en la boca, Mitch y Abby se apartaron y fueron a la cocina. Ella sirvió dos copas de vino y besó como es debido a su marido.

—¿Se sabe algo nuevo? —preguntó en voz baja.

—Ni una palabra sobre Giovanna.

—Me imagino que has oído hablar del vídeo.

Él cerró los ojos y esbozó un mohín.

—¿De cuál de los dos?

—¿Conoces a Gina Nelligan? Es profesora de arte en la escuela superior.

Mitch negó con la cabeza: «No».

—Su hijo estudia en Purdue. Llamó a casa hace más o menos una hora y le ha contado lo del vídeo de la internet profunda.

—¿Las decapitaciones?

—Sí. ¿Lo has visto?

—No. No tengo intención de hacerlo. Nuestro jefe de seguridad me lo ha descrito y con eso me basta.

—¿Conocías a esos hombres, a los guardias?

—Sí, los conocí el día antes de que los mataran. Iban a acompañarnos a Giovanna y a mí al puente, junto con dos conductores libios, todos en un único vehículo blindado.

—No me lo creo, Mitch. Y esa pobre chica… ¿No tienen ni idea de dónde está?

—Nada, ni una pista, pero esperamos que eso cambie. Vale mucho dinero y sus secuestradores se pondrán en contacto con alguien en algún momento.

—¿Eso esperáis?

—Sí, ahora mismo nadie está seguro de nada.

—Bueno, yo sí estoy segura de que no vas a volver a Libia. ¿De acuerdo?

—De acuerdo.

—Vamos a sentarnos con los niños.

A las nueve y media, los niños no paraban de bostezar y Abby los mandó a la cama. Mitch los ayudó a arroparse y les dio las buenas noches. Apagó la televisión mientras su mujer rellenaba las copas de vino. Se sentaron juntos en el sofá y disfrutaron del silencio.

—Como ya sabrás, se está generando mucha prensa, sobre todo en el Reino Unido —dijo al fin ella—. He pasado horas en internet sin parar de buscar. Hay muchos artículos aquí y en Roma. Mencionan una y otra vez a Scully & Pershing, pero, de momento, no he visto tu nombre por ningún lado.

—Yo tampoco. Mi secretaria y dos pasantes también están buscando.

—Entonces ¿estás preocupado?

—Estoy preocupado por Giovanna, claro. Asumo parte de la culpa de lo que ha pasado, Abby. Era mi viaje, mi pequeña misión de investigación, la había pedido yo y era responsabilidad mía.

—Creía que Luca te había pedido que fueras.

—Él me lo propuso, pero la decisión la tomé yo. Quería que su hija fuera asociada en el caso porque estaba aburrida en Londres y buscaba algo más emocionante. Mirándolo en retrospectiva, me doy cuenta de que la idea tenía muy poco sentido.

—Entiendo, pero yo me refería más bien a nosotros. ¿Estás preocupado por el bufete?

—¿Por nuestra seguridad?

—Bueno, sí, supongo.

—No, para nada. Lo más probable es que los secuestradores sean miembros de una milicia tribal que deambula por el Sáhara en busca de problemas. Están lejos y no son tan sofisticados.

—O eso esperas.

Mitch bebió un sorbo de vino y le acarició la pierna.

—Sí, Abby. Tenemos muy pocos datos. Seguro que, entre mañana y pasado, sabremos mucho más. Cuando llegue el momento de preocuparse, te avisaré. Todavía es demasiado pronto.

—Creo que no es la primera vez que te oigo decir algo así.

15

Fueran lo que fuesen —delincuentes o terroristas—, tenían un don para lo dramático. Cuatro días después de saquear el puesto de control y asesinar a cinco guardias del Ejército; tres de decapitar con una motosierra al equipo de seguridad turco, y dos de lanzar el vídeo a la inmensidad de la internet profunda, colgaron el cadáver de Yusuf en un poste telefónico junto a una concurrida autopista de Bengasi. Lo encontraron con la cabeza pegada al cuerpo, pero con un agujero, ensangrentado y desnudo por completo, con las muñecas y los tobillos atados, girando lentamente en el extremo de un cable grueso mientras salía el sol. Tenía una nota sujeta al tobillo derecho con un cordel: «Yusuf Ashour, traidor».

La policía militar rodeó la zona, bloqueó todas las carreteras y autopistas y lo dejó colgado durante horas mientras esperaba a recibir órdenes. Quizá hubiera otro vídeo del asesinato que aportase alguna pista.

Samir acudió a la escena y confirmó que, en efecto, se trataba de Yusuf, un hombre al que conocía desde hacía años. Después llamó a Lannak y, a continuación, a Luca.

Que ellos supieran, solo quedaban Walid y Giovanna.

Cory Gallant atendió la llamada a las cuatro de la mañana y, pese a haber gozado solo de tres horas de sueño ligero, no tuvo problema en salir de la cama e ir a la oficina. A las ocho y media, cuando Mitch llegó a su despacho, lo estaba esperando en la puerta.

Una mirada y él supo que no eran buenas noticias.

—Ha habido otra novedad —le dijo Cory al instante.

—Empiezo a odiar esa palabra.

—El señor Ruch te está esperando.

En el ascensor, este le contó todo lo que sabía sobre Yusuf, que no era mucho, aparte de la localización y el estado de su cadáver. Lo habían encontrado hacía unas nueve horas y, como era de esperar, no se sabía nada de quienes lo habían colgado.

Jack Ruch estaba enfadado porque habría preferido celebrar la teleconferencia a las siete de la mañana, un horario que no encajaba con el de Mitch. El hombre seguía trabajando dieciséis horas diarias y era célebre por convocar reuniones antes del amanecer para demostrar lo duro que era. Pero a Mitch ya se le había agotado la paciencia con aquellas actitudes machunas de Scully.

Ruch señaló una mesa de conferencias sin dejar de mirar una pantalla de gran tamaño colgada en la pared. Las noticias ininterrumpidas de la televisión por cable estaban cubriendo un terremoto, pero, por suerte, estaban silenciadas. Todavía no habían dicho nada de Libia. Una secretaria sirvió café y Ruch empezó:

—Supongo que Cory te ha puesto al día de los últimos acontecimientos.

—Me ha contado la versión de ascensor —respondió él.

—Es más o menos lo único que tenemos de momento. —Volvió a mirar la pantalla, como si esperara recibir más noticias de un momento a otro. La secretaria salió de la sala y cerró la puerta. Ruch se crujió los nudillos, miró a Mitch y preguntó—: ¿Has hablado con Lannak esta mañana?

—Todavía no. Es lo primero de mi lista.

—Hazlo ya. Están nerviosos y muy disgustados. El abogado en plantilla de la empresa se llama Denys Tullos.

—Lo conozco.

—Bien. Hablé con él anoche. La constructora está intentando repatriar los cuatro cuerpos y los libios no cooperan, siguen cabreados por lo de la demanda. Todo el mundo está cabreado. Lannak quiere su dinero y ahora además pide mucho más porque Libia no ha sabido proteger a unos trabajadores extranjeros, algo que siempre ha prometido hacer. Así que lo más probable es que modifiquen la demanda para pedir más daños y perjuicios. ¿Cuándo crees que empezará el juicio?

—Para eso faltan meses, puede que un año. A saber…

—Vale. Quiero que pises el acelerador, Mitch, y que lleves este caso ante los tribunales. Lannak es un cliente valioso; el año pasado nos pagó alrededor de dieciséis millones en honorarios. Organiza una reunión con ellos para más o menos la próxima semana y haz que se sientan mejor.

—De acuerdo.

—¿Cuántos miembros tiene tu equipo?

—Bueno, tenía dos asociados, uno de los cuales era Giovanna. Ahora no lo tengo tan claro. Roberto Maggi, de Roma, continúa.

—De acuerdo. Ya hablaremos más tarde del personal. Ahora mismo tenemos un problema mucho mayor. Han secuestrado a una asociada de Scully en Libia y debemos hacer todo lo posible para conseguir que la liberen. ¿Conoces a Benson Wall, nuestro director de Washington?

—Sí, nos hemos visto alguna vez.

—Nos reuniremos con él por videoconferencia dentro de un momento. En D. C. tenemos tres socios que trabajaron o en el Departamento de Estado o en la CIA, así que no nos faltan contactos. ¿Has oído hablar de un grupo llamado Crueggal?

—Suena a cereales de desayuno.

—Pues no tiene nada que ver. Cory.

Este tomó el relevo con destreza y sin perder ni un instante.

—No encontrarás referencias a la empresa ni en internet ni en ningún otro sitio. Son un puñado de exespías y expertos en inteligencia militar que operan en todo el mundo ofreciendo servicios de superseguridad. Están a la altura del MI6, el Mosad, la CIA, el KGB, etcétera, y tienden a actuar allá donde surgen problemas, por lo que pasan mucho tiempo en Oriente Próximo. Sin duda, son la mejor opción para manejar un secuestro en el que la rehén es occidental. Tienen mucha práctica y un buen historial.

—¿Y los hemos contratado? —preguntó él.

—Sí.

—Como operamos en todo el mundo y nos desplazamos a algunos lugares que no son tan seguros como nos gustaría, tenemos muchos seguros, Mitch —dijo Ruch—. Negociadores de rehenes, rescates…, cosas así.

—¿Operaciones militares?

—No están cubiertas. Y no se esperan.

—La forma más rápida de conseguir que maten a un rehén es enviar a los perros —aseguró Cory.

—¿Qué perros?

—Engreídos de gatillo fácil, policías, miembros de operaciones especiales o similares. La diplomacia, la negociación y el dinero funcionan mucho mejor en estas situaciones. ¿Has oído hablar del seguro S y R?

—Puede ser.

—Secuestro y rescate. Es una industria enorme y la mayoría de las grandes aseguradoras lo ofrecen.

—Lo tenemos contratado desde hace años, pero es un secreto —dijo Ruch—. No hablamos de ello porque los secuestradores podrían emocionarse si se enteraran de que estamos asegurados.

—Entonces ¿estoy cubierto?

—Sí, todos lo estamos.

—¿Por cuánto? ¿Cuánto valgo?

Cory miró a Ruch y no dijo nada. La respuesta tenía que venir del jefe.

—Veinticinco millones —respondió Jack—. Nos cuesta cien de los grandes al año.

—Parece mucho. Solo por curiosidad, ¿cuánto vale una rehén como Giovanna en el mercado abierto?

Esta vez fue Gallant quien contestó:

—A saber. Lanza un dardo. Corre el insistente rumor de que, hace dos años, el Gobierno francés pagó treinta y ocho millones por un periodista retenido en Somalia, aunque lo niegan, por supuesto. Hace cinco, los españoles pagaron veinte millones por un cooperante en Siria. Pero Francia y España negocian. Gran Bretaña, Italia y Estados Unidos no, al menos de manera oficial. Y la línea que separa qué es una banda criminal de qué es un grupo terrorista nunca suele estar clara.

—Ahí es donde entra en juego Crueggal —señaló Ruch—. Los hemos contratado y también hemos convencido a nuestra aseguradora para que utilice sus servicios.

—¿Cuál es nuestra compañía de seguros?

—DGMX.

—¿DGMX? Qué creativo.

—Es una filial de una gran aseguradora británica —aclaró Cory.

—El caso es… —dijo Ruch, cansado de tanta cháchara— que tenemos a Benson Wall y a un hombre llamado Darian Kasuch esperando para hablar con nosotros. Es un estadounidense-israelí que dirige Crueggal a nivel mundial.

Tocó el teclado y una pantalla situada al final de la mesa cobró vida. Aparecieron dos caras: Benson Wall y Darian Kasuch. Ambos rondaban los cincuenta años. Los dos miraban con incomodidad a la cámara desde su lado.

Ruch hizo una presentación rápida. El señor Wall dirigía la sede de Scully en Washington, que contaba con doscientos abogados. El hombre apenas pronunció «Hola». El señor Kasuch ni siquiera se molestó en saludar y empezó diciendo:

—No son pocas las bandas que merodean por el sur de Libia, lejos de Trípoli y Bengasi. Luchan entre sí por el territorio, pero todas odian a Gadafi y, por lo general, siempre hay al menos dos o tres planeando un golpe de Estado. Como saben, el coronel ha sobrevivido a ocho intentos desde que tomó el poder en 1969 y necesita unos diez mil soldados leales para protegerse. Cuando sus enemigos no están conspirando para matarlo, se entrometen y causan problemas como buenamente pueden. Los secuestros son habituales y resultan muy rentables para las bandas. Les gusta secuestrar a los trabajadores de los campos petrolíferos, de vez en cuando a lo mejor hasta tienen suerte y se llevan a un ejecutivo de British Petroleum. En la mayoría de las ocasiones, todo es cuestión de dinero. Dicho esto, en este caso concreto hay algunos aspectos inusuales que resultan inquietantes. El primero es la terrible cantidad de sangre que se ha derramado ya sobre el terreno. Diez víctimas hasta el momento.

Darian tenía el pelo canoso y cortado al rape, la piel curtida y bronceada y la mirada dura e imperturbable de un hombre que ha vivido entre sombras peligrosas y ha visto su buena ración de cadáveres. Mitch se alegró de que ambos estuvieran en el mismo equipo.

—Se trata de acciones poco habituales en una banda criminal; son más propias de terroristas —prosiguió Kasuch—. El segundo aspecto es que a la última víctima, el camionero, la encontraron muy cerca de Bengasi. Las bandas no suelen acercarse tanto a las grandes ciudades. Estos dos factores por sí solos indican que podríamos hallarnos ante una amenaza nueva, más siniestra.

Se quedó callado y Mitch preguntó:

—Entonces ¿no cree que sea Gadafi?

—No y por varias razones. La más obvia es que su régimen lleva treinta y cinco años tratando con empresas extranjeras sin ejercer este tipo de violencia. Los libios necesitan trabajadores extranjeros y siempre los han protegido muy bien a todos. Lannak lleva veinte años allí y nunca ha sufrido ningún incidente grave. ¿Por qué atacarlos ahora? ¿Porque el Gobierno está enfadado por culpa de la demanda? Lo dudo. Las demandas van y vienen y siempre se resuelven. ¿Cuántos proyectos ha realizado Lannak en Libia?

—Ocho —respondió Mitch.

—¿Y cuántas veces se han visto obligados a demandar al Gobierno?

—Cinco.

—Y, de esas cinco, ¿cuántas han terminado resolviéndose?

—Las cinco fueron a juicio y Lannak las ganó todas. Una

vez dictadas las órdenes judiciales, los casos se dieron por resueltos.

Darian asintió ligeramente, como si él también conociera las cifras.

—A eso es justo a lo que me refiero. Los llevas a juicio, te indemnizan, ellos se demoran y siguen demorándose y entonces convences al tribunal para que imponga sanciones. A los libios no les gusta esa palabra y suelen llegar a un acuerdo, ¿verdad?

—No es tan simple —dijo Mitch—. Algunos de los acuerdos que se firmaron fueron por mucho menos dinero del que Lannak debía recibir. Son litigios despiadados.

—Lo entiendo, pero así son los negocios en ese país. Los libios han pasado por ese proceso mil veces y ya se conocen la rutina. ¿Por qué iban a decidir, de pronto, empezar a matar gente? Así que, para responder a su pregunta, de momento hemos descartado cualquier posible implicación del régimen. Es demasiado arriesgado para ellos. No pueden sobrevivir si las empresas extranjeras se asustan y huyen.

Darian era convincente y Mitch no tenía nada que argumentar, así que el estadounidense-israelí continuó:

—Tenemos gente sobre el terreno en Trípoli y estamos investigando. Hemos identificado a un par de sospechosos, pero no estoy preparado para hablar de ellos por esta vía. Uno de los problemas que tenemos en este momento es que la mitad de los espías y de los agentes dobles del mundo están metiendo las narices por toda Libia, desesperados por obtener información. Los británicos, los turcos, los italianos, incluso los nativos. Y, por supuesto, los estadounidenses no ven la hora de meterse en medio. Pero, a media tarde, deberíamos tener algo de lo que hablar. Podemos vernos en nuestra oficina de Manhattan mañana a las ocho de la mañana. ¿Les parece bien?

Todos asintieron y Jack dijo:

—Sí, allí estaremos.

Aquella tarde, cuando Mitch salió de la oficina, estaba lloviendo. Eso solía provocar el caos en la ciudad, cosa que los neoyorquinos se tomaban con calma, acostumbrados como estaban a sobrevivir en todo tipo de condiciones meteorológicas. A él la lluvia nunca lo molestaba, excepto los días de partido. Si los Bruisers jugaban, entonces la lluvia era una catástrofe.

Durante su trayecto en metro, la llovizna intensa se había convertido en un aguacero y en tales condiciones no habría posibilidad alguna de jugar un partido en Central Park. Entró en su apartamento a las cinco y media y se encontró con el triste espectáculo que ofrecían Clark y Carter sentados uno al lado del otro en el sofá, vestidos con el uniforme completo de los Bruisers, uno con una pelota de béisbol en la mano y el otro con un guante, ambos con la mirada clavada en la televisión. Estaban demasiado desmoralizados para saludar a su padre.

—Un público difícil —le susurró Mitch a Abby mientras le daba un beso en la mejilla.

—Supongo que sigue lloviendo, ¿no?

—A cántaros. Es imposible que jueguen.

—Tenía unas ganas horribles de sacarlos de casa.

Carter tiró la pelota contra una silla y se acercó a abrazar a su padre. Estaban a punto de saltársele las lágrimas y dijo:

—Hoy me tocaba lanzar, papá.

—Lo sé, pero así es el béisbol. Hasta a los Mets les llueve de vez en cuando. El partido se recuperará este sábado.

—¿Me lo prometes?

—Te prometo que, si no vuelve a llover, se recuperará.

—Creo que ya podéis quitaros el uniforme —dijo Abby.

—Se me ocurre una idea mejor —soltó Mitch—: Dejáoslo puesto, porque vamos a llamar a todo el equipo, a los Bruisers al completo, y les vamos a decir que no se quiten el uniforme y que nos vemos en Santo's para comernos una pizza.

Clark se levantó de golpe del sofá con una gran sonrisa en los labios.

—Muy buena idea, papá —dijo Carter.

—Decidles que cojan paraguas —advirtió Abby.

16

Giovanna tenía catorce años cuando sus padres se divorcia-ron. La muchacha quería a sus dos progenitores y ellos la adoraban, puesto que era la menor de sus hijos y la única niña, pero, cuando el matrimonio empezó a resquebrajarse, Luca y Anita consideraron que la mejor opción sería apartar a su prole de las hostilidades. A Sergio, su hijo, lo enviaron a un internado inglés y a Giovanna a uno suizo. Una vez que se los quitaron de en medio, los padres se pelearon un poco más, pero al final se cansaron y firmaron un acuerdo. Anita abandonó la villa y renunció a todo derecho sobre ella. Ha-cía décadas que pertenecía a la familia de Luca y el derecho matrimonial italiano se inclinaba de forma clara a su favor.

Anita se quedó con parte del dinero y con una segunda residencia en Cerdeña y después se marchó de Roma para intentar recomponerse. Antes de que se marchara, él ya lo había preparado todo para que su novia, y futura segunda es-posa, se mudara a la villa. La transición era otra buena razón para que Giovanna se mantuviera alejada.

La muchacha lo observó todo desde lejos, agradecida de estar en Suiza. Seguía queriendo a su padre, pero, en aquel momento, no podía decirse que le cayera muy bien. Nun-ca habían estado muy unidos, sobre todo debido a que Luca ambicionaba construir el mayor bufete de abogados de Italia. Su determinación lo retenía en la oficina o en la carretera, viajando lejos del hogar, con demasiada frecuencia. A su hermano, Sergio, le repugnaba tanto la rutina de Luca que había jurado no dedicarse profesionalmente a nada jamás. En la actualidad, vivía en Guatemala, vagabundeando y pintando escenas callejeras en la ciudad de Antigua.

Giovanna tampoco había estado muy unida a su madre, que era una mujer hermosa que contemplaba a su hija con creciente envidia mientras esta se transformaba en una joven tan guapa como ella. Competía con la chica en moda, estilo, peso, altura…, en casi todo. Anita era incapaz de aceptar las realidades del envejecimiento y su rencor no paró de crecer durante el proceso de desarrollo de su hija, que se convirtió en una mujer más alta y delgada que ella. Pasaban buenos ratos juntas, pero siempre había un trasfondo de competencia.

Cuando Anita se enteró de que su marido tenía novia, quedó destrozada y acudió a su hija adolescente en busca de apoyo. Giovanna no estaba preparada para lidiar con unas emociones tan caóticas y la apartó de sí. Durante mucho tiempo, evitó a su padre, pero siempre tuvo la persistente sospecha de que no podía culparlo por buscar en otro sitio. Para alejarse de ambos, aceptó de buena gana la idea del internado.

Cuando el segundo matrimonio de Luca saltó por los aires, Anita se alegró muchísimo y le deseó incluso peor suerte. A Giovanna no le hizo ninguna gracia el regodeo de su madre e intentó no volver a saber nada de sus progenitores. Durante los dos últimos años que pasó en el internado, no vio ni a ninguno de los dos. Cuando comentaron la posibilidad de asistir a su graduación, juró que desaparecería y se escondería.

Con el tiempo, la mayor parte del dolor y de la ira terminó por disiparse. Luca, siempre tan diplomático, consiguió solucionar las cosas con Giovanna. Al fin y al cabo, era él quien le estaba pagando los estudios. Cuando la joven empezó a considerar la posibilidad de matricularse en la facultad de Derecho, se puso contentísimo y se encargó de que se le abrieran todas las puertas adecuadas. Anita encontró la felicidad en un novio formal, un hombre algo mayor que ella y con más dinero que su ex. Se llamaba Karlo y era un griego adinerado que había pasado por suficientes matrimonios como para comprender la necesidad de tranquilidad. No volvería a casarse nunca, pero, al igual que Luca, siempre adoraría a las mujeres. Insistió en conocer al exmarido de su novia y al final consiguió que ambos firmaran una tregua.

Luca y Anita estaban sentados en la veranda, tapados con mantas y tomándose un té mientras el sol comenzaba a ponerse. El aire de la noche era fresco pero agradable. La ancha puerta de doble hoja estaba abierta y, justo detrás de ella, en la sala donde desayunaban, Karlo jugaba al *backgammon* con Bella, la actual compañera del anfitrión. Todos hablaban en voz baja y, durante largos ratos, el único ruido que se oía era el de los dados sobre el tablero. Todo muy civilizado.

Como de costumbre, Luca no había sido del todo sincero con Anita. Le había reconocido que había movido hilos para que asignaran a su hija al caso Lannak, pero no le había dicho en ningún momento que también había animado a Mitch a llevársela a Trípoli. Ni pensaba hacerlo.

Por el bien de ella, estaba proyectando la imagen del veterano experto que conocía Libia como la palma de su mano y que estaba seguro de que Giovanna sobreviviría a aquel calvario. Aun así, no tenía claro si aquello servía de algo para tranquilizar a la madre. Anita era una persona muy excitable, emocional y exageradamente dramática. Puede que la edad, unida a la constante influencia de Karlo, hubiera suavizado algunas de las aristas y la hubiese calmado. Tal vez fueran las pastillas que se tomaba en el baño. Fuera cual fuese el motivo, había sorprendido a Luca horas antes con una llamada telefónica; le había dicho que estaba en Roma con Karlo y que pensaba que era importante que los padres se apoyaran el uno al otro. ¿Podían pasar a visitarlo y, quizá, cenar juntos? A él le había parecido una gran idea.

Y allí estaban, juntos contemplando cómo el día se convertía en noche y recordando anécdotas cálidas y divertidas de su pequeña. No le daban vueltas a lo que estaba viviendo en aquellos momentos; era algo demasiado horrible incluso para pensarlo. Con largas pausas en la conversación, tiempo para reflexionar y recordar, se centraron en el pasado. Y tenían remordimientos. Luca había sido el único culpable de su tumultuosa ruptura, ya lo había reconocido en ocasiones anteriores. Había acabado con su propia familia. Su egoísmo había despertado en Giovanna el deseo de irse de casa y alejarse de ellos. El arrepentimiento, sin embargo, no era su fuerte, así que no volvería a disculparse. Habían pasado muchas cosas desde entonces.

Al menos estaba viva. Y ya no estaba retenida en una tienda de campaña en el desierto. Las dos primeras noches que había pasado en cautividad habían sido muy desagradables: había tenido que dormir en una estera sucia, encima de una colcha mugrienta que hacía las veces de suelo, viendo los laterales de la tienda ondularse y agitarse con los aullidos del viento; había sobrevivido gracias a una sola botella de agua, sin nada de comer, acobardándose cada vez que los secuestradores enmascarados entraban en su minúsculo espacio. Después de eso, le taparon la cabeza con una tela áspera y la sacaron de la tienda para llevarla hasta un vehículo. La metieron debajo de unas cajas y empezaron a moverse. Condujeron durante horas y los únicos ruidos que captó Giovanna a lo largo de ese tiempo fueron los del motor y los de la transmisión. Cuando se detuvieron, oyó voces, intercambios rápidos y cortantes de varios hombres bajo presión. Cuando volvieron a parar, el motor dejó de funcionar y los hombres la sacaron a rastras del vehículo y la guiaron durante apenas unos pasos hasta un edificio. No veía nada, pero sí oía. El claxon de un coche. Una radio o una televisión a lo lejos. Luego le desataron las manos y le permitieron quitarse la capucha. Su nueva habitación tenía un suelo que no era de arena. Carecía de ventanas. Había una cama estrecha, similar en tamaño y diseño a un catre militar, y una mesita con una lámpara de luz tenue, la única de todo el cuarto. En un rincón había una enorme olla de hojalata donde, supuso, esperaban que hiciera sus necesidades. No hacía ni frío ni calor. La primera noche, dedujo que había oscurecido, aunque no tenía ni idea. Durmió a ratos, pero las punzadas de hambre no paraban de despertarla. De vez en cuando, oía voces apagadas en el pasillo o lo que fuera que hubiese al otro lado de la puerta.

Se abrió una puerta y una mujer con velo entró en el cuarto con una bandeja de comida. La desconocida le hizo un gesto con la cabeza y la dejó sobre la mesa. Tras volver a asentir, salió de la habitación. La cerradura de la puerta chasqueó cuando tiró de ella. Un cuenco de fruta deshidratada —naranjas, cerezas, higos— y tres rebanadas finas de un pan parecido a las tortillas mexicanas.

Giovanna comió como una refugiada y se bebió la mitad de la botella de agua. Las punzadas de hambre se disiparon, pero necesitaba más comida. Era obvio que no pensaban matarla de hambre. Estaba tan famélica que no había pensado mucho en qué planes tendrían para ella, pero, ahora que su cuerpo había recuperado cierta normalidad, volvió a considerar las posibilidades. Ninguna era agradable. No había habido indicios de agresión física ni sexual. Aparte de algún gruñido esporádico, no le habían dirigido la palabra en las últimas veinticuatro horas. No había oído ningún otro idioma aparte del árabe, una lengua de la que no sabía prácticamente nada. ¿Pensaban interrogarla? Si era así, ¿qué esperaban conseguir? Era abogada. Podía debatirles sus estrategias legales, pero le costaba creer que a aquellos tipos les importara algo la ley.

Así que esperó. Sin nada que leer, ver ni hacer y sin nadie con quien hablar, intentó recordar los casos más importantes del derecho constitucional estadounidense. Primera Enmienda: libertad de expresión, «Schenck, Debs, Gitlow, Chaplinsky, Tinker». Segunda Enmienda, derecho a portar armas: «Miller, Tatum». ¿Tercera? Era inútil, porque protegía a los ciudadanos de verse obligados a alojar soldados, apenas una nota a pie de página en la historia. El Tribunal Supremo nunca se había planteado desestimar la enmienda. Cuarta: pesquisas y aprehensiones arbitrarias, «Weeks, Mapp, Terry, Katz, Rakas, Vernonia». Esta siempre había sido muy polémica.

Había bordado la asignatura de Derecho Constitucional en Virginia hacía no demasiados años, sobre todo porque era capaz de memorizar casi cualquier cosa. En el examen final, había citado trescientos casos.

Ahora la facultad de Derecho le quedaba muy lejos. Oyó

voces y se preparó para que llamaran a la puerta. Luego se apagaron y, al final, desaparecieron.

No tenía ni idea de qué les habría ocurrido a los demás. Tras el horror de ver cómo le pegaban un tiro en la cara a Yusuf, la tiraron al suelo, la esposaron, le vendaron los ojos, se la llevaron a rastras y la metieron en la parte trasera de un camión. Era consciente de que había más cuerpos a su alrededor: gente viva que gruñía, gemía, respiraba. Debían de ser los turcos. Había perdido la noción del tiempo, pero, no mucho después, la sacaron de allí y la separaron del resto de los rehenes.

Solo podía esperar que estuvieran a salvo y rezar por ello, pero tenía dudas.

17

A las seis y media de la mañana, Mitch ya iba por su segunda taza de café cargado y estaba metido de lleno en internet. Por tercer día consecutivo, iba saltando de un tabloide a otro, maravillándose de la capacidad de los británicos para crear tanto a partir de tan poco. La noticia en sí era relevante, de eso no cabía duda: una asociada de la sede londinense del mayor bufete de abogados del mundo secuestrada por unos matones asesinos en Libia. Sin embargo, la escasez de datos reales no conseguía frenar los titulares, las fotografías ni las especulaciones emocionantes. Si los hechos no bastaban para sostener un artículo, se limitaban a inventarse otros sobre la marcha. Los matones pedían diez millones de libras de rescate, ¿o eran veinte? Habían dado un plazo de tres días antes de ejecutar de Giovanna, ¿o eran cuatro? Se la había visto en El Cairo o quizá en Túnez. La habían elegido objetivo debido a los tejemanejes de su padre con las petroleras libias. Un loco que decía ser un exnovio suyo aseguraba que ella siempre había profesado admiración por Muamar Gadafi.

Pero la verdadera sensación era, por supuesto, los diez cadáveres. La mayoría de los tabloides seguían publicando fotos de los cuatro turcos decapitados suspendidos por los pies. Yusuf, colgado del cuello, seguía siendo noticia de tercera página. Debajo de su foto, un tabloide preguntaba en negrita: ¿SERÁ GIOVANNA LA SIGUIENTE? El tono de entusiasmo del periodista dejaba pocas dudas respecto a que no se sentiría decepcionado si se produjeran más noticias trágicas.

La prensa italiana era algo más sutil y había dejado de publicar fotos, salvo un retrato de ella. Varios de los amigos de la joven hablaron con los periodistas y dijeron cosas bonitas de ella. Luca recibió más atención mediática de la que habría podido soñar, aunque no de la clase que él quería.

Los estadounidenses estaban absortos en su invasión de Irak y la inesperada insurgencia les estaba causando quebraderos de cabeza. El número de víctimas iba en aumento. Cada día traía más malas nuevas y, para un país acostumbrado a ese tipo de noticias en Oriente Próximo, el secuestro de una abogada británica no era tan importante como para alcanzar los titulares. Se informaba de la historia, pero solo de pasada.

En Scully & Pershing mantenían un silencio pétreo. En muchos de los artículos se leía: «No ha sido posible contactar con el bufete para obtener declaraciones». La empresa había emitido un comunicado de prensa en el momento en el que se había dado a conocer la noticia del secuestro y su equipo de relaciones públicas trabajaba día y noche para seguir de cerca los acontecimientos. Se enviaban informes confidenciales a diario a todos los abogados y empleados. Decían más o menos lo mismo: ni una palabra a la prensa sin autorización. Cualquier filtración se trataría con severidad.

Pero ¿qué iban a filtrar?

El bufete no hablaría hasta que tuviera algo que decir, y no tendría nada hasta que Giovanna estuviera a salvo en casa.

Abby entró en la cocina y, antes de pronunciar una sola palabra, se lanzó directa a por el café. Se sentó, bebió el primer sorbo y sonrió a su marido.

—Cuéntame solo buenas noticias —le dijo.

—Perdieron los Yankees.

—¿No hay más cadáveres?

—De momento no. Sin novedades de los secuestradores. Mencionan a Scully & Pershing y a Luca Sandroni, pero a nadie más.

Satisfecha con las actualizaciones, bebió otro trago. Mitch apagó la televisión, cerró el portátil y dijo:

—¿Qué te espera hoy en tu mundo?

—Todavía no he llegado tan lejos, no lo he mirado. Reuniones, siempre reuniones. Con marketing, creo. ¿Y a ti?

—Una sesión informativa de nuestro consultor de seguridad a primera hora de la mañana. No puedo llevar a los niños al colegio.

—Ya los llevo yo. ¿Un consultor de seguridad? Creía que Scully tenía su propio departamento de espías.

—Lo tenemos. Lo tiene. Pero esto es mucho más grave y requiere que nos gastemos una fortuna en un servicio de inteligencia externo, un grupo bastante turbio dirigido por antiguos espías y coroneles retirados.

—¿Y sobre qué quieren informaros?

—Es confidencial, alto secreto y todo eso. Lo ideal sería que nos dijeran quién secuestró a Giovanna y dónde la tienen escondida, pero todavía no lo saben.

—Tienen que encontrarla, Mitch.

—Es lo que está intentando todo el mundo y puede que eso sea parte del problema. Quizá nos enteremos de algo más esta mañana.

—¿Y podrás contármelo?

—Es confidencial. ¿Quién va a invadir nuestra cocina esta noche?

—Es confidencial. No, nadie, en realidad. Pero tenemos congelada la lasaña de la última visita de los Rosario.

—Empiezo a cansarme un poco de esos dos. ¿Cuándo vas a terminar su libro de cocina?

—Puede que falten años. ¿Y si salimos a cenar con los niños esta noche?

—¿Otra vez pizza?

—No, les pedimos que elijan un restaurante de verdad.

—Uf, buena suerte.

El edificio era un rascacielos de la década de 1970 con más ladrillo marrón que acero y cristal, tan insulso que se confundía con los demás del bloque, ninguno de los cuales resultaba ni atractivo ni imponente en modo alguno. El Midtown de Manhattan estaba repleto de ese tipo de construcciones anodinas, diseñadas únicamente para cobrar el alquiler, sin ninguna consideración por la estética. Era el lugar perfecto para que una agrupación tan misteriosa como Crueggal pasara desapercibida. La entrada principal, en Lexington Avenue, contaba con guardias armados. Varios más vigilaban una pared cubierta de pantallas del circuito cerrado de seguridad.

Mitch había pasado por delante de aquel rascacielos cientos de veces y nunca había reparado en él. Volvió a pasar por delante y, siguiendo las instrucciones, giró hacia la calle Cincuenta y uno y entró por una puerta lateral. En aquella entrada había menos pitbulls esperando para atacar. Después de que le sacaran una foto y le tomasen las huellas dactilares, lo recibió un guardia que incluso era capaz de sonreír y lo acompañó hasta los ascensores. Mientras esperaban, Mc-Deere le echó un vistazo al directorio del edificio y, como cabía esperar, no encontró ninguna mención a Crueggal. Su escolta y él subieron en absoluto silencio hasta la planta treinta y ocho, donde salieron a un vestíbulo pequeño y sin nada que les diera la bienvenida a los invitados: ni carteles con el nombre de la empresa, ni obras de arte extrañas, ni sillas, ni sofás; no había nada, salvo más cámaras para filmar su llegada.

Con tiempo, fueron abriéndose paso a través de las múltiples capas de protección y llegaron hasta otra puerta gruesa, ante la cual le entregaron la custodia de Mitch a un joven con un traje que no era de poliéster. La franquearon juntos y entraron en un gran espacio abierto, sin ventanas visibles. Jack Ruch y Cory Gallant lo esperaban charlando con Darian Kasuch en el centro de la sala. Todos se saludaron. Aceptaron el café, rechazaron la bollería. Se sentaron en torno a una mesa bastante amplia y el anfitrión cogió un mando a distancia. Pulsó un botón y en una gran pantalla apareció un mapa detallado del sur de Libia. Había al menos ocho colgados alrededor de las paredes de la sala.

Agarró un puntero láser y, con el punto rojo, señaló la región de Ubari, cerca de la frontera meridional con Chad.

—La primera pregunta es dónde está Giovanna. No podemos responderla porque sus secuestradores no han dicho ni pío. La segunda pregunta es quiénes son. Una vez más, no tenemos nada definitivo. Ubari es una zona muy inestable y poco amiga de Gadafi. Él es de aquí arriba. —El punto rojo se desplazó hacia el extremo norte, hasta Sirte, y luego volvió a Tazirbu.

Hasta el momento, no les había dicho nada que no supieran ya.

—Desde hace al menos cuarenta años —continuó—, los libios no han dejado de luchar contra sus vecinos, Egipto al este y Chad al sur. En el sur de Ubari, hay un movimiento revolucionario muy fuerte, con un feroz sentimiento anti-Gadafi. A lo largo de los últimos cinco años, un caudillo llamado Adhim Barakat ha conseguido acabar con muchos de sus rivales y consolidarse en el poder. Es un partidario de la línea dura que quiere que Libia se convierta en un Estado islámico y expulse a todas las empresas e intereses económicos occidentales. También es un terrorista al que le encanta el derramamiento de sangre. En ese sentido, es uno de tantos.

Darian presionó una tecla y, de pronto, la cara de Barakat apareció mirándolos con desprecio. Barba negra y poblada, ojos negros y siniestros, chilaba blanca, dos bandoleras de balas brillantes colgadas de los hombros y cruzándole el pecho.

—Edad: unos cuarenta años, educado en Damasco, familia desconocida. Totalmente comprometido con el derrocamiento del régimen.

—Para quedarse con el petróleo —intervino Jack Ruch.

—Sí, para quedarse con el petróleo —confirmó Darian.

Mitch estudió aquel rostro y no le costó en absoluto creerse que aquel hombre fuese capaz de ordenar una matanza indiscriminada. Se estremeció al pensar que tenía a Giovanna en su poder, a saber dónde.

—¿Y por qué creemos que es él? —preguntó.

—No estamos seguros. De nuevo, hasta que establezcan contacto, lo único que podemos hacer es especular. No obstante, el mes pasado Barakat intentó volar por los aires una refinería aquí, cerca de la ciudad de Sarir. Fue un asalto bien planeado e impresionante desde el punto de vista tácticoco en el que participaron unos cien hombres; de no haber sido por un fallo en la seguridad, habría funcionado. Alguien les dio un chivatazo a los libios en el último momento y mandaron al ejército. Varias decenas de personas murieron en ambos bandos, aunque nunca se conocen las cifras exactas. Ni una sola palabra en las noticias internacionales. Dos de los hombres de Barakat fueron capturados y torturados. Los sometieron a una presión extrema y hablaron antes de que los ahorcaran. Si nos creemos lo que dijeron, la organización del caudillo cuenta ahora con varios miles de hombres bien armados que operan en varios frentes. Están decididos a expulsar a los inversores extranjeros. Gadafi se ha vendido a Occidente y esas cosas y eso está sirviendo de motivación a los revolucionarios. Uno de los cautivos afirmó que el puente del desierto sigue siendo uno de sus objetivos. Tenemos un activo en Libia que lo confirma. Desde hace un tiempo, Barakat opera cada vez más cerca de Trípoli, como si quisiera desafiar a Gadafi a embarcarse en una guerra. Lo más probable es que consiga lo que quiere.

De repente, Mitch se aburrió de la sesión informativa. Crueggal no podía confirmar casi nada y Darian se estaba esforzando demasiado para impresionar a Scully con información que no era fiable. No era la primera vez que, a lo largo de la última semana, se sorprendía añorando los viejos tiempos, cuando ejercía la abogacía sin preocuparse de rehenes y terroristas.

Jack Ruch, conocido por su falta de paciencia, dijo:

—O sea, que seguimos haciendo conjeturas.

—Estamos cada vez más cerca —replicó Darian con frialdad—. Llegaremos adonde queremos llegar.

—Vale, y, cuando sepamos quién tiene a Giovanna, ¿qué

hacemos? ¿Quién toma las decisiones a partir de ese momento?

—Eso depende de lo que quieran los secuestradores.

—Entiendo. Juguemos a las hipótesis. Ella tiene la nacionalidad británica, ¿no?, así que ¿y si los británicos deciden entrar a saco? Pero los italianos dicen que no y los libios que sí. La familia se niega. Los estadounidenses, quién sabe... Pero ¿de verdad importa? Está en Libia, creemos, y mientras siga allí nuestras opciones son básicamente nulas, ¿no?

—Es algo voluble, Jack, cambia a diario. No podemos empezar a hacer planes hasta que tengamos muchos más datos.

Cory preguntó:

—¿Cuánta gente tienes en terreno libio en estos momentos?

—Entre contactos, agentes normales y dobles, activos y corredores, unos diez o doce. Todos están cobrando, recibiendo sobornos, lo que sea necesario. Algunos son antiguos activos de confianza, a otros acabamos de reclutarlos. Es un mundo muy turbio, Cory, con lealtades inciertas y relaciones frágiles.

Mitch bebió un sorbo de café y decidió que ya había tomado suficiente cafeína para toda la mañana. Miró la cara de Adhim Barakat y preguntó:

—¿Qué probabilidades hay de que este tipo tenga a Giovanna?

Darian se encogió de hombros y lo pensó un momento.

—Sesenta-cuarenta.

—Vale, y, si la tiene, ¿qué quiere?

—La respuesta sencilla es dinero. Un rescate gordo para comprar más armas y pagar a más soldados. La otra respuesta es más complicada. Puede que no quiera un intercambio.

Puede que haga algo espectacular, algo horrible, para anunciar su presencia al mundo.

—¿Matarla?

—Por desgracia, es una posibilidad real.

18

En ausencia de Giovanna, Mitch necesitaba un asociado ambicioso que se subiera al carro y se encargase de las tareas más arduas. En Scully no andaban faltos de ellos; de hecho, el bufete contrataba todas las primaveras a trescientos de los más brillantes licenciados en Derecho y los obligaba a pasar por la picadora de carne que eran las semanas laborales de cien horas y los plazos implacables. Al cabo de un año, los mejores del rebaño empezaban a destacar. Al cabo de dos, los que se habían quedado rezagados abandonaban el barco, pero, para entonces, los veteranos ya habían detectado a los que aguantarían de por vida, a los futuros socios.

Stephen Stodghill era un asociado sénior que llevaba cinco años en el bufete. Procedía de un pueblecito de Kansas y había sobresalido en la facultad de Derecho de la Universidad de Chicago. Mitch tenía una preferencia secreta por los jóvenes de pueblo que triunfaban en las grandes ligas. Le pidió a Stephen que se uniera al equipo y no se sorprendió de que el joven aceptara la oportunidad de inmediato. No hubo bromas sarcásticas acerca de lo que le había sucedido a la última asociada que había elegido. Todavía no habían conseguido encontrarla.

Todos los abogados de Scully, los dos mil que el bufete tenía distribuidos por treinta y una oficinas del mundo entero, pensaban continuamente en la difícil situación de Giovanna. Había mucha preocupación y muchas conversaciones en voz baja mientras continuaban con su trabajo y esperaban. Siempre atentos a las noticias sobre el siguiente acontecimiento. En las sedes de Atlanta y Houston, varios grupitos de abogados y empleados se reunían todas las mañanas temprano para tomar café y rezar. Una socia de Orlando estaba casada con un sacerdote episcopaliano que tuvo la amabilidad de pasarse por la oficina para dirigir una oración.

El jueves, Mitch se quedó trabajando hasta tarde y se reunió durante una hora con Stephen para iniciar el penoso proceso de cubrir todos los aspectos del caso Lannak Construction contra la República de Libia. El expediente tenía cuatro mil páginas y seguía creciendo. Scully había contratado a ocho expertos que se estaban preparando para testificar sobre cuestiones como el diseño del puente, la arquitectura, los métodos de construcción, los materiales, los precios, los retrasos, etcétera. Al principio, la idea de participar en un caso exótico en un país extranjero entusiasmó a Stephen, pero la diversión no tardó en disiparse una vez que empezaron a entrar en materia.

Mitch se marchó a las siete y pasó una noche tranquila con Abby y los niños. Volvió a las ocho de la mañana del día siguiente y se encontró a su asociado justo donde lo había dejado: en la pequeña mesa de trabajo que había en un rincón de su despacho. Cuando él se dio cuenta de lo que había ocurrido, bajó la cabeza al mismo tiempo que esbozaba un gesto de negación con ella.

—A ver si lo adivino. ¿Te has pasado toda la noche trabajando?

—Sí. La verdad es que no tenía nada mejor que hacer y me enganché. Es fascinante.

Mitch se había sometido a horarios inhumanos en muchas ocasiones, pero nunca se había sentido obligado a pasar una noche en blanco. Las hazañas de ese tipo eran comunes en los grandes bufetes y se suponía que debían ser fuente de admiración y, con suerte, inflar la leyenda de algún pistolero que aspiraba a convertirse en socio antes de tiempo. Él no tenía paciencia para esas cosas.

Pero Stephen estaba soltero y, como su novia era asociada en otro gran bufete de abogados, sufría el mismo maltrato. Quería pedirle que se casaran, pero no encontraba el momento. Ella quería, pero le preocupaba el hecho de que no se verían nunca. Cuando conseguían quedar para cenar a última hora, solían empezar a dar cabezadas después del primer cóctel.

Mitch sonrió y dijo:

—Vale, una regla nueva: si quieres seguir en este caso, no puedes trabajar más de dieciséis horas al día en él. ¿Entendido?

—Eso creo.

—Pues inténtalo de nuevo. Escúchame, Stephen: ahora soy el abogado oficial del caso y eso quiere decir que soy tu jefe. No trabajes más de dieciséis horas al día en esto, ¿te ha quedado claro?

—Clarísimo, jefe.

—Eso ya me gusta más. Ahora, sal de mi despacho.

Stephen se puso en pie de un salto y cogió un montón de papeles. Mientras salía, dijo:

—Oye, jefe, anoche estuve haciendo el tonto un rato

en internet y encontré el vídeo, el de la motosierra. ¿Lo has visto?

—No. Ni pienso hacerlo.

—Muy listo. Ojalá yo tampoco lo hubiera visto, porque ahora ya no lo olvidaré nunca. Esa es una de las razones por las que me he pasado aquí toda la noche. No podía dormir. Y seguro que esta noche tampoco duermo.

—Tendrías que habértelo pensado antes.

—Sí, es cierto. Los gritos…

—Basta, Stephen. Ve a buscarte algo que hacer.

Pasó otro día sin noticias ni de los secuestradores ni de quienes intentaban encontrarlos. Y luego otro. Mitch empezaba todas las mañanas con una reunión de seguridad con Cory en el despacho de Jack Ruch. Por circuito cerrado, escuchaban con creciente frustración las actualizaciones de Darian desde el norte de África. Hacía un trabajo creíble llenando veinte minutos con lo que tal vez ocurriría a continuación, pero lo cierto era que solo estaba especulando.

Al final, se produjo un drama terrible. La noche del domingo 24 de abril, nueve días después del secuestro, una unidad antiterrorista libia atacó un campamento cerca de la frontera con Chad. La zona era tierra de nadie; estaba poco habitada y quienes vivían allí lo hacían porque llevaban armas y, o esperaban problemas, o planeaban crearlos. Se rumoreaba que el extenso campamento oculto era el cuartel general de Adhim Barakat y su pequeño ejército de revolucionarios. Dada la inmensidad del Sáhara, los ataques sorpresa eran casi imposibles de llevar a cabo y los libios no lo hicieron nada bien. Puede que los miembros de alguna tribu a los que Barakat tuviera comprados dieran la voz de alarma, o puede que los centinelas y los drones del terrorista estuvieran en alerta máxima. En cualquier caso, recibieron el ataque frontalmente y se libró una feroz batalla durante tres horas. Cientos de comandos libios llegaron en tanques blindados, mientras que otros saltaron desde helicópteros Mi-26 de fabricación rusa. Dos fueron derribados por lanzamisiles Strela, también fabricados en Rusia. Aquella potencia de fuego sorprendió a los libios. Las bajas en ambos bandos fueron tremendas y, cuando se hizo evidente que la lucha podría prolongarse hasta que todos hubieran muerto, el comandante libio ordenó la retirada.

Trípoli emitió de inmediato un comunicado en el que describía la misión como un golpe de precisión por parte de las fuerzas gubernamentales contra un grupo terrorista. Había sido un éxito rotundo. La derrota sobre el enemigo había sido aplastante.

Al mismo tiempo, el Gobierno filtró la noticia de que el verdadero motivo del ataque había sido rescatar a Giovanna Sandroni. Pretendían que constituyera una prueba evidente de que Gadafi no estaba implicado en su secuestro, sino que estaba intentando salvarla.

Por suerte, la joven abogada estaba a seiscientos cincuenta kilómetros de allí.

Mitch y Jack Ruch salieron de LaGuardia en el puente aéreo de las ocho y cuarto de la mañana con destino al Reagan National de Washington. Benson Wall, el socio que dirigía la sede de Scully allí, los recibió junto a la acera. Un chófer se los llevó en un sedán negro de la empresa y, pocos minutos después de aterrizar, estaban atrapados en un atasco sobre el Potomac. La reunión con el senador Lake era a las diez y media, así que tenían tiempo de sobra. El susodicho era conocido por llegar tarde a todas las reuniones salvo a las que se celebraban en su despacho, para las que esperaba puntualidad.

Elias Lake estaba en su tercer mandato, pero seguía siendo el senador júnior por Nueva York. Al sénior lo habían elegido en 1988 y no mostraba signos de fatiga ni de vulnerabilidad. Como era de esperar, Scully & Pershing había establecido vínculos profundos con ambos hombres, relaciones cálidas basadas en la capacidad del bufete para recaudar grandes sumas de dinero y en la disposición para escuchar de los senadores. Jack no tenía que hacer grandes esfuerzos para conseguir que cualquiera de los dos se pusiera al teléfono a casi cualquier hora razonable, pero la urgencia del asunto Sandroni requería una reunión cara a cara. El senador Lake era el presidente del subcomité de Asuntos Exteriores y, al ocupar ese puesto, se había hecho amigo de la actual secretaria de Estado. Además, hacía tres años, Benson Wall había contratado como asociado al sobrino de Lake, recién licenciado en Georgetown. Este y Jack estuvieron de acuerdo en que les convenía más invertir su tiempo en Lake que en el senador más veterano de Nueva York.

Cuatro años antes, Mitch había visitado el Capitolio por primera vez. Había acompañado a otro socio y a un cliente, una empresa contratista de defensa que había recurrido a los servicios de Scully para que la sacaran de unos contratos injustos. Había que dorarle la píldora a cierto senador de Idaho. No le gustó el Capitolio, le pareció un lugar frenético en el que no se lograba gran cosa. Había jurado no volver jamás.

Salvo excepciones. Excepciones tan urgentes como que secuestraran a una asociada de Scully y el bufete estuviese desesperado por conseguir ayuda.

Jack, Benson y él llegaron a las diez y cuarto a las oficinas del Senado en el edificio Dirksen y se dirigieron a la primera planta, donde fueron recibidos por varios guardias de seguridad más ante la puerta del despacho de Lake. Los llevaron a una pequeña sala de reuniones y allí esperaron unos minutos hasta que un ayudante del jefe de gabinete fue a saludarlos y a decirles que «el senador» iba con retraso y estaba ocupado con otros asuntos importantes.

A las 10.40 los hicieron pasar al enorme despacho de Lake, donde este les dio una bienvenida calurosa y les señaló una mesa rodeada de sillas. Era un neoyorquino de pura cepa, de Brooklyn, y adoraba todo lo que tuviera que ver con su ciudad. Tenía las paredes decoradas con banderines e insignias de todos los equipos deportivos. Ningún político decente podía tener favoritos y esperar que lo reeligieran en Nueva York. El senador tenía unos sesenta años, estaba en forma, era muy activo y enérgico y siempre estaba dispuesto a meterse en una buena bronca.

Aquel era su despacho, su territorio, así que él dirigiría la conversación.

—Agradezco que hayáis venido, chicos, pero podríamos haberlo hablado por teléfono. Entiendo lo que nos jugamos.

Jack contestó:

—Lo sé. Es italiana y británica, senador, así que en teoría no es de los nuestros. Pero lo cierto es que sí lo es. Forma parte de Scully y, aunque tenemos sedes por todo el mundo, la empresa es y siempre ha sido estadounidense. Un bufete de Nueva York. Pasó un verano haciendo prácticas en Skadden, en Manhattan. Se licenció en Derecho en Virginia. Su inglés es mejor que el mío. Nos gustaría que tanto usted como el Departamento de Estado consideraran que Giovanna es una de los nuestros, casi estadounidense.

—Lo entiendo, lo entiendo. Ayer volví a hablar con la señora secretaria. Créeme, Jack, se están tomando este asunto muy en serio. Se celebran reuniones informativas diarias, allí y aquí. Contactos a todas horas. Nadie se ha dormido en los laureles, Jack. El problema es que no se sabe nada. Unos tipos malos le han echado el guante, pero hasta ahora no han abierto la boca. ¿Me equivoco?

Ruch asintió y miró a Benson con aire sombrío.

El senador echó un vistazo a unas notas y continuó:

—Según nuestra gente, y hay que tener en cuenta que no es precisamente bien recibida en Libia y que, por lo tanto, dependemos de los británicos, los italianos y los israelíes para obtener información, lo que se oye por ahí es que una milicia insurgente de ratas del desierto encabezada por un matón llamado Barakat es, con toda probabilidad, la que lleva la voz cantante. Tienen retenida a la señorita Sandroni, pero aún no han establecido contacto. Como sabéis, al principio se especuló con la posibilidad de que fuera Gadafi quien estaba detrás del secuestro, pero nuestra gente cree que no es así.

Mitch se sintió como si estuviera asistiendo a otra de las sesiones informativas de Darian Kasuch. ¿Podían contarle algo nuevo, por favor?

Jack ya le había advertido que la reunión le parecería una pérdida de tiempo, pero que el senador Lake podría ser crucial más adelante.

Para impresionarlos, el senador sacó de su mesa un informe confidencial. Era alto secreto, por supuesto, así que no debía salir de allí. El ataque de hacía dos noches, ese del que tanto alardeaban los libios, había sido un absoluto desastre para ellos. Según la CIA, que le confiaba al senador todo tipo de materiales delicados, el Ejército libio había perdido muchos más hombres que el enemigo y se había visto obligado a retirarse tras un brutal contraataque.

Lo más probable era que aquello no tuviera nada que ver con Giovanna, pero, ya que tenía la información, el senador se veía en la obligación de compartirla. De manera confidencial, por supuesto.

Había relojes en tres de las paredes para que los visitantes supieran que el tiempo de Lake era oro, que sus días estaban planificados a la perfección, y, justo a las once en punto de la mañana, una secretaria llamó a la puerta. El senador fingió no hacerle caso y siguió hablando. La mujer volvió a llamar, abrió ligeramente la puerta y dijo:

—Señor, tiene una reunión dentro de cinco minutos.

Él asintió sin interrumpir su intervención y la secretaria se retiró. Continuó charlando como si la presencia de los abogados fuera mucho más relevante que las importantísimas reuniones que le esperaban. La primera interrupción era puro teatro y estaba pensada para hacer que los visitantes se sintieran incómodos y quisieran marcharse. La segunda estaba igual de guionizada y se produjo cinco minutos después, cuando el jefe de gabinete llamó a la puerta un segundo antes de entrar. Llevaba en la mano varios documentos que demostrarían, en caso de ser examinados, que el horario de la agenda del senador debía respetarse y que Lake ya llegaba tarde. El jefe de gabinete sonrió a Jack, Mitch y Benson y dijo:

—Gracias, caballeros. El senador tiene una reunión con el vicepresidente.

«¿Con qué vicepresidente? —se preguntó él—. ¿Con el del Rotary Club? ¿Con el de la sucursal bancaria más cercana?».

El senador siguió hablando mientras los abogados se ponían en pie y se encaminaban hacia la puerta. Prometió mantenerse al tanto de la situación y ponerse en contacto con Jack si había alguna novedad. Bla, bla, bla. Mitch se moría de ganas de marcharse.

Comieron un bocadillo en una cafetería situada bajo el Capitolio.

A la una en punto, se reunieron con un abogado de la Oficina del Asesor Jurídico de la secretaria de Estado. Había trabajado como asociado en la oficina de Scully en Washington, pero había terminado muy quemado y había abandonado la práctica privada. Benson lo había contratado cuando acababa de licenciarse en Derecho y ambos habían conservado la amistad. El joven afirmaba estar en estrecho contacto con el vicesecretario de Estado y muy atento a los cotilleos de pasillo. Le resultaba difícil de creer que alguien hubiera secuestrado a una asociada de Scully.

Mientras cruzaban el Potomac de regreso al aeropuerto, Mitch se comportó como un buen jugador de equipo y se mostró de acuerdo con que el día había ido bien. Para sus adentros, volvió a jurar que evitaría el Capitolio siempre que le fuera posible.

19

La sede de la Junta Arbitral Unida estaba en la quinta planta del Palais de Justice, en el centro de Ginebra. Los veinte jueces que la constituían procedían de distintos países y ejercían sus funciones durante cinco años, con la posibilidad de volver a ser nombrados para ostentar el cargo durante un segundo periodo. Se trataba de unos puestos bastante prestigiosos, a menudo conseguidos por medio de presiones, designados a través de las Naciones Unidas. La lista de casos pendientes de la Junta era un vertiginoso repertorio de litigios civiles de todo el mundo: Gobiernos enfrentados entre sí; empresas de distintos países que se demandaban unas a otras; particulares que les reclamaban enormes sumas de dinero a empresas y Gobiernos extranjeros. Alrededor de la mitad de los casos se juzgaban en Ginebra, pero a la Junta no le daba pereza salir de gira con su espectáculo. Los viajes eran de primera, al igual que las cuentas de gastos. Si Camboya quería demandar a Japón, por ejemplo, no tenía mucho sentido pedirles a los abogados y a los testigos que acamparan en Ginebra, así que los jueces elegían un lugar más conveniente en Asia, a poder ser cerca de un centro turístico de moda.

Luca había presentado la demanda de Lannak contra Libia el año anterior, en octubre de 2004, y había solicitado que el juicio se celebrara en Ginebra. La presidente de la Junta, conocida como magistrada rectora, había accedido.

Ahora ella quería un aplazamiento, un fastidio en opinión de todos los abogados, aunque era algo bastante común. Mitch creía que la Junta sentía curiosidad por el caso debido a su repentina notoriedad. Casi todos los demás que tenían en la lista eran disputas aburridísimas en las antípodas del mundo. Nada que pudiera compararse con una pelea por quinientos millones de dólares que implicaba un puente en el desierto, cuatro decapitaciones, varios asesinatos relacionados y la odisea de una asociada de Scully desaparecida. Cuando Mitch recibió por primera vez el aviso de comparecencia para cambiar la fecha, se planteó seriamente pedir un aplazamiento, una práctica habitual. Se le habría concedido una prórroga de entre treinta y noventa días. Sin embargo, tras comentarlo con Lannak, estuvieron de acuerdo en que la vista que iba a celebrarse en Ginebra supondría un buen momento para reunirse y debatir la demanda.

Mitch y Stephen volaron a Roma y visitaron a Luca en su villa. Hacía dos semanas que habían secuestrado a Giovanna y aún no se sabía nada de sus captores. Los días no se estaban volviendo precisamente más fáciles para aquel hombre. Rara vez comía o dormía y no paraba de perder peso. Tenía programada otra sesión de quimioterapia, pero no estaba en condiciones. Reñía con los médicos y no estaba satisfecho con las enfermeras que tenía en casa. Sin embargo, se alegró de ver a Mitch e incluso se tomó una copa de vino, la primera desde hacía días.

Roberto Maggi se unió a ellos y el equipo pasó dos horas en el despacho de Luca repasando estrategias; después, volaron a Ginebra, donde se reunieron con los hombres de Lannak: Omar Celik, director general y nieto del fundador de la empresa; Denys Tullos, el jefe de los abogados en plantilla y principal contacto de Mitch; y Adem, el hijo de Omar, licenciado en Princeton y futuro propietario de la empresa. No eran musulmanes y les gustaba el alcohol. Tras tomarse unos cócteles en el bar del hotel, se dirigieron a un restaurante para continuar con la velada. A última hora, se les unió Jens Bitterman, un abogado suizo que formaba parte del equipo y se encargaba de las gestiones con la Junta.

Omar, que conocía al italiano desde hacía más de veinte años, estaba preocupado por su amigo. Había coincidido con Giovanna en varias ocasiones cuando aún era una niña. Luca y su familia habían veraneado unas cuantas veces en la casa que Celik tenía en la playa, en el mar Negro. Omar, como cabía esperar, estaba furioso por el hecho de que los libios le debieran cuatrocientos millones de dólares por el puente, dinero que estaba decidido a cobrar, pero el bienestar de Giovanna le preocupaba mucho más.

En una de sus muchas conversaciones, Denys Tullos le había dicho a Mitch que la constructora turca estaba pagando a una empresa de seguridad privada en las profundidades de Libia para intentar encontrarla. Él le había transmitido ese dato a Darian Kasuch, de Crueggal, que no se había sorprendido lo más mínimo. «Que se unan al club», le había dicho.

La vista estaba prevista para las dos de la tarde del jueves 28 de abril. Mitch y su equipo pasaron la mañana en una sala de reuniones de un hotel con los Celik y con Denys Tullos. Revisaron el calendario de Luca y buscaron formas de agilizar la montaña de pruebas que aún debían intercambiar. Debatieron la estrategia de modificar la demanda para incluir daños y perjuicios por la muerte de los cuatro guardias de seguridad y de Yusuf, todos ellos empleados de Lannak. Omar no tardó en tomar el control de la reunión y demostró por qué se lo consideraba un empresario duro que no daba su brazo a torcer. Llevaba más de veinte años peleándose con los libios y, aunque por lo general terminaban pagándole, estaba harto. No harían más proyectos allí. Dudaba de que el régimen fuera responsable de la emboscada y el derramamiento de sangre, porque siempre había prometido proteger a los trabajadores extranjeros, sobre todo a los de Lannak. Omar tenía claro que Gadafi estaba perdiendo el control de gran parte de su territorio y que ya no podían fiarse de él. No tenía ninguna duda de que quería que la demanda se ampliara para cubrir las muertes, para responsabilizar al Gobierno libio, pero estuvo de acuerdo con Mitch en que necesitaban más tiempo. Lo más probable era que encontraran a Walid degollado. Nadie podía predecir lo que le ocurriría a Giovanna. De momento, había demasiadas incógnitas como para trazar estrategias.

Tras comerse un bocadillo, se trasladaron en taxi al Palais de Justice y se dirigieron a la sala de vistas de la quinta planta. Fuera, en el gran pasillo vacío, los esperaban dos periodistas. Uno de ellos llevaba una cámara colgada del cuello y trabajaba para un tabloide londinense; el otro, para un periódico serio. Le preguntaron a Mitch si tenía tiempo para charlar. Él respondió que no muy cortésmente, siguió andando y entró en la sala.

Era una habitación amplia, con los techos altos y grandes ventanales, mucha luz y asientos suficientes para acomodar a cientos de espectadores. Pero no había ninguno, solo corrillos de abogados diseminados aquí y allá, susurrando con expresión seria mientras se observaban desde diferentes puntos de la sala.

El estrado era un mueble imponente, de al menos veinticinco metros de largo y hecho de una madera oscura y exquisita que debían de haber talado al menos doscientos años antes. Medía dos metros de alto y, detrás, había veinte mecedoras de cuero que giraban y rodaban. Eran todas idénticas, de un color burdeos oscuro, y medían lo mismo, de modo que, mientras el tribunal estaba celebrando sesión, los magistrados miraban a los abogados y a los litigantes desde una posición de gran conocimiento y poder.

Las veinte estaban vacías. Un funcionario acompañó a Mitch, Stephen, Jens y Roberto a la mesa de los demandantes, a un lado de la sala. Vaciaron el contenido de sus gruesos maletines, como si fueran a pasar allí horas. Entretanto, otro equipo de abogados de rostro adusto se encaminó hacia su mesa y empezó a vaciar los maletines. El bufete Reedmore, de Londres, era el favorito de Libia y estaba formado por una panda de arrogantes que parecían disfrutar de su fama de capullos redomados.

Reedmore contaba con tan solo quinientos cincuenta abogados, ni por asomo suficientes para figurar entre los veinticinco bufetes más grandes, y limitaba su actividad a un puñado de países, sobre todo europeos. Llevaba muchos años conchabado con el régimen libio. Luca decía que seguro que por eso estaban tan amargados de la vida.

Aparte de la riqueza en talento, ambición, capacidades y diversidad que tenía Scully & Pershing, una de las mayores ventajas de trabajar en aquel bufete era su gran tamaño. Llevaba una década siendo el más grande del mundo y estaba decidido a mantenerse en la cima. Sus abogados eran conocidos por pavonearse un poco al caminar debido al enorme peso e influencia de la empresa para la que trabajaban. Nunca había existido un bufete mayor. El tamaño no siempre equivale a talento ni garantiza el éxito, pero, en el ámbito de los grandes despachos de abogados, ser el primero era la envidia de los que ocupaban del segundo al quincuagésimo puesto.

Los abogados de Reedmore eran enemigos formidables y a Mitch jamás se le ocurriría subestimarlos, pero, por otro lado, no se dejaba impresionar por su actitud distante. Jerry Robb era el abogado al frente de la defensa del Estado de Libia. Se había llevado con él a un par de tipos más jóvenes y los tres vestían trajes azul marino a juego impecablemente confeccionados. Era como si fueran incapaces de sonreír.

Sin embargo, como en la otra mesa había malas noticias, Robb se vio en la necesidad de meter el dedo en la llaga. Se acercó, estiró la mano y dijo:

—Buenas tardes, caballeros. —Parecía que se hubiera tragado el palo de una escoba y su apretón de manos era igual que el de un niño de doce años. Con una expresión algo arrogante, dijo—: Hablé con Luca la semana pasada. Espero que le esté yendo bien, a pesar de todo.

A pesar de todo. A pesar de que se estaba muriendo de cáncer y de que una gente muy desagradable tenía secuestrada a su hija.

—Luca está bien —contestó Roberto—. A pesar de todo.

—¿Se sabe algo de Giovanna?

Mitch no quiso morder el anzuelo y negó con la cabeza: «No».

—Nada —dijo Roberto—. Le diré que has preguntado por él.

—Sí, por favor.

Si la conversación hubiera continuado, habría sido igual

de forzada, pero un funcionario alzó la voz junto al estrado y Robb volvió a su mesa. En inglés, el alguacil llamó al orden. Se sentó y, a continuación, otro alguacil se puso en pie e hizo lo mismo en francés. Mitch echó un vistazo en torno a la enorme sala. Había dos grupos de abogados sentados muy lejos el uno del otro y varios clientes diseminados entre medias. Los dos periodistas británicos estaban en primera fila. McDeere dudaba que alguno de los presentes hablara francés, pero el tribunal tenía sus procedimientos.

Tres jueces entraron por detrás del estrado y ocuparon sus respectivos asientos. La magistrada rectora estaba al mando y se acomodó en el centro. Sus dos colegas estaban al menos a seis metros de distancia. Diecisiete de los tronos seguían vacíos. Las vistas para cambiar la fecha de un juicio no garantizaban la participación en pleno de la Junta.

Se trataba de la señora Victoria Poley, una estadounidense de Dayton, exjueza federal, que había sido una de las primeras mujeres en licenciarse en Derecho en Harvard. Era aceptable dirigirse a ella como señora, magistrada, jueza, su señoría o lord. Cualquier otra opción era problemática. Solo los abogados de las islas británicas y de Australia se atrevían a emplear la última denominación.

A su derecha, había un juez de Nigeria. A su izquierda, uno de Perú. Ninguno llevaba auriculares, así que Mitch supuso que no habría intérpretes y la vista no se alargaría.

La señora Poley le dio la bienvenida a todo el mundo a la sesión de la tarde y comentó que había pocos casos en el orden del día. Miró a una alguacil, que se puso en pie, anunció el caso Lannak y procedió a leer el historial, comenzando por la presentación de la denuncia en octubre del año anterior. Sería casi imposible conseguir que una lectura así no fuera aburrida, pero la monotonía de la voz de la alguacil sumió a toda la sala en un profundo sopor. No se acababa nunca y, cuantas más páginas pasaba, más tediosa se le tornaba la voz. El último pensamiento de Mitch antes de entrar en coma fue: «Espero que no vuelvan a hacerlo todo en francés».

—Señor McDeere —lo llamó una voz y él volvió de golpe a la vida. La señora Poley continuó—: Bienvenido al tribunal y, por favor, dele recuerdos de mi parte al signor Luca Sandroni.

—Gracias, su señoría; él también le envía recuerdos.

—Y, señor Robb, siempre es un placer verlo.

Jerry Robb se puso de pie, se dobló ligeramente por la cintura e hizo un esfuerzo por sonreír, pero no dijo nada.

—Pueden sentarse y permanecer así durante el resto de la vista.

Ambos abogados volvieron a ocupar su asiento.

La señora Poley prosiguió:

—Bien, el juicio está fijado para el próximo febrero, dentro de casi un año. Les preguntaré a cada uno de ustedes si lo tendrán todo listo para esa fecha. Señor McDeere.

Mitch permaneció en su silla y empezó diciendo que sí, que por supuesto, que el demandante estaría preparado. Este era quien había presentado la denuncia y siempre le correspondía presionar todo lo posible para que el juicio se celebrase cuanto antes. No era habitual que el demandante rehuyera la fecha fijada. A pesar de la cantidad de trabajo que les quedaba por hacer, él estaba convencido de que lo sacarían adelante a tiempo. Su cliente quería que el juicio se llevase a cabo antes de febrero, pero esa cuestión se plantearía otro día.

La señora Poley sintió curiosidad por la fase de intercambio de pruebas y les preguntó cómo iba. En opinión de

Mitch, terminarían al cabo de noventa días. Había que tomar más declaraciones, discutir más documentos y localizar a más expertos, pero tres meses serían suficientes.

¿Y el señor Robb?

No era muy buen actor y se le dio bastante mal fingir sorpresa ante el hecho de que el abogado contrario se mostrara tan optimista. Les quedaban como mínimo seis intensos meses de intercambio de pruebas, quizá más, y que el juicio se celebrara en menos de un año era sencillamente imposible. Sin apartarse del manual de estrategia estándar de la defensa, Robb enumeró una serie de razones por las que necesitaban mucho más tiempo. Tras divagar durante un rato que se alargó demasiado, terminó así:

—Y no puedo por menos que imaginar que, a la luz de los recientes acontecimientos en Libia, este asunto se complicará aún más.

Como si hubiera estado esperando la oportunidad, la señora Poley dijo:

—Bien, hablemos de los últimos acontecimientos. Señor McDeere, ¿prevé modificar la demanda para pedir daños y perjuicios adicionales?

La respuesta era sí, pero Mitch no pensaba reconocerlo ante el tribunal. Con aparente frustración, dijo:

—Señoría, por favor, la situación en Libia es voluble y puede cambiar de manera drástica en cualquier momento. Me resulta imposible predecir qué ocurrirá y cuáles serán las consecuencias legales.

—Desde luego, y comprendo su postura. Pero, teniendo en cuenta lo que ya ha ocurrido, podemos asegurar que este asunto se complicará aún más, ¿verdad?

—Para nada, su señoría.

Robb vio una oportunidad e intervino de inmediato:

—Su señoría, por favor, es obvio que está usted en lo cierto. Hay circunstancias que escapan a nuestro control y que están enmarañando las cosas, por decirlo de algún modo. Lo más justo sería que acordásemos una prórroga y no nos forzáramos a trabajar precipitadamente y con un plazo inviable.

Mitch replicó:

—El plazo es factible, su señoría, y estoy en posición de prometerle al tribunal que el demandante estará listo para febrero, si no antes. Pero no puedo hablar en nombre de la defensa.

—Ni puede ni debe —le espetó Robb.

—Caballeros —dijo la señora Poley con firmeza antes de que el debate se convirtiera en una disputa—, veremos cómo se desarrollan los acontecimientos en Libia y lo discutiremos más adelante. Ahora, me gustaría proseguir y estudiar algunas de las cuestiones que ya han surgido durante el intercambio de pruebas. Según mis cuentas, el demandante ha enumerado a ocho posibles expertos que podrían testificar en el juicio. La defensa, a seis. Son muchos testimonios y no creo que necesitemos tantos. Señor McDeere, le rogaría que nos hiciera un breve resumen del testimonio de cada uno de sus expertos. Nada elaborado, algo espontáneo.

Mitch asintió y sonrió como si aquello le apeteciera más que nada en el mundo. Roberto reaccionó con rapidez y le pasó unas notas.

Cuando terminó con el tercer experto, cuya especialidad era el cemento, no le quedó ninguna duda de que los tres jueces estaban dormidos.

20

Dos periódicos londinenses publicaron sendos artículos sobre la vista. *The Guardian*, en la página dos, volvía sobre la historia del caso y les recordaba a sus lectores que no se tenía noticia de ningún contacto con los secuestradores. Describía la sesión del tribunal de Ginebra como «aburrida» y aseguraba que se habían hecho pocos avances. La Junta parecía reacia a tomar decisiones en un caso rodeado de tanta incertidumbre. El artículo iba acompañado de dos fotografías: una pequeña y de archivo de Giovanna y otra nueva del señor McDeere entrando en el Palais de Justice con Roberto Maggi a su lado. Ambos estaban correctamente identificados como socios del gigantesco bufete de abogados Scully & Pershing. Reclamaban al Gobierno libio al menos cuatrocientos millones de dólares para su cliente.

Mitch, sobrevolando una vez más el Atlántico, estudió su imagen en blanco y negro. No le hacía ninguna gracia que hubieran publicado sus datos, pero sabía que era inevitable.

The Current incluía un avance en la portada: LOS ABOGADOS DE GADAFI BUSCAN DEMORAS: SIN NOTICIAS DE GIOVANNA. Y, en la página cinco, atacaba al «despiadado dictador» por no pagar sus facturas. El sesgo era evidente: Gadafi estaba detrás de los asesinatos y de los secuestros porque la demanda lo había enfurecido. Había una foto de Mitch, otra de Giovanna y la misma triste imagen del pobre Yusuf colgado de un cable.

El 1 de mayo, a Walid le ocurrió lo que todo el mundo esperaba. Sus asesinos decidieron prolongar la agonía cortándole los testículos y dejando que se desangrara. Lo colgaron por un pie de un ciprés muy alto, cerca de una carretera con bastante tráfico a unos treinta kilómetros al sur de Trípoli. Le ataron una nota parecida al pie libre: «Walid Jamblad, traidor».

Un abogado de la oficina de Roma fue el primero en ver la noticia y avisó a Roberto Maggi, quien, a su vez, llamó a Mitch. Unas horas más tarde, colgaron un vídeo en la internet profunda, otra grabación enfermiza de unos matones asesinando a un inocente por diversión. O quizá existiera algún tipo de razón o mensaje. El italiano lo vio y le advirtió que él no lo hiciera.

No quedaba nadie salvo Giovanna. Por descontado, ella era el premio y su destino no sería para nada sencillo.

Mitch, Jack Ruch y Cory Gallant soportaron otra videoconferencia con Darian, el de Crueggal. Si les dijo algo que no fuese obvio o que no supieran ya, no se dieron cuenta. Cuando terminó la llamada y él estuvo seguro de que no había ni micrófonos activos ni botones pulsados, le preguntó a Jack:

—¿Y cuánto les pagamos a estos tipos?

—Mucho.

—Acabamos de desperdiciar otra media hora.

—No del todo. Factúrasela a Lannak.

Entonces miró a Cory y le preguntó:

—¿Sigues creyendo en estos tipos? Hasta ahora no nos han dado nada.

—Cumplirán, Mitch. Creo.

—¿Cuál es nuestro próximo paso?

—No tenemos próximo paso. Solo esperar. No podemos hacer nada hasta que sepamos algo de Giovanna o de los tipos malos que la tienen secuestrada.

—¿Alguna novedad de la Junta Arbitral? —le preguntó Jack a Mitch.

—No muchas. Ninguna, en realidad. También está a la espera. El caso está en suspenso mientras Giovanna siga retenida. Recuerda que no hace falta gran cosa para animar al tribunal a encontrar formas de retrasarse.

—¿Y Luca?

—Hablo con él a diario. Tiene días mejores y días peores, pero va aguantando.

—Vale. Se acabó el tiempo. Ya hablaremos de nuevo por la mañana.

El 4 de mayo, Riley Casey llegó a su despacho a la hora habitual, las ocho y media. Era el socio que dirigía la oficina londinense de Scully y llevaba casi tres décadas en el bufete. Once años antes, había sacado la pajita más corta y le había tocado entrevistar a un joven abogado estadounidense que buscaba trabajo en la ciudad. A aquel aspirante, la licenciatura en Derecho por Harvard apenas le permitió meter el pie en el bufete; consiguió el trabajo porque tenía una mente ágil, un ingenio rápido y un aspecto atractivo. Mitch se incorporó a Scully como asociado a la edad de treinta.

Seis años más tarde, Riley había contratado a Giovanna Sandroni y, como la mayoría de los hombres del despacho, se sentía atraído por ella en secreto. Era una atracción oculta, pero bastante profesional y, desde luego, tácita. Casey estaba felizmente casado y no era de los que echaban canas al aire; de lo contrario, ya se habría puesto en ridículo. La había contratado a discreta petición de Luca y desde entonces no había dejado de observar con gran orgullo a la joven mientras iba convirtiéndose en una magnífica abogada que, con toda probabilidad, dirigiría el bufete entero algún día.

Ni siquiera había tenido tiempo de darle el primer sorbo al café de la mañana cuando su secretaria entró sin decir una sola palabra y le pasó su propio teléfono móvil. En la pantalla, el mensaje decía: «Número desconocido. Dile a Riley que revise el correo no deseado».

El abogado miró el móvil y luego a su secretaria. Aquello era algo extraño y, dada la asfixiante presión que reinaba en el bufete desde que se había producido el secuestro de Giovanna, toda pequeña anomalía se abordaba con cautela. Le hizo un gesto a la mujer para que rodeara el escritorio y se colocase a su lado. Los dos clavaron la mirada en el enorme ordenador de sobremesa. Riley entró en la carpeta de correo no deseado y abrió un mensaje de un remitente desconocido que había llegado hacía once minutos. Ambos se apartaron con incredulidad.

En la pantalla, apareció una gran foto en blanco y negro de Giovanna. Estaba sentada en una silla y vestía una túnica negra y un hiyab también negro que le cubría todo menos la cara. Ni sonreía ni tenía el ceño fruncido. Sostenía entre las manos un periódico, la edición matutina de *Ta Nea*, «Las Noticias» en griego, el diario más importante de ese país. Casey lo amplió y leyó la fecha: 4 de mayo de 2005. Era de aquella misma mañana. La noticia más destacada era una huelga de agricultores y había una foto de una hilera de tractores bloqueando una carretera. Ni una palabra sobre Giovanna, al menos en la primera página por encima de la doblez.

—Tú llamas a los informáticos y yo llamo a seguridad —dijo Riley.

Cory sabía que Mitch era madrugador, así que lo dejó dormir hasta las cinco y media antes de llamar. Unos segundos después, el susodicho ya estaba en la cocina. Primero pulsó el botón de encendido de la cafetera y luego abrió el portátil de inmediato. Su primer pensamiento fue: «Al menos está viva».

Cory le dijo:

—Hemos autentificado el periódico griego, todo es lo que parece. Lo venden en Trípoli, pero tienes que saber dónde buscar. Se han hecho con un ejemplar de la edición de hoy a primera hora de la mañana, han sacado la foto y la han enviado a Londres. Por lo que sabemos, no la han mandado a ningún otro sitio.

—¿Y no había ningún mensaje del remitente?

—Ni una palabra.

Mitch bebió un sorbo de café e intentó despejarse.

—¿Crees que deberías decírselo a Luca? —preguntó Cory.

—Sí. Llamaré a Roberto.

A la mañana siguiente, las noticias procedentes de Atenas fueron aún más inquietantes. A las 3.47, según el sistema de alarma, una bomba había estallado en la sala de correo de la sede de Scully & Pershing, situada en la zona comercial más importante de la ciudad. Como a esas horas no había nadie trabajando, no había habido víctimas. El fabricante del artefacto había incluido combustibles incendiarios destinados no a derribar las paredes, sino a provocar un fuego, así que unas llamas impresionantes arrasaron la sala. Con solo cuatro abogados, la sede de Atenas era una de las más pequeñas de Scully, de manera que, antes de que llegaran los bomberos, las oficinas ya habían quedado destruidas y engullidas por las llamas. El incendió se había propagado por la segunda planta y el humo salía a raudales del edificio a través de las ventanas rotas. Dos horas después de que saltara la alarma, dieron el fuego por controlado. Al amanecer, los bomberos empezaron a recoger las mangueras y a retirarse, aunque las tareas de limpieza durarían días.

Permitieron que el socio que dirigía la oficina entrara en el edificio y lo guiaron hasta los restos calcinados de lo que había sido su lujoso complejo de despachos. La destrucción era total. Todo —paredes, puertas, muebles, ordenadores, impresoras, alfombras— estaba ennegrecido y destrozado. Unos cuantos archivadores metálicos habían resistido el calor y el humo, pero estaban empapados. Lo que contenían, sin embargo, no era valioso. Todos los archivos y documentos importantes estaban almacenados en internet.

Antes del mediodía, los bomberos ya lo calificaban de incendio intencionado.

Con esas noticias, el director de la sede telefoneó a Nueva York.

21

Epicurean Press ocupaba las tres primeras plantas de un edificio de piedra rojiza de principios de siglo en la calle Setenta y cuatro, cerca de Madison Avenue, en el Upper East Side. Encima, en los pisos tercero y cuarto, vivía la propietaria, una ermitaña excéntrica que rozaba los noventa años, acompañada solo de sus gatos y su ópera. Se pasaba el día poniendo discos y, cuanto más envejecía y más audición perdía, más iba subiendo el volumen. Nadie se quejaba porque era la dueña tanto de aquel edificio como de los dos de los costados. Los redactores de la segunda planta oían la música de vez en cuando, pero nunca les suponía un problema. Las construcciones de aquella época tenían las paredes y los suelos gruesos. Les cobraba un alquiler modesto porque, en primer lugar, no necesitaba el dinero y, en segundo, le gustaba tener inquilinos agradables debajo de ella.

Una mañana perfecta para Abby comenzaba con el cielo despejado, un paseo de quince minutos con Clark y con Carter hasta el colegio y, después, una caminata de treinta minutos por Central Park hasta las oficinas de Epicurean. Como redactora sénior, su despacho estaba en la planta baja y, por lo tanto, lejos de la ópera, aunque bastante cerca de la cocina. Los despachos eran pequeños pero eficientes. Andaban algo escasos de espacio, como solía ocurrir en Manhattan, pero se debía sobre todo a que habían destinado unos metros cuadrados muy valiosos a la cocina; se trataba de una estancia grande, moderna y muy bien equipada, diseñada para recibir a los chefs que los visitaban para trabajar en su libro de cocina. Casi todos los días aparecía alguno, así que el aire estaba perpetuamente impregnado de aromas deliciosos de platos de todo el mundo.

Giovanna llevaba veintisiete días secuestrada.

Como siempre, Abby entró en una cafetería de moda de la calle Setenta y tres para pedirse su café con leche favorito. A eso de las nueve y cuarto, estaba esperando en la cola mientras pensaba en el día que tenía por delante y miraba el móvil. Sus hijos estaban en el colegio y su marido en un piso cuarenta y ocho dándolo todo en el trabajo. La persona que tenía detrás le tocó el brazo con suavidad. Cuando ella se dio la vuelta, se encontró con el rostro de una joven musulmana que llevaba una túnica marrón larga y un hiyab a juego con un velo que le cubría todo menos los ojos.

—Eres Abby, ¿verdad?

Se sobresaltó y fue incapaz de recordar la última vez, e incluso la primera, que había hablado con una mujer tan tapada. Sin embargo, a fin de cuentas, aquello era Nueva York, una ciudad que albergaba a gran cantidad de musulmanes. Le dedicó una sonrisa cortés y contestó:

—Sí, ¿y tú eres…?

El hombre que esperaba detrás de la mujer musulmana estaba leyendo un periódico doblado. El camarero más cercano estaba reponiendo los cruasanes y las quiches de una vitrina. Nadie le estaba prestando atención a nadie.

En un inglés perfecto, con tan solo un ligero acento de Oriente Medio, le dijo:

—Tengo noticias de Giovanna.

La muchacha llevaba muy maquillados los ojos oscuros y jóvenes y, mientras los contemplaba, a Abby empezaron a temblarle las rodillas, se le aceleró el corazón y la boca se le secó tanto que apenas le permitía hablar.

—¿Cómo dices? —consiguió articular, aunque sabía muy bien lo que había oído.

La mujer se sacó un sobre de debajo de la túnica y se lo tendió. Trece por dieciocho, pesaba demasiado para ser solo una carta.

—Te sugiero que obedezcas, señora McDeere.

Abby aceptó el sobre, aunque su instinto le decía que no lo hiciera. La mujer se volvió de inmediato y, antes de que su interlocutora volviera a abrir la boca, ya estaba en la puerta. El hombre del periódico doblado levantó la vista. Ella se dio la vuelta como si no pasara nada. El camarero le preguntó:

—¿Qué desea?

Con dificultad, respondió:

—Un café con leche, doble y con canela.

Buscó una silla, se sentó y se dijo que debía respirar hondo. Se sintió avergonzada al darse cuenta de que tenía la frente perlada de sudor. Se la secó con una servilleta de papel de la mesa a la que se había sentado y miró a su alrededor. Seguía teniendo el sobre en la mano izquierda. Más respiraciones hondas. Se lo guardó en el gran bolso de bandolera que llevaba y decidió abrirlo en el despacho.

Tenía que llamar a Mitch, pero algo la empujaba a esperar unos minutos, hasta después de abrirlo, porque lo que fuese que contuviera también lo afectaría a él. Cuando le sirvieron el café con leche para llevar, lo cogió de la barra y salió del establecimiento. Fuera, en la acera, consiguió dar unos pasos antes de frenar en seco. Alguien estaba —o había estado—

observándola, esperándola, siguiéndola. Alguien que sabía cómo se llamaba, cómo se apellidaba, con qué asuntos estaba relacionado su marido, qué ruta seguía ella para ir al trabajo, cuál era su cafetería favorita. Ese alguien no se había ido, sino que estaba cerca.

«Sigue moviéndote —se dijo— y actúa como si no pasara nada».

La pesadilla había vuelto. El horror de intentar vivir con normalidad sabiendo que había alguien vigilándote y escuchándote. Habían pasado quince años desde el desastre de Bendini en Memphis y había tardado mucho en volver a relajarse y dejar de mirar a su espalda. Ahora, mientras esquivaba a los peatones de Madison Avenue, deseaba con todas sus fuerzas darse la vuelta y ver quién la estaba observando.

Cinco minutos más tarde, ya en la calle Setenta y cuatro, abrió la puerta anónima y sin rótulos de Epicurean Press, habló con el habitual desfile de amigos y compañeros y se dirigió a toda prisa a su despacho. Su ayudante aún no había llegado. Cerró la puerta, echó el cerrojo sin hacer ruido y, después de sentarse a su escritorio y respirar hondo de nuevo, abrió el sobre. Dentro había un teléfono y una hoja de papel mecanografiada.

Para Abby McDeere. (1). Lo más desastroso que
puedes hacer es involucrar al Gobierno de tu país
de cualquier modo. Eso garantizaría un mal final
para Giovanna y puede que para otros. Tu Gobierno
no es de fiar, ni para ti ni para nadie.

(2). Involucra a Mitch y a su bufete de abogados,
una empresa con muchos contactos y dinero. Ellos

y tú podéis lograr que todo acabe bien. No invo-
lucres a nadie más.

(3). Me conoces como Noura. Soy la llave para
llegar a Giovanna. Sigue mis instrucciones y será
liberada. No la están maltratando. Los otros merecían morir.

(4). El teléfono que adjunto es fundamental. Ten-
lo siempre cerca, incluso mientras duermes. Llamaré a horas extrañas. No pases ninguna llamada
por alto. Utiliza el mismo cargador que para tu
móvil. La clave es 871. En las fotos del menú encontrarás imágenes que te resultarán interesan-
tes.

Abby dejó la hoja de papel y cogió el teléfono. No vio
nada peculiar ni sospechoso: no tenía ningún distintivo y era
más o menos del mismo tamaño que otros móviles. Introdu-
jo los tres números de la clave y apareció un menú. Entró en
FOTOS y las náuseas la invadieron al instante. En la primera
imagen aparecían Clark, Carter y ella despidiéndose delante
de la River Latin School, a cuatro manzanas de su apartamento, hacía menos de una hora. Respiró hondo una vez
más y cogió una botella de agua, no el café. Desenroscó el
tapón, bebió un sorbo y se derramó agua sobre la blusa. Cerró los ojos un momento y, después, movió el dedo sobre la
pantalla, despacio y hacia la izquierda. La siguiente foto era
de la fachada del edificio de piedra rojiza en el que se encontraba en aquellos instantes. La siguiente, de la fachada de su
bloque de apartamentos, sacada desde el cruce de la Sesenta
y nueve con Columbus Avenue. A continuación, se encon-

tró con una instantánea del 110 de Broad tomada desde lejos: la sede de Scully & Pershing. En la última foto aparecía Giovanna sentada en una habitación oscura, cubierta con un velo negro, sujetando una cuchara en la mano y mirando hacia el interior de un cuenco de lo que parecía ser sopa.

El tiempo pasaba, pero Abby no era consciente de ello. Su cerebro se había convertido en un revoltijo de pensamientos acelerados. El corazón le latía como un martillo neumático. Volvió a cerrar los ojos, se frotó las sienes y se dio cuenta de que había alguien llamando a su puerta con suavidad.

—Un minuto —dijo y los golpes cesaron.

Llamó a Mitch.

Paralizados, demasiado agarrotados para poder moverse, miraban la gran pantalla y esperaban a que apareciera el vídeo de Abby. Allí estaba: un primer plano de la nota que Noura había escrito a máquina para ella. La leyeron rápido y luego más despacio una segunda vez. La cámara se desplazó hasta el móvil misterioso, que descansaba sobre el escritorio de ella junto al sobre en el que se lo habían entregado. El vídeo duraba veintidós segundos.

Mitch al fin respiró, exhaló y se acercó a la ventana del despacho de Jack. Su jefe se quedó con la mirada clavada en la pequeña mesa de reuniones; el aturdimiento no le permitía hablar. Cory, que desde el atentado de Atenas estaba sometido a una gran presión, miró la pantalla en blanco e intentó pensar con claridad. Sin mirarlo, preguntó:

—¿Y en el teléfono había cinco fotografías?

—Exacto —respondió él sin volverse.

—Dile que no envíe las fotos, ¿vale?

—Vale. ¿Qué más le digo?

—Todavía no lo tengo claro. Debemos dar por hecho que vigilan toda la actividad del móvil. Que lo utilizan para rastrear la posición de Abby en todo momento, esté encendido o no. Y que el teléfono oye y graba todo lo que se dice a su alrededor, tanto si está activo como apagado.

Como si no hubiera oído nada, Mitch dijo:

—Les han sacado una foto a mis hijos camino del colegio esta mañana.

Cory le lanzó una mirada a Jack, que negó con la cabeza. El impacto ni siquiera había empezado a atenuarse; de hecho, aún estaban en plena conmoción y todo era ofuscamiento.

Aún dirigiéndose a la ventana, continuó:

—Mi instinto me dice que salga ahora mismo de este edificio, me suba en un taxi, vaya al colegio a recoger a mis hijos y los encierre a cal y canto en un lugar seguro.

—Lo entiendo perfectamente, Mitch —dijo Cory—. Vete si lo necesitas. No te lo impediremos. Eso sí, antes tenemos que examinar el teléfono. ¿Tu móvil es seguro?

—No lo sé. Me instalaste un montón de historias antivirus.

—¿Y en el de Abby también?

—Sí. Deberíamos estar protegidos contra los piratas informáticos, si es que hoy en día existe algo que pueda considerarse fuera de su alcance.

—Tengo una idea —intervino Jack—. El hotel Carlyle está en la Setenta y seis, cerca de Park, al lado del trabajo de Abby. Llámala y dile que quedáis para comer allí. Que lleve el teléfono nuevo. Reservaremos una sala de reuniones y lo examinaremos mientras coméis.

—Bien pensado —dijo Cory.

Mitch se dio la vuelta y preguntó:

—¿Luz verde, entonces?

—Sí.

McDeere sacó su móvil, llamó a Abby, habló como si estuvieran escuchándolos y le dijo que estaría cerca de su trabajo a la hora de comer. Que quedaban a las doce en el Carlyle. Decidirían si hacer algo o no respecto al colegio. Cuando terminó, le preguntó a Cory:

—¿Es posible que nos hayan pirateado los móviles y el correo electrónico? ¿Nos están escuchando?

—Es muy poco probable, Mitch. Todo es posible hoy en día, pero lo dudo.

—¿Y por qué iban a hacerlo? —planteó Jack—. Les da igual lo que vayas a hacer para comer o cenar. Todo esto es cuestión de dinero. Si fueran a matar a Giovanna, ya lo habrían hecho, ¿no, Cory?

—Eso creo, pero ¿quién sabe?

—A ver, chicos, ahora el juego ha cambiado. Por fin hemos recibido noticias del enemigo y quieren hablar. Eso significa negociar y negociar significa dinero. ¿Qué otra cosa podría hacer Giovanna por ellos si no? ¿Asesinar a Gadafi? ¿Alcanzar un acuerdo de paz en Oriente Medio? ¿Encontrar más petróleo en el desierto? No. Le han puesto un precio a su cabeza y la pregunta es cuál.

—No es tan sencillo, Jack —señaló Mitch—. También está el tema de cuánto daño estamos dispuestos a asumir antes de ceder. Dejando un momento de lado los asesinatos que han cometido hasta ahora, y según mis cuentas ya van once cadáveres, también tenemos una oficina bombardeada en Atenas y ahora están aquí mismo, en la ciudad.

—No nos adelantemos —dijo Cory—. No somos nosotros quienes estamos al mando, sino ellos, así que, hasta que Noura reaparezca, no podemos hacer gran cosa.

—Ah, ¿no? Bueno, yo pretendo proteger a mi familia.

—Lo entiendo, Mitch. Y no te culpo por ello. ¿Alguna idea?

—Eres el encargado de seguridad, ¿no? ¿Qué harías tú?

—Todavía lo estoy pensando.

—Pues date prisa, por favor.

Jack dijo:

—Deberíamos pensar qué hacemos con Crueggal. ¿Los involucramos?

Mitch se encogió de hombros, como si la pregunta no fuera con él. Volvió a la ventana y miró hacia la calle. Decenas de taxis amarillos avanzaban despacio entre el tráfico denso. En cuestión de minutos, pensaba estar metido en el asiento trasero de uno de ellos ladrándole órdenes al conductor.

—¿Has hablado con Darian recientemente? —preguntó Jack.

—No desde las nueve de la mañana —contestó Cory—. Empiezo todas las jornadas con una reunión de quince minutos para que me ponga al día. Nunca me cuenta nada nuevo. Están investigando; esperando e investigando. Tenemos que decírselo, y cuanto antes. El enemigo se ha puesto en contacto con nosotros, Jack, que es lo que todos estábamos esperando. Crueggal sabe mucho más que nosotros de este juego.

—¿Y confías en ellos? Porque, a ver, tienen la plantilla llena de exespías y de tipos de la CIA. Se enorgullecen de tener contactos en todas las cuevas del mundo. ¿Qué pasa si alguien se va de la lengua?

—Eso no va a pasar. Darian está en la ciudad. Lo llamaré para que se reúna con nosotros en el Carlyle.

—¿Mitch?

—Mientras no sepa si mis hijos están a salvo, no valdré de mucho, ¿vale? Abby está destrozada.

—Lo comprendo —dijo Jack—. Vete a comer con ella. Iremos para allá y trazaremos un plan.

22

Mitch ya estaba esperando en el vestíbulo del Carlyle cuando Abby entró a toda prisa diez minutos antes de las doce del mediodía. Le hizo un gesto a su esposa para que se acercara y, sin intercambiar una sola palabra, entraron en el bar Bemelmans, uno de los más famosos de la ciudad. Sin embargo, a esa hora estaba casi vacío. Se sentaron cara a cara en un par de taburetes que había junto a la barra y pidieron dos refrescos bajos en calorías. Ella tenía cara de preocupación y los ojos humedecidos. Él se esforzaba por mantener la compostura. No eran personas excitables por naturaleza, pero tampoco habían pasado nunca por la experiencia de sentir que sus hijos estaban en peligro.

A indicación de su marido, Abby dejó el bolso de bandolera en el suelo, debajo de su taburete. En voz baja, Mitch le dijo:

—Es posible que tu nuevo teléfono sirva para rastrearte. También es bastante probable que lo oiga y lo grabe todo, aun estando apagado.

—Me gustaría deshacerme de él. ¿Has llamado al colegio?

—No, todavía no. —Movió la cabeza hacia un lado, se puso de pie y le indicó a Abby que lo siguiera. Se alejaron unos metros y no apartaron la mirada del bolso—. Dentro de unos minutos, subiremos a una sala en la que nos espera la gente de seguridad. Puede que se nos ocurra alguna solución.

Su mujer apretó las mandíbulas y rechinó los dientes.

—Yo digo que cojamos a los niños y nos larguemos de la ciudad, que nos vayamos a algún sitio a escondernos durante unos días.

—Me gusta la idea. El problema es que tú no puedes marcharte. Tienes que llevar el móvil siempre encima y ya te he dicho que es posible que sea un rastreador. Tú eres el enlace, Abby. Te han elegido a ti.

—Qué honor. —De repente se le llenaron los ojos de lágrimas—. ¿No te parece increíble, Mitch? Nos han seguido hasta el colegio esta misma mañana. Saben dónde vivimos y trabajamos. ¿Cómo hemos llegado a este punto?

—Ha pasado, pero saldremos, te lo prometo.

—Nada de promesas, Mitch. No sabes más que yo. Sí, quiero ayudar a Giovanna, pero ahora mismo mi única preocupación son mis dos pequeños. Iremos a por ellos y huiremos.

—Tal vez más tarde, pero ahora vamos a subir a reunirnos con el equipo.

Las dos salas de reuniones del centro de negocios del hotel estaban ocupadas, así que Cory había reservado una suite en la tercera planta. Los estaba esperando junto con Jack y Darian. Las presentaciones fueron rápidas. Abby conocía al primero de la cena navideña que los socios celebraban todos los años, una fiesta de etiqueta pedante que casi todo el mundo odiaba. Con Cory había coincidido hacía tiempo, durante una de las auditorías de seguridad de la empresa.

Por razones obvias, ella se sentía muy vulnerable en aquel momento. Además, de pronto se había visto arrastrada a una reunión con un completo desconocido en la que se esperaba que abordase asuntos privados. Siempre ansioso por tomar las riendas, Darian no se anduvo con rodeos y se lanzó a la carga:

—Es importante que repasemos su enfrentamiento con Noura.

Abby le lanzó una mirada de soslayo y dijo:

—No sé si me gusta mucho tu tono.

Durante un segundo, fue como si toda la habitación se quedara sin aire. Mitch se sintió obligado a suavizar la situación.

—Mira, Darian, ha sido una mañana dura y estamos bastante nerviosos. ¿Qué quieres saber exactamente?

—¿Quién dice que haya sido un enfrentamiento? —exigió saber Abby.

El otro esbozó una sonrisa rápida y falsa y contestó:

—Tiene razón, señora McDeere. He elegido mal las palabras.

—De acuerdo.

—¿Le importa que le echemos un vistazo al teléfono? —preguntó con amabilidad.

—En absoluto.

Estaba enterrado en el fondo del enorme bolso de bandolera y tardó unos segundos en encontrarlo. Lo dejó en el centro de una mesita redonda. Darian se llevó el dedo índice a los labios para pedir silencio. Cogió el móvil, examinó la carcasa y, con un destornillador minúsculo, le quitó la parte de atrás. Le sacó fotos con su propio teléfono y se las envió a alguien que trabajaba para Crueggal. Abrió su portátil, empezó a teclear como un pirata informático enajenado y se detuvo a admirar lo que fuera que hubiese encontrado. Giró un poco la pantalla para que los demás también lo vieran. El nombre comercial del móvil era Jakl y estaba fabricado en Vietnam para una empresa de Hungría. La lista de especificaciones estaba escrita en letra pequeña y ocupaba varias páginas. El mensaje estaba claro: se trataba de un teléfono especializado y complejo, no destinado al consumidor medio. Darian retomó el tecleo frenético y siguió buscando. Lo llamaron al móvil y habló en una especie de dialecto codificado; luego sonrió y finalizó la llamada.

—No nos están escuchando —dijo con alivio—. Sin embargo, sí emite una señal de rastreo con independencia de que esté encendido o apagado.

—O sea, que ahora mismo saben que el teléfono está en el hotel Carlyle, ¿no? —preguntó Mitch.

—Saben que está en un radio de cincuenta metros de donde realmente está. Lo más seguro es que no sepan que está aquí arriba y no en el restaurante.

Abby soltó un bufido de repulsa e hizo un gesto de negación.

Darian le dio el teléfono a Cory, que lo sostuvo de manera que Mitch también viera la pantalla. Entró en «Fotos» y allí estaban los niños con su madre, a punto de iniciar otro día de colegio. Él negó con la cabeza, incrédulo, ante las cinco fotos. Cuando sintió que ya había visto suficiente, el otro dijo:

—Vale, Abby, ¿por qué no nos cuentas lo que ha pasado con Noura?

La mujer miró a Darian y repuso:

—Siento haber reaccionado así. Las cosas están un poco tensas.

—No hace falta que te disculpes, Abby. Hemos venido a ayudar.

La esposa de Mitch les refirió todos los detalles que recordaba mientras Darian la grabada y todos los demás tomaban notas. El consultor de seguridad la interrogó sobre el aspecto de Noura. Altura: más o menos la misma que Abby, un metro setenta y poco. Peso: a saber, con tantas capas de ropa. Edad: joven, menos de treinta años, pero, de nuevo, era imposible concretar por lo poco que dejaba el velo a la vista. Acento: un inglés perfecto, puede que con un ligero acento de oriente medio. ¿Algo que le hubiera llamado la atención de las manos, los brazos, los zapatos...? Nada, lo llevaba todo cubierto. ¿Noura había pedido comida o bebida? No.

Mientras se llevaba a cabo el interrogatorio, Jack se encerró en la otra habitación y empezó a hacer llamadas.

Cuando Abby terminó de contarlo todo, les dijo:

—Y ya está. Nada más. Me siento como si estuviera sentada en el banquillo de los testigos. Me gustaría pasar un rato a solas con mi marido.

—Buena idea —dijo Cory—. Bajad a comer mientras nosotros planeamos los siguientes pasos.

—Eso está muy bien, Cory —dijo Mitch—, pero el siguiente paso son nuestros hijos. Giovanna es importante, pero ahora mismo lo único que nos interesa es la seguridad de Clark y Carter.

—Estamos de acuerdo contigo, Mitch.

—Vale. Y no se hace nada sin mi aprobación, ¿de acuerdo?

—Entendido.

Les parecía imposible incluso pensar en comer, pero consideraban imperativo al menos pedir algo. Se decidieron por una ensalada y un té para cada uno y no pudieron evitar echar un vistazo al encantador restaurante, Dowling's, para ver si había alguien observándolos. No era así.

A pesar de que el dichoso teléfono Jakl estaba bien embutido al fondo del bolso de Abby, que a su vez estaba metido debajo de su silla, ambos seguían hablando en voz baja. La pregunta era «dónde». No «si», ni «cuándo», ni «cómo», sino «dónde». Tenían que encontrar un lugar seguro al que huir para esconderse con los niños. La casa de los padres de ella, en Kentucky, el hogar de su infancia, era una posibilidad, pero sería demasiado obvia. El jefe de Abby, el editor de Epicurean, tenía una casa de campo en Martha's Vineyard. Pero el caso era que prácticamente todos sus conocidos de Nueva York tenían una segunda residencia en los Hamptons, en el norte del estado o en algún rincón de Nueva Inglaterra, así que la lista de opciones no paraba de ampliarse a medida que hablaban. Pensar en las distintas posibilidades era sencillo; lo difícil sería pedir el favor.

Mitch dudaba que su esposa pudiera salir de la ciudad: no tenían ni idea de cuándo volvería a llamar Noura y esta esperaría que Abby lo dejara todo y acudiera a la reunión de inmediato. Él estaba más que dispuesto a escapar con los niños y olvidarse del bufete.

El director de la River Latin School se llamaba Giles Gatterson y era todo un veterano del más que competitivo negocio de las escuelas privadas de Manhattan. Mitch formaba parte del comité jurídico y político y lo conocía bien. Lo llamaría más tarde, ese mismo día, y le explicaría que se encontraban en una situación poco habitual que no estaba contemplada en ninguna de las normas. Por razones de seguridad, iban a llevarse fuera a los niños durante unos días, puede que incluso una semana. Sería lo más vago posible y no le contaría al director que alguien estaba vigilando, siguiendo y amenazando a los chicos. No había necesidad de alarmar a nadie más en el colegio. Ya le aclararía las cosas más adelante, pero todavía no.

Teniendo en cuenta los cincuenta y siete mil dólares anuales que pagaban de matrícula por cada hijo, no pasaba nada por que el colegio cediera un poco. Ellos les supervisarían los deberes en persona y sus profesores lo harían en línea.

Había llegado el momento de actuar. La única pregunta era dónde.

Mientras en el restaurante hacían caso omiso de la comida, arriba, en la suite, ni siquiera se planteaban pedirla. Cory, Jack y Darian se sentaron en torno a una mesita auxiliar y analizaron varios escenarios posibles. Como mera hipótesis, el último abordó la opción de informar al FBI y a la CIA. Crueggal mantenía estrechos contactos con ambas instituciones y estaba seguro de que protegerían la información. Él no era partidario de establecer ese contacto, pero consideraba que, como mínimo, debía poner la posibilidad sobre la mesa. La razón obvia para decir que no era que Giovanna Sandroni no era estadounidense. Jack estaba del todo convencido de que ninguna de las dos agencias querría involucrarse, dadas la inestabilidad de la relación con Libia y la probabilidad de que el resultado de la situación no fuera positivo. La CIA había fastidiado suficientes operaciones en los últimos tiempos como para no querer salir de entre sus cuatro paredes. Darian estaba de acuerdo. Durante su larga carrera en el campo de la inteligencia, había visto a la CIA gestionar erróneamente muchas crisis, gran cantidad de las cuales habían sido incluso provocadas por ellos mismos. No confiaba en la capacidad de la agencia para mantenerse al margen ni para proteger a Giovanna si terminaba involucrada.

Jack decidió que se pondrían en contacto con las autoridades estadounidenses más adelante si fuera necesario. Y les advirtió a Darian y Cory que no debían emprender ningún tipo de acción sin la aprobación tanto del bufete como de Mitch McDeere.

Hablaron de Luca y de si debían ponerlo al corriente o no. Era una decisión difícil de tomar, porque, a fin de cuentas, era el padre de la secuestrada, además de un socio muy querido para ellos. Cualquiera en su lugar querría participar en un debate tan delicado como aquel. Pero el hombre estaba enfermo y frágil, en bastante mala forma. Además, los secuestradores habían decidido no abordar a la familia. Luca era rico, de eso no cabía duda, pero no tenía millones para dar y tomar. Scully, que era el bufete más grande del mundo, sí, o al menos proyectaba la imagen de poseer una enorme riqueza. Las demandas internacionales en las que trabajaba reclamaban miles de millones de dólares por daños y perjuicios a grandes empresas y Gobiernos. Desde luego, si el objetivo era el dinero, podría pagar cualquier rescate.

No existía ningún manual, no había reglas. Darian había trabajado en varios secuestros a lo largo de su carrera, pero cada uno de ellos era radicalmente distinto. La mayoría había terminado bien.

Decidieron esperar veinticuatro horas y volver a sopesar lo de Luca.

Menos de cuarenta minutos después de haber bajado a comer, Abby y Mitch volvieron a la suite y comprobaron que no había cambiado nada. Jack cogió una hoja de papel con notas garabateadas por todas partes y les dijo:

—Tenemos unas cuantas ideas para las próximas veinticuatro horas.

—Oigámoslas —contestó Mitch.

—Vale. Hoy recogeréis a los niños del colegio como si no pasara nada; nosotros estaremos cerca.

Señaló a Cory con la cabeza y este dijo:

—Tendremos a varios hombres sobre el terreno, Mitch. ¿Sueles ir tú a por ellos?

—Pocas veces.

—¿Abby?

—Casi todos los días.

—Vale. Hoy los recoges a las tres y cuarto y os vais a casa por el mismo camino de siempre.

—Yo os estaré esperando allí —intervino Mitch.

—Preparadles las maletas para un fin de semana largo, muy largo. Mañana, viernes, se marcharán fuera contigo, Mitch. Abby, lo más aconsejable es que tú no salgas de la ciudad en estos momentos. Por el teléfono. Tienes que quedarte aquí.

Ella no se inmutó, pero preguntó:

—O sea, que queréis que mañana vayan al colegio.

—Sí. Creemos que estarán a salvo.

—Irán a clase, pero saldrán a las doce —sentenció Mitch—. Abby y yo hablaremos esta noche con el director y le explicaremos la situación. Ella los llevará por la mañana. Yo los sacaré por la puerta de atrás a la hora de comer.

—¿Sabes adónde vais a ir, Mitch? —preguntó Jack.

—No, la verdad es que todavía no.

—Yo tengo una idea.

—Te escuchamos.

—Mi hermano Barry se retiró hace diez años de Wall Street; ganó una fortuna.

—Me lo presentaste una vez.

—Cierto. Tiene una casa preciosa en Maine y está muy apartada, en un lugar llamado Islesboro, una islita en la costa atlántica, cerca de la ciudad de Camden. Hay que coger un ferry para llegar hasta allí.

Sin duda, parecía lo bastante seguro y apartado y tanto Mitch como Abby se relajaron un poco.

Jack continuó:

—Acabo de llamarlo. Él se traslada allí en verano y se queda unos cinco meses, hasta que empieza a nevar. Nosotros vamos siempre en agosto a disfrutar del clima. Abrió la casa la semana pasada.

—¿Y habrá sitio para todos?

—Tiene dieciocho habitaciones, Mitch, y mucho personal. Además de un par de barcos. La afluencia del verano no ha empezado todavía, así que no hay demasiada gente en la isla. Como os digo, está bastante aislada.

—¿Dieciocho habitaciones? —repitió Mitch.

—Sí. A Barry le gusta contarle a todo el mundo que nuestra familia es enorme. Lo que no dice es que no soporta a los demás. Yo soy su único aliado. Su mujer y él utilizan la casa para recibir a amigos de Boston y de aquí. Son gente algo mayor a la que le apetece sentarse en el porche a disfrutar de la brisa fresca y de las vistas mientras come langosta y bebe rosado.

—Y también enviaremos a un par de los nuestros, Mitch —añadió Cory—. No los verás mucho, pero estarán cerca.

Él miró a Abby y ella asintió: «Sí».

—Gracias, Jack. Me parece bien. Necesitaré un avión.

—No hay problema, Mitch. Estamos a vuestra disposición.

23

Cuando por fin convencieron a Carter y a Clark de que un fin de semana lejos de la ciudad y en una isla remota de Maine sería una gran aventura; y de que lo más seguro era que el partido que los Bruisers jugaban el sábado se suspendiera por culpa de la lluvia; y de que se alojarían en una mansión con dieciocho dormitorios y dos barcos esperando en el muelle; y de que viajarían en un pequeño avión privado y luego en un ferry; y de que sus abuelos estarían allí para jugar con ellos, al igual que su padre; y de que su madre tenía que quedarse en la ciudad por alguna razón un tanto indefinida, los niños se mostraron dispuestos a marcharse. Se fueron a la cama a regañadientes, sin dejar de parlotear.

La siguiente conversación fue igual de complicada, pero cuarenta minutos más corta. Tras intercambiar varios correos electrónicos para organizar las cosas, Mitch llamó a Giles Gatterson, el director de la River Latin School, justo a las nueve y media de la noche. Volvió a disculparse por la intromisión y acabaron enseguida con las cortesías preliminares. Siendo lo más vago posible, le explicó que uno de sus casos internacionales había planteado un «problema de seguridad» que requería que al día siguiente los niños salieran del colegio antes de tiempo y sin que nadie los viera, y que probablemente los mantendría alejados de la ciudad durante alrededor de una semana. Giles adoptó una actitud muy colaborativa. El colegio estaba lleno de hijos de personas importantes que viajaban por el mundo y se topaban con situaciones inusuales. Si alguien hacía preguntas sobre la ausencia de los niños, la versión oficial sería que tenían sarampión y estaban en cuarentena. Eso mantendría a raya a los curiosos.

La siguiente llamada la hizo Abby; era la tercera vez que hablaba con sus padres en las últimas horas. Un avión privado los recogería en Louisville a las dos de la tarde del sábado y volaría sin escalas hasta Rockland, en Maine. Allí los esperaría un chófer que los llevaría al puerto de Camden.

Mientras hablaban, Mitch no dejaba de pensar en las dieciocho habitaciones y en lo mucho que agradecía que la casa fuera tan grande como para permitirle interponer distancia entre sus suegros y él. Solo una amenaza de una organización terrorista podría obligarlo a pasar un fin de semana con Harold y Maxine Sutherland. Hoppy y Maxie para los niños. Su psicólogo querría saber cómo había ocurrido, así que ya estaba ensayando su relato. El hecho de tener que seguir gastándose un dineral en solucionar sus «problemas con la familia política» lo sacaba de sus casillas. Pero Abby insistía y él quería a su mujer.

Qué se le iba a hacer. Su aversión hacia Hoppy y Maxie le parecía algo bastante trivial en aquel momento.

Una vez que se quitaron de encima las llamadas telefónicas, por fin empezaron a dar por concluido aquel día inolvidable. Mitch sirvió dos copas de vino y se quitaron los zapatos.

—¿Cuándo llamará? —se preguntó Abby.

—¿Quién?

—¿Como que quién?

—Ah, claro.

—Sí, Noura. ¿Cuánto tiempo esperará?

—¿Cómo quieres que lo sepa?

—Ya. Nadie lo sabe, pero cuál es tu hipótesis.

Mitch bebió un sorbo de vino y frunció el ceño como si estuviera sumido en profundas y significativas reflexiones, haciendo cálculos exactos de lo que pensarían los terroristas.

—Dentro de las próximas cuarenta y ocho horas.

—¿Y en qué te basas para decir eso?

—Es lo que nos enseñaron en la facultad de Derecho. Fui a Harvard, ¿sabes?

—¿Cómo iba a olvidarlo?

Su marido bebió más vino y dijo:

—Han demostrado ser pacientes. Hoy hace veintisiete días que la secuestraron y este ha sido el primer contacto. Por otra parte, mantener retenido a alguien conlleva un esfuerzo considerable. Seguro que la tienen metida en una cueva o en un agujero en una pared, no en un lugar cómodo. Y si se pone enferma, los secuestradores terminarán cansándose de ella. Giovanna vale mucho dinero, así que ha llegado el momento de cobrar. ¿Por qué seguir esperando?

—Entonces ¿solo quieren un rescate?

—Esperemos que sí. Si pretendieran causarle algún daño y darlo a conocer de forma espectacular, ya lo habrían hecho. O eso es lo más probable, según nuestros expertos. Además, ¿qué ganarían con ello?

—Son unos salvajes. Ya han logrado conmocionar al mundo. ¿Por qué no hacerlo con más dramatismo aún?

—Cierto, pero los hombres a los que han matado valían poco desde el punto de vista económico. El caso de Giovanna es distinto.

—O sea, que es todo una cuestión de dinero.

—Si tenemos suerte.

Abby no estaba convencida.

—Entonces ¿por qué pusieron una bomba en la oficina en Atenas?

—Otra cosa que no estudiamos en la facultad de Derecho. No lo sé, Abby. Me estás pidiendo que piense como un terrorista. Estos tipos son fanáticos que están medio locos. Sin embargo, también son lo bastante inteligentes como para montar una organización capaz de enviar a una agente a una cafetería cercana a tu trabajo y entregarte un paquete.

Su esposa cerró los ojos y negó con la cabeza. El silencio se prolongó durante mucho rato. Aparte de para acercarse la copa a los labios de vez en cuando, ninguno de los dos se movía. Al final, Abby preguntó:

—¿Tienes miedo, Mitch?

—Estoy aterrorizado.

—Yo también.

—Quiero un arma.

—Venga ya, Mitch.

—En serio. Los malos tienen muchas, me sentiría más seguro si yo también llevara una en el bolsillo.

—No has empuñado un arma en la vida, Mitch. Darte una sería poner en peligro a media ciudad.

Su marido sonrió y le acarició la pierna. Clavó la mirada en la pared y dijo:

—Eso no es cierto. Cuando era pequeño, mi padre me llevaba de caza muy a menudo.

Abby respiró hondo y reflexionó sobre las palabras de Mitch. Llevaban casi veinte años enamorados y, ya desde el principio, ella había aprendido a no mostrar curiosidad por los primeros años de la vida de su novio. Él nunca los mencionaba, nunca se sinceraba con ella, nunca compartía los recuerdos de su infancia complicada. Abby sabía que su padre había muerto en las minas de carbón cuando él tenía siete años. A partir de aquel momento, su madre se desmoronó y empezó a trabajar en empleos mal pagados que le costaba conservar. Se mudaban a menudo, de un alquiler barato a otro. Ray, su hermano mayor, dejó los estudios y se convirtió en un delincuente de poca monta. Una vez, Mitch le había hablado de una tía con la que había vivido antes de huir.

—Nos criamos en las montañas y allí todos los niños empezaban a cazar antes de los seis años. Las armas formaban parte de la vida. Ya sabes cómo es el condado de Dane.

Sí, lo sabía. Eran los Apalaches, pero ella era una chica de una ciudad pequeña cuyo padre se ponía traje y corbata para ir a trabajar todos los días. Tenían una casa bonita con dos coches en la entrada.

—Cazábamos todo el año, nos daba igual lo que dijera el guarda de coto. Si veíamos un animal con el que se podía hacer un buen guiso, estaba muerto. Conejos, pavos... Maté mi primer ciervo a los seis años. Me las apañaba muy bien con las armas: rifles, pistolas, escopetas. Tras la muerte de mi padre, mi madre no volvió a dejarnos cazar. Le daba miedo que nos hiciéramos daño y la idea de perder a otro hijo era demasiado para ella. Regaló todas las armas. Así que, sí, cielo, tienes razón al pensar que lo más seguro es que, si ahora mismo tuviera un arma en la mano, le haría daño a alguien, pero te equivocas en lo de que nunca he disparado una.

—Olvídate de ellas, Mitch.

—Vale. Estaremos a salvo, Abby, confía en mí.

—Eso hago.

—Allí arriba no nos va a encontrar nadie. Cory y su gente estarán cerca. Y, teniendo en cuenta que es Maine, estoy seguro de que habrá muchas armas en la casa. ¿No cazan alces en esa zona?

—¿Me lo preguntas a mí?

—No.

—No toques ningún arma, Mitch.

—Lo prometo.

24

A las seis en punto de la mañana siguiente, Cory llamó al timbre del apartamento de los McDeere y Mitch le abrió la puerta. Se sentaron a la mesa del desayuno y Abby sirvió café y ofreció yogur y muesli. Nadie tenía hambre.

Cory les explicó el plan del día y les entregó sendos teléfonos pequeños y verdes de los que se abrían. Les dijo:

—Estos móviles no pueden ni piratearse ni rastrearse. Solo hay cinco: estos dos, el mío, el de Ruch y el de Alvin.

—¿Alvin? —preguntó Abby, que empezaba a mostrarse a todas luces irritada con tanta parafernalia de espías—. ¿Conocemos a algún Alvin?

—Trabaja para mí y lo más normal es que no llegues a conocerlo.

—Ya. —Cogió el nuevo dispositivo y lo miró con frustración—. ¿Otro móvil?

—Lo siento —dijo Cory—. Sé que se te están acumulando.

—¿Y si me equivoco y saco el que no es?

Mitch frunció el ceño y le dijo:

—Por favor.

—Creía que nuestros móviles tampoco podían ni piratearse ni rastrearse —insistió Abby, dirigiéndose a Cory.

—Así es, hasta donde sabemos. Es solo por añadir otra capa de seguridad. Tú síguenos la corriente, ¿vale?

—Ya me callo.

—Bueno, el plan es que, como siempre, salgas por la puerta delantera del edificio con Carter y con Clark a las ocho en punto de la mañana, un día más camino del colegio. Al sur por Columbus, al oeste por la Sesenta y siete y dos manzanas más hasta el cole. Os estaremos vigilando de cerca.

—¿Vigilando qué, exactamente? —quiso saber Mitch—. No creerás que esos tipos serían capaces de cometer alguna estupidez en una acera concurrida, ¿no?

—No, hay muy pocas posibilidades de que lo hagan, pero queremos ver quién os está observando. No creemos que Noura trabaje sola. Para seguir ayer a Abby y a los niños, sacarles las fotos, después seguirla a ella sola por el parque y llegar a la cafetería más o menos a la vez, debieron de necesitar a todo un equipo. Alguien le entregó el Jakl, un aparato bastante exótico. Noura tiene un jefe en alguna parte. Las mujeres no dirigen este tipo de células.

—¿Y si da la casualidad de que hoy te das cuenta de que hay alguien siguiendo a Abby?

—Haremos todo lo posible por seguirles la pista.

—¿Cuánta gente tienes sobre el terreno en este momento?

—No estoy autorizado a decírtelo, Mitch. Lo siento.

—Vale, vale. Continúa.

—Tú sales a la hora de siempre y coges el metro para ir a trabajar, nada raro. A las diez tendré un coche preparado y te llamaré para darte instrucciones. —Cogió su teléfono verde, sonrió y dijo—: Usaremos los móviles nuevos. Espero que funcionen.

—Me muero de impaciencia.

—Volverás aquí, entrarás en el edificio por la salida del sótano, cogerás las maletas y de vuelta al coche corriendo. A las once entrarás en el colegio por una puerta lateral de la Sesenta y siete, recogerás a los chicos y os largaréis de allí. Te veré en el aeropuerto de Westchester. Nos subiremos a un avioncito monísimo y, treinta y cinco minutos después, aterrizaremos en Rockland, en Maine. ¿Alguna pregunta hasta el momento?

—Tienes pinta de estar agotado, Cory. ¿Estás durmiendo? —preguntó Mitch.

—¿Estás de broma? Una abogada de Scully lleva un mes secuestrada en algún rincón del norte de África. ¿Cómo voy a dormir? Mi teléfono empieza a sonar a la una de la madrugada, cuando sale el sol allí. No sé cómo me tengo en pie.

Mitch y Abby intercambiaron una mirada.

—Gracias por todo esto, Cory —le dijo ella.

—Estás sometido a mucha presión —señaló él.

—Sí. Como todos. Y lo superaremos. La clave eres tú, Abby. Te han elegido y tienes que conseguir que salga bien.

—Nunca me he sentido tan afortunada.

—Y yo estaré cazando alces —dijo Mitch con una carcajada que los demás no compartieron.

El paseo duró diecisiete minutos y transcurrió sin incidentes. Abby logró ir charlando con los gemelos y fijándose en el tráfico sin mirar a su alrededor. En un momento dado, le hizo gracia pensar en que los niños no tenían ni idea de la cantidad de gente que vigilaba sus pasos mientras se dirigían hacia el colegio. No lo sabrían nunca.

Cory y su equipo estaban casi convencidos de que nadie

había seguido a Abby y a los niños. A aquel no le sorprendió. La amenaza ya la habían hecho el día anterior, así que ¿para qué sacar más fotos? Con cinco bastaba. Pero tanto la máxima seguridad como las normas del buen espionaje imponían la vigilancia. Seguramente, no tendrían la oportunidad de volver a hacer algo así.

Mitch llegó al despacho y lo primero que hizo fue llamar a Roma para hablar con Luca. El italiano parecía cansado y débil y le recordó que su hija llevaba un mes desaparecida. Él le contó que estaba en contacto permanente con los asesores de seguridad. La conversación duró menos de cinco minutos y, cuando terminó, McDeere volvió a pensar que sería un error hablarle de Noura a su amigo. Quizá al día siguiente.

A las nueve y cuarto, Cory lo llamó al teléfono verde y le dijo que el equipo de vigilancia no había detectado a nadie siguiendo a Abby y a los niños. Mitch fue al despacho de Jack para informarlo. A las diez, se subió a la parte trasera de un todoterreno en la esquina de Pine y Nassau. Cory lo estaba esperando. Mientras se alejaban, el jefe de seguridad no pudo evitar quedarse dormido. Él sonrió al verlo y sintió lástima. También agradeció el silencio. Cerró los ojos, respiró hondo e intentó repasar con calma los acontecimientos de las últimas veinticuatro horas. Antes de que Abby y él se tomaran el café de la mañana el día anterior, nadie en su mundo había oído hablar de Noura.

A las 11.10, Mitch salió del colegio con sus hijos. Se subieron el sedán gris que los estaba esperando con otro conductor. Cuarenta minutos más tarde, se detuvieron en la puerta de la terminal de aviación general del aeropuerto del condado de Westchester. Un guardia les hizo señas para que pasaran y un coche los llevó por la pista hasta un Lear 55 que los esperaba. Los niños tenían los ojos abiertos como platos y se morían de ganas por montarse.

—Caray, papá, ¿ese avión es nuestro? —preguntó Clark.

—No, solo nos lo han prestado —respondió Mitch.

Cory los aguardaba junto a la puerta del Lear, mirando el reloj. Recibió a los dos muchachos con una gran sonrisa y los ayudó a embarcar. Les presentó a los dos pilotos, los ubicó en dos mullidos asientos de cuero y les abrochó el cinturón. Los adultos se acomodaron frente a los gemelos en aquellas butacas que parecían más bien de un club. Un quinto pasajero, Alvin, se sentó al fondo. Cuando empezaron a rodar hacia la pista, Cory le llevó un café a Mitch y galletas a los niños, pero estos estaban demasiado ocupados mirando por la ventanilla con la boca abierta como para probarlas. A seis mil metros de altura, Cory le desabrochó el cinturón de seguridad a Carter y lo llevó a la cabina para hacerles una visita rápida a los pilotos. El colorido despliegue de interruptores, botones, pantallas e instrumentos era abrumador. El chaval tenía un centenar de preguntas como mínimo, pero los pilotos estaban ajustando diales y hablando por la radio, así que no pudieron decir gran cosa. Unos minutos más tarde, llegó el turno de Clark.

La emoción de volar en un avión privado tan pequeño y lujoso hizo que el viaje les resultara aún más corto y no tardaron en iniciar el descenso. Cuando aterrizaron y se detuvieron en la minúscula terminal privada, un todoterreno negro se acercó a recoger a los pasajeros y el equipaje. Los niños bajaron de mala gana y se acomodaron en el vehículo. Durante los dos días siguientes, no hablarían de otra cosa que no fuese pilotar aviones cuando se hicieran mayores.

Era viernes 13 de mayo y la costa de Maine comenzaba a descongelarse tras otro invierno largo. La pintoresca ciudad de Camden iba cobrando vida mientras se deshacía de los restos de la última nevada de la primavera. Tenía un puerto de postal que ya era un hervidero de pescadores, marineros y residentes de temporada ansiosos por llegar a las islas y abrir su segunda residencia.

Uno de los hombres de Cory les estaba guardando una mesa en un restaurante a la orilla del mar. Cuando llegaron, desapareció y Mitch quiso volver a preguntar cuántas personas formaban el equipo. Sentado a la mesa, contemplando las magníficas vistas del puerto, las colinas lejanas y la bahía de Penobscot, McDeere casi logró olvidarse de por qué estaban allí.

Como su madre no estaba y se los habían llevado a disfrutar de una especie de vacaciones, Clark y Carter no dudaron en pedirse una hamburguesa con patatas fritas y un batido cada uno. Él optó por una ensalada. Cory comió como si fuera otro niño. El servicio fue lento, o puede que aquel fuera el ritmo de Maine, pero no tenían prisa. La gran ciudad estaba lejos y no tardarían en volver. Era viernes por la tarde y a Mitch le apetecía una cerveza. Su compañero, en cambio, estaba de servicio y la rechazó. Él no era de los que bebían solos, de modo que resistió la tentación.

Durante el almuerzo, Cory tuvo que excusarse dos veces para contestar llamadas. En ambas ocasiones, cuando volvió, Mitch sintió el impulso de interrogarlo sobre las últimas novedades, pero consiguió controlar su curiosidad. Dio por hecho que estaría hablando con los miembros del equipo que hubiera diseminados por los alrededores, no recibiendo llamadas de Trípoli.

El ferry con destino a Islesboro salía cinco veces al día y tardaba veinte minutos. A las dos y media, Cory dijo:

—Deberíamos ponernos a la cola.

La isla tenía veintidós kilómetros y medio de largo y casi cinco de ancho en algunos puntos. El extremo oriental sobresalía hacia el Atlántico y formaba una costa rocosa con unas vistas preciosas. Mitch y los niños se instalaron en la cubierta superior del ferry para ir admirando las otras islas a su paso. Cory se acercó y señaló con el dedo:

—Esa que se empieza a ver ahí es Islesboro.

Él sonrió y dijo:

—Está muy lejos, ¿no?

—Te lo dije. Es un lugar perfecto para esconderse unos días.

—¿Esconderse de quién?

—No lo sé, puede que de nadie. Pero no vamos a correr ningún riesgo.

Al acercarse, empezaron a ver las mansiones que salpicaban la costa. Había decenas de ellas, la mayoría centenarias, de la época dorada del veraneo de los ricos. Familias de Nueva York, Boston y Filadelfia se construían casas preciosas para huir del calor y de la humedad y, por supuesto, necesitaban muchas habitaciones y mucho personal para atender a sus amigos, que a menudo se alojaban allí durante semanas enteras. Las casas seguían utilizándose y se mantenían espléndidas, algunas incluso habían atraído a famosos. La población permanente de Islesboro era de quinientos habitantes y la mayoría de los adultos trabajaba «en las casas» o en la pesca de langostas.

Bajaron del ferry montados en el coche y no tardaron en encontrarse en la única carretera que recorría la isla de un extremo al otro. Al cabo de diez minutos, giraron hacia un camino asfaltado y estrecho y pasaron por delante de un cartel con la palabra WICKLOW.

—¿Sabes de dónde viene el nombre de Wicklow? —le preguntó Mitch a Cory.

—Es el condado de Irlanda en el que nació el primer propietario de la casa. Se hizo rico con el contrabando de whisky irlandés durante la ley seca, se construyó este sitio y luego murió joven.

—¿De cirrosis?

—Ni idea. La propiedad se ha comprado y vendido en varias ocasiones y todos los dueños han conservado el nombre. El señor Ruch la compró en una subasta hace unos quince años e hizo una buena reforma. Según Jack, se cargó diez habitaciones que había en otra ala.

—Así que ha bajado a dieciocho.

—Solo dieciocho.

Pronto llegaron a una rotonda situada ante una casa antigua y enorme que habría encajado a la perfección en una revista de viajes. Era un ejemplo típico de la arquitectura clásica de Cape Cod: dos plantas con tejados muy inclinados y gabletes laterales, una amplia entrada delantera en el centro, recubrimiento exterior de tablillas envejecidas pintadas de azul pálido, buhardillas a dos aguas y cuatro chimeneas centralizadas. Más allá, no había nada salvo kilómetros de océano Atlántico.

El señor Barry Ruch en persona salió por la puerta delantera y le dio un abrazo casi de oso a Mitch, como si fueran amigos íntimos. No lo eran, al menos de momento. A McDeere se lo habían presentado hacía unos años, en una fiesta de cumpleaños de su hermano menor, Jack. En aquella ocasión había al menos otros cincuenta invitados más y él y Barry apenas hablaron. Este tenía fama de ser un multimillonario discreto que odiaba llamar la atención. Según un viejo artículo de *Forbes*, se había hecho rico especulando con divisas latinoamericanas.

A saber qué narices significaba eso.

Todos se estrecharon la mano y se saludaron. Tal como les habían enseñado a hacer, Carter y Clark se irguieron todo lo posible y dijeron:

—Encantado de conocerlo.

Su padre se sintió orgulloso de ellos.

Barry invitó a todo el grupo a franquear la puerta delantera hacia el vestíbulo principal, donde conocieron a Tanner, el mayordomo-botones-conductor-manitas y capitán de barco. También pescaba langostas a tiempo parcial y siempre parecería sentirse incómodo con su chaqueta azul marino y su camisa blanca. Por suerte, el señor Ruch le permitía llevar unos pantalones chinos.

Tanner se ocupó del equipaje y de la asignación de habitaciones mientras Barry acompañaba a los McDeere a la sala de estar, en cuya chimenea ardía un fuego vivo. Se rio de la última nevada, que había caído hacía solo dos noches, y prometió que no habría más copos blancos hasta octubre. Quizá noviembre.

Mientras los hombres hablaban del tiempo y de cómo le iba a Jack ahora que estaba cada vez más cerca de la jubilación, Carter y Clark se dedicaron a admirar la enorme cabeza de alce disecada que los contemplaba desde la campana de la chimenea de piedra.

Barry se dio cuenta y les dijo:

—No lo maté yo, chicos, no fui yo. Venía con la casa. Tanner cree que lleva aquí unos treinta años. Lo más probable es que venga del continente.

—¿Hay alces en la isla? —preguntó Carter.

—Bueno, yo no he visto ninguno, pero saldremos a buscarlos si os apetece. Tanner dice que el viento está amainando y que se acerca un frente cálido. Dentro de un par de horas, nos subimos al barco y nos damos un paseo.

Los niños se morían de ganas.

25

La predicción a bulto de Mitch, presuntamente basada en su refinada educación, resultó ser bastante acertada. Noura no esperó cuarenta y ocho horas, sino unas cuarenta y siete, y llamó al teléfono Jakl de Abby a las 7.31 del sábado.

Esta se encontraba en la sala de estar, estirando sin ganas en su esterilla de yoga e intentando recordar el último fin de semana que había tenido el apartamento para ella sola. Echaba de menos a sus chicos y, en otras circunstancias, no habría estado preocupada por ellos. Había hablado con Mitch dos veces el viernes por la noche, a través del teléfono verde, y su marido la había puesto al corriente de todo. Los niños se lo estaban pasando en grande en la mansión del señor Barry mientras el propietario y él fumaban puros cubanos y bebían whisky de malta.

Se sentían muy seguros. Era imposible que alguien los encontrara.

Tras seleccionar el teléfono adecuado de la colección que tenía expuesta en la mesita auxiliar, siempre a mano, respondió al Jakl y dijo:

—Hola.

—Abby McDeere, aquí Noura.

¿Cuál es el saludo adecuado para una terrorista en una lluviosa mañana de sábado en Manhattan? Aunque, en cierto modo, se sintió aliviada al recibir la llamada, se negó a mostrar ningún tipo de interés. Con calma, contestó:

—Sí, soy Abby.

Por lo visto, los terroristas no usaban saludos, porque Noura se los saltó por completo.

—Tenemos que vernos mañana por la mañana antes del mediodía. ¿Estás disponible?

«¿Tengo elección?».

—Sí.

—Ve caminando hasta la pista de hielo de Central Park. A las diez y cuarto, acércate a la entrada principal. Hay un puesto de helados a la izquierda, en el lado este. Quédate allí y espera. Tu marido es fan de los Mets, ¿no?

Una patada en el estómago no la habría sacudido más. ¿Cuánto sabía aquella gente sobre ellos?

—Sí —consiguió responder.

—Ponte una gorra de los Mets.

Mitch tenía por lo menos cinco en una repisa de su armario.

—No hay problema.

—Si llevas a alguien contigo, lo sabremos de inmediato.

—Vale.

—Y, en ese caso, estarías cometiendo un error terrible, señora McDeere. ¿Entendido?

—Sí, por supuesto.

—Debes acudir sola.

—Allí estaré. —Se produjo un largo silencio y Abby esperó. Repitió—: Allí estaré.

Más silencio. Noura había colgado.

Con cuidado, dejó el Jakl en la mesita, cogió el teléfono verde, se encaminó hacia su dormitorio y, después de cerrar la puerta, llamó a Mitch.

Aunque era obvio que la casa se había construido para hospedar a adultos, en Wicklow había varias señales de la presencia de niños. Al menos uno de los dormitorios tenía dos pares de literas, arcoíris pintados en las paredes, videojuegos anticuados y un televisor de pantalla plana. Tanner les enseñó la casa a los chicos, que no tardaron en darle el visto bueno. Para cuando se sentaron a cenar el viernes, el mayordomo ya era su nuevo mejor amigo.

El sábado por la mañana durmieron hasta casi las ocho y, al despertarse, siguieron los olores escaleras abajo hasta la sala del desayuno. Allí encontraron a su padre tomando café y hablando con el señor Cory. La señorita Emma salió de la cocina y les preguntó qué querían desayunar. Tras mucha indecisión, optaron por gofres y beicon.

Cory se terminó la tortilla y se despidió de ellos. Mitch les preguntó a los gemelos cómo habían pasado la noche y le contestaron que genial. Ahora querían unas literas en casa.

—Eso tendréis que hablarlo con mamá. Los muebles y la decoración son cosa suya.

—¿Dónde está el señor Barry? —preguntó Clark.

—Creo que se ha ido a su despacho.

—¿Dónde está su despacho?

—Por ahí —contestó Mitch, que hizo un gesto indefinido señalando hacia atrás, como si dicha estancia estuviera muy lejos, pero aún bajo el mismo techo—. No quiero que andéis deambulando por la casa, ¿vale? Somos invitados y esto no es un hotel. No entréis en ninguna habitación a menos que os pidan que lo hagáis.

Los chicos lo escucharon con atención y empezaron a asentir. Carter preguntó:

—Papá, ¿por qué aquí las habitaciones son tan grandes?

—Bueno, quizá porque el señor Barry tiene mucho dinero y puede permitirse casas muy grandes con habitaciones muy grandes. Además, invita a sus amigos a pasar aquí semanas enteras y supongo que necesitan mucho espacio. Otra razón podría ser que vosotros vivís en una ciudad donde casi todo el mundo reside en apartamentos. Suelen ser más pequeños.

—¿Podemos comprarnos una mansión? —preguntó Clark.

Mitch sonrió y dijo:

—No, ni por asomo. Muy poca gente puede permitirse una casa como esta. ¿De verdad quieres dieciocho dormitorios?

—La mayoría están vacíos —aseguró Carter.

—¿El señor Barry está casado? —quiso saber Clark.

—Sí, tiene una esposa encantadora llamada Millicent. Ella sigue en Nueva York, pero se trasladará aquí a finales de este mes.

—¿Tiene hijos?

—Hijos y nietos, pero viven en California.

Según Jack, Barry se había distanciado de sus dos vástagos adultos. La familia llevaba años peleándose por su fortuna.

Los gofres y el beicon llegaron servidos en dos bandejas, cada una de ellas tan grande como para dar de comer a una familia pequeña, así que los gemelos perdieron el interés en el señor Barry. Mitch los dejó sentados a la mesa y salió a una terraza cubierta que no quedaba muy lejos del embarcadero. Cory, cómo no, estaba al teléfono. Lo guardó y él le preguntó:

—¿Cuál es el plan?

—Esta noche nos quedamos aquí, dejamos a los abuelos

instalados y mañana por la mañana temprano volvemos a la ciudad. El del teléfono era Darian, que también estará allí. Montaremos el campamento en el hotel Everett, en la Quinta, frente a la pista de hielo.

—¿Tú no piensas todo el rato en que no tenemos ni idea de con quién estamos tratando, aparte de esa mujer llamada Noura? —preguntó Mitch.

—Cada treinta segundos.

—¿Y no te preguntas si Noura será un fraude?

—Cada treinta segundos. Pero no lo es, Mitch. Salió al encuentro de tu esposa en una cafetería de Manhattan. La tenían vigilada. Qué leches, tenían vigilada a toda tu familia. Ella le entregó el móvil. No es un engaño.

—¿Y cuánto dinero querrán? —inquirió él.

—Supongo que más de lo que podemos siquiera imaginarnos.

—Entonces ¿esperamos que Abby negocie?

—No tengo ni idea. Nosotros no llevamos la voz cantante en este espectáculo, Mitch. La llevan ellos. Lo único que podemos hacer es reaccionar y rezar para no meter la pata.

Harold y Maxine Sutherland no habían estado nunca en Maine, pero lo tenían apuntado en su lista. Desde que se habían jubilado, se divertían muchísimo tachando los lugares con los que habían soñado y que ahora al fin podían visitar. No tenían ni perros ni gatos, vivían en una casa de campo no muy grande y su cuenta bancaria gozaba de buena salud, así que eran la envidia de sus amigos, que los veían volver a hacer las maletas casi inmediatamente después de haberlas deshecho. Por suerte, estaban en casa cuando Abby los llamó el jueves por la tarde y les dijo que era urgente.

Tanner los recogió en el ferry y los llevó hasta Wicklow. Mitch y los niños los recibieron en la puerta. Una vez más, el abogado se conmovió al ver la ilusión que les hacía a sus hijos ver a Maxie y a Hoppy, quienes, a su vez, estaban aún más ilusionados de ver a sus nietos. Todos ayudaron con las maletas y Tanner los acomodó en una preciosa suite situada frente a la habitación de las literas. Los gemelos no veían la hora de enseñarles a sus abuelos la mansión del señor Barry. Tras veinticuatro horas allí, se sentían los amos del lugar y habían olvidado la advertencia de su padre sobre deambular por los pasillos. El dueño reapareció desde algún rincón lejano de la casa para cenar con los McDeere y los Sutherland. Era un anfitrión atento y tenía un don para hacer que los completos desconocidos se sintieran bienvenidos. Mitch supuso que se debía a los muchos años que llevaba recibiendo a distintos amigos en Wicklow, pero también a que era un individuo de trato sencillo. Asimismo, tener mil millones de dólares en el banco debía de contribuir a su actitud tranquila y relajada ante la vida. Sin embargo, McDeere había conocido a un montón de tipos de Wall Street que se habían hecho a sí mismos y sabía que a muchos de ellos era mejor evitarlos.

Mitch no les quitó ojo a los niños. Abby les había enseñado a hablar poco en presencia de otros adultos y a cuidar sus modales en la mesa. El abogado agradeció la correcta educación de provincias que su mujer había recibido. La habían «criado bien», como decían en Kentucky. Para sus adentros, reconoció que era cierto y se lo agradeció a sus suegros.

Entonces ¿por qué le costaba tanto perdonarlos? ¿Y que le cayeran bien de verdad? Porque nunca se habían disculpado por sus desaires y transgresiones de hacía veinte años y, la verdad, Mitch había dejado de esperarlo. Lo último que necesitaba ahora era un abrazo forzado e incómodo y una disculpa lacrimógena. Su psicólogo casi lo había convencido de que cargar con un rencor tan grande durante tanto tiempo le estaba impidiendo madurar como persona. Se había convertido en un problema para Mitch, no para ellos. El que salía perjudicado era él. El mantra del psicólogo era: «Libérate».

Durante el almuerzo, pronto encontraron un tema común sobre el que hablar: la pesca con mosca. Hacía años que Barry había mandado al cuerno las semanas laborales de ochenta horas y se había lanzado a buscar consuelo en los arroyos de montaña de todo el país. Harold había empezado de niño y conocía todos los riachuelos de los Apalaches. Cuanto más grandes iban haciéndose los peces, más iba desconectándose Mitch de la conversación. Charlaba con Maxine de vez en cuando. Era obvio que estaban preocupados por la situación y que querían conocer los detalles.

Tanner apareció para proponer otro paseo en barco. Los niños llegaron al muelle antes que él. El señor Barry se retiró a las profundidades de Wicklow para ver el partido de los Yankees, un ritual diario.

Mitch acompañó a sus suegros a la biblioteca, cerró la puerta y les explicó por qué estaban allí. Les facilitó solo los detalles más imprescindibles, pero con eso bastó para asustarlos. El hecho de que unos terroristas hubieran seguido a su hija y a sus nietos por Manhattan y les hubiesen sacado fotos les puso los pelos de punta.

Si era necesario, se pasarían un mes escondidos en Maine con los niños.

26

La pista del pequeño aeródromo de Islesboro medía solo setecientos cincuenta metros de largo; era demasiado corta para un avión privado. El domingo por la mañana temprano, Mitch y Cory despegaron en un King Air 200, un turbohélice con poca capacidad de campo.

Dejaron a Alvin y a otro vigilante en Wicklow. Él estaba convencido de que los niños estaban a salvo, escondidos en un lugar en el que nadie podría encontrarlos, así que se dijo que debía dejar de preocuparse. El día ya iba a ser bastante complicado sin pensar en los gemelos. Pero le resultaba imposible no hacerlo.

Una hora más tarde, aterrizaron en Westchester, se metieron en un coche que los llevaría a la ciudad y, a las diez de la mañana, ya estaban en una gran suite de la decimoquinta planta del hotel Everett, con vistas a la pista de hielo Wollman de Central Park. Jack y Darian, el hombre de Crueggal, los estaban esperando. Mientras se tomaban un café, Mitch informó al primero de todo lo relativo a su hermano y de los cotilleos que circulaban por Wicklow, que no eran muchos. Jack tenía planeado jubilarse el 31 de julio y pasarse el mes de agosto en Islesboro pescando con Barry.

Hacía un día fresco y despejado, de manera que Central

Park estaba abarrotado. A lo lejos, veían a los patinadores que daban vueltas por la pista, pero estaban a demasiada distancia como para reconocer a nadie. A las 10.20, a Mitch no le cupo duda de que había visto a su mujer caminando por la Quinta Avenida, por el lado del parque. Llevaba unos vaqueros, unas botas de montaña y una zamarra marrón que tenía desde hacía años. Y una gorra de los Mets de un azul desvaído.

—Ahí está —dijo y notó que tenía un nudo en el estómago.

Abby desapareció en el interior del parque y la perdieron de vista. Cory y Darian habían discutido sobre si colocar a alguien cerca de la entrada de la pista para vigilarla, pero al final decidieron no hacerlo. Cory era de la opinión de que no ganarían nada con ello.

A las diez y media, la susodicha se acercó al mostrador de un puesto de helados que había cerca de la entrada de la pista. Tras unas gafas de sol grandes y oscuras, observaba a todo el mundo mientras intentaba aparentar despreocupación. No estaba funcionado; estaba hecha un manojo de nervios. El Jakl le vibró en el bolsillo y lo sacó.

—Aquí Abby.

—Soy Noura. Olvídate de la pista de hielo y dirígete hacia el Mall. Pasa por delante de la estatua de Shakespeare y luego, a tu izquierda, verás la de Robert Burns seguida de una larga hilera de bancos. Sigue por la izquierda, camina unos treinta metros y siéntate en un banco.

Minutos más tarde, Abby pasó ante la estatua de Shakespeare y después giró a la derecha hacia el Mall, un largo paseo bordeado de olmos majestuosos. Había paseado por allí innumerables veces y de repente recordó su primer invierno en la ciudad, cuando Mitch y ella lo habían recorrido arrastrando los pies, cogidos del brazo, hundiéndose en un palmo de nieve mientras aún les caían copos encima. Habían pasado muchas tardes de domingo largas, de todas las estaciones, sentados a la sombra de los olmos y observando el interminable desfile de neoyorquinos que salían a pasar el día. Cuando llegaron los gemelos, los metían en un carrito doble y los empujaban arriba y abajo por el Mall y por todo Central Park.

Aquel día, sin embargo, no había tiempo para la nostalgia.

Había cientos de personas paseando por la zona y puestos en los que se vendían bebidas frías y calientes. A lo lejos, unos altavoces emitían la música de un carrusel. Mientras caminaba, Abby contó treinta pasos, vio un banco vacío y se sentó intentando aparentar toda la indiferencia posible.

Cinco minutos, diez. Se aferró al Jakl que llevaba en el bolsillo e intentó no mirar a todo el que pasaba. Buscaba a una musulmana con túnica y hiyab, pero no vio a nadie que encajara en esa descripción. Una mujer con un chándal azul marino y que empujaba un carrito de bebé se acercó a ella.

—Abby —dijo con voz apenas audible.

Ambas llevaban gafas de sol de gran tamaño, pero de algún modo establecieron contacto visual. La mujer de Mitch asintió. Dio por hecho que aquella era Noura, aunque no podía identificarla. Tenía la misma estatura y complexión, pero nada más. La visera de una gorra extragrande y bien calada le cubría la frente.

—Por aquí —dijo y señaló hacia su derecha.

Abby se levantó y dijo:

—¿Noura?

—Sí.

Caminaron juntas. Si en el cochecito había un bebé, no alcanzó a verlo. La otra giró a la derecha hacia una acera y salieron del Mall. Cuando se alejaron de todo el mundo, la mujer se detuvo y dijo:

—Mira los edificios. No me mires a mí.

Abby contempló el horizonte de Central Park West.

Noura se lo tomó con calma y dijo:

—Que Giovanna regrese a casa sana y salva costará cien millones de dólares. El precio no es negociable. Y debe pagarse dentro de diez días. La fecha límite es el veinticinco de mayo a las cinco de la tarde, hora del este. ¿Sí?

Abby asintió y dijo:

—Vale.

—Si acudes a la policía o al FBI o si involucras a tu Gobierno de cualquier otra forma, no volverá sana y salva. Será ejecutada. ¿Sí?

—Entendido.

—Bien. Dentro de quince minutos te enviarán un vídeo al teléfono. Es un mensaje de Giovanna. —Le dio la vuelta al cochecito y se alejó.

Abby la observó durante un segundo: chándal moderno de Adidas, zapatillas rojas y blancas sin ninguna marca visible, gorra ridícula. Solo le había atisbado una parte de la cara y sería totalmente incapaz de identificarla.

Echó a andar en dirección contraria y zigzagueó hacia el nordeste hasta llegar a la calle Setenta y dos. Luego siguió hacia el este hasta desembocar en la Quinta Avenida. Entró en el hotel Everett, se dirigió al comedor y preguntó por la reserva que había hecho aquella misma mañana. Una mesa para tres. Había quedado con un par de amigas para hacer un brunch. Cuando le sirvieron el café, se fue y subió en el ascensor hasta la decimoquinta planta.

Darian conectó el Jakl a un portátil con una pantalla de dieciocho pulgadas y esperaron. Mientras lo hacían, todos los presentes en la sala reflexionaron en silencio sobre la formidable tarea de conseguir, a saber cómo, nada menos que cien millones de dólares. Cuando la conmoción empezó a desvanecerse, se hizo evidente que ninguno de ellos tenía ni la menor idea de por dónde empezar.

La pantalla se ennegreció durante unos instantes; luego, allí estaba: Giovanna, en una habitación sin luz, ataviada con una túnica o un vestido oscuro y un hiyab negro cubriéndole la cabeza. Parecía frágil, incluso asustada, aunque apretaba los dientes e intentaba parecer valiente. Una vela pequeña ardía sobre una mesa a su lado. No se le veían las manos. Sin sonreír, dijo: «Soy Giovanna Sandroni, del bufete de abogados Scully & Pershing. Estoy sana y bien alimentada y no he sufrido ningún daño. Noura acaba de darme la noticia. El precio de volver a casa ilesa es de cien millones de dólares. No es negociable y, si no se paga antes del veinticinco de mayo, me ejecutarán. Hoy es domingo quince. Por favor, os lo ruego, pagad el rescate».

Y entonces desapareció; la pantalla volvió a ponerse negra. Abby cogió el Jakl, lo guardó en el fondo del bolso de bandolera que llevaba colgado del hombro y lo llevó al baño. Mitch se acercó a una ventana y miró hacia Central Park. Darian seguía contemplando la pantalla. Cory se estudiaba los zapatos. Jack se sentó a la mesa del desayuno y bebió un sorbo de café. Nadie era capaz de hablar.

Scully & Pershing era un bufete de abogados, no un fondo de cobertura. Sí, quienes trabajaban en la empresa ganaban mucho dinero y los socios veteranos eran millonarios, al menos sobre el papel, pero ninguno era multimillonario. Ni por asomo. Tenían apartamentos bonitos en la ciudad y agradables casitas de fin de semana en el campo, pero no se compraban ni yates ni islas. Los aviones privados que utilizaban eran alquilados, no en propiedad, y todos los viajes se le facturaban a algún cliente. El año anterior, el bufete había ingresado algo más de dos mil millones de dólares y, una vez pagadas las facturas y repartidos los beneficios, no había quedado casi nada. Era habitual que la empresa recurriera a su línea de crédito para obtener dinero extra durante los meses de menor actividad. Casi todos los grandes bufetes lo hacían.

Finalmente, Cory dijo:

—Nos habíamos planteado si esto era un fraude, si lo de Noura era real. Esto elimina cualquier posible duda. Esa mujer forma parte de una operación bastante lograda de allí con muchos contactos aquí.

—Mitch, ¿estás seguro de que esa era Giovanna? —preguntó Darian.

McDeere resopló como si la pregunta fuera ridícula y dijo:

—Sin duda.

El otro parecía dispuesto a tomar las riendas de la situación, pero él no pensaba permitírselo. Aquello era asunto de Scully, así que los socios del bufete tomarían las decisiones difíciles. Se apartó de la ventana y dijo:

—Está claro que nuestra línea de comunicación es bastante limitada. Noura es nuestro único contacto y dudo que tenga autoridad para negociar. Si no podemos negociar, eso nos deja en la estacada con un rescate de nueve cifras que parece imposible de alcanzar. Pero no tenemos la opción de rendirnos. ¿Alguien duda de que esos matones vayan a ejecutar a Giovanna de alguna forma espectacular dentro de diez días si no cobran?

Miró de hito en hito a Jack, Cory y Darian y señaló a Abby con un gesto de la cabeza. Todos estuvieron de acuerdo.

—Tiene la doble nacionalidad, británica e italiana. ¿Qué probabilidades hay de que esos dos Gobiernos contribuyan a un fondo de rescate?

Darian ya había empezado a negar con la cabeza.

—Poquísimas. No negocian con terroristas y no les pagan rescates. Al menos oficialmente.

—Nadie está negociando con ellos, Darian, eso es parte del problema. Están utilizando a Noura para transmitirle mensajes a Abby. Hay que dejarles claro a ambos Gobiernos que hay muchas posibilidades de que una de sus ciudadanas, una mujer bastante mediática, además, sea asesinada dentro de diez días, puede que incluso delante de una cámara.

Jack le preguntó a Darian:

—¿Qué has querido decir con lo de «oficialmente»?

Él asintió y respondió:

—Hace unos años, los italianos pagaron mucho dinero para rescatar a un turista en Yemen. Lo mantuvieron en secreto y todavía lo niegan.

—¿Y tú tuviste algo que ver? —preguntó Mitch.

Darian asintió, pero no dijo nada.

—O sea, que hay margen de maniobra con los Gobiernos —afirmó él y esperó una respuesta. El consultor de seguridad se encogió de hombros, pero no abrió la boca. McDeere miró a Jack y preguntó—: ¿Cuándo se reúne el comité de dirección?

—Mañana por la mañana a primera hora. Sesión de emergencia.

—Genial. Me voy a Roma. Tengo que contarle a Luca que han establecido contacto y que han pedido un rescate. Le enseñaré el vídeo e intentaré apaciguar sus temores. Conociéndolo, seguro que se le ocurre alguna idea sobre dónde encontrar el dinero.

Para enfatizar la urgencia del asunto e incitar al mayor bufete de abogados del mundo a pasar a la acción, los terroristas hicieron estallar una segunda bomba incendiaria en otra sede de Scully. Eligieron el momento perfecto: a las once en punto de la mañana, hora del este, justo treinta minutos después de que Noura se reuniera con Abby.

Fue otro paquete bomba básico: una caja de cartón reforzado que contenía tubos de fluidos altamente inflamables. Aunque las autoridades jamás podrían verificarlo del todo debido a los grandes daños causados, creían que se trataba de nitrato de amonio y fuel. Era parecida a la que habían utilizado en Atenas y no estaba diseñada para derribar muros, volar ventanas ni matar personas. Su objetivo era provocar un incendio abrasador un domingo, cuando no habría nadie en la sala de correos de las oficinas de Barcelona. Estaban en la quinta planta de un edificio nuevo con muchos aspersores. Se activaron de inmediato y controlaron las llamas hasta que llegaron los bomberos. Los despachos de Scully & Pershing quedaron destruidos por el fuego o empapados de agua, pero apenas hubo daños en el resto del edificio.

Mitch ya iba en un taxi camino del aeropuerto JFK para coger el vuelo a Roma cuando Cory lo llamó para informarlo de las novedades.

—Putos locos —murmuró con incredulidad.

—Desde luego, y somos un blanco fácil, Mitch —dijo el otro—. No hay más que consultar nuestra preciosa página web. Sedes en todas las grandes ciudades y también en alguna más pequeña. El bufete más grande del mundo, bla, bla, bla. Casi parece que queramos buscarnos problemas.

—Y ahora nos vamos a gastar una fortuna en seguridad.

—Ya nos estamos gastando una fortuna en seguridad. ¿Cómo voy a proteger a dos mil abogados en treinta y una sedes?

—Ahora son veintinueve —repuso Mitch.

—Ja, ja, muy gracioso.

27

El comité de dirección del bufete estaba compuesto por nueve socios sénior con edades comprendidas entre los cincuenta y dos y los casi setenta años; Jack Ruch, con sesenta y nueve, era el mayor. No se recibía ninguna remuneración adicional por formar parte del comité y la mayoría de los socios intentaba evitarlo. Sin embargo, alguien tenía que asumir la responsabilidad última de dirigir la empresa y tomar las decisiones más difíciles. Aun así, era evidente que ningún socio se había enfrentado jamás, a lo largo de toda la ilustre historia del bufete, a un dilema tan trascendental.

Jack los sacó de la cama para celebrar una reunión de emergencia a las siete de la mañana del lunes. Enseguida solicitó convertirla en una sesión ejecutiva, de manera que tanto las dos secretarias como Cory tuvieron que abandonar la sala de juntas. Le pidió a un socio llamado Bart Ambrose que levantara acta y, aunque era del todo innecesario y rayaba en lo impertinente, les recordó a todos el requisito de la confidencialidad. Empezó con una presentación rápida de las fotografías que Noura había enviado al nuevo móvil de la señora McDeere el jueves anterior por la mañana: Abby y los niños, el bloque de apartamentos donde vivía la familia, las oficinas de la editorial. Se reservó lo mejor para el final y fue entonces cuando reveló la fotografía del 110 de Broad Street, el hermoso rascacielos en el que se encontraban en aquellos momentos, que los terroristas habían tomado desde lejos.

—Nos vigilan —dijo en tono teatral—. Nos vigilan, nos siguen, nos fotografían y nos amenazan. Y ahora están bombardeando nuestras sedes del otro lado del mundo.

Todos se habían quedado sin aliento y boquiabiertos mientras contemplaban las imágenes.

Las fotos eran del jueves. Los McDeere se habían marchado de la ciudad el viernes. Noura, la mensajera, se había puesto en contacto con Abby McDeere el sábado y se habían visto el domingo, el día que le había comunicado que el rescate era de cien millones.

El desánimo se sumó al temor cuando los otros ocho miembros del comité se dieron cuenta de la cantidad de dinero que estaba en juego y de que tal vez la empresa tuviera que hacerse cargo de una parte.

La sala seguía sumida en el silencio cuando Jack reprodujo el vídeo de Giovanna en una pantalla panorámica. No eran muchos los que habían coincidido con ella personalmente, pero todos conocían a su padre. La impresión que causó ver a una colaboradora de Scully retenida por unos secuestradores fue tremenda. Habían ido manteniéndolos al tanto de la situación a lo largo del último mes, pero nada los había preparado para la conmoción de ver el rostro demacrado de Giovanna y oír su voz cansada.

Jack detuvo el vídeo, pero dejó una imagen permanente de ella en la pantalla para que la contemplaran. Les dijo que Mitch había aterrizado en Roma hacía alrededor de una hora y que se dirigía a ver a Luca.

Cuando al fin llegaron las preguntas, lo hicieron en avalancha y desde todos los flancos. ¿Por qué no involucrar al

FBI y a la CIA? El bufete tenía contactos sólidos en el Departamento de Estado. ¿Qué estaban haciendo los británicos y los italianos? ¿Había algún plan para intentar negociar? La empresa tenía un seguro que incluía a negociadores de rehenes altamente cualificados, ¿por qué no utilizarlos? ¿Cuánto se sabía del grupo terrorista? ¿Lo habían siquiera identificado? ¿Habían llamado a los banqueros?

Jack no esperaba que el comité se pusiera de acuerdo sobre un plan, ni sobre ninguna otra cosa, en realidad, así que no propuso nada. Respondió a las preguntas que podía contestar, evitó las que no, discutió cuando fue necesario y, en general, dejó que todo el mundo se desahogara e intentara impresionar a los demás. Tras una primera hora bastante agitada, el comité se dividió en tres o cuatro facciones, con lealtades que oscilaban de un lado a otro. El grupo más estridente quería acudir de inmediato al FBI y a la CIA, pero Jack se mantuvo firme. A un par no les gustaba la idea de que Mitch anduviera por ahí operando como un lobo solitario, sin ningún tipo de supervisión.

Nadie se contenía. Las opiniones surgían con gran rapidez y luego se disipaban. Algunos hechos se tornaban confusos. Los ánimos se caldeaban y se enfriaban, pero no había insultos. Eran demasiado profesionales para eso y la mayoría de ellos eran amigos desde hacía décadas. En algún momento u otro, todos los miembros del comité pensaron en Giovanna y, en silencio, se preguntaron: «¿Y si fuera yo?». Más de una vez, Bart Ambrose dijo en voz alta:

—Es una de los nuestros.

Cuando, en opinión de Jack, el debate ya no daba para más, desvió la conversación hacia el tema de la seguridad. Dieron por finalizada la sesión ejecutiva y Cory volvió a entrar en la sala. Repartió copias del informe preliminar de la escena del crimen de Barcelona, complementado con fotos bastante explícitas de los despachos de la sede destruidos por el fuego.

Una de las ventajas de trabajar en un bufete tan grande eran los viajes ilimitados. Un socio sénior podía ir a casi cualquier lugar del mundo, o al menos a casi cualquier sitio al que una persona de cierto estatus quisiera ir, y llamarlo trabajo para aprovecharse de las numerosas deducciones. Pasarse por la sede de Scully, llevarse a un socio a comer o cenar, quizá ir a ver una ópera o un partido de fútbol, y desgravarse el viaje entero. Si había algún tema profesional que comentar, entonces le hacía dos facturas al cliente y le cargaba también las entradas. Barcelona siempre había sido uno de los destinos favoritos de los socios y todos los miembros del comité de dirección habían visitado sus elegantes oficinas en algún momento. Ver los despachos hechos ruinas y carbonizados resultaba difícil de asimilar.

Cory expuso los planes de emergencia para reforzar la seguridad y la vigilancia en todas las sedes. Según él, los terroristas, aún sin identificar, habían atentado en Atenas y en Barcelona porque esas oficinas eran objetivos fáciles: no contaban con demasiada seguridad, era fácil acceder a ellas y no estaban prevenidas. Para ser un grupo tan sanguinario, habían tenido mucho cuidado de no herir a nadie. Los incendios pretendían ser advertencias.

¿Había más objetivos fáciles? Mencionó El Cairo, Ciudad del Cabo y Río, pero dejó claro que solo estaba especulando. Aquello dio pie a una charla llena de digresiones sobre qué oficinas eran seguras y cuáles no, todo meras conjeturas. Un socio se había quedado impresionado con la seguridad de la sede de Múnich. Otro acababa de volver de Ciudad de

México y le había sorprendido la ausencia de cámaras de vigilancia. Y así uno tras otro. Eran abogados de éxito, orgullosos de su inteligencia, y se sentían obligados a compartir sus opiniones.

Jack los conocía bien a todos. Tras un agotador maratón de dos horas, fue capaz de filtrar lo que se había dicho y de evaluar lo que no se había dicho. Y supo que Scully terminaría saliendo adelante. La pregunta era a qué coste.

Roberto recogió a Mitch en el aeropuerto de Roma y lo llevó a casa de Luca. Durante el trayecto de cuarenta y cinco minutos en coche, cubrieron muchos temas. El hombre se encontraba físicamente bien, o al menos se había estabilizado un poco, y la noticia de que los secuestradores por fin se habían puesto en contacto con ellos y habían pedido un rescate le había levantado muchísimo el ánimo. No es que tuviera cien millones de dólares repartidos entre sus cuentas bancarias, pero confiaba en que, con una buena negociación, la cifra bajara. Ya estaba trabajando con los políticos italianos.

Antes de llegar a su destino, Mitch reprodujo el vídeo de Giovanna en su móvil. A Roberto se le humedecieron los ojos al instante y tuvo que apartar la mirada. Le aseguró a McDeere que para él era como una hermana pequeña y que hacía un mes que no dormía bien. No tenía claro si convenía enseñarle el vídeo a Luca. Acordaron hablarlo más tarde.

El susodicho estaba en la veranda, a la sombra y al teléfono. Había adelgazado aún más, pero su aspecto era tan impecable como siempre. El traje gris claro hecho a medida le quedaba holgado. Se las ingenió para abrazar a Mitch sin dejar de hablar por teléfono. Tenía la voz más fuerte. Más tarde, mientras se tomaban un café, le refirió sus últimas conversaciones. No era un gran admirador del actual primer ministro, pero conocía a uno de sus viceministros. El objetivo era convencer al Gobierno de que acudiera al rescate de una ciudadana italiana. Con dinero. Uno de los problemas más inmediatos era que Italia tenía vigente una ley que prohibía que el Gobierno negociara con terroristas y pagase rescates. El razonamiento era sencillo: entregar grandes cheques a los criminales no hacía sino animarlos a secuestrar a más italianos. Los británicos y los estadounidenses tenían políticas similares. Luca decía que esas leyes en realidad no significaban nada. Los primeros ministros y los presidentes aporreaban el estrado con el puño, denunciaban a los terroristas y prometían que no pagarían ningún rescate, pero, a través de los canales secretos, podían hacerse tratos.

La cuestión más acuciante era la confidencialidad. ¿Cómo podía Scully esperar que los británicos y los italianos colaborasen con ellos si sus respectivos Gobiernos no sabían nada de la petición de rescate?

Los tres —Luca, Mitch y Roberto— habían hablado largo y tendido acerca de modificar la demanda de Lannak contra el Gobierno libio y pedir más daños y perjuicios. La constructora turca había perdido a cuatro valiosos empleados. Giovanna llevaba ya un mes retenida. La demandada, la República de Libia, había aceptado de manera implícita proporcionar seguridad a los trabajadores extranjeros.

La demanda de arbitraje que Luca había presentado el octubre anterior reclamaba cuatrocientos diez millones de dólares en facturas impagadas y cincuenta y dos millones más en concepto de intereses acumulados durante los tres últimos años. Mitch estaba firmemente convencido de que debían modificar la demanda, aumentar los daños y perjuicios por el derramamiento de sangre y por el secuestro y presionar para llegar a un acuerdo. Cuando Luca y Roberto al fin le dieron la razón, McDeere llamó a Stephen Stodghill, su asociado, que seguía en Nueva York y que, por lo que fuera, a las cuatro de la madrugada de un lunes todavía estaba dormido, y le ordenó que modificara la demanda en Ginebra y luego se reuniera con él en Londres.

A las once, Luca se retiró de la veranda para echarse una siesta breve. Mitch se fue a dar un paseo por la plaza y llamó a Estambul para hablar con Omar Celik. El empresario estaba en un avión en algún lugar cercano a Japón. McDeere habló con su hijo, Adem, y lo informó de la decisión de aumentar la cuantía de los daños. No le mencionó ni el contacto con los secuestradores ni el rescate, pero no tardaría en hacerlo.

A mediodía, las seis de la mañana en Nueva York, Mitch llamó a Abby y le dio los buenos días. Las cosas iban bien por allí. Había hablado con sus padres al menos tres veces el domingo y todos se lo estaban pasando de maravilla en Maine. Los niños no los echaban de menos. Sin noticias de Noura.

Luca tenía una cita médica a mediodía, así que no pudo ir a comer con ellos. Mitch y Roberto se dirigieron a una cafetería de una calle secundaria, alejada de los turistas. El abogado local conocía al dueño y como mínimo a dos de las camareras. Con el ceño fruncido y en voz baja, le preguntaron por la salud de Luca. Él les ofreció la versión más optimista.

El ritual del almuerzo le pareció una pérdida de tiempo incluso al italiano. ¿Quién podía relajarse y disfrutar de la comida? Ninguno de los dos tenía experiencia en negociaciones con rehenes y se sentían impotentes. ¿Y qué iban a hacer los profesionales? El enemigo era invisible, desconocido. No había nada que negociar, nadie con quien hablar. Noura no era más que una mensajera sin autoridad. Como abogados, negociaban constantemente: avanzaban y retrocedían, tiraban y aflojaban mientras las dos partes se acercaban a regañadientes a una solución que en realidad no le gustaba a nadie. El secuestro, sin embargo, era un monstruo muy distinto, porque la posibilidad del asesinato entraba en la ecuación. Pero ¿cuántos negociadores profesionales se habrían enfrentado alguna vez a un enemigo tan salvaje e inhumano como aquel, que se grababa en vídeo con motosierras?

Apenas tocaron la pasta.

Después de que les recogieran la mesa y les sirvieran un expreso, Roberto dijo:

—No cabe duda de que Luca es un hombre muy rico, Mitch, pero la mayor parte es dinero heredado de la familia. Su preciosa casa es una herencia. Es el dueño del edificio de oficinas. Tiene una casa de campo cerca de Tívoli.

—La conozco —dijo él.

—Esta tarde ha quedado con un banquero para hipotecar todo lo que posee. Cree que serán unos cinco millones. Tiene activos líquidos por más o menos el mismo valor. Lo está dando todo, Mitch. Si yo tuviera dinero de verdad, haría lo mismo.

—Yo también. Pero no me hace ninguna gracia que Luca lo pierda todo.

—No puede perder a su hija, Mitch. Es lo único que importa.

28

A las dos de la tarde, Luca ya se había tomado dos expresos dobles y estaba listo para retomar la acción. Recibió a un invitado de gran importancia junto a la puerta delantera y lo acompañó hasta la veranda, donde le presentó a Roberto y a Mitch. Se llamaba Diego Antonelli y, según aquel, era un diplomático de carrera que trabajaba en el Ministerio de Exteriores y conocía a Luca desde hacía muchos años. En principio, se le podían confiar secretos y tenía contactos en la oficina del primer ministro.

El señor Antonelli no parecía muy cómodo y Mitch tuvo la impresión de que se sentía demasiado importante para hacer visitas a domicilio. Empezó a caer una ligera llovizna, así que Luca invitó a todo el mundo a sentarse a la mesa del comedor, donde les sirvieron café y agua. Le agradeció su presencia al señor Antonelli y le contó que se había producido una novedad importante en el secuestro.

Roberto tomaba notas. Mitch escuchaba con la mayor atención posible. Siempre apreciaba el italiano del anfitrión porque era lento y reflexivo, más fácil de seguir. El señor Antonelli, que sin duda dominaba varios idiomas, también hablaba con una dicción perfecta. Roberto, en cambio, empezaba todas sus frases con una prisa loca por llegar al final. Menos mal que no era muy hablador.

Luca relató la historia de la misteriosa Noura y de sus contactos con Abby McDeere en Nueva York: los encuentros, las fotografías, los teléfonos y, por último, la petición de rescate. La fecha límite era el 25 de mayo y, dada su historia reciente, creían que los terroristas no dudarían en llevar a cabo la ejecución.

Dejó claro que los secuestradores no habían hablado ni con él ni con nadie más. Habían elegido su bufete de abogados y habían establecido contacto en suelo estadounidense. En su opinión, no era prudente implicar a la policía ni a los servicios de inteligencia italianos, tampoco a los británicos.

Antonelli no tomó notas, no tocó ni su bolígrafo ni su café. Absorbió hasta la última palabra de Luca como si estuviera archivando los detalles en perfecto orden. De vez en cuando, miraba a Mitch con una expresión de ligero desdén, como si de verdad no pintara nada en aquella mesa.

El anfitrión le pidió que informara al ministro de Asuntos Exteriores, que a su vez tendría que informar al primer ministro.

—¿Cómo sabes que sigue viva? —preguntó Antonelli.

Luca le hizo un gesto a Roberto, que sacó un portátil y pulsó una tecla. Giovanna apareció en la pantalla. Cuando el vídeo terminó y la imagen se desvaneció, se explicó:

—Esto llegó ayer a Nueva York. Nuestra seguridad lo ha verificado.

—Cien millones de dólares —repitió Antonelli, aunque no parecía sorprendido. Nada lo sorprendía y, si algo conseguía hacerlo, nadie se enteraría jamás—. La segunda pregunta es con quién estáis negociando —dijo.

Luca se enjugó los ojos con un pañuelo y respiró hondo. La imagen de su hija lo había alterado un poco.

—Bueno, no hay negociaciones. No sabemos quiénes son

los terroristas. Pero sí que tienen a mi hija, que exigen un rescate y que no dudarán en matarla. Eso es suficiente para que el Gobierno italiano intervenga.

—¿Intervenir? Tenemos expresamente prohibido interferir.

—No podéis hacer nada salvo colaborar con el rescate. Mi hija es ciudadana italiana, Diego, y ahora mismo está recibiendo mucha atención mediática. Si el Gobierno no hace nada y la sacrifican, ¿te imaginas la reacción?

—Va en contra de nuestra ley, Luca. Conoces muy bien el código. Lleva más de veinte años vigente. No negociamos con terroristas y no pagamos rescates.

—Sí, y la ley tiene lagunas. Estaré encantado de señalároslas. Hay diez formas de eludir esa ley y las conozco todas. De momento, te pido que hables con el ministro de Exteriores.

—Por supuesto, Luca. Están muy preocupados por Giovanna. Todos lo estamos. Pero no habíamos sabido nada hasta ahora.

—Gracias.

—¿Puedo preguntarte si los británicos están involucrados?

De repente, Luca se quedó sin aliento. Se puso pálido y se le hundieron los hombros.

—Mitch —dijo.

—Viajo a Londres esta noche. Tenemos una sede bastante grande allí y muchos de nuestros socios tienen experiencia gubernamental. Mañana nos reuniremos con los funcionarios británicos y les contaremos lo mismo que acabamos de contarle a usted. Les pediremos que contribuyan al fondo de rescate. Nuestra empresa dispone de un seguro de secuestro y rescate por valor de veinticinco millones de dólares y ya hemos puesto a la compañía de seguros sobre aviso. Nuestro bufete aportará una cantidad adicional, pero no podemos hacernos cargo del rescate completo. Necesitamos ayuda de los Gobiernos italiano y británico.

En inglés, Antonelli contestó:

—Entiendo. Hablaré con el ministro de Asuntos Exteriores esta tarde. Es lo único que puedo hacer. Solo soy el mensajero.

—Gracias.

—Gracias, Diego —dijo Luca en voz baja. De pronto, necesitaba otra siesta.

El segundo intento de rescate de la rehén tuvo tanto éxito como el primero.

Al anochecer del lunes 16 de mayo, dos comandos libios descendieron desde el cielo y aterrizaron en el desierto, tres kilómetros al sur de Ghat, una aldea abandonada cerca de la frontera con Argelia. Les esperaba un tercer equipo que llevaba veinticuatro horas sobre el terreno y disponía de camiones, material y más armas.

Tanto sus equipos de vigilancia como sus confidentes habían confirmado la «alta probabilidad» de que la rehén estuviera retenida en un campamento improvisado a las afueras de Ghat. Adhim Barakat también estaba allí escondido, junto con alrededor de un centenar de sus combatientes. Se veían obligados a desplazarse continuamente debido a que el Ejército libio no paraba de estrechar el cerco.

Los confidentes de Barakat resultaron ser más fiables que los del coronel.

Mientras los tres equipos, treinta hombres en total, tomaban posiciones en las proximidades de Ghat, varios drones enemigos los vigilaban de cerca. El plan consistía en esperar hasta después de medianoche, reptar hasta situarse a tan solo cincuenta metros del campamento y atacarlo por tres flancos. Ese plan se fue al garete cuando oyeron disparos a sus espaldas. El camión del convoy que llevaba el equipo y las armas explotó y una bola de fuego iluminó la noche. Los hombres de Barakat salieron en tropel del campamento disparando con sus kalasnikovs. Los comandos retrocedieron y se reagruparon junto a unas palmeras datileras, unos árboles demasiado jóvenes y delgados para proporcionarles una cobertura adecuada. Desde allí, lograron contener a los insurgentes mientras les disparaban desde todas partes. En la oscuridad, los heridos gritaban pidiendo ayuda. Los reflectores barrían la zona, pero solo conseguían atraer más fuego. Cuando los lanzagranadas empezaron a alcanzarlos, los comandos se vieron obligados a retroceder aún más. El capitán captó la señal de uno de sus drones y, fuera del alcance de los disparos, encontraron el camino de regreso hasta los camiones. Uno de ellos seguía ardiendo. A otro lo habían acribillado a balazos y tenía los neumáticos reventados. Se amontonaron en el tercer camión y emprendieron una retirada frenética e ignominiosa. El rescate de la rehén, planeado y ensayado con gran cuidado, fue un desastre.

Dejaron atrás a ocho de los suyos. A cinco los dieron por muertos. No se sabía qué suerte habían corrido los otros tres.

Una explosión despertó a Giovanna y después escuchó con horror el tiroteo, que se prolongó durante una hora. Sabía que estaba en una habitación pequeña y oscura detrás de una casita a las afueras de un pueblo, pero nada más. La trasladaban cada tres o cuatro días.

Aguzó el oído y lloró.

Por diversos motivos, los libios decidieron no informar del ataque. Habían vuelto a fracasar estrepitosamente, una banda de andrajosos combatientes del desierto los había dejado en ridículo y habían perdido a varios hombres en el caos. Y no habían rescatado a nadie.

Adhim Barakat tenía mucho de lo que alardear, pero guardó silencio. Tenía algo mucho más valioso: tres soldados libios. Y sabía muy bien qué hacer con ellos.

29

La sede de Scully & Pershing en Londres se encontraba en el corazón de Canary Wharf, un moderno barrio comercial junto al Támesis. Era una zona que tenía ciertos rasgos en común con la parte baja de Manhattan y se estaba llenando de una deslumbrante colección de rascacielos altísimos, entre los cuales no había dos que se parecieran ni por asomo. Londres y Nueva York se disputaban el puesto de centro financiero mundial y, de momento, los británicos iban ganando gracias al petróleo. Los árabes se sentían más acogidos en el Reino Unido y aparcaban allí sus millones.

Scully, con un centenar de abogados, alquilaba el tercio superior de una extravagante estructura diseñada en forma de torpedo vertical. Los críticos y los puristas lo odiaban. Su propietario chino se quejaba de vicio, pero aun así se estaba forrando a costa ajena. Todos y cada uno de los metros cuadrados del edificio estaban alquilados desde hacía años y el Torpedo era una máquina de hacer dinero.

Mitch lo había visitado en numerosas ocasiones y, cada vez que entraba, se detenía en el vestíbulo en forma de cañón y sonreía. No quería olvidar jamás la primera vez, hacía once años, que había cruzado aquellas puertas y mirado hacia arriba. En aquel momento, Abby y él habían vivido tres años en Cortona, en Italia, y ya llevaban dos en Londres. Habían tomado la decisión de volver a la realidad, de dejar de ir a la deriva para echar raíces y formar una familia. Con un esfuerzo considerable, había conseguido que lo entrevistaran durante treinta minutos para un puesto de asociado, una mera cortesía que no habría sido posible sin su título de Derecho por Harvard. A aquella entrevista la siguieron otras dos más largas y a los treinta años había comenzado su carrera jurídica por segunda vez.

La nostalgia se fue tan deprisa como había llegado. Tenía asuntos más importantes entre manos. Subió en el ascensor hasta la trigésima planta y, en cuanto salió, lo recibieron unos guardias de seguridad armados que no se anduvieron con rodeos. Le exigieron que les entregara el maletín, el móvil y cualquier otro objeto metálico. Les preguntó si podía dejarse los zapatos puestos y a nadie le hizo gracia. Les explicó que era socio de la empresa y uno de ellos le contestó: «Sí, señor, gracias, señor, ahora muévase». Lo hicieron pasar por un escáner nuevo que bloqueaba el pasillo y, como no encontraron ni armas ni bombas, lo liberaron sin someterlo a un cacheo. Mitch se alejó a toda prisa e intentó restarle importancia al tema; sabía que en todas las oficinas que Scully tenía repartidas por el mundo estaban inspeccionando a los abogados, los secretarios, los pasantes, los administrativos y los mensajeros. El bufete no podía permitirse otro atentado.

Fue a buscar a Riley Casey, el socio que dirigía la sede, y este lo llevó a una pequeña sala de reuniones en la que sir Simon Croome estaba disfrutando de un espléndido desayuno. No se levantó ni saludó, tampoco dejó de comer. Con una servilleta de lino blanco, hizo una especie de gesto en dirección a las sillas que había al otro lado de la mesa y dijo:

—Por favor, siéntense.

Sir Simon había servido en el Parlamento de joven, había sido juez del Tribunal Superior de Justicia durante treinta años, había asesorado a unos cuantos primeros ministros y era amigo íntimo del actual fiscal general. En sus años de gloria, Scully lo había contratado como «consultor», un título que llevaba aparejados un despacho impresionante, una secretaria, una cuenta de gastos y solo uno o dos clientes con los que entretenerse. El bufete le pagaba cien mil libras al año por su nombre y sus contactos y le permitía, a sus ochenta y dos años, pasearse por allí a su antojo, sobre todo a la hora de desayunar y de almorzar.

Mitch rechazó la comida que le ofrecieron, pero aceptó un café bien cargado, que se tomó mientras Riley y él esperaban a que sir Simon terminara de masticar y tragar. Huevos revueltos, salchichas, tostadas de pan negro, una taza de té y una copita de lo que parecía ser champán.

La vida de una leyenda que conocía a la gente adecuada.

Hacía al menos cinco años que él no veía al anciano y le entristeció constatar que no estaba envejeciendo bien. Y que estaba bastante rollizo.

—A mi modo de ver, Mitch, tienes un buen lío entre manos. —Simon se hizo gracia y rompió a reír con demasiadas ganas.

Él y Riley se vieron obligados a seguirle la corriente.

—Ayer por la noche hablé largo y tendido con Jack Ruch —prosiguió aquel— y me proporcionó los detalles que me faltaban. Es un buen tipo.

Se metió otro bocado de salchicha en la boca y Mitch y su colega asintieron, como para confirmar que, en efecto, Jack Ruch era un buen tipo.

—A mi modo de ver, aquí la clave es el coronel —continuó—. Por supuesto, es un hombre inestable; siempre lo ha sido, pero no creo que haya tenido nada que ver con el se- cuestro de Giovanna, de ninguna de las maneras. Le tengo bastante cariño a esa muchacha, la verdad, y hace décadas que conozco a su padre. Un verdadero príncipe.

Más gestos de asentimiento para confirmar que, en efec- to, Luca era un verdadero príncipe.

—A mi modo de ver, Gadafi está desesperado por devol- ver a la rehén. Será el héroe, por supuesto, algo que ansía, como megalómano que es. Sin embargo, Mitch, recuerda que nosotros tenemos algo de lo que él carece: contacto con los terroristas. No sabemos quiénes son y puede que nunca lle- guemos a saberlo, pero han acudido a nosotros, no a él.

—Entonces ¿presionamos a Gadafi? —preguntó él.

—Nadie presiona a Gadafi. Nadie puede acercarse a él, salvo su familia. Tiene unos cuantos hijos de varias esposas y todo el clan está siempre peleado, como mi familia, aunque por distintos motivos. La realidad, en cualquier caso, es que el coronel no escucha a nadie. Fíjate en ese dichoso puente, por ejemplo. Sus ingenieros y sus arquitectos sabían que era una mala idea. A un pobre tipo, un arquitecto, creo, se le ocu- rrió decir que era una estupidez y el coronel hizo que lo fusi- laran. Eso redujo la disensión y todo el mundo empezó a obedecer. A mitad del proyecto, Gadafi al fin se dio cuenta de que eran incapaces de encontrar agua ni para llenar un orinal y de que todos los arroyos se habían secado.

A él le impresionó que sir Simon supiera tanto sobre su caso. También recordó que tenía la molesta costumbre de empezar casi todas las frases con «A mi modo de ver».

—A mi modo de ver, Mitch, debemos presionar al emba- jador libio de aquí y al de Roma, pedirles que consigan que la maldita demanda se resuelva con un acuerdo, y lo antes posible. Le deben dinero a nuestro cliente, así que tienen que dárselo. ¿Ha habido negociaciones para alcanzar un acuerdo?

—No, no hemos empezado. Acabamos de modificar nuestra demanda para añadir más daños. Falta un año para el juicio.

—¿Y los libios siguen contratando a los de Reedmore?

—Sí, la defensa la lleva Jerry Robb.

A sir Simon le dio un escalofrío al pensar en el abogado contrario.

—Qué mala suerte. Supongo que estará tan intratable como siempre, ¿no?

—Es un tipo muy desagradable, desde luego, aunque aún no hemos llegado a la fase de negociación.

—Puentéalo. No hará más que poner trabas. —Le dio un bocado a la tostada y reflexionó sobre sus siguientes palabras—. A mi modo de ver, Mitch, esto es un asunto diplomático. Hablamos con nuestros chicos del Ministerio de Relaciones Exteriores y se los mandamos a los libios. ¿Podemos organizarlo, Riley?

Ahora que por fin le habían pedido que hablara, el susodicho respondió:

—Ya estamos haciendo llamadas. Tenemos un buen contacto dentro del Ministerio y he concertado una llamada con ella. El primer ministro está de viaje por Asia y no volverá hasta dentro de una semana, pero su gabinete ha estado magnífico, llaman casi todos los días para que los pongamos al día. Lo mismo en el caso del Servicio. Giovanna ha sido una de sus prioridades desde el primer día, pero no había habido movimiento de momento. Ahora, aunque nadie sabe de dónde vienen, tenemos una exigencia y una amenaza.

—¿Cabe esperar que el Gobierno británico contribuya al rescate? —preguntó Mitch—. Estamos pasando el sombrero, señor Croome.

—Lo entiendo. A mi modo de ver, nuestro Gobierno debería acudir al rescate. No obstante, sería esperar demasiado que el Ministerio de Relaciones Exteriores aporte dinero cuando no tiene ni idea de adónde va a ir a parar. Nuestros servicios de inteligencia no están logrando acceder a la información. No tenemos ni idea de quiénes son los malos. Ni siquiera estamos seguros de que existan. Por lo que sabemos, incluso podría ser un fraude muy elaborado.

—No es un fraude —repuso Mitch.

—Lo sé, pero casi puedo oír al ministro de Relaciones Exteriores poniendo objeciones. Sin embargo, no hay elección. Tenemos que pedirle dinero, y rápido.

Riley dijo:

—Hay una ley vigente que impide todo ese tipo de maniobras. Solo lo digo para que no se le olvide a nadie.

—A mi modo de ver, esa ley está ahí para que la lean los terroristas. Oficialmente, no negociamos y no pagamos. Pero, en determinadas circunstancias, sí lo hacemos. Esta, caballeros, es una circunstancia excepcional. Ya habéis visto los tabloides. Si a Giovanna le ocurriera algo horrible, a todos nos repugnaría y jamás nos lo perdonaríamos. No puedes fallar, Mitch.

McDeere se mordió la lengua y respiró hondo. «Gracias por nada. A mi modo de ver».

Lo mejor que pudieron conseguir con la urgencia que requería la situación fue contactar con una tercera secretaria llamada Mona Branch. Su cargo la situaba más o menos hacia la mitad del escalafón del Ministerio de Relaciones Exteriores y no era la opción que Riley tenía en mente. Sin embargo, fue la primera que se mostró dispuesta a dedicar treinta minutos de una jornada ajetreada a charlar con dos abogados de Scully que no habían concertado una cita previa.

Llegaron al complejo del Ministerio de Relaciones Exteriores, en King Charles Street, a las once menos diez y esperaron veinte minutos en una pequeña sala de espera mientras, supusieron, Mona despejaba su escritorio y les hacía sitio. O quizá sus colegas y ella solo se estuvieran tomando un té.

Cuando al fin salió, les dedicó una bonita sonrisa mientras se hacían las presentaciones. La siguieron hasta el interior de un despacho aún más diminuto que la sala de espera y se sentaron frente a ella, al otro lado de un escritorio atestado. La mujer le quitó el tapón a un bolígrafo de punta fina, abrió un cuaderno y se dispuso a tomar notas.

—La señorita Sandroni aparece en nuestra agenda de la mañana y eso significa que su rapto es una preocupación primordial —dijo—. Informamos del asunto al primer ministro todos los días. Me dijeron que ustedes tenían más datos.

Riley, el británico, sería el que más hablaría. Empezó diciendo:

—Sí, bueno, como ya sabe, no había habido ningún contacto con los secuestradores, raptores o lo que sean. Hasta ahora.

El bolígrafo se detuvo de golpe. Mona se quedó ligeramente boquiabierta, aunque intentó proyectar la habitual impavidez diplomática. Entornó los ojos sin dejar de mirar a Riley.

—¿Han establecido contacto?

—Sí.

Se hizo el silencio mientras la mujer esperaba.

—¿Puedo preguntarle cómo?

—Ha sido en Nueva York, a través de nuestra oficina de allí.

La tercera secretaria enderezó la espalda al mismo tiempo que soltaba el bolígrafo.

—¿Puedo preguntarle cuándo?

—El jueves de la semana pasada. Y otra vez el domingo. Exigieron un rescate y fijaron una fecha límite. Con una amenaza.

—¿Una amenaza?

—Ejecución. Se nos acaba el tiempo.

La señora Branch empezó a absorber la gravedad de la noticia. Respiró hondo y su actitud oficiosa empezó a cambiar.

—Muy bien, ¿qué puedo hacer por ustedes?

—Es imperativo que veamos al ministro de Relaciones Exteriores de inmediato —contestó Riley.

Ella asintió y dijo:

—De acuerdo, pero necesito más información. El rescate, ¿cuánto piden?

—No podemos responderle a esa pregunta. Los secuestradores nos han dado instrucciones estrictas de no hacer justo lo que estamos haciendo ahora: acudir al Gobierno. Esto debe mantenerse en la más absoluta confidencialidad.

—¿Quiénes son?

—No lo sabemos. Estoy seguro de que el Ministerio de Relaciones Exteriores tiene su propia lista de sospechosos.

—Los habituales. En Libia no andan precisamente escasos de actores malintencionados. Pero no podemos negociar con alguien que no conocemos, ¿verdad?

—Por favor, señora Branch, debemos mantener esta conversación con el ministro de Relaciones Exteriores.

La expresión pétrea volvió cuando la tercera secretaria aceptó lo inevitable, por difícil que le resultara. Su rango era demasiado bajo. El asunto era demasiado importante. No tenía más remedio que dejarlo en manos de su superior. Con un gesto de asentimiento formal, dijo:

—Muy bien. Veré qué puedo hacer.

—El tiempo es crucial —la presionó Riley.

—Lo entiendo, señor Casey.

A la hora de comer, entraron en un pub, se sentaron en un reservado situado en una esquina y se pidieron una pinta de Guinness y un bocadillo de beicon cada uno. Mitch había aprendido hacía años que beber alcohol durante el almuerzo le complicaba bastante la tarde y le daba sueño. Para los británicos, en cambio, tomarse un par de pintas al mediodía tenía el mismo efecto que los expresos de la mañana. La cerveza les recargaba las pilas y los preparaba para los rigores del resto del día.

Mientras esperaban a que les sirvieran, ambos se dedicaron a llamar por teléfono. Era imposible sentarse en un pub a tomarse una cerveza sin hacer nada cuando la presión de la fecha límite era tan inmensa. Riley llamó a sir Simon y le resumió la reunión con la señora Branch. Ambos estuvieron de acuerdo en que había sido una pérdida de tiempo. El hombre estaba tras la pista de un exembajador que era capaz de mover montañas y demás. Mitch llamó a Roberto, que seguía en Roma, para ver cómo estaba Luca. No estaban teniendo mucha suerte con sus contactos dentro del gabinete del primer ministro. Introducirse en el Ministerio de Exteriores italiano sería tan complicado como conseguir una audiencia en Londres.

Cuando ya se habían comido medio bocadillo, y mientras Riley se pedía una segunda pinta que Mitch había rechazado, Darian llamó para transmitirles una noticia llegada desde Trípoli. No estaba verificada, por supuesto, pero las fuentes de Crueggal habían informado de otra incursión fallida de los comandos del Ejército libio en algún punto del desierto cercano a la frontera con Argelia. Barakat había escapado. No habían encontrado a la rehén. Gadafi estaba fuera de sí y despidiendo generales a diestro y siniestro.

El mayor temor de Darian era que el coronel reaccionara de forma exagerada y mandase a sus tropas para iniciar una guerra a gran escala. Una vez que comenzaran los bombardeos, las bajas serían innumerables y las repercusiones impredecibles.

Mitch se pidió otra pinta. Tras una comida que había durado mucho más de lo previsto, y después de pedirse una ronda de cafés, volvieron al Torpedo e intentaron hacer algo productivo. Él llamó a Abby para que lo pusiera al día de los asuntos familiares. También llamó a su despacho y charló con su secretaria y con un pasante.

Riley se asomó a su puerta con la noticia de que había movimiento en el Ministerio de Relaciones Exteriores. Tenían una reunión con la señora Hanrahan, una segunda secretaria, a las cinco de la tarde.

—Qué maravilla —masculló Mitch—. Empezamos con la tercera secretaria y ahora ya hemos pasado a la segunda. Supongo que después vendrá la primera. ¿Y quién nos tocará después de eso? ¿Cuántos niveles hay?

—Uf, Mitch. El Ministerio de Relaciones Exteriores tiene diez veces más departamentos que Scully. Apenas hemos empezado. Podríamos tardar meses en reunirnos con todas las personas necesarias y, cuanto más hablemos, más aumentará el peligro.

—Tenemos ocho días.

—Lo sé.

30

La reunión de las cinco con la segunda secretaria, la señora Sara Hanrahan, comenzó a las 17.21 y terminó diez minutos después. La mujer, que se quejó de que había tenido un día muy complicado, parecía agotada y se moría de ganas de irse a casa. Según Mitch, que no llegó a compartir su opinión con nadie, tenía los ojos llorosos típicos de una bebedora y, seguramente, estaban interrumpiendo su hora feliz. La tercera secretaria la había informado de todo y la señora Hanrahan estaba convencida de que no había manera de que «su Gobierno» se implicara en un plan de rescate cuando no desempeñaba ningún papel en las negociaciones. Afirmó que era una experta en Libia y que sabía todo lo que había que saber sobre el secuestro de Giovanna Sandroni. En su departamento se celebraban reuniones informativas diarias en las que los ponían al día de los últimos acontecimientos y estaban muy preocupados.

Lo único que Mitch y Riley sacaron en limpio de aquella reunión, por lo demás inútil, fue la promesa, por parte de la señora Hanrahan, de que elevaría el asunto a sus superiores, y con premura.

Cuando salieron del despacho de la segunda secretaria y se acomodaron en el asiento trasero de un reluciente Jaguar negro conducido por un chófer de confianza de Scully, Riley sacó su móvil, miró el mensaje de voz y murmuró:

—Esto va a ser divertido. —Escuchó un momento, gruñó un par de veces, soltó el teléfono y le dijo al conductor—: Al hotel Connaught. Parece que vamos a tomar el té con sir Simon. Ha localizado a un viejo amigo.

El Connaught era un hotel londinense legendario situado en el corazón de Mayfair. Mitch nunca se había alojado allí porque no podía permitírselo y Scully no le cubriría un gasto así. Los elegantes bares del establecimiento ofrecían las bebidas más caras de la ciudad. Su restaurante tenía tres estrellas Michelin. Todo el personal que trabajaba allí era un ejemplo de tradición y precisión.

Sir Simon parecía sentirse como en casa en el salón de té principal, con una bandeja de sándwiches refinados sobre la mesa y una tetera lista para servir. Estaba con un amigo, un hombrecillo muy pulcro que debía de tener su misma edad, si no más. Lo presentó como Phinney Gibb.

Riley lo conocía y se mostró suspicaz desde el primer momento. Tal como sir Simon le explicó a Mitch, Phinney había sido una especie de viceministro durante los años del Gobierno de Thatcher y seguía estando muy bien relacionado. Sin embargo, bastaba con echarle una mirada al anciano para que costara creer que estaba bien relacionado con cualquier cosa que no fuera su bastón con empuñadura de nácar.

Mitch guardó silencio mientras sir Simon exponía su plan. Phinney aún podía poner en marcha los canales extraoficiales y tenía contactos en el gabinete del primer ministro. También conocía a una secretaria de alto nivel en el Ministerio de Relaciones Exteriores. Mitch y Riley intercambiaron una mirada. Ya habían desperdiciado toda una jornada con secretarias importantes. Por si eso fuera poco, Gibb era amigo del embajador de Libia en el Reino Unido.

Phinney confiaba en poder concertar un encuentro con el primer ministro. El objetivo, por supuesto, era convencerlo de que el Gobierno debía pagar parte del rescate para liberar a una ciudadana británica.

Mitch escuchó con atención, se tomó un té que nunca había aprendido a disfrutar y se comió un sándwich de pepino, todo ello mientras, una vez más, se preocupaba por la cantidad de gente que se estaba involucrando. Y, cuanto más se reunían y más escuchaban, más tiempo perdían. Era martes por la tarde. Las 18.35. Ya habían pasado dos días; quedaban ocho y el bote del rescate seguía vacío, salvo por el compromiso de Luca.

Gibb no paraba de parlotear sobre lo buen hombre que era el embajador libio. Riley le preguntó si podría organizarles una reunión con él al día siguiente. Phinney lo intentaría, por descontado, pero era muy probable que el embajador no estuviera en Londres.

Invitar a Samir Jamblad a Roma fue un riesgo calculado. Bajo el pretexto de su vieja amistad, Luca le pidió que fuera a visitarlo y le dio a entender que aquella podría ser la última ocasión. Treinta años antes, habían trabajado juntos muchas veces y también habían disfrutado de numerosas y prolongadas cenas en Trípoli, en Bengasi y en Roma. Por aquel entonces, el italiano ya sabía que su colega hacía las veces de confidente del Gobierno, como muchos otros profesionales y hombres de negocios en Libia, y siempre había sido muy cuidadoso con sus palabras. Ahora, desesperado por obtener información sobre su hija, albergaba la esperanza de que Samir supiera algo que Crueggal y los demás ignoraban.

El invitado llegó a tiempo para la cena. Roberto Maggi lo recibió en la puerta, le presentó a Bella y lo acompañó a la veranda, donde Luca estaba sentado en un taburete de cuero y no había ni rastro de su silla de ruedas. Se saludaron como viejos amigos y se lanzaron a la indispensable cháchara sobre el buen tiempo y demás. Samir esperaba encontrarse a un hombre pálido y demacrado y no se sorprendió. Una criada les llevó una bandeja con tres copas pequeñas de vino blanco. Permanecieron sobre la mesa, intactas.

Luca se quedó dormido. El invitado miró a Roberto, que frunció el ceño y siguió hablando sobre el fútbol italiano. Al cabo de unos minutos, el anfitrión seguía dormido.

—Lo siento —susurró Maggi. Luego, le hizo un gesto a Bella para que se acercara y le dijo—: Necesita descansar. Cenaremos en la cocina.

Cuando se llevaron a Luca, Roberto y Samir cogieron sus respectivas copas de vino y bebieron un sorbo.

—Lo siento, Samir —se disculpó una vez más el italiano—, pero está muy enfermo. Los médicos creen que le quedan menos de noventa días. —El libio negó con la cabeza mientras contemplaba los tejados de Roma—. Desde luego, el estrés por el secuestro de Giovanna no lo está ayudando nada.

—Ojalá pudiera hacer algo —dijo Samir.

La pregunta más acuciante era si debían informar a los libios de que los terroristas se habían puesto en contacto con Scully. Luca, Mitch, Roberto, Jack, Cory y Darian lo habían debatido una y otra vez, hasta que resultó imposible alcanzar un acuerdo. Los que pensaban que sí, argumentaban que el Gobierno libio, o Gadafi a secas, ayudaría a facilitar la liberación para, de paso, mejorar su imagen. Los que discrepaban lo hacían por pura desconfianza hacia los libios. ¿Quién narices podía saber cómo reaccionaría el coronel cuando se enterara de que los secuestradores estaban exigiendo un rescate en su propio reino?

Para agravar la situación, daba la sensación de que Gadafi estaba decidido a destruir a Barakat y a sus fuerzas, sin importarle ni el coste ni las bajas. Si Giovanna quedaba atrapada en el fuego cruzado, que así fuera.

Mitch había tomado la decisión.

—¿Puedes contarnos algo nuevo? —preguntó el italiano.

—Me temo que no, Roberto. Por lo que tengo entendido, los militares están convencidos de que es obra de Adhim Barakat, un desalmado con un ejército cada vez más numeroso. Pero, que yo sepa, no ha habido ningún contacto. Como siempre, la información en Libia está muy controlada.

—¿Y por qué el Ejército no es capaz de liquidar a Barakat?

Samir sonrió y se encendió un cigarrillo.

—No es tan sencillo, Roberto. Mi país es un desierto inmenso con muchos escondrijos. Las fronteras son porosas y los vecinos no suelen ser amistosos; de hecho, muchas veces son más bien traicioneros. Hay muchos caudillos, tribus, bandas, terroristas y ladrones, y llevan siglos vagando por el desierto. Es imposible para cualquiera, incluso para un dictador violento como Gadafi, ejercer un control firme.

—Y la primera incursión de los comandos no fue un éxito.

—Lo cierto es que no, a pesar de lo que dijeron. Parece que nada salió según lo previsto.

—¿El objetivo era rescatar a Giovanna?

—Eso dicen las habladurías, pero también hay que tener en cuenta que la mayoría de los rumores que inician los militares no son de fiar.

Samir hablaba como lo habría hecho un hombre cualquiera de la calle, sin ningún tipo de interés en el asunto, y no como un confidente de carrera.

—¿Qué pasó en la segunda incursión?

—¿La segunda? —preguntó el libio con las cejas enarcadas en un patético esfuerzo por fingir ignorancia.

—La de ayer por la noche, cerca de la ciudad de Ghat, en la frontera argelina. Seguro que te has enterado, aunque es obvio que el Gobierno está intentando ocultarla. Parece que el ejército cayó en otra trampa y las cosas se torcieron bastante. El nombre de Giovanna no se menciona en ningún momento.

—Tus datos de inteligencia son mejores que los míos, Roberto.

—A veces. Pagamos una pequeña fortuna por ello.

—Yo solo sé lo que leo en el periódico, que no suele ser muy riguroso.

El italiano asintió como si lo creyera.

—He aquí el peligro, Samir: el Ejército no sabe dónde está Giovanna y sigue sin averiguar quién la tiene; han intentado rescatarla en dos ocasiones y no han conseguido más que acumular bajas y vergüenza. Están desesperados. Gadafi podría perder la cabeza y convertir todo esto en una guerra a gran escala. Si eso sucede, morirá mucha gente. Giovanna incluida.

Samir asintió para mostrar su acuerdo con el razonamiento.

—Pierde la cabeza cada dos por tres —dijo—. Es una especie de vicio.

Roberto también se encendió un cigarrillo, bebió un sorbo de vino y dejó pasar un instante.

—Hay un asunto confidencial, Samir. Es de suma importancia y hay que tratarlo con muchísima cautela.

—Estoy a tu servicio.

«Ya, y también al del coronel».

—Han establecido contacto. No aquí, con la familia, sino en Nueva York, a través del bufete de abogados.

Samir no pudo reprimir una expresión de incredulidad. Inhaló a toda prisa al mismo tiempo que ladeaba la cabeza con brusquedad hacia la derecha. Luego se tranquilizó.

—¿Los terroristas?

—Sí. Para exigir un rescate y fijar el plazo de una ejecución. Nos quedan ocho días.

—¿Quiénes son?

—No lo sabemos. Las comunicaciones se hacen a través de un contacto misterioso en Nueva York. Son bastante inteligentes, la verdad.

—¿Cuánto han pedido?

—No puedo decírtelo. Mucho. Una cantidad que ni siquiera Luca y nuestro bufete pueden reunir. Sé que tienes contactos en toda Libia. ¿Puedes transmitirles un mensaje a las personas adecuadas?

—¿Y quiénes son esas personas?

—Las que toman las decisiones finales sobre cualquier cosa en Libia.

—¿El propio Gadafi?

—Si tú lo dices.

—No, no tengo ningún vínculo directo con él, y tampoco quiero.

—Pero puedes hacérselo llegar, Samir. El mensaje es doble. Primero, que deje en paz a los terroristas hasta que Giovanna esté a salvo. Segundo, que resuelva la demanda de Lannak llegando a un acuerdo lo antes posible y aceptando nuestras condiciones.

Bella apareció detrás de ellos y dijo en italiano:

—Caballeros, la cena está servida.

Roberto asintió, pero ninguno de los dos hombres se movió.

—¿La demanda? —preguntó Samir.

—Sí. El Gobierno les debe dinero. Puede pagárselo ahora y zanjar el asunto o gastarse una fortuna en honorarios legales y pagar lo que debe dentro de tres años. Es posible que alcanzar un acuerdo en estos momentos contribuya a devolver a Giovanna a casa.

—No sé si te sigo.

—El rescate, Samir. Lo único que importa es el dinero. Estamos intentando reunir muchos millones y Lannak desempeñará un papel activo en esta cuestión.

—¿Queréis que el Gobierno libio pague el rescate?

—Por supuesto que no. Queremos que cumpla sus contratos y resuelva la demanda pagando el dinero que debe por ley.

Samir se levantó y se acercó al borde de la veranda. Se encendió otro cigarrillo y se quedó un buen rato con la mirada perdida en la lejanía, sin ver nada. Al cabo de unos minutos, el italiano se colocó a su lado.

—Deberíamos ir a cenar, Samir.

—De acuerdo. Tal vez mis contactos no sean tan sólidos como crees, Roberto. No sé a quién acudir con esta petición.

—Nosotros tampoco. Por eso Luca te quería aquí. Seguro que mañana se encuentra mejor.

Mitch se saltó la cena y se fue a dar un paseo por Charlotte Street, en Fitzrovia. Abby y él habían vivido en aquel lujoso barrio en su día y seguía siendo su parte favorita de Londres.

En aquel momento, sin embargo, no tenía tiempo para centrarse en los recuerdos. No podía decirse que hubieran desperdiciado el día por completo, pero tampoco que sus esfuerzos hubieran dado grandes frutos hasta el momento. No habían conseguido concertar una cita ni con el ministro de Relaciones Exteriores ni con ninguno de sus asesores. En ese frente, Luca tampoco había conseguido avanzar nada en Roma. Los embajadores libios en ambos países estaban de vuelta en Libia o viajando por el mundo en misión oficial. El bufete lo apoyaba, pero parecía conformarse con dejarle decidir cómo proceder. Nadie sabía qué hacer. No existían ni guías ni manuales. Ningún abogado de Scully había pasado nunca por algo así. Luca estaba muy enfermo y, con toda lógica, emocionalmente inestable. Sano y lúcido, Mitch era la única persona capaz de distinguir con precisión los cinco pasos siguientes. Jack Ruch era un puntal firme, pero, a medida que iban pasando las horas, se mostraba cada vez más deferente con McDeere, como si quisiera establecer cierta distancia por si la cosa no terminaba bien.

Mitch estaba tomando decisiones sin disponer de la información necesaria y sin tener ni la menor idea de si serían eficaces. Era del todo posible que se equivocaran. La posibilidad de que el final no fuese el deseado era demasiado horrible para preocuparse siquiera por ella.

Como siempre que estaba preocupado, llamó a su mejor amiga, Abby, y habló con ella durante media hora. Clark y Carter habían salido de pesca con Tanner. A sus abuelos les estaba costando que los niños se pusieran a estudiar, pero, por lo demás, se estaban divirtiendo de lo lindo. Eran como unas vacaciones. Barry Ruch se había marchado de la isla unos días, así que tenían toda la casa para ellos solos.

31

Al amanecer, Mitch devolvió la llave de la habitación del hotel y se subió al asiento trasero del mismo Jaguar que el día anterior. Por suerte, el conductor no era muy hablador y el trayecto hasta Heathrow fue tranquilo. A las ocho y cuarto, embarcó en un vuelo de Turkish Airlines con destino a Estambul, cuatro horas sin escalas. Ya en la aduana, un representante de Lannak le dio la bienvenida y lo acompañó a una cola rápida por la que lo invitaron a pasar sin apenas mirarlo. Se volvió para echarles un vistazo a las largas filas que había dejado atrás y, una vez más, agradeció trabajar para una empresa como Scully. Un coche negro lo esperaba cerca de la terminal y, menos de veinte minutos después de haber aterrizado, McDeere estaba hablando por teléfono mientras su chófer zigzagueaba entre el tráfico sin tener muy en cuenta los límites de velocidad ni otros incordios así.

Como no podía ser de otra manera, una empresa tan antigua y orgullosa como Lannak presumía de tener su sede en una prestigiosa zona del distrito financiero del centro de Estambul. No era el único que había en aquella ciudad de once millones de habitantes. Es posible que Maslak fuera el más conocido y allí era donde Omar Celik había construido en 1990 una torre de cuarenta pisos, cuya mitad superior se había quedado para Lannak, el *holding* propiedad de la familia.

Omar estaba de viaje de negocios en Indonesia. En su ausencia, su hijo Adem se hacía cargo de la empresa, aunque solo en apariencia, porque era bien sabido que en realidad casi todo continuaba bajo el control de su padre. El vástago se estaba preparando para tomar el relevo algún día, pero a Omar aún le quedaba mucho recorrido. Sus allegados esperaban que, como mínimo, intentara seguir manejando el cotarro desde la tumba.

Adem tenía cuarenta y cuatro años, una esposa estadounidense a la que había conocido en Princeton, dos hijos adolescentes que estudiaban en Escocia y amigos por todo el mundo. Su mujer y él se consideraban una pareja internacional y viajaban mucho. Aunque tenían un apartamento en Nueva York, Mitch y Abby aún no los habían invitado al suyo, pero estaban en la lista.

Adem lo recibió en su espléndido despacho de la planta treinta y cinco y le preguntó si había comido. Eran casi las dos de la tarde y McDeere no había probado bocado. Su anfitrión tampoco. Subieron dos pisos de escaleras y se acomodaron en el pequeño comedor privado de la empresa, donde un camarero les tomó nota y les sirvió agua con hielo. Las otras seis mesas estaban vacías. Tras continuar con los prolegómenos de rigor durante un rato, Mitch lo puso al día de las últimas noticias sobre Giovanna. Los terroristas habían establecido contacto. Cien millones de dólares de rescate, una amenaza y un plazo. Entonces empezaron las preguntas, todas las que él había previsto. Les sirvieron el almuerzo y ni siquiera lo tocaron mientras continuaba la charla.

McDeere no tenía ni idea de por qué «ellos» habrían recurrido a Noura. Habían elegido a Scully porque era una empresa accesible, conocida y rica. Sacarle dinero al bufete sería mucho más productivo que acosar a Luca, pero la petición de rescate era demasiado alta. Los Gobiernos británico e italiano estaban al corriente de la mayoría de los detalles, pero ninguno de ellos se mostraba dispuesto a meterse de lleno en un lío sobre el que no tenían ningún tipo de control. Ambos habían accedido, con muchas vacilaciones, a presionar mediante sus canales diplomáticos a los libios para que aceptasen un acuerdo, pero esos esfuerzos avanzaban a paso de tortuga incluso en los mejores días. Hasta el momento, todo el mundo parecía convencido de que los terroristas serían capaces de cumplir sus amenazas. Los libios habían fracasado de manera estrepitosa en dos intentos de rescate.

No era un fraude. Mitch le mostró a Adem en su móvil el vídeo de Giovanna pidiendo ayuda. La seguridad privada había verificado la fecha y la hora. Obviamente, la ubicación era desconocida.

Después de comer, bajaron las escaleras hasta el despacho de Adem y se quitaron la chaqueta. Él le entregó un breve informe en el que se resumían las pérdidas y reclamaciones de Lannak relacionadas con el proyecto del puente. El turco ya lo había visto todo.

Mitch por fin fue al grano:

—Nuestro plan es presionar mucho para lograr un acuerdo inmediato. Es una posibilidad remota, pero ahora mismo también lo son todas las demás. Soy vuestro abogado, mi trabajo consiste en conseguiros tanto dinero como sea posible. La cuestión es…

—¿Cuál es nuestro mínimo aceptable? —dijo Adem con una sonrisa.

—¿Cuál es según vosotros?

—Bueno, nos deben cuatrocientos diez millones de dólares. Ese es nuestro punto de partida. Supongo que podrás demostrarlo ante el tribunal, ¿no?

—Sí. Los libios se opondrán con vehemencia, pero para eso están los tribunales y los juicios. Estoy seguro de que ganaremos.

—Y tenemos derecho a recibir un interés del cinco por ciento sobre las facturas impagadas.

—Correcto.

—Y el saldo adeudado lleva casi dos años contabilizado.

—Correcto.

—Tu cifra de intereses asciende a cincuenta y dos millones. —Adem hizo un gesto vago en dirección al informe. Los números estaban claros.

Mitch añadió:

—Y hemos modificado la demanda para cubrir los daños y perjuicios por el asesinato de los guardias de seguridad y el secuestro. Hemos pedido quinientos millones de dólares en total. No espero recuperar esa cantidad, ya que los libios alegarán que no son responsables del ataque y los asesinatos. Es debatible. Siempre ha existido una promesa implícita de proteger a los trabajadores extranjeros, pero la Junta Arbitral nunca se ha dejado impresionar demasiado por ella.

—O sea, que las cuatro familias no reciben nada, ¿no?

—Es poco probable, pero lo intentaremos. Estoy convencido de que vuestra empresa se hará cargo de ellas.

—Sí, por supuesto, pero los libios también deben pagar.

—Es lo que argumentaré. Lo argumentaré todo, Adem —dijo Mitch con una sonrisa—. Es mi trabajo. Pero el juicio podría tardar meses en celebrarse, quizá un año o más. Mientras tanto, al tipo de interés vigente, vuestra empresa está perdiendo dinero. Llegar a un acuerdo ahora os beneficia.

—¿Quieres descontar los daños?

—Quizá, pero solo si eso facilita el acuerdo. Ahí es donde entra en juego vuestro mínimo aceptable. También existe el peligro real de no conseguir nada.

—Luca nos lo ha dejado claro.

—La resolución de la Junta Arbitral no es vinculante. No tiene fuerza real. Hay formas de ejecutar la sentencia y obligar a los libios a pagar, pero es posible que tarden años. Exigiríamos más sanciones a la Junta, a los turcos, a los británicos, a los italianos, incluso a los estadounidenses, pero Gadafi lleva muchos años viviendo con sanciones. Me da la sensación de que no le molestan mucho.

—No volveremos a trabajar con Libia —dijo Adem asqueado.

—No os lo reprocho.

—¿Cuál es tu recomendación como abogado?

—¿Aceptaríais cuatrocientos millones?

El otro sonrió y contestó:

—Estaríamos encantados.

—Reducimos la petición a cuatrocientos, pero solo a efectos de las negociaciones del acuerdo. Lannak se queda con los primeros cuatrocientos. Con vuestro permiso, pediré más y todo el excedente se destinará al fondo común para el rescate. Mientras tanto, vosotros le pedís a vuestro Gobierno que presione al embajador libio para conseguir algún tipo de ayuda en Trípoli.

Adem ya estaba negando con la cabeza.

—Ya lo hemos hecho, Mitch, varias veces. Nuestro embajador en Libia se ha reunido en más de una ocasión con la gente de Gadafi y ha abogado por nuestro caso. En vano. Nuestro primer ministro se ha reunido con el embajador libio en Turquía aquí, en la ciudad, y ha intentado mover los hilos. Nada. Nos han dicho que Gadafi está avergonzado por el proyecto del puente y que culpa a todos los implicados, nuestra empresa incluida. Ya sabes que fusiló a uno de sus propios arquitectos.

—Eso tengo entendido. ¿También mata a sus abogados?

—Esperemos que no. —Adem consultó su reloj de pulsera y se rascó la mandíbula—. Mi padre está en Yakarta, allí van tres horas por delante de nosotros. Volverá esta noche, tarde. Necesito su aprobación para reducir la cuantía de la demanda.

—Quizá convenga que vayamos los dos a hablar con él.

—Empezaré yo. No creo que haya ningún problema.

Cuando viajaba solo a una ciudad desconocida y le quedaban unas cuantas horas libres, Mitch solía alquilar un coche con chófer para, al menos, pasar por los lugares más emblemáticos y famosos, algo parecido a unir todos los puntos marcados en los mapas turísticos. Durante el vuelo a Estambul, había leído guías de viaje sobre Turquía y estaba fascinado por el país. Le dijo a Abby que, sin duda, merecía otra visita: un lugar que añadir a su lista de deseos.

Pero le resultó imposible hacer turismo. Perder el tiempo le parecía una frivolidad. En la habitación del hotel, convirtió una mesita auxiliar en su escritorio y sacó sus teléfonos. Llamó a Abby otra vez, solo para ver cómo iba todo. A Jack Ruch, para lo mismo. Roberto, desde Roma, le dio la noticia de que habían ingresado a Luca en el hospital con fiebre, deshidratado y, seguramente, aquejado de otros síntomas y dolencias. Descansaba solo a ratos y los médicos lo vigilaban de cerca. Samir estaba en la ciudad y habían pasado unas horas juntos. Diego Antonelli había llamado y no había podido decirles gran cosa. Era evidente que le estaba costando encontrar a alguien con quien hablar dentro del entorno del primer ministro. Cory estaba en Nueva York y acababa de hablar con Darian, una de sus reuniones informativas diarias. No había muchas novedades sobre Libia, salvo algún que otro detalle de la última incursión fracasada. El Gobierno seguía negándose a hablar del asunto. Corrían rumores de que la banda de Barakat había capturado a tres soldados libios. Como siempre, ni rastro de Giovanna. En Londres, Riley Casey seguía intentando ascender por la interminable escala del Ministerio de Relaciones Exteriores en busca de alguien con verdadera autoridad. Mientras hablaban, sir Simon Croome estaba almorzando con un libio de pura cepa, un hombre de negocios que llevaba décadas en el Reino Unido y se había forrado. Cabía la posibilidad de que ese viejo amigo y cliente pudiera mover un par de hilos y presionar a Trípoli para que pagara sus facturas y resolviese la demanda de Lannak. A Mitch le pareció una idea ridícula. Seguro que los dos vejestorios se hinchaban a beber durante la comida, se echaban una siesta larga y luego se olvidaban de lo que fuera que hubiesen hablado.

Tras dos horas estériles al teléfono, se desmoralizó y se quedó dormido.

Se recuperó a tiempo para la cena. Adem le había propuesto reservar una mesa a las diez de la noche en un restaurante de fusión asiática con una estrella Michelin. Mitch solo se había sentido tentado porque su esposa siempre esperaba que le llevara cartas y notas de restaurantes. Para sorpresa de nadie, Abby conocía a un chef turco en Queens y se estaban planteando la posibilidad de publicar un libro de cocina juntos. Sin embargo, él prefería no cenar más tarde de las ocho y no le apetecía trasnochar, así que al final quedaron en la

St. Regis Brasserie, dentro de su hotel. Adem había dejado caer que a lo mejor lo acompañaba su esposa y McDeere se sintió aliviado cuando vio que no era así.

Mientras se tomaban un whiskey *sour*, el turco le contó la conversación que había mantenido con su padre aquella misma tarde. Omar quería vengarse de los libios y, desde luego, también quería hasta el último centavo que les debían por el proyecto del puente, pero era un hombre pragmático. Cuatrocientos millones de dólares con el valor actual quizá les parecieran un trato magnífico tras el paso de los años. Si Mitch era capaz de conseguirles esa cantidad, todo lo que la superara se destinaría a negociar el regreso de Giovanna.

Se estrecharon la mano, aunque ambos sabían que las probabilidades de alcanzar un acuerdo eran bajas.

32

A las 23.55 del miércoles, Abby seguía despierta y leyendo revistas en la cama. Estaba harta del silencio del apartamento y harta de vivir sola. Quería abrazar a sus gemelos, meterse en la cama con su marido y librarse de todo aquel horrible drama que ni siquiera había pedido. Que jugaran otros a los espías.

El Jakl empezó a vibrar en la mesilla de noche y la sobresaltó. No había emitido ningún sonido desde el domingo por la mañana. Lo cogió y se dirigió a una mesita que había cerca de la sala de estar, donde lo colocó junto a su móvil. Tocó varias teclas en ambos teléfonos. Según Darian, una aplicación del suyo grabaría la conversación sin que el Jakl se enterara.

—Hola.

—Soy Noura. ¿Estás sola?

«¿No sabéis la respuesta? ¿No sois vosotros quienes nos estáis observando?».

—Sí.

—¿Tienes el dinero?

—Aún no, pero estamos en ello.

—¿Hay algún problema?

¿Quién sabía cuánta gente la estaría escuchando al otro

lado? «Ten cuidado, mide hasta la última palabra. Existen diferencias lingüísticas y cualquier cosa podría malinterpretarse o tomarse a mal».

—Ninguno, solo que cuesta encontrar tanto dinero.

—No debería ser tan difícil, en mi opinión —repuso con un marcado dejo británico.

—¿Qué te hace pensar eso? —«Haz que siga hablando».

—Abogados ricos, el bufete más grande del mundo, sedes en todas partes. Está todo ahí, en la página web. El año pasado facturaron más de dos mil millones.

Uf, era frustración por los vanagloriados abogados. Abby respondió:

—El bufete ha perdido un par de sedes durante las últimas semanas, por si no lo sabías.

—Es una pena, pero así seguirán las cosas hasta que tengamos el dinero.

—Creía que el dinero era para liberar a Giovanna.

—Y así es. Entregadlo y todo irá bien.

—Mira, yo no soy miembro del bufete y no sé qué están haciendo. Sé que ahora mismo mi marido está en Europa intentando recaudarlo, pero no sé lo que está pasando. Yo me dedico a editar libros, ¿sabes?

—Sí. Ha habido un cambio de planes.

Un silencio. «Di algo, Abby».

—Vale, ¿qué tipo de cambio?

—Habrá un anticipo, para mostrar buena fe.

Otro silencio.

—Te escucho.

—Diez millones de dólares antes del viernes a mediodía, transferidos desde un banco de aquí, de Nueva York.

Abby exhaló y dijo:

—De acuerdo. Lo único que puedo hacer es transmitirle

el mensaje a mi marido. Yo no tengo ningún tipo de autoridad sobre nada.

—El viernes a mediodía. Te enviaré instrucciones. También te mandaré otro vídeo de Giovanna para demostrar que está en buenas manos.

«¿En buenas manos? ¿Las mismas que manejaban la motosierra?».

Jack Ruch acabó por ceder a las protestas. Que los miembros del comité de dirección tuvieran que reunirse todos los días para que los informaran sobre las últimas noticias de la crisis ya era bastante molesto, pero hacerlo a las siete de la mañana era demasiado. Lo retrasó hasta las nueve y media del jueves y lo convirtió en una sesión ejecutiva por cuarto día consecutivo. Para entonces, la mayoría de los miembros ya habían empezado a preguntarse para sus adentros si de verdad era imprescindible celebrar aquellas reuniones todas las mañanas, pero se trataba de una crisis sin precedentes. Nadie había tenido aún las agallas de cuestionar a Ruch. Los nueve estaban presentes.

Jack empezó diciendo:

—Hay una novedad. Anoche nuestra querida Noura se puso en contacto con Abby y le comunicó que ahora han incluido en el trato un anticipo de buena fe. Diez millones para mañana, viernes, a mediodía.

La noticia cayó como un mazazo en la sala. Todos clavaron la mirada en la mesa.

Jack carraspeó y continuó:

—He hablado con Mitch hace una hora. Está a punto de salir de Estambul camino de Roma, donde han ingresado a Luca.

Ollie LaForge preguntó:

—Y seguimos sin saber con quiénes estamos tratando, ¿no? ¿Se supone que tenemos que desembolsar diez millones por adelantado y esperar que todo salga bien?

—¿Se te ocurre alguna idea mejor? —le replicó Jack.

—¿Ha conseguido Mitch hacer algún avance desde ayer? —quiso saber Mavis Chisenhall.

—Si la pregunta es si ha logrado que alguien se comprometa a aportar dinero, la respuesta es no. Pero lo está intentando. Es lo único que puedo decir.

La empresa siempre tenía a mano una reserva de unos quince millones de dólares extra para emergencias y otros imprevistos. Había otra mayor para las primas de fin de año, que eran sagradas, así que ese dinero no podía tocarse.

Sheldon Morlock, uno de los socios más influyentes del comité, dijo:

—Tiene que haber alguna forma de negociar con esa gente. Lo que piden es inaceptable y supera nuestra capacidad. Y nadie va a lograr convencerme de que se echarán atrás si no consiguen hasta el último céntimo. Digamos que por algún motivo solo reunimos la mitad del dinero. ¿Van a rechazarlo?

—Ese es justo el problema, Sheldon, que nadie lo sabe —respondió Jack—. No podemos predecirlo. Esto no es la típica transacción corporativa con gente racional en ambos bandos. Podrían matarla en cualquier momento.

Entonces intervino Piper Redgrave, la tercera mujer del comité:

—Jack, ¿estás diciendo que deberíamos recurrir a la línea de crédito y pedir el dinero prestado?

—Sí, eso es justo lo que estoy diciendo. Deberíamos pedir prestados veinticinco millones; ese es el máximo de nuestra póliza. Mañana les damos diez y a rezar.

—He hablado con el Citibank, como se me pidió —dijo Bart Ambrose—. Están dispuestos, pero nos exigirán garantías personales a todos y cada uno de nosotros.

Hubo gruñidos, suspiros, improperios silenciosos, gestos de frustración. Para pedir dinero prestado, se necesitaba una mayoría de dos tercios de los votos.

—Eso no es nada nuevo. ¿Alguna objeción? —preguntó Jack.

—¿Votamos? —sugirió Morlock.

—Sí. ¿Alguien se opone a pedir prestados los veinticinco millones de nuestra línea de crédito al Citi?

Los nueve intercambiaron miradas rápidas y feroces alrededor de la mesa. Morlock levantó la mano y luego la bajó. Despacio, Ollie LaForge levantó la suya.

—¿Alguien más? —preguntó Jack con desdén—. Bien, el recuento es siete a favor, dos en contra. ¿Correcto?

No hubo más discusión. Todos salieron de la sala en silencio y volvieron a toda prisa a sus respectivos despachos.

Y esa había sido la votación fácil. La póliza de seguros de la empresa les reembolsaría hasta el último centavo.

O eso creían ellos.

Después de la reunión, Jack llamó a la compañía de seguros para comunicarles la decisión. Sin embargo, lo pusieron en espera y lo tuvieron así un buen rato. Cuando el director general le dio los buenos días, aquel se sorprendió. Lo que oyó a continuación lo desconcertó por completo. Les denegaban la reclamación porque a Giovanna la habían secuestrado y la estaban reteniendo unos terroristas, no una banda criminal. La póliza excluía inequívocamente la cobertura por actos de terrorismo.

—No me lo puedo creer —rugió al teléfono.

—Está ahí escrito, Jack, con una claridad meridiana —respondió el director general en tono calmado.

Claridad meridiana. ¿Desde cuándo eran claras las pólizas de seguros respecto a nada?

—Un secuestro es un secuestro —replicó mientras intentaba controlar la ira—. La dichosa póliza lo cubre.

—Nuestras fuentes aseguran que es obra de una organización terrorista, Jack. Así que hemos rechazado la reclamación. Lo siento.

—No me lo creo.

—Nuestro abogado os está enviando un correo electrónico con el informe de denegación en estos momentos.

—Supongo que te veré en el juzgado.

—Eso depende de ti.

33

Luca se recuperó un poco tras unas cuantas horas en el hospital. Varios medicamentos distintos le estabilizaron la presión arterial. Un gota a gota lo rehidrató. Un sedante más fuerte lo ayudó a dormir una siesta larga y muy necesaria. La mejor medicina fue la atención constante de una enfermera de treinta años con una figura espectacular y una minifalda blanca. Bella lo observaba todo desde un rincón, negando con la cabeza. Algunos hombres no tenían remedio.

Luca estaba intentando cerrar un trato con un esquivo multimillonario italiano al que conocía desde hacía tiempo. Se llamaba Carlotti y era el heredero de una antigua fortuna familiar forjada gracias al aceite de oliva. Sus ideas políticas no coincidían, pero, cuando de dinero se trataba, ambos habían sido siempre capaces de dejar sus diferencias a un lado. Carlotti era amigo del primer ministro y llevaba años financiándolo. A instancias de Luca, había aceptado presionarlo para que participara en un elaborado plan destinado a canalizar dinero del erario italiano hacia un fondo de rescate propiedad de una empresa de España, que era donde Carlotti pasaba la mayor parte del tiempo. El empresario se mostró reacio porque pagar a los secuestradores era ilegal en Italia, aunque no en España. Sin embargo, adoraba a Giovanna y haría cualquier cosa por ayudarla. El primer ministro también se mostró reacio, puesto que un solo escándalo más bastaría para derribar su ya frágil gobierno. Pero, como argumentaba Luca con vehemencia, un final catastrófico para Giovanna podría hacerle aún más daño. Aquel se vio empujado hacia una situación en la que no tenía forma de ganar. El enfermo confiaba en poder eludir la ley y engañar a los fiscales más adelante si era necesario. Mitch se sentía incómodo con cualquier conversación en la que se mencionara la palabra «fiscales».

El siguiente paso fue una conversación con Diego Antonelli, el viceministro al que habían recibido el lunes por la tarde en casa de Luca. Su despacho estaba en un anodino edificio gubernamental ubicado en la zona de Letrán, en el este de Roma, cerca de un palacio en el que hacía tiempo habían vivido unos cuantos papas. Este último dato se lo había proporcionado Roberto, que tenía la levemente irritante costumbre de señalarle puntos de interés histórico secundarios a toda persona no romana que encontrara a su alrededor.

El señor Antonelli se había mostrado poco cordial durante su visita a domicilio del lunes. Era obvio que tener que reunirse con ellos a las seis y media de la tarde de un jueves tampoco le hacía ninguna gracia. Los tuvo veinte minutos esperando y, por fin, les hizo un gesto para que pasaran a una pequeña sala de juntas cercana a su despacho. Hubo breves apretones de manos, pero ni una sola sonrisa.

—Este encuentro no consta en ninguna parte —empezó diciendo en tono cordial e incluso miró a su alrededor para ver si había alguien escuchándolos. Habían cerrado la puerta a cal y canto y echado la llave. Mitch sospechaba que había micrófonos por todas partes—. Si alguien pregunta, esta reunión no se ha celebrado.

McDeere se planteó, y no por primera vez, qué estaba haciendo allí. Si se estaba gestando un soborno o algún tipo de pago ilegal, ¿qué pintaba él en aquella sala? Luca había insinuado que habían descubierto las lagunas legales necesarias para que el Gobierno italiano pudiera pagar el rescate, pero Mitch opinaba que eso solo era asunto del susodicho y de sus colegas de allí. Scully no podía formar parte de una conspiración para burlar las leyes de ningún país. Se estremeció al pensar en lo bien que se lo pasarían los fiscales federales de Manhattan con unos cargos así.

Según Luca, el propósito de la reunión era confirmar «el trato» con Antonelli, que haría las veces de intermediario entre Carlotti y el primer ministro. A cargo de uno de sus fondos discrecionales, el Ministerio de Asuntos Exteriores le haría un préstamo de cincuenta millones de dólares a una sociedad anónima registrada en Luxemburgo y controlada por uno de los hijos de Carlotti. Se firmaría un acuerdo de reembolso, aunque se mantendría en secreto. Después, el dinero se transferiría aquí y allá y se depositaría en una cuenta en la que permanecería hasta que tuvieran que disponer de él.

Antonelli no parecía en absoluto entusiasmado con el trato y se dirigió a Roberto en italiano. A Mitch no le supuso ningún problema. Siguió casi toda la conversación, aunque habría preferido perdérsela entera.

El anfitrión preguntó:

—Y, en su opinión, abogado, ¿esto cumple todas las leyes y no suscitará preocupaciones en el Ministerio de Justicia?

—No veo por qué iba a suscitarlas —respondió Roberto con seguridad, aunque los tres sabían que había problemas hasta en la sopa.

—Bueno, los letrados del primer ministro lo revisarán esta noche. Sospecho que su opinión podría ser diferente.

—Entonces estoy seguro de que informará a Luca.

La reunión duró menos de diez minutos y ambas partes estaban deseando salir por la puerta. Mitch se despidió de Roberto en la calle y cogió el primer taxi que encontró para irse al aeropuerto. Su secretaria había vuelto a hacer malabares con los vuelos y le había reservado uno a Frankfurt y luego otro a JFK. En el asiento trasero del vehículo, cerró los ojos y temió las siguientes diez horas.

¿Y los cinco días siguientes? El bote del rescate no solo seguía vacío, sino que además había sufrido una fuga importante. El «anticipo» de diez millones de dólares del día siguiente era el paso fácil, aunque a Mitch le indignaba que dos miembros del comité de dirección hubieran votado en contra. Al dejarlos en la estacada, la aseguradora no solo había actuado de mala fe, algo de lo que ya hablarían en otro momento, sino que también había frustrado todas las posibilidades de reunir el rescate. El trato con Carlotti era precario, en el mejor de los casos, e ilegal, en el peor, y seguro que ya se estaba desmontando. Mitch informaría del plan a Jack Ruch, que sin duda llamaría a Luca y prorrumpiría en gritos. Todo el mundo era comprensivo y estaba desesperado por salvar a Giovanna, pero Scully no tenía intención de empezar a infringir las leyes de ninguna jurisdicción. Seguía sin haber ningún movimiento por parte del Gobierno británico, a pesar de los numerosos enviados de Scully que habían importunado al ministro de Relaciones Exteriores. Riley Casey se había reunido aquella tarde con Jerry Robb, del bufete Reedmore, para sondear si había algún tipo de interés en alcanzar un acuerdo rápido para resolver la demanda de Lannak. La reunión había sido breve, tensa y una total pérdida de tiempo. Típico de Robb.

34

Mitch había aprendido hacía años que, para él, la mejor forma de combatir el desfase horario era salir a correr durante un buen rato por Central Park. No era capaz de dormir, y menos aún con el tiempo agotándose, sus hijos escondidos y su mujer cada vez más angustiada. Abby salió con él al amanecer, entraron en el parque por la calle Setenta y dos y se sumaron a la multitud de corredores matutinos. Por lo general no hablaban mientras corrían, preferían empaparse de los primeros rayos de sol y disfrutar del fresco de Nueva York en primavera. Ahora que los niños se estaban haciendo mayores y la vida iba más deprisa, aquellas largas carreras que tanto les gustaban eran cada vez menos frecuentes.

En su época de Cortona, antes de tener hijos, una carrera profesional y todas esas cosas, salían a correr a diario entre fincas, viñedos y aldeas. Muchas veces se paraban a charlar con algún granjero para ver si entendían su italiano a pesar del acento o se detenían en una cafetería de pueblo a tomar un vaso de agua o un expreso. Su personaje favorito era el dueño de una pequeña bodega que a menudo los paraba para interrogarlos acerca de la extraña costumbre estadounidense de correr de manera voluntaria por un camino, sudando y sin dirigirse a ningún lugar en particular. En varias ocasiones los invitó a pasar a su pequeño patio, donde su mujer les servía una copa de rosado fresco e insistía en que probaran un trozo de *buccellato*, un pastel azucarado con pasas y anís. Aquellas paradas en medio de la ruta solían derivar en largas catas de vino que hacían que los corredores se olvidaran de los kilómetros que tenían por delante. Tras varios desvíos de aquel tipo, Abby insistió en que modificaran el recorrido.

Rodearon el lago y emprendieron el camino de vuelta a casa. Las calles empezaban a cobrar vida gracias al tráfico matinal. Otro día ajetreado en la ciudad. No pensaban seguir allí al anochecer.

A las once en punto, cogieron un taxi hasta la oficina que el Citibank tenía en Lexington Avenue, cerca de la Cuarenta y cuatro, y subieron veintiséis plantas hasta el despacho de la señora Philippa Melendez, vicepresidenta de alguna cosa y experta en mover dinero. La mujer los acompañó a una sala de reuniones en la que Cory y Darian ya se estaban tomando un café. Jack llegó al cabo de unos minutos, así que la máxima autoridad del bufete estaba lista para firmar. Philippa les confirmó que los diez millones de dólares estaban disponibles. Lo único que tenían que hacer era esperar a Noura.

Esta llamó a las once y media y le preguntó a Abby si tenía el portátil. Le había dicho que lo llevara. El correo electrónico con las instrucciones para la transacción llegó de inmediato. El equipo de piratas informáticos de Cory terminaría rastreando la dirección de envío hasta un cibercafé de Newark, pero hacía tiempo que el remitente se había esfumado. Jack Ruch firmó una autorización en nombre de la empresa. Los diez millones de dólares irían a parar a una cuenta bancaria numerada de Panamá.

—¿Listo? —le preguntó Philippa al susodicho.

Él asintió con expresión seria y Scully se despidió del dinero.

—¿Es imposible de rastrear? —preguntó Abby mientras todos contemplaban la pantalla de su portátil.

La mujer se encogió de hombros y contestó:

—No es imposible, pero tampoco práctico. Va a una empresa fantasma de Panamá, y hay miles de ellas. El dinero ha desaparecido.

Esperaron ocho minutos hasta que el Jakl volvió a vibrar. Noura dijo: «El dinero ha llegado».

El saqueo había sido rápido, eficaz, casi indoloro. Todos respiraron hondo e intentaron asumir el hecho de que los diez millones acababan de evaporarse ante sus ojos sin que, de momento, hubieran obtenido nada a cambio. Se despidieron en voz baja y salieron de la oficina bancaria.

Ya en la calle, Abby y Cory se subieron a un todoterreno negro y pusieron rumbo al apartamento. Mitch y Darian se acomodaron en otro y se dirigieron al sur, al distrito financiero.

La maleta de fin de semana de la ella estaba preparada y esperando. Sentada a la mesa de la cocina, cogió el Jakl y le envió un mensaje a Noura para informarla de que no volvería a estar disponible hasta el domingo a mediodía. Lo dejó, junto con su móvil, escondido en su armario. Salió a hurtadillas del apartamento por una entrada del sótano y volvió al mismo todoterreno de antes, en el que Cory se había quedado esperándola. El conductor abandonó la ciudad por el puente George Washington y se dirigió hacia el norte de Nueva Jersey. Su compañero estaba convencido de que no los habían seguido. En la ciudad de Paramus, se detuvieron en un pequeño aeropuerto, embarcaron en un King Air y despegaron. Noventa minutos después, aterrizaron en Islesboro, en cuyo aeródromo Carter y Clark esperaban para recibir a su madre. Había pasado una semana.

A las doce y media, Jack convocó una reunión ejecutiva del comité de dirección por quinto día consecutivo. Los nueve estaban presentes. El ambiente era tenso y sombrío. La empresa acababa de perder diez millones de dólares.

Ruch les puso al día de los sucesos de la mañana y luego abrió la puerta. Mitch entró y los saludó. Todos se alegraron de verlo y le hicieron muchas preguntas. Les contó lo que sabía acerca del estado de Luca, los puso al día sobre la demanda de Lannak en Ginebra y les transmitió los últimos rumores procedentes de Trípoli.

En el frente del rescate, habían avanzado poco. Los Gobiernos de Italia y Gran Bretaña seguían dando largas al asunto y esperando que la crisis pasara o desapareciera sin más. Como no participaban en las negociaciones y no tenían ni idea de con quién demonios estaban tratando en realidad, era comprensible que se mostraran reacios a contribuir al rescate.

Ahora que los secuestradores habían cobrado un buen anticipo, Mitch tenía pensado pedirles más tiempo. El plazo, como todos sabían de sobra, se cumplía el miércoles siguiente, 25 de mayo. La intuición le decía que sería en vano, ya que no habían mostrado ningún interés en negociar.

Después de pintarles cuidadosamente aquel sombrío panorama, pasó a asuntos aún más desagradables. Mientras se paseaba de un lado a otro ante una enorme pantalla apagada, por fin se lanzó al meollo de la cuestión. Todos sabían lo que se les venía encima.

—Es imperativo que este bufete dedique todos sus recursos a recuperar a Giovanna Sandroni sana y salva. Para hacerlo, habrá que garantizar que las demandas de sus secuestradores se cumplan de principio a fin, sean cuales sean los términos definitivos. De momento, son noventa millones de dólares.

Como socios veteranos, el año anterior la media de sus ingresos brutos había sido de 2,2 millones de dólares, los terceros en la lista de la clasificación nacional. Vivían bien, gastaban bien y algunos ahorraban más que otros. Casi todos eran conservadores desde el punto de vista financiero, pero se rumoreaba que algunos se ventilaban todo lo que llevaban a casa. Sobre el papel, todos eran millonarios y, en un pasado no muy lejano, hacía unos veinte años, los habrían considerado los niños ricos de Wall Street. Ahora, sin embargo, sus ingresos quedaban eclipsados por los de los corredores de dinero: los chicos de los fondos de cobertura, los del capital privado, los del capital riesgo, los especuladores de divisas, los de los bonos; los nuevos reyes de la calle.

El primer comentario lo hizo Ollie LaForge, que, por extraño que pareciera, consiguió encontrar un resquicio de humor en la situación. Soltó una risa socarrona y dijo:

—Tienes que estar de broma.

Mitch sabía que no debía responder. Ya había dicho suficiente y la conversación posterior tenía que desarrollarse entre los miembros del comité. Se sentó no a la mesa, sino contra la pared.

Sheldon Morlock dijo:

—No voy a arriesgar todo aquello por lo que he trabajado y la seguridad económica de mi familia avalando un préstamo bancario por valor de noventa millones de dólares. Ni hablar.

Se negó a mirar a Mitch.

—Estoy segura de que todos pensamos lo mismo, Sheldon, pero nadie espera que desembolses tanto dinero —dijo Piper Redgrave—. La empresa será la propietaria de la deuda y estoy segura de que, apretándonos un poco el cinturón en ciertas cosas, saldremos del paso. Bart, ¿cuáles serían las condiciones del préstamo?

«Saldremos del paso», se dijo Mitch. Como si los socios de Scully fueran a saltarse un fin de semana en los Hamptons o a privarse siquiera de una cena en un estrella Michelin.

Bart Ambrose respondió:

—Bueno, por ahora, se trataría de una línea de crédito de noventa millones al tres por ciento de interés, algo así. Si vamos con todo, podemos convertirlo en un pagaré a largo plazo.

—No serán noventa millones, Sheldon —intervino Bennett McCue—. El pleito con la compañía de seguros será complicado, pero al final pagarán. Eso son veinticinco millones.

—Podrían tardar años —replicó Morlock—. Y tampoco es seguro que ganemos.

—Mirad, odio las deudas, todos lo sabéis —dijo Ollie LaForge—. No tengo y nunca las he tenido. Mi padre se arruinó cuando yo tenía doce años y lo perdimos todo. Odio los bancos y todos habéis oído ya este discurso en alguna ocasión. No contéis conmigo.

Seguía viviendo en una casa de una sola planta en Queens y cogía el tren para ir a trabajar. Y, debido a su tacañería, sin duda tenía más ahorros que cualquier otro de los presentes.

Mavis Chisenhall era otra agarrada. Miró a Mitch y le preguntó:

—¿Tú firmarías un aval personal, Mitch?

La pregunta perfecta. La que estaba deseando que le hicieran. Se puso de pie, sacó una hoja de papel doblada, la lanzó hacia el centro de la mesa y dijo:

—Ya lo he firmado. Ahí está. —Mientras todos miraban el documento, McDeere sacó otro, lo arrojó también sobre la mesa y añadió—: Y ese es el de Luca. Vamos con todo.

Estudió la expresión de los miembros del comité, aunque la mayoría tenían la mirada clavada en su libreta. Antes de que le quitaran el turno de palabra, decidió intentar rematar la jugada:

—Esto es importante por la siguiente razón: cabe la posibilidad de que recaudemos dinero de otras fuentes, pero no es seguro. Quizá consigamos promesas, aunque no a tiempo. Necesitamos certeza y, en este momento, la única manera de obtenerla es tener el dinero en el banco. Solo Scully puede hacer algo así. El domingo me voy a Londres, luego a Roma y quién sabe adónde más. Pasaré el sombrero, mendigaré en las esquinas…, lo que haga falta. Pero, si fracaso, al menos tendremos el dinero en el banco. Todo. No sé si nos concederán más tiempo. Tampoco sé si reducirán el rescate, si se conformarán con menos. Es imposible predecir lo que ocurrirá en los próximos cinco días. Pero sí sabemos que podemos pagar el rescate.

Cuando terminó, Jack le señaló la puerta con la cabeza y ambos salieron. Le susurró:

—Buen trabajo. Creo que ahora deberías irte. Puede que tarden un rato.

—Vale. Me voy a casa de tu hermano Barry a ver a mis hijos.

—Dales un abrazo a los niños de mi parte. Te llamaré.

El conductor cogió el puente de Brooklyn y el tráfico apenas avanzaba. Era un viernes por la tarde de finales de mayo, así que medio Manhattan iba camino de algún rincón de Long Island. Una hora más tarde, llegaron al aeropuerto Republic, un pequeño campo de aviación general a las afueras de la ciudad de Farmingdale. Mitch le dio las gracias al chófer y, mientras este se alejaba, se dio cuenta de que no se había molestado en comprobar si los seguían. Qué mal espía. Qué harto estaba de vivir mirando hacia atrás.

Un piloto que aparentaba no más de quince años le cogió la maleta, lo guio hasta un bimotor Beech Baron y lo ayudó a entrar. Era estrecho pero cómodo, aunque estaba a años luz de los Falcon, Gulfstream y Lear que Scully solía alquilar. A Mitch le dio igual. Iba a tomarse veinticuatro horas libres e iba a pasarlas con sus hijos. El piloto le señaló una nevera pequeña y McDeere pensó que por qué no. Había empezado el fin de semana. Le quitó el tapón a una cerveza fría y se la bebió. Mientras rodaban por la pista, llamó a Roberto para que le contara las novedades de Roma. Luca estaba despierto y protestando por esto y por lo otro. A las enfermeras les caía mejor cuando estaba dormido.

Durante casi dos horas, volaron a dos mil quinientos metros de altura. El cielo estaba muy despejado. Mientras descendían por la costa de Maine, Mitch la contempló desde lo alto y se quedó impresionado con la belleza del océano, las costas rocosas, las calas tranquilas y los pintorescos pueblos de pescadores. Miles de pequeños veleros surcaban las aguas azules. Pasaron zumbando sobre la pintoresca ciudad de Camden, con su ajetreado puerto, y luego viraron hacia Islesboro. A ciento cincuenta metros de altura, Mitch vio una hilera de mansiones junto a la orilla y distinguió Wicklow. Clark y Carter estaban en el muelle con Abby y saludaron al Baron mientras los sobrevolaba. Media hora después, estaba sentado junto a la piscina viendo a los niños bañarse y charlando con su mujer y sus suegros.

La semana había sido un campamento de verano para los gemelos. El señor y la señora Sutherland reconocían que habían sido muy poco diligentes con las clases y los deberes. La hora de irse a la cama también había sido bastante flexible y, con la señorita Emma a su servicio en la cocina, los menús habían sido más que aptos para niños. A Mitch y a Abby no habría podido importarles menos. Teniendo en cuenta el estrés al que estaban sometidos, cualquier ayuda por parte de los abuelos era más que bienvenida.

Mientras se tomaban algo —una copa de vino blanco para ellos, limonada para los suegros—, los Sutherland preguntaron con mucha educación cuánto tiempo más los necesitarían tan lejos de casa. Aquello irritó a Mitch; no le hacía falta mucho, porque la seguridad de los niños era mucho más importante que cualquier cosa que los Sutherland pudieran echar de menos de Danesboro. Se mordió la lengua y dijo que quizá, a lo mejor, solo unos cuantos días más.

Hasta el 25 de mayo, para ser exactos.

Observaron a Tanner mientras caminaba hasta el final del muelle y recibía a un barco langostero que se había acercado para hacer una entrega a domicilio.

—Más langosta —dijo su suegro—. La comemos tres veces al día.

Maxine, una mujer sin ningún tipo de sentido del humor, añadió:

—Quiche de langosta por la mañana. Rollitos de langosta para comer. Colas de langosta al horno para cenar.

Carter los estaba escuchando desde el borde de la piscina y dijo:

—Y no os olvidéis de los macarrones con queso y langosta, mis favoritos.

—Bisque de langosta, buñuelos de langosta, salsa de langosta al estilo de Nueva Inglaterra —continuó Harold.

—Suena delicioso —dijo Abby.

Maxine estaba encantada de no tener que encargarse de las comidas.

—La señorita Emma es maravillosa, de verdad.

—Mamá, tendrías que hacer un libro de recetas de langosta y ponerla a ella en la cubierta —dijo Clark.

—Me gusta la idea —contestó Abby mientras intentaba recordar las decenas de libros de recetas de marisco que ya había recopilado.

Barry Ruch apareció vestido con unos pantalones cortos y unos náuticos, sujetando un puro largo con una mano y un whisky con la otra. Se las había ingeniado para pasar toda la semana fuera de Wicklow y Mitch sospechaba que se debía a que no quería saber nada del cuidado de los niños. Ni tampoco de los abuelos. Le sonrió y le dijo:

—Jack te está buscando.

Aferrado al teléfono verde, Mitch se alejó caminando por el muelle y llamó a su jefe. En cuanto este le contestó, supo que no tenía buenas noticias. Eran casi las seis y media de la tarde del viernes y habían empezado su larga jornada juntos en las oficinas del Citibank, viendo cómo se evaporaban diez millones.

—La reunión ha durado casi cinco horas, Mitch —dijo Jack—, y sin duda ha sido la peor experiencia que he vivido en los cuarenta años que llevo en Scully. Cuatro hemos votado a favor de pedir el dinero prestado, de mandarlo todo al diablo, salvar a Giovanna y preocuparnos por el futuro a partir de la semana que viene. Los otros cinco no han cedido. Como era de esperar, Morlock se ha convertido en su portavoz. Nunca me he sentido tan asqueado. Hoy he perdido unos cuantos amigos, Mitch.

McDeere dejó de caminar y observó el barco langostero mientras se alejaba.

—No sé qué decirte.

—La jubilación me atrae cada vez más.

—¿Cuántas veces habéis votado?

—No lo sé. Varias. Pero la conclusión es la misma. No voy a darte nombres, Mitch. De hecho, todo esto es confidencial. Se supone que no debes saber lo que ha ocurrido en la sesión ejecutiva.

—Lo sé, lo sé. Solo estoy, bueno, estupefacto.

—Has hecho todo lo que has podido, Mitch.

—¿Y no hay forma de saltarse al comité de dirección?

—Ya conoces nuestros estatutos. Todos los socios los conocen. Podrías forzar una revocación, despedir al comité, elegir nuevos miembros si encontraras a alguien dispuesto a ocupar esos puestos. Créeme, Mitch, con este asunto sobre la mesa, ni un solo abogado de Scully querría pertenecer al comité.

—Y entonces ¿qué pasa si la semana que viene asesinan a Giovanna y lo graban todo con una puñetera cámara para que no se lo pierda nadie?

—Lo de siempre. Señalarán con el dedo, culparán a los demás. A los terroristas, a los libios, a los turcos, a los ministerios de exteriores. Nadie llegará a saber jamás que tuvimos la oportunidad de salir de este lío pagando el rescate. Eso no se hará público. Y, con el tiempo, estoy seguro de que nuestros colegas superarán la pérdida y pasarán página. Hay un montón de abogados jóvenes y entusiastas ahí fuera, Mitch. Giovanna solo era una asociada más. Todos son reemplazables.

—Eso es vomitivo.

—Lo sé. Este bufete me da asco.

—Supongo que deberías llamar a Luca.

—Eso te corresponde a ti, Mitch. Tienes una relación más estrecha con él que cualquiera de nosotros.

—No, Jack, lo siento. Tú eres el socio gerente y es tu comité. Pero llama a Roberto, no a Luca.

—Soy incapaz de hacerlo, Mitch. Por favor.

35

Por la forma en que vio a su marido volver caminando hasta la piscina, Abby se dio cuenta de que la conversación no había ido bien. Quienquiera que hubiera contestado a la llamada le había dado malas noticias. Mitch le dedicó una sonrisa falsa a Carter cuando el niño intentó salpicarlo. Hoppy le estaba contando a Barry otra historia sobre la pesca del salmón en un río de Oregón.

—¿Estás bien? —le preguntó su mujer en un susurro.

—Estupendo.

Lo cual, sin duda alguna, significaba que las cosas acababan de torcerse.

—¿Esos niños quieren ir a dar un paseo en barco? —gritó Tanner desde lejos.

A lo que Maxie contestó de inmediato:

—Ay, sí, damos un paseo en barco todas las tardes en cuanto el agua se calma.

Los gemelos ya estaban saliendo de la piscina y cogiendo las toallas.

—Suena divertido —consiguió decir Mitch.

En ese momento, le parecía imposible que nada lo fuera.

—Acompañadlos vosotros —dijo Maxie—. Nosotros os miraremos desde el porche.

Tanner ya estaba en el muelle comprobando el motor. Los niños subieron a bordo de un salto, sin usar la escalera. Mitch y Abby fueron más cuidadosos. El aire corría más fresco en el agua y los chicos estaban mojados y helados. Su madre los envolvió en unas toallas gruesas y Carter y Clark ocuparon sus asientos favoritos, unos cojines cerca de la proa, mientras sus padres se acomodaban en las tumbonas de cuero. Él intentó relajarse y dijo:

—Esto no está nada mal, Tanner. ¿Es todo de madera?

—Es un clásico. Lo fabricó en Maine un constructor famoso llamado Ralph Stanley. Once metros de eslora. Una belleza. Aunque es más lento que el caballo del malo.

—¿A quién le importa?

Antes de marcharse, aquel dijo:

—Los viernes por la tarde hay que tomarse una copa.

—Vino blanco, por favor —dijo Abby.

—Un burbon doble —contestó Mitch.

Tanner asintió y desapareció en la cabina.

—¿Un burbon doble? —preguntó su mujer con el ceño fruncido.

—Era Jack Ruch. El comité de dirección se ha reunido hoy durante cinco horas y ha votado en contra de pedir el dinero prestado. A estas alturas, la cuenta del rescate sigue vacía. Los diez millones han desaparecido, no queda nada. Giovanna está un paso más cerca.

Abby se quedó boquiabierta, pero no se pronunció. Miró hacia el agua y no vio nada.

Mitch continuó:

—Jack está enfadado; dice que hoy ha perdido amigos.

—Esto es horroroso.

—Lo sé.

—¿Se lo ha dicho a Luca?

—Todavía no. ¿Quieres llamarlo?

—Creo que no. No lo entiendo.

Carter dio unos cuantos botes por la cubierta, desapareció en el interior de la cabina como si fuera el dueño y salió con dos bolsitas de palomitas. Sonrió a sus padres, pero no les ofreció probarlas. Y después se marchó.

—Estos niños están asilvestrados, lo sabes, ¿no? —dijo Mitch.

—Por supuesto. Está claro que mis padres han tenido manga ancha.

—¿Empezamos con la mano dura? Ya siento lástima por sus profesores cuando vuelvan al colegio.

—¿Y cuándo crees que pasará eso?

Él se lo pensó un segundo y dijo:

—Dentro de una semana. ¿Tus padres están de acuerdo?

—Se las arreglarán.

Tanner regresó con las bebidas en una bandeja. Las sirvió, llamó a los niños a gritos y se fue. Sentados muy juntos y de cara a la popa, Mitch y Abby contemplaron cómo Wicklow se desvanecía tras ellos. El zumbido del motor les amortiguaba la voz.

—No lo entiendo —repitió ella.

—Son unos cobardes. Les preocupa más proteger sus bienes que rescatar a Giovanna. Si cualquiera de ellos estuviera en su lugar, diría que sí, qué narices, pedid el dinero prestado, sacadme de aquí. La empresa, con el tiempo, terminaría absorbiendo la pérdida. Pero, sentados en sus bonitos despachos de Manhattan, se sienten amenazados y quieren proteger su dinero.

—¿Cuáles fueron los beneficios brutos del bufete el año pasado?

—Más de dos mil millones.

—¿Y este año han aumentado?

—Sí, siempre aumentan.

—No lo entiendo.

—Bueno, llevamos once años buenos en Scully y nunca nos hemos planteado marcharnos.

Tanner aumentó un poco la velocidad y la estela se ensanchó. Se estaban acercando a una cala bastante cercana al Atlántico. El agua era de un color azul intenso y estaba muy tranquila, pero alguna ola esporádica salpicaba la embarcación y los refrescaba a todos. Mitch estiró la mano izquierda y agarró la de su mujer. Con la derecha, bebió un trago de burbon y lo saboreó mientras le empapaba la boca y se le deslizaba por la garganta. Rara vez probaba los licores fuertes, pero en aquel momento la copa le estaba resultando relajante.

—Seguro que tienes un plan —dijo Abby.

—Uy, muchos, y ninguno está saliendo bien. No hay manuales de estrategia para este caso. Ninguno sabemos lo que estamos haciendo.

—¿De verdad crees que serían capaces de hacerle algo horrible a Giovanna?

—Uy, sí. Sin duda. Son unos salvajes y está claro que ansían llamar la atención. Mira el resto de los vídeos. Si le hacen daño, lo veremos.

Abby negó con la cabeza, frustrada.

—No dejo de pensar en ella. Vivo en un mundo seguro, rodeada de familia y amigos. Voy adonde quiero, hago lo que quiero y, mientras tanto, Giovanna está enterrada en una cueva rezando por que vayamos a buscarla.

—Todavía me culpo, Abby. Supongo que la visita al puente habría sido productiva en algún sentido, pero no era fundamental. Me moría de ganas de ir, de correr otra aventura.

—Pero Luca insistió.

—Es cierto que me presionó, pero podría haberle dicho que no, o no en ese momento. No haber visto el puente no habría afectado a nuestra representación de Lannak.

—No te machaques, Mitch. Culparte es un desperdicio de energía y tienes asuntos más importantes entre manos.

—Y que lo digas.

Barry se saltó la cena con sus invitados. Al parecer, en otra mansión de esa calle se estaba celebrando una fiesta más elegante: unos viejos amigos de Boston estaban en la isla y habían convocado a toda la pandilla para celebrar hasta bien entrada la noche. Tanner lo había llevado en coche, lo había dejado allí y lo recogería horas más tarde, cuando se terminaran los últimos puros y coñacs. Las jornadas del susodicho eran muy largas, pero, según Hoppy, que nunca se cortaba a la hora de curiosear, durante los meses de invierno y de primavera no había mucho trabajo y el personal aprovechaba para descansar. Cuando las casas grandes estaban abiertas, por lo general de mayo a octubre, los propietarios y sus invitados llegaban en avalancha y los turnos de dieciocho horas eran habituales.

La señorita Emma también parecía estar en la cocina las veinticuatro horas del día. A la hora de la cena, les propuso que se sentaran fuera, en la terraza, y contemplaran la puesta de sol. La señorita Angie y ella sirvieron macarrones con queso y langosta y verduras frescas del huerto.

Por suerte, Hoppy estaba parlanchín y cargó con el peso de la conversación. Maxie intervenía cuando podía y Abby intentaba mantener un ambiente distendido por el bien de los niños. Mitch estaba desanimado y a todas luces distraído. Toda la familia llevaba una semana entera descolocada. Los gemelos se estaban saltando clases. Él vivía en un avión y abrumado por el estrés. Ella estaba haciendo caso omiso de su trabajo. Hoppy y Maxie tendrían que estar ya en Utah con unos amigos y se habían hartado de Islesboro. Y nadie sabía cuándo terminaría su pequeña escapada secreta a Maine.

Un beneficio secundario de todo aquello, sin embargo, era la amabilidad de Mitch para con sus suegros. Estaban echándoles una buena mano y él se lo agradecía sobremanera.

Después de cenar, los Sutherland se retiraron a toda prisa a su suite y cerraron la puerta con llave. Querían pasar una noche tranquila, lejos de los niños. Los McDeere se reunieron en uno de los salones a ver la televisión en una pantalla grande. Un fuego pequeño crepitaba en la chimenea. Clark encontró de inmediato un sitio en el sofá, justo entre sus padres, y se acurrucó junto a su madre. La primera película fue *Shrek*, pero, como la habían visto tantas veces, no tardaron en aburrirse de ella. Fueron incapaces de decidirse por la siguiente hasta que Abby mencionó un viejo clásico: *E.T.* Mitch y ella la habían visto cuando se estrenó, en 1982, en su segunda cita. Los gemelos se opusieron durante un rato, sobre todo porque era una película anticuada, pero a los diez minutos estaban más que enganchados. Carter dijo que tenía frío y se unió a ellos bajo la manta. Él no tardó en quedarse dormido y, cuando despertó, miró a Abby.

Ella también se estaba durmiendo.

Estaban agotados, pero el cansancio no superaba al estrés. Se turnaron dando cabezadas hasta que, como siempre, los niños volvieron a tener hambre. Mitch se dirigió a la cocina a buscar palomitas.

36

Cuando Tanner abrió la casa el sábado al amanecer, se encontró a Mitch sentado a la mesa del desayuno, tecleando en su portátil. Tenía blocs de notas y documentos esparcidos por todas partes. McDeere le dijo:

—No sé muy bien cómo funciona la cafetera y no quería estropearla.

—Yo me encargo. ¿Algo más?

—No. Me marcharé dentro de un par de horas. Abby se irá mañana. Esperamos poder recoger a los niños a finales de la próxima semana, si no es demasiado pedir. Tenemos la sensación de que estamos abusando de vuestra hospitalidad.

—No, señor, en absoluto. Esta casa se construyó para recibir invitados y el señor Ruch disfruta de su compañía. Tiene una familia maravillosa, señor McDeere. Por favor, no se sienta presionado ni nada por el estilo. Les prometí a los gemelos que, si el tiempo aguantaba, esta tarde saldríamos a pescar.

—Gracias, Tanner. Son críos de ciudad y se lo están pasando bomba, unas vacaciones inesperadas. Tienes mucha paciencia con ellos.

—Son buenos chicos, señor McDeere. Nos estamos divirtiendo. Emma vendrá enseguida a preparar el desayuno, pero ¿puedo ofrecerle algo mientras tanto?

—No, gracias. Solo café.

Tanner desapareció en el interior de la cocina y empezó a hacer ruido. Mitch se tomó un descanso y salió a disfrutar del fresco de la mañana. A continuación empezaron las llamadas. La primera fue a Stephen Stodghill, que ya estaba en el despacho; él quería a dos pasantes de guardia. Jack Ruch estaba en camino. Cory estaba en la ciudad y todavía dormido, al menos hasta que McDeere lo llamó. Era primera hora de la tarde en Roma y Roberto acababa de salir del hospital, donde Luca había pasado otra mala noche.

Abby bajó a las siete en busca de un café. La señorita Emma les preparó tortillas de queso y desayunaron a solas en el comedor. Aquellos días estaban siendo del todo imprevisibles, así que resultaba difícil hacer planes, pero había que intentarlo. Mitch saldría para Nueva York al cabo de media hora y luego volaría hasta Roma. Abby volvería a la ciudad el domingo por la mañana y se quedaría en su apartamento mirando aquel maldito Jakl hasta el mediodía. Esperaban una llamada de Noura y la gran pregunta sería si tenían el dinero.

La respuesta: «Sí. ¿Qué hay que hacer ahora?».

Mitch se duchó, se cambió y les echó un vistazo a los niños. Le entraron muchas ganas de despertarlos y achucharlos, de salir con ellos al jardín a jugar al béisbol. Sin embargo, eso tendría que esperar, con suerte solo unos cuantos días más.

Un King Air lo aguardaba en el aeropuerto de Islesboro.

Lannak había demandado a la República de Libia por el impago de varias facturas que, en total, ascendían a un importe de cuatrocientos diez millones de dólares, además de por unos intereses de cincuenta y dos millones de dólares sobre ese saldo. Tras los asesinatos y el secuestro, Mitch había añadido otros cincuenta por daños adicionales. Se trataba de una cifra que había elegido de forma arbitraria y que representaba la parte «variable» de la demanda. Los intereses también eran un blanco en movimiento, ya que iban acumulándose a diario. De la reclamación original, los cuatrocientos diez millones, más o menos la mitad se refería a cantidades adeudadas que, al menos en opinión de McDeere, no eran discutibles. Se trataba de gastos «estructurales», como la mano de obra, los suministros, el cemento, el acero, los equipos, el transporte, los honorarios profesionales, etcétera. Eran costes que formaban parte del proyecto desde el primer día y en los que la constructora había incurrido con independencia de cuánto discutiera con los libios por los cambios y los fallos de diseño.

Durante las muchas horas que habían pasado en distintos aviones, Mitch y Stephen habían revisado todas las facturas y planillas horarias de los trabajadores. Habían elaborado un resumen de cuatro páginas de los gastos indiscutibles que Lannak había pagado. Por diversión, lo llamaron «Expediente GPNPG84»: el Gran Puente hacia Ninguna Parte de Gadafi; Clark era el número 8 en el equipo de béisbol; Carter jugaba con el 4.

En la sala de reuniones de Jack, Stephen repartió la versión actual del expediente mientras Mitch miraba por la ventana. El jefe, Cory y Darian le echaron un vistazo al documento. Había dos pasantes sentados en el pasillo, junto a la puerta cerrada, esperando instrucciones. Eran las doce menos cuarto de una preciosa mañana de sábado de finales de mayo.

—Hemos repasado todos los números para que no tengáis que hacerlo vosotros —empezó a decir Mitch—. La conclusión de la página cuatro lo resume todo. Podemos argumentar que hay al menos ciento setenta millones de dólares en facturas impagadas que son irrefutables. No hace falta decir que creemos que a Lannak se le deben quinientos millones y que confío en poder demostrarlo en Ginebra, pero eso es otro tema.

—Entonces ¿buscas un acuerdo parcial? —preguntó Jack.

—Eso es. Les presentamos esto a los libios ahora, hoy mismo, y les exigimos que paguen. Y les dejamos claro que alcanzar un acuerdo rápido podría facilitar la liberación de Giovanna Sandroni.

Entre el reducido público, nadie pareció sentirse impresionado.

Jack soltó su ejemplar y se frotó los ojos.

—No lo entiendo. Les pides a los libios que le paguen ciento setenta millones a Lannak para que nosotros podamos pagar el rescate.

—No. Les pedimos a los libios que paguen esta cantidad porque deben esta cantidad.

—Vale, pero ¿qué pasa con Lannak? ¿Van a aportar un montón de dinero simplemente porque son buena gente?

—No. La verdad es que no sé qué harán, pero contribuirán al fondo.

—¿Puedo preguntar quién más va a colaborar de momento? —intervino Darian—. ¿Ha confirmado alguien? Llevamos diez millones y nos faltan noventa, ¿verdad?

—Verdad —contestó Mitch. Se volvió hacia su jefe, que apartó la mirada. Ni Darian ni Cory sabían que los poderosos Scully & Pershing se habían negado a seguir participando en la trama del rescate—. Hay muchos hilos en movimiento,

Darian —continuó—. Seguimos presionando con insistencia en los círculos diplomáticos, en Roma y en Londres.

—¿Con el objetivo de...?

—Con el objetivo de sacarles dinero a ambos Gobiernos para evitar el asesinato de una rehén con mucha repercusión mediática. Acabamos de saber que el año pasado los británicos pagaron unos diez millones de libras para sacar a una enfermera de Afganistán. En teoría lo tienen prohibido por ley, pero a veces las leyes se interponen en el camino de salvar vidas. Les hemos pedido veinticinco millones tanto a los británicos como a los italianos y sabemos que ambos primeros ministros están considerando la petición.

—¿Y vuestra póliza de seguros? Son otros veinticinco, ¿no?

—Incorrecto —dijo Jack—. La compañía nos ha denegado la cobertura. Vamos a demandar, pero eso tardará unos cuantos años en resolverse. Tenemos cuatro días.

Cory miró a Mitch con una expresión de desconcierto en la cara y le preguntó:

—¿Cómo te has enterado de lo de la enfermera de Afganistán?

—Fuentes. Me ha llegado desde Washington.

—¿Podemos hablarlo más tarde?

—Quizá. Si hay tiempo. Ahora mismo no es una prioridad.

Cory se encogió, humillado. Lo de la enfermera era información confidencial que tendría que haber descubierto él, no los abogados de Scully.

—¿Algo más? —preguntó Mitch—. El plan es enviarle esto a Roberto a Roma y a Riley a Londres y aumentar la presión sobre la embajada de Libia en ambas ciudades.

Jack negó con la cabeza y dijo:

—Es casi imposible, Mitch.

—Por supuesto que es casi imposible, muy poco proba-ble y demás. ¡Lo sé perfectamente! ¿A alguien se le ocurre alguna idea mejor?

Se arrepintió de inmediato de la brusquedad de su tono. A fin de cuentas, se estaba dirigiendo al que, al menos de momento, era el socio gerente de su bufete.

—Lo siento —contestó Jack, como un verdadero amigo—. Tienes razón.

La reunión se trasladó de la sala de reuniones de Scully & Pershing a la cabina de un Gulfstream G450 aparcado en el aeropuerto de Teterboro, en Nueva Jersey. Todo el equipo, a excepción de los pasantes, subió al avión y, en cuanto se abrocharon el cinturón, la azafata tomó nota de lo que les apetecía beber y los informó de que aterrizarían en Roma siete horas más tarde. El almuerzo se serviría cuando alcanzaran la altitud debida. Los teléfonos y el wifi funcionaban. En la cabina de atrás, había dos sofás por si querían echar una cabezada.

Poco después de las siete de la tarde, Roberto Maggi entró en el Caffè dei Fiori del barrio del Aventino, en la parte sudoeste de Roma. Diego Antonelli vivía a la vuelta de la esquina y había accedido a tomarse un vino rápido con él. Había quedado más tarde para cenar con su mujer y no disimuló su irritación por el hecho de que lo hubieran importunado en sábado. Sin embargo, por muy molesto que estuviera, también era consciente de la gravedad del momento. El Gobierno al que servía estaba sufriendo los vaivenes de unos acontecimientos que escapaban a su control. Por un lado, se veía en la obligación de proteger a una ciudadana italiana a la que habían secuestrado, pero, por otro, no se le permitía conocer los detalles del cautiverio ni de la posible liberación. No podía negociar. No podía plantearse un rescate. Los estadounidenses eran los únicos que estaban en contacto con los secuestradores y eso se había convertido en una fuente de gran enfado.

Se sentaron a una mesita de una esquina y pidieron dos copas de *chianti*. Roberto empezó diciendo:

—El trato con Carlotti ya no es una opción.

—Me alegra saberlo. ¿Qué ha pasado?

—Se ha acobardado. Sus abogados lo han convencido de que se estaba arriesgando demasiado al intentar sortear nuestras leyes. Quiere ayudar a Luca, claro, pero también quiere ahorrarse problemas. Además, el ala estadounidense de mi bufete estaba inquieta. Tienen unos cuantos fiscales federales bastante fastidiosos por allí y les encantaría pillar a un bufete importante con las manos en la masa.

Diego asintió varias veces, como si comprendiera a la perfección las motivaciones de los fiscales federales de Estados Unidos. Les sirvieron el vino y entrechocaron las copas.

—Quería hablarte también de otra cosa —dijo Roberto.

—Eso me habías dicho. —Consultó su reloj. Llevaba allí diez minutos y ya quería marcharse.

—Nuestro cliente es Lannak, la constructora turca.

—Sí, sí. Estoy familiarizado con el expediente. La Junta Arbitral. Luca me mantiene informado.

—Tenemos un plan para resolver la demanda rápidamente con un acuerdo, solo parcial. Parte del dinero se destinará al rescate. Queremos que tu jefe se reúna con el embajador libio lo antes posible y lo inste a presionar a Trípoli para que acepte el acuerdo.

—Una pérdida de tiempo.

—Tal vez, pero ¿y si el acuerdo lleva a la liberación de la rehén?

—No te sigo.

—Dinero. Cogemos una parte y la añadimos al bote. —Roberto sacó un sobre de papel manila de su maletín y lo tendió hacia el otro lado de la mesa—. Léelo y lo entenderás.

Su interlocutor lo cogió sin mostrar ningún interés. Bebió un sorbo de vino y dijo:

—Se lo daré a mi jefe.

—Lo antes posible. Es bastante urgente.

—Eso tengo entendido.

37

Eran más de las tres de la madrugada del domingo cuando las dos furgonetas que trasladaban al equipo de Scully se detuvieron ante el hotel Hassler, en el centro de Roma. Los agotados viajeros no tardaron nada en bajar, registrarse y dirigirse a sus respectivas habitaciones. Mitch ya se había alojado allí otras veces y sabía que la plaza de España estaba justo delante de la puerta delantera del hotel. Su habitación daba al este y, antes de echarse a dormir, abrió las cortinas y sonrió al ver allí abajo la fuente y la plaza, al pie de la famosa escalinata. Echaba de menos a Abby y pensó que ojalá hubieran podido disfrutar juntos de aquella noche.

El día prometía ser largo y estresante. Ya dormiría cuando pudiera. El equipo se reunió a las nueve en punto de la mañana para desayunar en un comedor privado. Roberto Maggi se unió a ellos y les contó que Luca se estaba preparando para salir del hospital y marcharse a su casa. Nadie tenía clara la opinión de sus médicos al respecto. La buena noticia matutina era que, hacía una hora, había recibido una llamada telefónica de Diego Antonelli y este lo había informado de que el primer ministro en persona había hablado con el embajador libio en Italia y le había insistido en la necesidad de zanjar la demanda con un acuerdo rápido.

Durante el fin de semana, Roberto había hablado por teléfono con Denys Tullos, el principal asesor jurídico de la familia Celik en Estambul. El susodicho le había transmitido la alentadora noticia de que el viceministro de Asuntos Exteriores turco había cenado la noche anterior con el embajador libio en Turquía. El principal punto del orden del día había sido Lannak.

Por tanto, los embajadores libios en Italia, Turquía y Gran Bretaña estaban recibiendo diversas presiones para acelerar el acuerdo. Nadie sabía qué significaría aquello en Trípoli. Roberto, que tenía más experiencia en Libia que cualquiera de los demás presentes en la sala, les advirtió que no debían albergar ni el más mínimo optimismo.

Aparte de Mitch y Jack, en aquella estancia no había nadie más que supiera cuánto dinero, o cuán poco, se había remitido realmente al fondo de rescate. Ambos habían percibido que tanto Cory como Darian pensaban que Scully no estaba haciendo lo suficiente para ayudar con sus considerables recursos. Si ellos supieran…, aunque, por supuesto, nunca lo sabrían. Sobre el Atlántico, en la parte trasera del avión privado, Mitch le había preguntado a su jefe si creía que existía aunque fuera la más mínima posibilidad de recurrir de nuevo al comité de dirección y volver a suplicarles. Jack le había contestado que no. Al menos no en aquel momento.

Mientras Abby subía hacia su apartamento en el ascensor, intentó liberarse de la frustración que le producían los guardias de seguridad armados, las entradas y salidas por el sótano, la vigilancia, los todoterrenos negros y toda la estúpida rutina del espionaje. Quería que su marido estuviera en casa y que sus hijos volvieran al colegio. Quería normalidad.

Le entraron ganas de coger el móvil Jakl y tirarlo por la ventana a Columbus Avenue, donde se rompería en mil pedazos y jamás podría volver a rastrearla. Sin embargo, lo colocó sobre la mesa de la cocina mientras se preparaba un café e intentó no hacerle caso.

A las 12.05, tal como había predicho Mitch, llegó la llamada de Noura, que, por primera vez, intentó transmitir un poco de calidez.

—¿Cómo te ha ido el viaje?

—Genial.

—Es domingo a mediodía. El plazo se cumple el miércoles a las cinco de la tarde, hora del este.

—Lo que tú digas. No estoy en posición de discutir.

—¿Tenéis el dinero?

Habían ensayado la respuesta al menos diez veces. Era imposible explicar de forma lógica los esfuerzos que se estaban llevando a cabo para recaudar cien millones de dólares bajo una presión semejante. Noura y sus compañeros revolucionarios debían de ser tan ingenuos como para pensar que un bufete gigantesco como Scully podía limitarse a extender un cheque y solucionarlo todo. Tenían razón y, al mismo tiempo, estaban equivocados.

—Sí.

Un silencio como de alivio al otro lado de la línea. En el de Abby solo había miedo y temor.

—Bien. Aquí van las instrucciones. Por favor, escúchalas con atención. Esta noche tienes que coger un avión hasta Marrakech, en Marruecos.

La mujer de Mitch estuvo a punto de soltar el teléfono, pero se contuvo y solo lo miró de hito en hito. Llevaba una hora en casa. Su familia estaba desperdigada. Estaba descuidando su trabajo. Todo su mundo estaba patas arriba y lo último que quería era pasarse todo el día siguiente en un avión rumbo al norte de África.

—De acuerdo —murmuró y, por enésima vez, se preguntó: «¿Qué pinto yo en medio de este lío?».

—El vuelo número 55 de British Air sale de JFK esta tarde a las cinco y diez. Hay varios asientos disponibles en clase preferente, pero reserva uno ya. Hace una escala de tres horas en Gatwick, en Londres, y luego continúa otras ocho sin escalas hasta Marrakech. Te vigilarán a lo largo de todo el trayecto, pero no estarás en peligro. En Marrakech, coge un taxi hasta el hotel La Maison Arabe. Una vez allí, espera nuevas instrucciones. ¿Alguna pregunta?

«Solo mil».

—Bueno, sí, pero dame un segundo.

—¿Has estado alguna vez en Marrakech?

—No.

—Tengo entendido que es precioso. Muy decadente, muy popular entre tu gente.

Estaba claro que a Noura no le caía nada bien quienquiera que fuese «tu gente». Los occidentales.

Dos años antes, Abby había intentado comprar un libro de cocina de un chef marroquí, oriundo de Casablanca. Tenía un pequeño restaurante en el Lower East Side y Mitch y ella habían comido allí dos veces. Era un lugar ruidoso y bullanguero, siempre lleno de marroquíes a los que les encantaba sentarse juntos a largas mesas y acoger a desconocidos. Adoraban su país, su cultura y su comida y hablaban de su nostalgia. Ellos se habían planteado montar unas vacaciones allí. Habían leído lo suficiente para saber que Marrakech era una ciudad rebosante de historia y cultura y que atraía a muchos turistas, sobre todo europeos.

—Estoy segura de que este teléfono también funcionará allí —dijo Abby.

—Sí, por supuesto. Llévalo siempre contigo.

—¿Y tengo que marcharme ya?

—Sí. El plazo se cumple el miércoles.

—Eso me han dicho. ¿Necesito un visado?

—No. Hay una habitación reservada a tu nombre en el hotel. No se lo digas a nadie salvo a tu marido. ¿Entendido?

—Sí, sí, claro.

—Es fundamental que viajes sola. Te estaremos vigilando.

—Vale.

—Debes comprender que esta situación es extremadamente peligrosa. No para ti, sino para la rehén. Si algo sale mal, o si intentan rescatarla, la fusilarán al instante. ¿Entendido?

—Sí.

—Lo estamos observando todo. Un mal movimiento y las consecuencias para la rehén serán catastróficas.

—Lo entiendo.

Abby cerró los ojos, intentó que dejaran de temblarle las manos y respiró hondo. Una maraña de pensamientos le daba vueltas en la cabeza. Sus hijos: estarían tan seguros si ella estaba en Nueva York como si estaba fuera del país. Mitch: no le preocupaba su seguridad, pero ¿y si se negaba a que viajara a Marruecos? A ella no le importaría. Su trabajo: al día siguiente era lunes y tenía la habitual agenda apretada durante toda la semana. El intercambio: ¿qué pasaría si el dinero no se materializaba? Ya había mentido respecto a lo de tener el rescate, pero no tenía más remedio.

Y Giovanna. En realidad lo único que importaba era «la rehén».

Llamó a Mitch por el teléfono verde, pero no consiguió ponerse en contacto con él.

Abrió su portátil y reservó el vuelo; solo de ida, porque no tenía ni idea de cuándo podría volver.

En contra de los deseos de sus médicos, Luca abandonó el hospital Gemelli y viajó hasta su casa en el asiento del copiloto mientras Bella sorteaba el tráfico. Una vez allí, pidió que le sirvieran una ensalada caprese en la veranda y comió con ella cobijado bajo una sombrilla. Le pidió que llamara a Roberto y los invitara a él, a Mitch y a Jack Ruch a ir a visitarlo.

Después de echarse otra siesta, Luca volvió a la veranda y saludó a sus colegas de Nueva York. Quería que le contaran hasta el último detalle de todo: de las reuniones, de las llamadas telefónicas, de los encuentros de socios. Estaba enfadado con los italianos por ser tan lentos. Nunca había confiado en los británicos. Seguía pensando que Lannak no les fallaría.

Cuando llegó el momento oportuno, y cuando resultó obvio que Jack no iba a darle la mala noticia, Mitch le dijo que el bufete se había negado a pedir dinero prestado para pagar el rescate.

—Luca, me avergüenza decir que los socios han preferido cubrirse las espaldas y han dicho que no.

El hombre cerró los ojos y, durante un buen rato, todo fue silencio. Luego bebió un sorbo de agua y dijo en voz baja y rasposa:

—Espero vivir lo suficiente para ver a mi hija y para enfrentarme a mis estimados colegas y llamarlos panda de cobardes.

38

Día cuarenta. ¿O era el cuarenta y uno? Ya no lo sabía bien, porque no había luz solar, solo tinieblas. No tenía nada que la ayudara a medir el tiempo. Iba encapuchada y con los ojos vendados incluso cuando la cambiaban de sitio, así que solo veía oscuridad. Los traslados eran muy frecuentes: se la habían llevado de un cobertizo que olía a animales de granja a una caverna con el suelo de arena; luego a una habitación en penumbra en una casa no muy alejada de los ruidos de la ciudad, y después a una bodega subterránea y húmeda en la que le costaba dormir debido a las gotas de agua oxidada que caían continuamente sobre su catre. Nunca permanecía más de tres noches en un mismo sitio, aunque en realidad no distinguía el día de la noche. Comía cuando le llevaban fruta, pan y agua caliente, pero nunca era suficiente. Le daban papel higiénico y compresas, pero no se había bañado ni una sola vez. Tenía la larga y espesa melena enmarañada y apelmazada a causa de la grasa y la suciedad. Después de comer, cuando sabía que pasarían horas antes de que volvieran a molestarla, se desnudaba e intentaba lavarse la ropa interior con unos mililitros de agua. Pasaba mucho tiempo dormida, a pesar del goteo continuo.

Su cuidadora era una chica joven, puede que incluso adolescente, que nunca hablaba ni sonreía y que intentaba evitar el contacto visual. Llevaba velo y siempre lucía el mismo vestido negro descolorido que le colgaba como una sábana y le arrastraba por el suelo. Para intentar ponerle algo de humor a la situación, Giovanna la había apodado Gypsy Rose en honor a la famosa bailarina de estriptis. Dudaba mucho que la chica se hubiera quitado la ropa en presencia de un hombre alguna vez. Allá donde fuera ella, también iba la cuidadora. Había intentado establecer conversación con ella utilizando palabras sencillas, pero estaba claro que a la chica le habían dado instrucciones de no dirigirse a la cautiva. Cuando llegaba el momento de trasladarse, Gypsy Rose aparecía con un par de esposas de gran tamaño, una venda para los ojos y una pesada capucha negra. Giovanna no había vuelto a ver un rostro de hombre desde los primeros días. De vez en cuando, oía susurros al otro lado de la puerta, pero desaparecían.

Recordaba que en la facultad de Derecho había estudiado el caso Gibbons. Era un hombre que había pasado más de veinte años en el corredor de la muerte de una cárcel de Arkansas, donde estaba confinado a una celda de dos metros y medio por tres que solo abandonaba una hora al día para hacer ejercicio en el patio. Demandó al estado alegando que el régimen de aislamiento violaba la prohibición de castigos crueles e inusuales mencionada en la Octava Enmienda. Cuando el Tribunal Supremo de Estados Unidos aceptó examinar el caso, este atrajo una enorme atención, sobre todo porque había miles de presos viviendo en régimen de aislamiento. Todo el mundo tenía algo que decir: los abogados de los condenados a muerte, los psiquiatras, los psicólogos, los sociólogos, los profesores de Derecho, los grupos de defensa de los derechos de los presos, los defensores de las libertades civiles y los penalistas expertos. Casi todos estaban de acuerdo en que el aislamiento era un castigo cruel e inusual. El Tribunal Supremo opinó lo contrario y Gibbons acabó recibiendo la inyección letal. El caso se hizo famoso y llegó hasta el manual de derecho constitucional que Giovanna se compró y estudió en la facultad de Derecho de la Universidad de Virginia.

Después de cuarenta o cuarenta y un días en aislamiento, ahora lo entendía. En la actualidad podría declarar como testigo experto y explicar con un vívido testimonio exactamente cómo y por qué ese régimen era inconstitucional. Las privaciones físicas eran terribles: la falta de comida, agua, jabón, cepillo de dientes, cuchillas de afeitar, tampones, ejercicio, libros, ropa limpia, baños calientes... Pero se había adaptado a ello y sobreviviría. El aspecto más enloquecedor del aislamiento era la falta de contacto humano.

Además, según recordaba, Gibbons tenía televisión, radio, compañeros en las celdas de al lado, guardias que le llevaban comida espantosa tres veces al día, dos mil doscientas calorías de alimento, dos duchas a la semana, visitas ilimitadas de su abogado, visitas de fin de semana de su familia y un montón de libros y revistas. Aun así, se volvió loco, pero Arkansas lo ejecutó de todos modos.

Si recuperaba la libertad en algún momento, Giovanna quizá se plantease dejar los grandes bufetes y trabajar para un abogado especializado en casos de pena de muerte o para un grupo de defensa de los derechos de los presos. Le encantaría tener la oportunidad de testificar ante un tribunal, o tal vez ante los legisladores, y detallar los horrores del régimen de aislamiento.

Gypsy Rose había vuelto con las esposas. Ya habían perfeccionado su rutina: Giovanna frunció el ceño, pero no dijo nada; luego, juntó las muñecas y la otra se las inmovilizó como si fuera una policía veterana. La italiana se inclinó hacia delante para que le tapara los ojos con la venda, una tela gruesa de terciopelo que olía a naftalina rancia. Su mundo volvió a ser negro. Gypsy le cubrió la cabeza con la capucha y la sacó de la celda. Tras dar unos cuantos pasos, ella estuvo a punto de detenerse al caer en la cuenta de que, mientras la preparaba, la muchacha tenía los ojos llorosos. Gypsy Rose mostrando algún tipo de emoción. Pero ¿por qué? La horrible verdad era que, después de cuidar de la prisionera durante tanto tiempo, le había cogido cariño. Ahora, el cautiverio había terminado. Tras cuarenta días, había llegado el gran momento. Iban a sacrificar a la prisionera.

Salieron al aire fresco. Unos pasos más allá, dos hombres con las manos fuertes la subieron a la parte trasera de un vehículo y se sentaron pegados a ella. El motor arrancó, el camión inició la marcha y, poco después, ya estaban dando tumbos por otra pista de arena en algún rincón del Sáhara.

Gypsy Rose se había olvidado del cuenco de fruta de la mañana. Una hora más tarde, Giovanna volvía a estar muerta de hambre. No había ventilación en la parte trasera del camión, o de lo que fuera que fuese aquel vehículo, de modo que, bajo la gruesa mortaja, le chorreaban la cara y el pelo de sudor. A veces le costaba respirar. Le transpiraba todo el cuerpo. Sus secuestradores despedían un penetrante y desagradable olor corporal que ya se había visto obligada a soportar muchas veces. El hedor de los soldados del desierto que apenas se bañaban. Ella tampoco olía demasiado bien.

Como rehén, había recorrido miles de kilómetros por carreteras atroces sin atisbar siquiera el exterior. Aquel viaje, sin embargo, era diferente.

El camión se detuvo. Apagaron el motor. Hubo un traqueteo de cadenas y los hombres la bajaron al suelo. Hacía calor, pero al menos estaba al aire libre. Oyó voces a su alrededor mientras se organizaban. Un guardia le sujetaba con firmeza el codo derecho; otro, el izquierdo. La guiaron de aquí para allá; luego empezaron a subir unos escalones de madera empinados. Giovanna no se veía los pies y los guardias la ayudaron a salvar los peldaños levantándola por los brazos. Tuvo la sensación de estar rodeada de otras personas que también tenían dificultades para subir. Más arriba, un hombre murmuraba en árabe algo que le pareció una oración.

Cuando terminaron el ascenso, avanzaron arrastrando los pies por una plataforma de madera hasta que se detuvieron. Inmóviles. Esperando.

Giovanna tenía el corazón desbocado y apenas podía respirar. Cuando le pusieron la soga al cuello y tiraron con fuerza, estuvo a punto de desmayarse. Cerca de ella, un hombre rezaba y otro lloraba.

Una vez más, los asesinos decidieron grabarlo todo con una cámara. El vídeo comenzaba con las cuatro víctimas ya colocadas en el patíbulo, con la soga alrededor del cuello y las manos esposadas a la espalda. De izquierda a derecha, los tres primeros llevaban el uniforme de las fuerzas especiales libias. Los hombres de Barakat los habían capturado durante la segunda incursión de comandos, cinco días antes, cerca de Ghat. La cuarta persona estaba en el extremo derecho y llevaba una falda o un vestido, no un uniforme. Justo detrás de cada uno de ellos, había un guerrero enmascarado empuñando un fusil de asalto.

El apellido FARAS aparecía en la parte inferior de la pantalla y, unos segundos después, el hombre armado que tenía detrás le pegaba un empujón al susodicho. Este caía hacia delante, descendía unos cuatro metros y medio, se detenía de golpe cuando la cuerda se tensaba con una sacudida y chillaba justo cuando se le partía el cuello. Se agitaba con violencia durante unos segundos mientras su cuerpo se iba rindiendo lentamente. Las botas del hombre quedaban colgando a metro y medio de la arena. Por si acaso, una especie de comandante se adelantaba con una pistola automática y le metía tres balazos en el pecho.

Los otros dos soldados se estremecían con cada uno de aquellos disparos y, de no haber sido por las sogas, se habrían desplomado. Pronto, ellos también caerían. La mujer del extremo permanecía rígida e inmóvil, como si estuviera demasiado aturdida para reaccionar.

El siguiente era Hamal. A la edad de veintiocho años, el soldado veterano, que dejaba esposa y tres hijos en su hogar de Bengasi, era asesinado por una banda de insurgentes. Momentos después, Saleel exhalaba su último aliento.

La cámara volvía a enfocar y ampliaba la imagen de la mujer: SANDRONI. Pasaban los segundos; luego un minuto entero sin movimiento en ninguna parte, al menos delante de la cámara. De repente, el inconfundible zumbido de una motosierra comenzaba fuera del plano.

El guardia que tenía detrás se acercaba, le aflojaba el nudo de la soga y se la quitaba. La agarraba del brazo y, mientras se la llevaba, el vídeo llegaba a su fin.

39

Era una ventaja contar con un verdadero romano en el grupo. Roberto Maggi conocía todos los restaurantes, especialmente los famosos, los de las críticas estelares y las cuentas abrumadoras. Pero también conocía las *trattorias* de barrio, donde la comida estaba igual de rica. Con el plazo a punto de cumplirse, nadie tenía ganas de dedicar tres horas a la cena de un domingo a primera hora de la noche. Maggi eligió un establecimiento llamado Due Ladroni, «Dos Ladrones» en italiano, y de camino disfrutaron de un paseo de quince minutos por la Via Condotti. Por supuesto, Roberto conocía a la dueña, una irlandesa alegre que no tuvo ningún problema en reorganizar las mesas para acomodar a los seis comensales en la terraza al aire libre.

Mitch estaba analizando la carta cuando le vibró el teléfono verde. Era Abby.

—Tengo que cogerlo —dijo mientras se levantaba—. Es mi mujer.

Tras doblar la esquina, contestó con un hola y encajó el golpe. La esperaban en Marruecos. Ella le repitió la conversación que había mantenido con Noura, punto por punto. En Nueva York era casi la una de la tarde. Su vuelo salía de JFK a las 17.10. ¿Debía ir? ¿Qué tenía que hacer? ¿Estaría a salvo? La primera reacción de Mitch fue decirle que por supuesto que no. Es peligroso. Piensa en los niños. Pero se dio cuenta de que su última visita al norte de África le había nublado el juicio. Abby ya había peinado internet y estaba convencida de que el viaje sería razonablemente seguro. Al fin y al cabo, volaría con British Airways. El hotel era caro y estaba muy bien valorado en las revistas de viajes y en varios sitios web. Cuanto más investigaba, más atractiva le parecía la ciudad de Marrakech, aunque siempre se sentiría vulnerable. No sería la típica turista.

La confianza de su esposa le calmó un poco los nervios, pero aún le inquietaba pensar en lo que podría ocurrirle si no les entregaban el dinero. El bote seguía vacío. No la secuestrarían a ella también. No en un hotel de cuatro estrellas. Y ¿por qué iban a hacerlo? Si Mitch y su equipo no eran capaces de reunir el dinero para una rehén, ¿por qué tomarse la molestia de raptar a una segunda?

Mientras hablaban, se acercó a la mesa y le dijo a Roberto:

—Tomaré el *cioppino*, estofado de pescado. —Era su plato favorito; luego recordó el de Trípoli . Hay noticias importantes —le dijo a Jack y desapareció tras la esquina de nuevo.

Abby tenía que ir. No cabía duda. La habían elegido para ser la mensajera desde el primer día y seguir las instrucciones era su obligación para con Giovanna. Se pusieron de acuerdo en el plan y Mitch prometió volver a llamarla al cabo de una hora. Ella empezó a hacer las maletas, aunque sin tener ni idea de cuánto tiempo estaría fuera. La temperatura ya superaba los treinta y dos grados en Marruecos. ¿Dónde estaba su ropa de verano?

Cuando Mitch volvió a la mesa, el equipo lo estaba esperando. Al principio, su relato les resultó pasmoso; luego, preocupante. Que le hubieran pedido a Abby que viajara a Marruecos para organizar un intercambio era una noticia excelente. Pero ¿qué iba a hacer si no había dinero?

Cory no decía gran cosa, pero no paraba de darle vueltas al asunto en la cabeza. Mitch lo miró y preguntó:

—¿Qué opinas de la seguridad del viaje de Abby?

—Que corre un riesgo entre bajo y moderado. Está en un buen hotel, con muchos turistas europeos. Si le piden que haga algo que no ve claro, que se niegue. Nosotros también estaremos allí. —Miró a Darian y le dijo—: Creo que debería ir. Cojo un avión y me llevo a una enfermera. Me registro en un hotel cercano, contacto con Abby y vigilo sus movimientos. Tenéis gente en Marruecos, ¿no?

—Sí —respondió Darian—. Los avisaré.

—¿Una enfermera? —preguntó Roberto.

Cory asintió y contestó:

—No tenemos ni idea de en qué condiciones se encuentra Giovanna.

—Si es posible, en estos casos lo mejor es disponer siempre de una enfermera —convino Darian—. Yo me quedaré aquí con el equipo.

—Por supuesto.

—Jack, ¿podemos usar el avión privado?

Ruch no se esperaba la pregunta y vaciló solo un momento, como si en realidad no quisiera desprenderse de él.

—Claro. Hay muchos disponibles.

Surgieron más ideas mientras intentaban disfrutar de la cena. El optimismo iba y venía. Tan pronto estaban entusiasmados con el viaje de Abby a Marruecos como volvían a acongojarse por el rescate.

Más tarde, mientras paseaban de vuelta al Hassler e intentaban disfrutar de otra hermosa noche romana, a Roberto le vibró el teléfono en el bolsillo. Era Diego Antonelli. Maggi se apartó de los demás y escuchó con mucha atención las rapidísimas palabras en italiano. Le habían llegado rumores desde Trípoli. Las embajadas libias en Roma, Londres y Estambul se habían puesto en contacto con un alto diplomático en algún rincón de las profundidades del régimen, todas ellas para instarlo a proceder del mismo modo. El susodicho tenía mano con Gadafi y se esperaba que los libios le dieran el visto bueno al acuerdo.

Una hora más tarde, Riley Casey llamó a Mitch desde Londres para transmitirle una noticia similar. Sir Simon Croome había recibido una llamada de un viejo amigo del Ministerio de Relaciones Exteriores. Corría el rumor de que al embajador libio en el Reino Unido también le habían notificado que su Gobierno había decidido resolver con un acuerdo el asunto de la demanda de Lannak, y cuanto antes.

Mitch, Jack y Roberto se reunieron en una esquina oscura del bar del Hassler para hablar de su cliente. Suponiendo que se llegara a un acuerdo, y eran lo bastante prudentes como para no dar nada por hecho, necesitaban una estrategia para presionar a Lannak a dedicar el dinero al rescate. Roberto, que los conocía mejor debido a la larga historia de la constructora con Luca, consideraba probable que los Celik accediesen, pero solo si les ofrecían alguna garantía de que, al final, terminarían recibiendo los cuatrocientos millones de dólares. Los tres abogados sabían que en los litigios no existían las garantías. Quienes las daban eran tontos.

Roberto quería respuestas, así que le preguntó a Jack:

—¿Es posible convencer a Scully de que pida los fondos prestados? Sé que lo has intentado, pero ¿puedes intentarlo de nuevo?

—Quizá, pero ahora mismo no soy optimista respecto al bufete.

—Es perturbador. Luca está destrozado y se siente traicionado.

—Con razón —señaló Mitch.

—¿Crees que el comité votaría de forma distinta si se tratara de la hija de un socio estadounidense?

—Muy buena pregunta —murmuró McDeere.

—No lo sé —contestó Jack—, pero lo dudo. A la mayoría le preocupa más proteger sus propios bienes. Que les pidiera que confirmaran y avalasen un préstamo así les resultó demasiado aterrador, supongo. Lo intenté, Roberto.

—Luca va a poner diez millones de su propio bolsillo. Lo ha hipotecado todo. Esperaba más de la empresa.

—Yo también. Lo lamento mucho.

Desde el momento en el que entró en la sala vip de British Airways del aeropuerto JFK, Abby empezó a buscar a quien pudiera estar observándola. No siguiéndola, sino «vigilándola», como le había dicho Noura. Como no vio a nadie sospechoso y, además, era muy consciente de que quienquiera que la siguiese no despertaría la menor sospecha, se relajó, pidió un expreso y buscó una revista.

Siempre le había gustado British Air y se alegraba de que esa compañía pudiera llevarla hasta Marrakech. Recordó, un tanto divertida, la enrevesada ruta que Mitch había hecho desde Nueva York hasta Trípoli el mes anterior. Había necesitado treinta horas de viaje y tres compañías aéreas distintas. Ella solo utilizaría una y era de sus favoritas. La primera clase era bastante cómoda. El champán estaba delicioso. La cena era comestible, pero se había vuelto tan esnob con la comida que jamás podría calificar de delicioso nada de lo que le sirvieran en un avión.

Pensó en sus hijos y en lo mucho que estaban disfrutando a la mesa de la señorita Emma, comiendo lo que les venía en gana y sin que sus abuelos les pusieran apenas ningún límite. ¿Cuántos niños comen langosta todos los días?

La escala en el aeropuerto londinense de Gatwick duró tres horas y veinte minutos. Para matar el tiempo, dio una cabezada en un sillón, contempló el amanecer, leyó revistas y trabajó en un libro de cocina laosiana. Se fijó en un caballero norteafricano que llevaba un traje de lino blanco y unas alpargatas azules y que intentaba ocultar la mayor parte del rostro bajo un sombrero de paja. La tercera vez que lo pilló mirándola, decidió que era uno de sus «vigilantes». Se encogió de hombros y supuso que le esperaban momentos más tensos.

40

Samir llamó a Mitch el lunes por la mañana y le dijo que tenía buenas noticias. McDeere lo invitó a desayunar con Roberto y con él en el Hassler y los tres quedaron en el restaurante del hotel a las nueve y media.

Estaba tan desubicado desde hacía diez días que ya no sabía quién pagaba qué. Había perdido la cuenta de sus gastos, un pecado para cualquier abogado de un gran bufete. El Hassler le estaba costando a alguien setecientos dólares por noche, comidas y bebidas aparte. Supuso que Lannak acabaría recibiendo las facturas, pero eso no le parecía del todo justo. Los Celik no eran responsables del secuestro de Giovanna. Quizá Scully tuviera que correr con los gastos, algo que a Mitch no le suponía ningún problema, porque estaba frustrado con el bufete.

Samir era todo sonrisas cuando se sentaron y se apresuró a anunciar en voz baja:

—Mi amigo del Ministerio de Asuntos Exteriores me ha llamado esta mañana desde Trípoli. Anoche a última hora se enteró de que el Gobierno ha decidido resolver todo el conflicto de Lannak, y cuanto antes.

Mitch tragó saliva con dificultad y preguntó:

—¿Cuánto?

—Entre cuatrocientos y quinientos millones.

—Es una horquilla muy amplia.

—Es una noticia excelente, Samir —dijo Roberto—. ¿Podrán hacerlo rápido?

—Mi amigo cree que sí.

Pidieron café, zumo y huevos. Mitch consultó su teléfono. Un mensaje de Abby. Había salido puntual de Gatwick. Varios correos nuevos, ninguno relacionado con Giovanna y, por tanto, de poca importancia. Tenía que llamar a Estambul para hablar con Omar Celik y ponerlo al día. El acuerdo parecía probable, pero decidió esperar una hora.

Perdió el interés por el desayuno.

Una hora más tarde, toda la euforia inicial sobre la posibilidad de alcanzar un acuerdo rápido se vino abajo por culpa de un vídeo de dos minutos de duración que se envió por mensaje de texto a dos periódicos londinenses, *The Guardian* y *The Daily Telegraph*; a dos italianos, *La Stampa* y *La Repubblica*; y a *The Washington Post*. Unos instantes después, ya estaba corriendo como la pólvora por internet. Uno de los socios de Scully en Milán lo vio y llamó a Roberto.

En la sala de conferencias del hotel, Mitch abrió su portátil a toda prisa y esperó. El italiano se asomó por encima de su hombro izquierdo; Jack, por encima del derecho. Darian estaba al lado. Con muda incredulidad, observaron a los tres soldados encapuchados, ataviados con el uniforme de comando del Ejército libio, mientras los empujaban hacia delante desde el patíbulo improvisado y se retorcían con brusquedad al extremo de la cuerda. Faras, Hamal, Saleel. Las sacudidas se multiplicaban con cada disparo en el pecho.

Roberto ahogó un grito cuando apareció la imagen de

«Sandroni». Llevaba falda o vestido, así que, sin duda, era una mujer, y esperaba valientemente de pie en el extremo derecho, con una capucha negra sobre la cabeza y una soga al cuello.

—Virgen santa —murmuró y luego dijo algo en italiano que Mitch no había oído en su vida.

Al cabo de unos segundos, por suerte, le quitaron la soga del cuello y se la llevaron. De momento, le habían perdonado la vida.

Volvieron a ver el vídeo. Cuando Roberto se recuperó, llamó a Bella y le dijo que mantuviera a Luca alejado del móvil, los ordenadores y la televisión. Mitch y él irían lo antes posible.

Lo vieron por tercera vez.

Él supo de inmediato que aquello acabaría con cualquier posible interés que los libios tuvieran en extenderles un abultado cheque a Lannak y a sus abogados. Estaba casi seguro de que Samir les había revelado el secreto de que los secuestradores se habían puesto en contacto con Scully. Ni siquiera era descabellado pensar que el régimen culpara al bufete de todo aquel lío desde el principio.

El asesinato a sangre fría de otros tres soldados libios, nada menos que en su propio territorio, provocaría casi con total seguridad que el coronel estallara en un ataque de ira y venganza. La resolución de un pleito bochornoso, un mero incordio para él de todas formas, acababa de perder toda la importancia que tuviese. Se había convertido en el hazmerreír de todo el mundo.

Mitch cerró el portátil y los otros dos abogados se quedaron mirando sus respectivos teléfonos.

Samir llamó desde su hotel para asegurarse de que lo habían visto. Le dijo a Roberto que de ningún modo iba ese vídeo a ayudarlos. Ahora temía aún más por la seguridad de Giovanna. Estaba en conversaciones con fuentes de Trípoli y se pondría en contacto con ellos si se enteraba de algo importante.

Dedicaron el resto de la mañana a hacer y recibir llamadas, puesto que no cabía nada más. Jack mantuvo una larga conversación con alguien del Departamento de Estado en Washington, pero no resultó muy productiva. Mitch habló con Riley Casey, que le dijo que aquella mañana en la sede de Scully & Pershing en Londres no había absolutamente nadie capaz de trabajar. Todo el mundo tenía la mirada perdida en la pantalla de su ordenador; estaban demasiado aturdidos para hacer cualquier cosa que no fuera susurrar. Había varias mujeres llorando. Les resultaba increíble pensar que aquella imagen horrible fuera de verdad de su compañera. Roberto estaba intentando localizar a Diego Antonelli. Como cabía esperar, los diplomáticos libios, que ya se habían mostrado reticentes a hablar durante todo el fin de semana, habían perdido de repente el poco interés que hubieran podido tener.

Cory estaba en un avión corporativo camino de Marrakech para vigilar los movimientos de Abby. Mitch estaba muy preocupado por lo que pudiera torcerse allí cuando su mujer llegara sin el rescate. Darian recibió una llamada de Tel Aviv. Una fuente de Bengasi aseguraba que Gadafi había desplegado a las fuerzas aéreas y estaba bombardeando varios objetivos sospechosos cerca de las fronteras de Chad y Argelia. Bombardeos extensivos, aldeas enteras abrasadas y arrasadas. Ni una sola alma a camello estaba a salvo en aquellos momentos.

Sir Simon llamó a Mitch desde Londres y, con una voz demasiado alegre, le explicó que, en su opinión, los terroristas se habían marcado una jugada maestra. La imagen de la joven Giovanna en el patíbulo, con tres soldados recién asesinados colgando cerca, había conmocionado a la nación. Sabía a ciencia cierta que el primer ministro había visto el vídeo hacía tres horas y había convocado al ministro de Relaciones Exteriores en el número 10 de Downing Street. Sin duda, estaban hablando de dinero.

Diez minutos más tarde, Riley Casey llamó con la sorprendente noticia de que a él también lo habían convocado en la residencia oficial del primer ministro. Este último exigía conocer los detalles. Mitch señaló con la cabeza a Jack, que dijo:

—¡Ve! Y cuéntaselo todo.

A las seis de la mañana, hora del este, este llamó al senador Elias Lake a su casa de Brooklyn y le dejó un mensaje de voz. Diez minutos después, el susodicho le devolvió la llamada. Un ayudante acababa de despertarlo y le había enviado el vídeo. Jack le pidió que llamara a la secretaria de Estado para proponerle el plan de forzar a los servicios exteriores británico e italiano a crear un grupo de tres y ponerse a buscar el puñetero dinero.

Cargada con solo una maleta de mano, Abby avanzaba a buen paso por el aeropuerto de Menara, en Marrakech. Siguió las señales, escritas en árabe, francés e inglés, hasta la parada de taxis y, al salir por las puertas giratorias, notó una bofetada de aire caliente y húmedo. Había una decena de vehículos sucios esperando y ella cogió el primero. No estaba segura de qué idioma hablaría el conductor, así que le entregó una tarjeta con la dirección del hotel La Maison Arabe.

El hombre dijo:

—Gracias. No hay problema.

Quince minutos más tarde, llegó y pagó al taxista en dólares estadounidenses, una moneda que él aceptó encantado. Eran casi las seis de la tarde y el vestíbulo estaba vacío. Le dio la sensación de que la recepcionista la estaba esperando. Le habían reservado una bonita suite esquinera en la primera planta durante tres noches. Por fin sabía cuánto tiempo iba a quedarse en principio. Cogió el ascensor, encontró su habitación y se encerró en ella. Hasta el momento, no había visto a nadie más que a la recepcionista. Abrió las cortinas y se asomó a un hermoso patio. Cuando llamaron a la puerta, se sobresaltó y, obedeciendo a un impulso, preguntó:

—¿Quién anda ahí?

No recibió respuesta. Abrió sin quitar la cadena. Un botones con un uniforme impecable le sonrió a través de la rendija y le dijo:

—Una carta para usted.

Abby la cogió, le dio las gracias y cerró la puerta. En letras mayúsculas, en un papel de carta del hotel, alguien había escrito: «Por favor, baje esta noche a cenar conmigo en el restaurante del hotel. Hasán (amigo de Noura)».

Llamó a su marido por el teléfono verde y repasaron los últimos acontecimientos. Había mucha actividad, pero pocos progresos. Mitch le describió el vídeo y le dijo que, por supuesto, había invalidado todos los intentos de resolver la demanda con un acuerdo. Los libios no estaban de humor ni para negociar ni para nada que no fuera encontrar a los terroristas. Él y los demás creían que la propia secretaria de Estado estadounidense había hablado con sus homólogos del Reino Unido e Italia. Luca se encontraba mejor y estaba pendiente de todos sus teléfonos. A lo largo del día, Jack había llamado a todos los miembros del comité de dirección de

Scully y los había presionado para que aprobaran el acuerdo de préstamo, pero no había habido movimientos. Sorprendió a Abby con la noticia de que Cory también estaba en Marrakech y se pondría en contacto con ella en breve.

Sin duda, que el susodicho estuviera en la ciudad era un alivio.

Deshizo la maleta y colgó dos vestidos cómodos y sin mangas, uno blanco y otro rojo, ambos sin arrugas. En el minibar solo había agua y refrescos y ella necesitaba algo más fuerte. Marruecos era un país musulmán a ultranza en el que estaba terminantemente prohibido el alcohol. También era una antigua colonia francesa y un histórico crisol de culturas, religiones e idiomas procedentes de Europa, África y Oriente Próximo. En algún lugar de Marrakech, alguien consumía más de doscientas toneladas de alcohol al año. Seguro que en el restaurante le servían una copa de vino. Se echó una siesta, luego se dio un largo baño caliente en una bañera con patas de garra, se lavó el pelo, se lo secó y se puso su vestido cruzado rojo.

Si se sentía segura, ¿por qué se le había formado un nudo en el estómago?

El restaurante era un comedor lujoso con un techo azul de estilo persa y mesas con manteles drapeados. Era bonito y pequeño, con solo unas cuantas mesas lo bastante separadas como para preservar la intimidad de los comensales. Parecía más bien un club privado.

Hasán se levantó en cuanto ella se acercó y le dedicó una sonrisa impresionante.

—Hasán Mansour, señora McDeere.

Abby temía que empezara con los habituales abrazos y besos en las mejillas, pero el hombre se conformó con un suave apretón de manos. La ayudó a sentarse en su silla y trasladó la suya al otro lado de la mesa. Los comensales más cercanos estaban a diez metros.

—Encantada de conocerlo —mintió, solo porque tenía que decir algo educado.

Fuera quien fuese y se dedicara a lo que se dedicase aquel tipo, Abby estaba sentada frente al enemigo. Su relación duraría solo unas horas y estaba decidida a que no le cayera bien, por mucho falso encanto que intentara proyectar. Hasán tenía unos cincuenta años, el pelo corto y canoso engominado hacia atrás y unos ojos pequeños y negros demasiado juntos.

Con esos mismos ojos, la miró de arriba abajo y le gustó lo que vio.

—¿Qué tal el vuelo? —le preguntó.

No llevaba alianza de casado, pero sí un diamante en el meñique derecho. Lucía un buen traje de diseño de color gris claro y seguramente de lino. Una camisa de un blanco intenso que contrastaba muy bien con su piel morena. Una corbata de seda cara. Un pañuelo de bolsillo a juego. No le faltaba ni un detalle.

—Bien. Los británicos saben llevar una acrolínea.

Él sonrió, como si ella hubiera pretendido ser graciosa.

—Viajo mucho a Londres y siempre me ha gustado British Air. También Lufthansa; dos de las mejores.

Lo dijo con un inglés perfecto con un ligero acento que podría ser de cualquier lugar situado unos mil quinientos kilómetros al sur de Roma. Abby habría apostado casi cualquier cosa a que no se llamaba Hasán Mansour, y le daba igual. No era más que un intermediario, un conector entre el dinero y la rehén. Si volvía a verlo, quizá fuera cuando estuviese esposado.

—¿Le importa si le pregunto dónde vive? Seguro que usted ya sabe muchas cosas de mí. Dónde están mi apartamento, mi oficina y el colegio de mis hijos, ese tipo de cosas tan importantes.

Sin perder la sonrisa, Hasán contestó:

—Podríamos pasar horas intercambiándonos preguntas, señora McDeere, pero me temo que no habría muchas respuestas, al menos por mi parte.

—¿Quién es Noura?

—No la conozco.

—No le he preguntado eso. ¿Quién es Noura?

—Digamos que es una soldado de la revolución.

—Pues no viste como tal.

Un camarero se acercó y les preguntó si querían beber algo. Abby le echó un vistazo a una breve carta de vinos y respondió:

—Un *chablis*.

Hasán se pidió una infusión de hierbas. Cuando aquel se fue, este se inclinó unos centímetros hacia delante y dijo:

—No sé tanto como se cree, señora McDeere. Yo no formo parte de la organización. No soy un soldado de la revolución. Solo me pagan por negociar un acuerdo.

—Estoy segura de que ha visto el último vídeo. El que han publicado esta mañana.

Él siguió sonriendo.

—Sí, claro.

—Giovanna con una soga alrededor del cuello. El asesinato de tres hombres. El ruido de una motosierra de fondo. Publicado justo en el momento oportuno, sin duda con el objetivo de presionar aún más a los amigos de la chica.

—Señora McDeere, yo no he tenido nada que ver con los hechos grabados en ese vídeo. ¿Acaso su marido es responsable de las acciones de sus clientes?

—No, desde luego que no.

—Entonces no tengo nada más que añadir.

—Habla como un verdadero abogado.

Él sonrió y asintió con la cabeza, como reconociendo que, en efecto, pertenecía a la profesión.

—Podemos hablar de muchas cosas, señora McDeere, pero no estamos aquí por motivos sociales.

—Bien. ¿Debo suponer que nuestro plazo sigue siendo las cinco de la tarde del miércoles veinticinco de mayo?

—Correcto.

Abby respiró hondo y dijo:

—Necesitamos más tiempo.

—¿Por qué?

—Reunir otros noventa millones de dólares no es algo que entre en el ámbito de nuestra experiencia. Nos está resultando bastante complicado.

—¿Cuánto tiempo más?

—Cuarenta y ocho horas.

—La respuesta es no.

—Veinticuatro. Hasta el jueves a las cinco de la tarde.

—La respuesta es no. Son órdenes.

Abby se encogió de hombros como diciendo: «Bueno, lo he intentado».

—¿Tienen el dinero? —preguntó Hasán.

—Sí —respondió con una confianza basada solo en la práctica. La única respuesta posible era esa. Cualquier otra contestación pondría en marcha unos acontecimientos que se tornarían imprevisibles. Con la misma rapidez, añadió—: Tenemos compromisos. Puede que tardemos uno o dos días en reunir el dinero. No entiendo en qué podría perjudicar su posición el hecho de concedernos veinticuatro horas más.

347

—La respuesta es no. ¿Están teniendo problemas? —La sonrisa había desaparecido.

—No, problemas no, solo unas cuantas dificultades. No es una cuestión tan sencilla como hacer que el bufete extienda un cheque. Hay muchos movimientos que implican a varias entidades.

Hasán se encogió de hombros como si lo entendiera.

Cuando llegaron las bebidas, Abby cogió su copa lo más deprisa que pudo sin que llegara a parecer que estaba desesperada por beberse el vino. El otro empezó a juguetear con la bolsita de la infusión como si el tiempo no significara nada para él. Ella se había informado en la recepción del hotel y sabía que disponían de servicio de habitaciones. Después de haber pasado cinco minutos con Hasán, lo último que le apetecía era tener que compartir una cena larga y dolorosa con aquel hombre mientras ambos esquivaban una y otra vez temas que no podían tratar. Incluso había perdido el apetito.

Como si le hubiera leído la mente, él le preguntó:

—¿Le apetece que pidamos la cena?

—No, gracias. Tengo el horario cambiado y necesito descansar. Llamaré al servicio de habitaciones.

Bebió otro sorbo de *chablis*. Él aún no había siquiera levantado la taza de té.

La sonrisa regresó como si no pasara nada y le dijo:

—Como prefiera. Tengo que darle instrucciones.

—Para eso estoy aquí.

Por fin, Hasán se llevó la delicada tacita a los labios y se los mojó.

—Su marido debe viajar a la isla de Gran Caimán, en el Caribe, lo antes posible. Tengo entendido que ya conoce el lugar. Cuando llegue mañana por la tarde, que se presente en el Trinidad Trust de Georgetown y pregunte por un banquero llamado Solomon Frick. Lo estará esperando. Este señor representa a mi cliente y su marido tendrá que hacer exactamente lo que él le diga. Si alguien intenta rastrear las transferencias, él lo sabrá de inmediato. Si detecta cualquier indicio de que alguien los está vigilando, siendo ese alguien el FBI, Scotland Yard, la Interpol, la Europol o cualquier otro grupo de chicos pertrechados con armas y placas, a su amiga le pasarán cosas malas. Hemos llegado hasta aquí sin la interferencia ni de la Policía ni del Ejército, así que sería una pena que cometieran alguna estupidez a estas alturas del partido. Si tienen el dinero, señora McDeere, Giovanna está casi liberada.

—Nos gustaría confirmar que sigue viva.

—Por supuesto. Está viva, se encuentra bien y le falta muy poco para volver a casa. No permita que una mala decisión conduzca a su fallecimiento. —Se metió una mano en el bolsillo de la chaqueta y sacó una hoja de papel doblada—. Aquí están las instrucciones explicadas con más detalle. Su marido debe seguirlas al pie de la letra.

—Mañana saldrá de Nueva York hacia Gran Caimán.

Hasán esbozó una amplísima sonrisa mientras le entregaba la nota y le decía:

—Mitch no está en Nueva York, señora McDeere. Está en Roma. Y tiene acceso a un avión privado.

41

¿Gran Caimán?

Las Caimán son tres minúsculas islas del Caribe, situadas al sur de Cuba y al oeste de Jamaica. Aún son territorio británico, así que se aferran a las viejas tradiciones y siguen conduciendo por la izquierda. Las playas, el submarinismo y unos excelentes hoteles atraen a muchos turistas. Allí no se pagan impuestos ni por el dinero que se gana ni por el que se atesora en los bancos. Hay al menos cien mil empresas, más de una por ciudadano, registradas en Georgetown, la capital. Miles de millones de dólares permanecen aparcados en entidades bancarias enormes donde acumulan aún más miles de millones en intereses, libres de impuestos, por supuesto. Los abogados fiscalistas trabajan en buenos bufetes con sueldos muy altos y disfrutan de una espléndida calidad de vida. En el mundo de las finanzas internacionales, la palabra «Caimán» es sinónimo, entre otras cosas, de un lugar seguro donde esconder dinero, tanto limpio como sucio.

Gran Caimán, Pequeño Caimán, Caimán Brac.

Mitch había intentado olvidarse de las tres.

Había sido el lado más turbio de las Caimán lo que había atraído al bufete Bendini hacía años, en la década de 1970, cuando el dinero de la droga entraba a raudales en las islas.

Se encargaban de blanquear los beneficios de sus clientes criminales y habían encontrado varios bancos amistosos en Gran Caimán. El bufete incluso había comprado un par de apartamentos de lujo junto a la playa para que sus socios los disfrutaran cuando iban de «viaje de negocios».

—Cuéntame otra vez todo lo que te ha dicho, Abby. Palabra por palabra.

—Me ha dicho: «Mañana por la mañana su marido debe ir a Gran Caimán. Tengo entendido que ya conoce el lugar».

«Que ya conoce el lugar».

Mitch estaba en calzoncillos, paseándose de un lado a otro de la habitación, totalmente desconcertado y a punto de arrancarse los pelos. ¿Cómo era posible que alguien, y sobre todo un hombre como Hasán o como demonios se llamara, supiese a ciencia cierta que él había tenido algún tipo de relación con las islas Caimán? Habían pasado quince años. Se sentó en el borde de la cama, cerró los ojos y empezó a respirar hondo.

Intentó recordar algunos detalles. Cuando Bendini implosionó, hubo decenas de arrestos y reportajes en las noticias. Abby y él, junto con su hermano Ray, estaban escondidos en un velero cerca de Barbados. El FBI no estaba buscando a Mitch, pero la mafia de Chicago se moría de ganas de encontrarlo. Meses después, cuando los McDeere por fin volvieron a tierra, fue a una biblioteca de Kingston, en Jamaica, y buscó las noticias en la hemeroteca. En varias de ellas se mencionaban las islas Caimán con respecto a las actividades delictivas de la empresa Bendini. Sin embargo, el nombre de Mitch nunca había aparecido impreso, al menos no en los reportajes que él fue capaz de encontrar.

Ese era el único vínculo posible: el bufete Bendini, del

que había sido miembro durante un breve lapso, y algunas de sus supuestas irregularidades en las Caimán. Teniendo en cuenta lo antiguo y oscuro que era aquel asunto, ¿cómo lo habría encontrado Hasán?

El hecho de que supiera que Mitch estaba en Roma y que había llegado hasta allí en un avión privado le resultaba igual de desconcertante. McDeere llamó a un socio de Nueva York, un amigo que era piloto y adicto a todo lo que tuviera que ver con la aviación. Sin proporcionarle muchos datos, le preguntó si sería muy difícil rastrear los movimientos de un avión privado. «En absoluto, si dispones del código de cola». Mitch le dio las gracias y colgó.

Pero ¿cómo habían sabido que él iba en ese avión?

Porque lo estaban espiando.

No se lo dijo a Abby, pues su mujer pensaría de inmediato en los niños y se asustaría. Si estaban vigilando tan de cerca a los McDeere, ¿hasta qué punto estaban seguros?

Para garantizar que tuvieran privacidad, Jack trasladó al equipo de operaciones a una enorme suite de la segunda planta del Hassler. Pidió unos aperitivos —nada de alcohol— y todos picotearon algo mientras esperaban a Mitch con gran nerviosismo. Cuando llegó, escucharon absortos su relato de la conversación que había mantenido con Abby y la descripción de todo lo ocurrido en Marrakech. Su mujer estaba alojada en un hotel precioso, se sentía segura y estaba deseando ponerse manos a la obra. El tal Hasán era un profesional con mucha labia que parecía controlar la situación con mano firme. El hecho de que conociera la historia de Mitch con las Caimán y de que supiese que estaba en Roma y no en Nueva York era nada menos que pasmoso. El equipo recordó una vez más que solo estaban reaccionando. Las reglas las dictaban unos desalmados mucho más informados y mejor organizados que ellos.

Jack y él decidieron que saldrían de Roma hacia Nueva York a primera hora de la mañana siguiente. Desde allí, Mitch cogería un avión a Gran Caimán, donde llegaría a mediodía, hora del Caribe. McDeere llamó a un socio neoyorquino de Scully y le dijo que se pusiera en contacto con su bufete afiliado en Gran Caimán para pedirles que tuvieran preparado a un experto bancario. Llamó a otro socio y le encargó que investigara un banco llamado Trinidad Trust.

Darian habló con Cory, que estaba sobre el terreno en Marrakech y había contratado a guardias de seguridad marroquíes. Uno de ellos era ahora huésped del hotel La Maison Arabe y se alojaba en una habitación a dos puertas de distancia de la de Abby. Esta había quedado con Hasán el martes por la mañana para desayunar y ponerlo al día. Los marroquíes de su equipo estarían vigilando al señor Mansour, un hombre al que hasta el momento habían sido incapaces de localizar. Darian le dijo a Cory que les advirtiese a los miembros de su equipo que no debían correr ningún riesgo. Solo tenían que observar con diligencia y no dejarse pillar mientras lo hacían.

Justo después de las nueve de la noche, las tres de la tarde en la costa este, el senador llamó con la noticia que habían estado esperando. Elias Lake informó a Jack, en la más estricta confidencialidad, por supuesto, de que el ministro británico de Relaciones Exteriores había llegado a un acuerdo con los italianos y los estadounidenses para que cada uno de los tres Gobiernos aportara quince millones de dólares al fondo del rescate. Los pagos procederían de fuentes tan ocultas que bien podrían haber estado en Marte y se canalizarían a través de bancos de cuatro continentes. Al final, sin embargo, llegarían casi como por arte de magia a una nueva cuenta en un banco de las islas Caimán. Y cualquier pobre diablo lo bastante curioso como para intentar averiguar de dónde procedía el dinero terminaría, con toda probabilidad, perdiendo la cabeza.

Jack le dio las gracias mil veces al senador y prometió llamarlo más tarde.

Cuarenta y cinco millones eran la mitad de noventa, su objetivo. Aunque sumaran los diez de Luca, aún les faltaba mucho.

Darian, exasperado, dijo:

—En el sucio mundo de los fondos reservados estadounidenses, quince millones son una miseria. Es lo que la DEA les paga todos los meses a sus confidentes de narcóticos.

—Giovanna no es ciudadana estadounidense —le recordó Jack.

—Ya, y los chivatos de Colombia tampoco.

Habían pasado muchas horas, a lo largo de muchos días, debatiendo si los terroristas cederían. ¿Con cuánto se conformarían si no conseguían el total de cien millones de dólares? Les costaba imaginárselos renunciando a un montón enorme de dinero. Ya tenían diez millones en la mano. Y dentro de poco tendrían otros cincuenta y cinco a su alcance.

Darian creía que en aquel momento el récord eran los treinta y ocho millones de dólares que los franceses habían pagado a una banda somalí a cambio de la liberación de un periodista, pero, como no existía un centro de intercambio de información sobre el secuestro internacional de rehenes, nadie lo sabía con seguridad. Sesenta y cinco millones era, sin duda, una suma impresionante.

La alternativa, en cambio, era demasiado horripilante para considerarla siquiera.

Mitch entró en otra habitación y llamó a Estambul.

El Bombardier Challenger despegó del aeropuerto internacional Leonardo da Vinci de Roma a las seis de la mañana del martes 24 de mayo. Tanto Jack como él necesitaban dormir, así que la azafata les preparó una cama a cada uno en sendos cubículos de la parte trasera de la cabina. No obstante, antes de irse a descansar, Mitch tenía algo que decir:

—¿Y si nos tomamos un *bloody mary*, solo uno, y charlamos? Hay algo que debes saber.

Jack solo quería dormir unas cuantas horas, pero se dio cuenta de que el asunto era serio. Le pidieron las bebidas a la azafata, que, en cuanto se las sirvió, desapareció.

Mitch agitó sus cubitos de hielo, dio un par de tragos y empezó:

—Hace años, cuando Abby y yo nos marchamos de Memphis en plena noche, huyendo literalmente para salvar la vida, conseguimos escapar de la ciudad por los pelos. La empresa para la que trabajaba, el bufete Bendini, era propiedad de la mafia de Chicago y, en cuanto me enteré, supe que tenía que largarme. El FBI estaba detrás de ellos y se avecinaba una catástrofe. El bufete sospechaba que yo le estaba facilitando información al FBI, así que trazaron planes para eliminarme. Para entonces yo ya sabía que, a lo largo de los años, la empresa se había encargado de silenciar a varios abogados. Una vez que pasabas a formar parte del bufete, ya nunca te ibas. Al menos cinco habían intentado abandonarlo en la década anterior a mi llegada. Todos estaban muertos. Tenía claro que yo era el siguiente. Mientras preparaba mi huida, vi la oportunidad de desviar algo de dinero. Unos fondos que estaban escondidos en un paraíso fiscal, en un banco de Gran Caimán, curiosamente, y que supe transferir a otros lugares. Era dinero sucio, dinero del bufete, dinero de la mafia. Estaba asustado y enfadado y me enfrentaba a un futuro muy incierto. Mi prometedora carrera se había ido al garete por culpa de Bendini y, si sobrevivía, me esperaba una vida de fugitivo. Así que, como compensación, me llevé el dinero sucio. Diez millones de dólares escamoteados gracias a la magia de las transferencias bancarias. Mandé una parte para que cuidaran de mi madre, otra a los padres de Abby y el resto lo mantuve oculto en paraísos fiscales. Más tarde, se lo conté al FBI y me ofrecí a devolver la mayor parte. Les dio igual. Estaban demasiado ocupados persiguiendo a los malos. ¿Qué iban a hacer ellos con el dinero? Con el tiempo, supongo que terminaron olvidándolo.

Jack le dio un sorbo a su copa, con una expresión divertida en la cara.

—Cuando empecé a trabajar para Scully en Londres, me puse en contacto con el FBI por última vez. Habían perdido el interés por completo. Los presioné y al final conseguí que me enviaran una carta oficial del IRS, una exención de impuestos. No debía nada. Caso cerrado.

—O sea, que ese dinero sigue ahí, en algún paraíso fiscal —dijo Jack.

—Sigue ahí, en el Royal Bank of Quebec, que da la casualidad de que está en la misma calle que el Trinidad Trust.

—En Gran Caimán.

—En Gran Caimán. Esa gente sabe guardar un secreto, créeme.

—Y a estas alturas ya tienes mucho más de diez millones.

—Correcto. Llevan quince años generando intereses, libres de impuestos. He hablado con Abby y creemos que esta es la ocasión perfecta para deshacernos de la mayor parte de ese dinero. Por alguna razón, siempre hemos tenido la sensación de que en realidad no nos pertenece, ¿sabes?

—¿Para el rescate?

—Sí; vamos a aportar otros diez millones. Así que, con los diez de Luca, llegamos a sesenta y cinco y eso hay que sumarlo a los diez que ya tienen. No está nada mal para un puñado de matones del desierto.

—Es un gesto muy generoso, Mitch.

—Lo sé. ¿Crees que aceptarán sesenta y cinco?

—No tengo ni idea. Parece que la sangre les gusta tanto como el dinero.

Guardaron silencio durante un buen rato mientras saboreaban las bebidas. Al final, él añadió:

—Y hay otra cosa.

—Me muero de ganas de oírla.

—Hace unas horas llamé a Omar Celik y le pedí diez millones. Adora a Luca y a Giovanna, pero no tenía claro si su cariño se traduciría en tanto dinero. Así que hice una tontería: le garanticé que lo recuperaríamos con la demanda.

—Eso es una tontería.

—Ya te lo he dicho.

—Pero no te lo reprocho. Las situaciones desesperadas requieren medidas desesperadas. ¿Qué te dijo?

—Que lo consultaría con la almohada. Así que subí la apuesta y me volví aún más loco. Lo amenacé; le dije que, si no colaboraba, me retiraría del caso y tendría que contratar a otro bufete.

—No se amenaza a los turcos.

—Lo sé. Pero no perdió la compostura. Estoy casi seguro de que dirá que sí.

—En ese caso, tendríamos setenta y cinco millones.

—Los cálculos, al contrario que todo lo demás, son bastante sencillos. ¿Rechazarán setenta y cinco millones?

—¿Tú lo harías?

—No. Además, se libran de la rehén. No creo que sea una prisionera fácil.

El alcohol hizo buenas migas con el cansancio y el desfase horario y, una hora después del despegue, Mitch y Jack estaban profundamente dormidos y sobrevolando el Atlántico a doce mil metros de altura.

42

Para el café de la mañana, Abby se puso el vestido blanco y no se maquilló. Hasán lucía otro elegante traje de lino de un color oliva claro. Camisa blanca impoluta, sin corbata. Se sentaron a la misma mesa, de la que ella ya estaba harta. Pidieron café y té y le dijeron al camarero que ya comerían algo más tarde.

Él, siempre tan encantador, siguió sonriendo hasta que Abby le dijo:

—Necesitamos más tiempo, otras veinticuatro horas.

El ceño repentinamente fruncido y un gesto de negación.

—Lo siento. No es posible.

—Entonces no dispondremos del total de noventa millones.

El ceño aún más fruncido.

—Entonces las cosas se complican.

—Las cosas ya están más que complicadas. Estamos recaudando dinero de al menos siete fuentes distintas y en varios idiomas.

—Entiendo. Una pregunta: si disponen de veinticuatro horas extra, ¿cuánto dinero más podrán reunir?

—No lo sé con seguridad.

Los minúsculos ojos negros de Hasán la fulminaron como láseres.

—Pues eso lo dice todo, señora McDeere. Si ustedes no pueden prometerme más dinero, yo no puedo prometerles más tiempo. ¿Cuánto tienen?

—Setenta y cinco. Más el anticipo de diez, por supuesto.

—Por supuesto. ¿Y está disponible para que su marido pueda transferirlo mañana?

El camarero volvió y dejó el té y el café sobre la mesa con gran lentitud. Les preguntó de nuevo si querían algo de comer, pero Hasán le hizo un gesto grosero para que se marchara.

Miró a su alrededor, no vio a nadie y continuó:

—Muy bien. Hablaré con mi cliente. No es una buena noticia.

—Es la única que tengo. Quiero ver a Giovanna.

—Dudo que sea posible.

—Entonces no hay trato. Olvídense de los setenta y cinco millones y de la transferencia de mañana. Quiero verla hoy y no voy a salir de este hotel.

—Está pidiendo demasiado, señora McDeere. No vamos a caer de lleno en la trampa.

—¿En la trampa? ¿Le parezco una persona capaz de tenderles una trampa? Trabajo editando libros de cocina en Nueva York.

Hasán volvió a sonreír mientras negaba con la cabeza, divertido.

—No es posible.

—Soluciónelo.

Se levantó con brusquedad, cogió su taza de café y salió del restaurante con ella. Él esperó un momento hasta perderla de vista y sacó su móvil.

Dos horas más tarde, Abby estaba trabajando en su habitación cuando el Jakl empezó a vibrar. Era Hasán, con la desalentadora noticia de que el hecho de que no se estuvieran cumpliendo sus exigencias había incomodado bastante a su cliente. El trato quedaba descartado.

Sin embargo, sería prudente que su marido continuara con los planes de Gran Caimán: abrir una cuenta nueva en el Trinidad Trust y esperar instrucciones. O sea, que el acuerdo no estaba descartado.

Mitch estaba volando entre las nubes y el servicio de telefonía móvil del avión privado no tenía cobertura.

El Challenger aterrizó en Westchester a las 7.10, casi siete horas exactas después de salir de Roma. Dos sedanes negros los estaban esperando. Uno se dirigió hacia el norte con Jack, que vivía en Pound Ridge, y el otro se llevó a Mitch hacia el sur de la ciudad.

En Marruecos había cuatro horas más que en Nueva York. Llamó a Abby, que estaba encerrada en su habitación corrigiendo un libro de cocina. Su esposa le contó lo ocurrido durante el café de la mañana con el señor Mansour y la conversación telefónica posterior. Como era de esperar, Hasán se había llevado una gran decepción con el tema del dinero, pero estaba preparado para que los acontecimientos se desarrollaran de esa forma. Era esquivo, todo un profesional, y Abby no era capaz de adivinar lo que pensaba. No tenía ni idea de si aceptaría «solo» setenta y cinco millones más, pero le daba la sensación de que el papel que desempeñaba en la negociación era más importante de lo que dejaba entrever.

Una hora después de aterrizar, Mitch entró en su apartamento de la Sesenta y nueve, su hogar desde hacía siete años y un lugar que adoraba, y se sintió como un intruso. ¿Dónde estaba todo el mundo? Cada uno por un lado. Durante un instante, añoró las antiguas rutinas de la familia. El silencio le resultaba inquietante. Pero no había tiempo para la melancolía. Se duchó y se puso ropa informal. Sacó las prendas sucias de la maleta y la llenó otra vez de prendas limpias. No metió ni chaquetas ni corbatas. Según recordaba de hacía quince años, allí incluso los banqueros evitaban los trajes.

Volvió a llamar a Abby para informarla de que el apartamento seguía en pie. Estuvieron de acuerdo en que ambos querían recuperar su vida.

El coche se había quedado esperándolo en la calle Sesenta y nueve. Mitch metió su equipaje en el maletero y dijo:

—Vámonos.

En aquel sentido había menos tráfico, así que al cabo de cuarenta minutos estaban de nuevo en el aeropuerto de Westchester. El Challenger había repostado y estaba listo para despegar.

La espera empezaba a irritarla. Habían pasado cuatro horas desde que se había tomado el café con Hasán. La habitación empezaba a quedársele pequeña y ahora la camarera quería limpiarla. Se dio un paseo por el hotel, consciente de que la estaban vigilando. La recepcionista de la entrada, el conserje en su rinconcito, el botones uniformado: todos la miraban con indiferencia y, luego, le echaban una segunda ojeada rápida. Eran las dos de la tarde y el bar, pequeño y oscuro, estaba vacío. Eligió una mesa que quedaba de espaldas a la entrada. Cuando entró, el hombre que atendía la barra le sonrió y luego se tomó su tiempo para acercarse.

—Vino blanco —le dijo.

Teniendo en cuenta que no había más clientes, ¿cuánto podía tardar un camarero en servir una copa de vino?

Al menos diez minutos. Se puso a leer una revista y esperó con impaciencia.

43

Mitch había hecho su primer viaje a las islas hacía unos quince años en compañía de Avery Tolar, su mentor y socio supervisor. Habían volado desde Miami, en Cayman Airways, junto con un montón de buceadores vocingleros que consumían enormes cantidades de ponche de ron y pretendían estar como cubas antes de llegar a su destino. Avery visitaba las islas varias veces al año y, aunque estaba casado y en la empresa no estaban bien vistos los líos de faldas, él se dedicaba a perseguir a las mujeres con ahínco. Y bebía más de lo que debía. Una mañana, mientras se recuperaba de una resaca, se había disculpado con Mitch y le había dicho que la presión de que su matrimonio no fuera bien le estaba jugando una mala pasada.

Con los años, él había enseñado a su cerebro a bloquear los pensamientos relacionados con la pesadilla de Memphis, pero había momentos en los que le resultaba imposible. Cuando el Challenger empezó a descender entre las nubes y McDeere captó los primeros atisbos del azul brillante del Caribe, no pudo por menos que sonreír ante la suerte que había tenido en la vida. A pesar de no tener la culpa de nada, había estado a punto de morir asesinado o de que lo encausaran, pero había conseguido librarse. Los malos habían corrido mucha peor suerte, la que se merecían, y, mientras ellos cumplían condena, Mitch y Abby empezaban de nuevo.

Stephen Stodghill había volado desde Roma hasta Miami y después hasta Georgetown, donde había aterrizado cuatro horas antes. Lo estaba esperando a la salida de la aduana en un taxi y ambos se dirigieron al centro.

Otro recuerdo: la primera bocanada de aire tropical cálido que entró por las ventanillas abiertas del taxi mientras el conductor escuchaba reggae suave. Igual que hacía quince años.

Stephen le iba diciendo:

—Nuestro abogado se llama Jennings; es británico y bastante simpático. Lo he conocido hace un par de horas y ya está al tanto de todo. Según nuestra gente, es uno de los mejores de por aquí y se conoce todos los bancos y los entresijos de las transferencias financieras. Conoce a Solomon Frick, el tipo del Trinidad Trust que está a punto de convertirse en nuestro flamante amigo. Supongo que blanquean dinero juntos a escondidas.

—Eso no tiene gracia. Según mis investigaciones, los banqueros de las Caimán han mejorado mucho su conducta a lo largo de los últimos veinte años.

—¿Acaso nos importa?

—No. Durante la cena, te contaré lo que me pasó la primera vez que vine a Gran Caimán.

—¿Una historia de Bendini?

—Sí.

—Qué ganas. La leyenda que circula por Scully es que la mafia estuvo a punto de pillarte, pero que los engañaste y fuiste más listo que ellos. ¿Es cierto?

—Fui más rápido que la mafia. No sabía que era una leyenda.

—En realidad no lo eres. ¿Quién tiene tiempo para contar batallitas en un sitio como Scully? Lo único que les importa es facturar cincuenta horas a la semana.

—Preferimos sesenta, Stephen.

El taxi dobló una esquina y el océano apareció ante ellos. Mitch lo señaló con la cabeza y dijo:

—Eso es Hog Sty Bay, donde los piratas atracaban los barcos para esconderse en la isla.

—Sí, lo he leído en alguna parte —dijo Stephen sin mostrar ningún tipo de interés.

—¿Dónde nos alojamos? —preguntó él, encantado de saltarse la perorata turística.

—En el Ritz-Carlton de Seven Mile Beach. Ya me he registrado. Está bastante bien.

—Es un Ritz.

—¿Y?

—Pues que se da por hecho que tiene que estar bien, ¿no?

—Supongo. No lo sé. No soy más que un asociado de poca monta que, en circunstancias normales, se alojaría en antros mucho más baratos, pero, como estoy con un socio de verdad, me han subido de categoría. Eso sí, he tenido que volar en turista, nada de primera clase.

—Tus mejores días están por llegar.

—Eso es lo que me repito una y otra vez.

—Vamos a ver a Jennings.

—Este es su bufete —dijo Stephen, que le tendió una carpeta—. Es una empresa británica; una decena de abogados.

—Aquí todos los bufetes son británicos, ¿no?

—Imagino que sí. Me gustaría saber por qué no hemos comprado uno y lo hemos añadido a nuestro membrete.

—Al ritmo que vamos perdiendo oficinas, quizá tengamos que expandirnos.

Jennings estaba en la segunda planta de un moderno edificio bancario ubicado a solo unas cuantas manzanas del puerto. Se reunieron en una sala de juntas con unas vistas al mar que habrían resultado atractivas de no ser por los tres gigantescos cruceros atracados en Hog Sty Bay. El abogado era un tipo estirado y con la voz nasal al que le costaba sonreír. Llevaba chaqueta y corbata y pareció deleitarse en el hecho de ir mejor vestido que sus homólogos estadounidenses, a ninguno de los cuales les importó un bledo. En opinión de Jennings, la mejor estrategia era abrir una cuenta nueva en el Trinidad Trust, un banco que conocía bien. También había tratado en alguna ocasión con Solomon Frick. Muchos de los bancos de las islas se negaban a hacer negocios con los estadounidenses, así que lo más conveniente era que la oficina londinense de Scully se encargara de abrir la cuenta y que todo el asunto se mantuviese bien alejado de los federales.

—Los inspectores de impuestos de su país tienen fama de ser muy duros —explicó gangueando.

Mitch se encogió de hombros. ¿Qué quería que hiciera, salir en defensa del IRS? Cuando juntaran el dinero, con suerte al día siguiente por la mañana, se transferiría a una cuenta numerada del Trinidad Trust, tal como indicaban las instrucciones del señor Mansour. Desde allí, con tan solo pulsar un botón, se transferiría a una cuenta aún por determinar y desaparecería para siempre.

Al cabo de una hora, salieron de aquel edificio y caminaron dos manzanas hasta otro muy parecido en el que conocieron a Solomon Frick, un adulador muy sociable originario de Sudáfrica. Una rápida comprobación de sus antecedentes por parte de Scully había hecho saltar varias alarmas. Había trabajado en distintos bancos repartidos por Singapur, Irlanda y el Caribe y siempre estaba en movimiento, por lo general dejando a su espalda algún tipo de desastre. Sin embargo, su actual empleador, el Trinidad Trust, gozaba de buena reputación.

Frick les entregó a Mitch y a Jennings la documentación. Después de revisarla, se la enviaron por correo electrónico a Riley Casey, que estaba en su despacho de Londres. Este firmó donde era necesario y se lo mandó todo de nuevo a Frick. Scully & Pershing ya tenía una cuenta en las Caimán.

Mitch le envió un correo electrónico a su contacto del Royal Bank of Quebec, que estaba justo al final de la calle, y autorizó la transferencia de su aportación de diez millones de dólares. Se quedó mirando la gran pantalla que había en la pared de Frick y, unos diez minutos después, su dinero llegó a la nueva cuenta de Scully.

—¿Ese dinero es suyo? —le preguntó Jennings, confuso.

Él apenas asintió y dijo:

—Es una historia muy larga.

Mitch llamó a Riley, que a su vez llamó a su contacto en el Ministerio de Relaciones Exteriores. Stephen le envió un correo electrónico a Roberto Maggi con las instrucciones para hacer la transferencia. El dinero de Luca estaba esperando en una cuenta en la isla de Martinica, otro paraíso fiscal del Caribe. El italiano había tratado con varios de ellos y no era ajeno a aquel tipo de juegos.

Mientras esperaban, Mitch miraba de vez en cuando hacia la pantalla y veía la cantidad de dinero de la que acababa de despedirse. En cierta manera, le aliviaba desprenderse de aquellos fondos sucios de los que jamás tendría que haberse apropiado. Recordaba el momento exacto en el que había tomado la decisión de hacerlo. Estaba precisamente donde se encontraba en aquel momento: en el edificio de un banco de Georgetown situado a menos de cinco minutos a pie de allí. Estaba asustado y enfadado porque todas aquellas conspiraciones de Bendini le habían robado el futuro y quizá también la vida. Se había convencido de que ellos, los miembros del bufete, le debían algo. Tenía el código de acceso, las contraseñas y la autorización por escrito, así que cogió el dinero.

Saber que ahora quizá sirviera para algo bueno era un alivio.

Llamó a Abby, que le llevaba seis horas de adelanto con respecto al horario de Gran Caimán, y hablaron durante un buen rato. Estaba aburrida, matando el tiempo y esperando noticias de Hasán. Había hablado con Cory —por el teléfono verde, por supuesto— y habían acordado que ni un solo dólar cambiaría de manos si ella no estaba segura de que Giovanna se hallaba a salvo. Suponiendo, claro, que la joven siguiera viva y el trato en pie.

Los fondos reservados británicos llegaron a las 15.25, procedentes de un banco de las Bahamas. Veinte minutos más tarde, los fondos italianos se transfirieron desde un banco de Guadalupe, en las Antillas francesas. Ahora la cifra ascendía a cincuenta millones de dólares, incluida la contribución de Luca.

Riley llamó a Mitch desde Londres con el dato de que el dinero estadounidense no llegaría hasta el miércoles por la mañana, una noticia que no fue bien acogida. Como no tenía ni idea de quién lo enviaba ni de dónde procedía, no podía quejarse.

Había escrito por correo electrónico a Omar Celik y a Denys Tullos, en Estambul, pero no le habían contestado. Cuando llegó el momento de marcharse, McDeere llamó a Jack, en Nueva York, por si acaso había tenido suerte con el comité de dirección de Scully. No era el caso. Con una amargura poco típica de él, Ruch le explicó que el número justo de miembros del comité necesario para impedir que hubiera cuórum había huido de la ciudad.

En el Ritz-Carlton, Mitch se quitó a Stephen de encima y le prometió que se verían a las ocho para cenar junto a la piscina. Se puso unos pantalones cortos y una camiseta de golf y caminó doscientos metros por la concurrida calle del hotel hasta un local de alquiler de vehículos que acababa de ver desde el taxi. Eligió una escúter roja de la marca Honda y dijo que la devolvería al anochecer. En la isla había motos de esas por todas partes y, años atrás, cuando vivían escondidos, Abby y él habían disfrutado conduciéndolas.

El tráfico de Georgetown era implacable y Mitch comenzó a serpentear entre los coches para intentar salir de la ciudad. No recordaba que hubiera tantos atascos. También había más hoteles, apartamentos y centros comerciales al aire libre que ofrecían comida rápida, camisetas, cerveza barata y licores libres de impuestos. Georgetown se había americanizado por completo. Al otro lado de Hog Sty Bay, el tráfico disminuyó y la escúter aceleró. Cruzó Red Bay, salió de la ciudad y siguió las señales hacia Bodden Town. La carretera continuaba en paralelo a la costa, pero ya no había playas. Las olas suaves chocaban contra las rocas y los pequeños acantilados. Con poca arena que ofrecer, los hoteles y los apartamentos también disminuyeron y las vistas se tornaron impresionantes.

Gran Caimán tenía treinta y cinco kilómetros y medio de largo y la carretera principal la rodeaba por completo. En sus anteriores visitas, Mitch nunca había tenido tiempo de ver gran cosa de la isla, pero en aquel momento no tenía nada mejor que hacer. El aire salado le refrescaba la cara. Podía dejar de pensar en Giovanna durante al menos unas horas, porque los bancos y las oficinas estaban cerrados. Se detuvo en el Abanks Dive Lodge, a las afueras de Bodden Town, y se tomó una cerveza en el bar a orillas del agua. Barry Abanks había rescatado a Mitch, Abby y Ray de un embarcadero de Florida cuando intentaban escapar. Hacía años que había vendido el negocio y se había instalado en Miami.

De nuevo sobre la escúter, se encaminó hacia el este, hacia la costa más alejada, y atravesó muy despacio las localidades de East End y Gun Bay. La carretera era cada vez más estrecha y a veces costaba que dos vehículos pasaran a la vez. Georgetown estaba en el otro extremo de la isla, muy lejos. Aparcó en el lado de sotavento y caminó hasta el borde de un acantilado en el que otros turistas habían dejado su basura. Se sentó en una roca y contempló la espuma del agua a sus pies. En Rum Point, se tomó otra cerveza, una Red Stripe de Jamaica, mientras observaba a un nutrido grupo de parejas maduras comer y beber en una barbacoa al aire libre.

Cuando ya casi había anochecido, volvió a Seven Mile Beach. Stephen lo estaba esperando y era hora de cenar.

44

Miércoles 25 de mayo.

A las nueve de la mañana, Abby entró en el restaurante del hotel y pidió la misma mesa de siempre. Siguió al camarero hasta ella y se sorprendió un poco de que el señor Hasán Mansour no hubiera llegado todavía. Tomó asiento y pidió un café, un zumo, tostadas y mermelada. Le envió un mensaje a Mitch solo para darle los buenos días y él le respondió de inmediato. No le extrañó que estuviera despierto, porque su marido no había dormido ni diez horas a lo largo del último mes.

Una pareja marroquí bien vestida ocupó la mesa más cercana. El caballero trabajaba para Cory y formaba parte del equipo de Abby. La miró, pero no hizo ningún gesto que delatara su relación.

Cuando al fin llegó, Hasán era todo sonrisas y disculpas. Se había retrasado por culpa del tráfico y demás, y ¿no hacía un día precioso? Pidió té y siguió parloteando unos minutos, como si fueran turistas. Ella se comió una tostada sin mermelada e intentó aplacar sus nervios.

—Bien, señora McDeere, ¿cuál es la situación?

Le había pedido al menos tres veces que la llamara Abby.

—Esperamos recibir dos transferencias esta mañana. Con

eso, la cifra alcanzará los setenta y cinco millones, tal como le prometí.

Él frunció el ceño de aquella manera, pero estaba claro que Hasán y sus clientes querían el dinero.

—El trato era que nos pagaran cien millones, señora McDeere.

—Sí, somos conscientes de ello. Nos pidieron cien y, aunque hemos hecho todo lo posible por conseguirlos, nos hemos quedado un poco cortos. Solo tenemos setenta y cinco. Y es imperativo que vea a Giovanna antes de que les transfiramos el dinero.

—¿Y están en una cuenta del Trinidad Trust, como les indicamos?

—Sí —contestó ella para seguirle el juego.

Abby sabía que él ya conocía la respuesta. Su banquero, Solomon Frick, lo había avisado en cuanto habían abierto la cuenta, o eso era lo que Jennings le había dicho a Mitch. Frick y su banco estaban esperando. Todo estaba listo. Estaban rozando aquella fortuna con la punta de los dedos y a Hasán le costaba ocultar su entusiasmo.

—¿Quiere una tostada? —ofreció Abby.

En el platito había cuatro rebanadas de pan untadas con mantequilla. Él cogió una y, antes de partirla por la mitad, dijo:

—Gracias.

—Tenemos tiempo de sobra. Faltan horas para que acabe el plazo —señaló Abby.

—Sí, lo que pasa es que mi cliente sigue exigiendo cien.

—Y nosotros no podemos satisfacer esa demanda, señor Mansour. Es muy sencillo: setenta y cinco, lo toman o lo dejan.

Hasán incluso esbozó un mohín, seguramente ante la idea

de tener que renunciar al dinero. Bebió un sorbo de té y trató de aparentar preocupación por el hecho de que la situación se estuviera desmoronando. Dedicaron unos instantes a comer, hasta que el hombre dijo:

—Nuestro plan es el siguiente: me reuniré con usted en el vestíbulo del hotel a las cuatro de la tarde. Cuando me informe de que las transferencias han llegado y el dinero está listo, saldremos juntos, iremos a un lugar seguro y verá a Giovanna.

—No voy a salir del hotel.

—Como guste.

A las nueve y cuarto, llegó una transferencia de un banco de Chipre. Diez millones de dólares, los que había prometido Omar Celik, procedentes de una filial de Lannak en Croacia. Mitch, Stephen, Jennings y Frick sonrieron y respiraron hondo. Los dos últimos no conocían el trasfondo de la historia. No tenían ni idea de adónde iba a ir a parar el dinero ni de para qué iba a utilizarse. No obstante, teniendo en cuenta la angustia de los abogados de Scully, resultaba obvio que el tiempo era fundamental. Jennings, británico hasta la médula, sospechaba que todo aquello tenía algo que ver con la rehén de Scully por la que la prensa llevaba tiempo salivando, pero era demasiado profesional para preguntar. Su trabajo tan solo consistía en asesorar a su cliente y en supervisar tanto las transferencias que llegaban como la enorme cantidad que saldría.

Mitch llamó a Londres y habló con Riley Casey. En realidad no esperaba enterarse de nada, pero aun así quiso interesarse y preguntar:

—¿Dónde está el maldito dinero de los estadounidenses?

No le sorprendió que el otro le contestara que no tenía ni idea de en qué estarían pensando sus compatriotas.

A las 10.04, llegó una transferencia de un banco de Ciudad de México. El último pago de quince millones de dólares acababa de reflejarse en la cuenta; ahora la cuestión era qué debían hacer con ellos. Solomon Frick se marchó a otro despacho para llamar a su cliente y darle la buena noticia. Mitch llamó a su mujer con el mismo fin.

A las cuatro menos cuarto, Abby estaba más que preparada para marcharse. Llevaba solo dos noches allí, pero le habían parecido una eternidad. Se sentía prisionera en el hotel, por muy bonito que fuera, y, cuando tienes miedo de salir a la calle y sabes que te vigilan, el reloj se ralentiza sobremanera.

A las cuatro de la tarde, entró en el vestíbulo y sonrió a Hasán. Aunque no había nadie más cerca, él le preguntó en un susurro:

—¿Cómo está la situación?

—No ha cambiado nada. Tenemos setenta y cinco millones.

El hombre frunció el ceño porque tenía que hacerlo.

—Muy bien. Lo aceptaremos.

—No hasta que vea a Giovanna.

—Sí, de acuerdo, pero para verla debe salir del hotel.

—No voy a salir de aquí.

—Entonces tenemos un problema. Traerla es demasiado arriesgado.

—¿Por qué?

—Porque usted no es de fiar, señora McDeere. Le dijimos que viniera sola, pero sospechamos que tiene amigos en los alrededores. ¿Es eso cierto?

Abby se quedó demasiado estupefacta como para responder deprisa y mentir de forma convincente. Sus titubeos revelaron la verdad:

—Bueno, eh, no, no sé de qué me habla.

Hasán sonrió y sacó su móvil, que al parecer era otro Jakl. Se lo puso delante y le dijo:

—¿No reconoce a esta persona?

Era una foto de Cory saliendo por la entrada delantera del hotel. Resultaba reconocible pese a llevar unas gafas de sol y una gorra. «Buen trabajo, Cory…».

Negó con la cabeza y contestó:

—No lo conozco.

—Ah, ¿no? —replicó Hasán con una sonrisa desagradable mientras volvía a guardarse el móvil en el bolsillo y echaba un vistazo en torno al vestíbulo. Seguía desierto. En voz baja, continuó diciendo—: Se llama Cory Gallant y trabaja en el departamento de seguridad del bufete Scully & Pershing. Estoy convencido de que lo conoce bien. Está aquí, en la ciudad, con al menos dos agentes locales en los que cree que puede confiar. Así que, señora McDeere, no somos tan tontos como para traer a la rehén a este hotel. Tampoco nos fiamos de usted. Toda la operación está al borde de sufrir un terrible colapso. La vida de Giovanna está en peligro. Ahora mismo tiene una pistola apuntándole a la cabeza.

A pesar de lo aturdida que estaba, Abby intentó pensar con claridad.

—De acuerdo. Me dijeron que viniera sola y eso hice. Yo no he tenido nada que ver con la aparición de ese tipo y no he visto agentes locales por ninguna parte. Saben que viajé sola hasta aquí porque me tenían vigilada. He hecho todo lo que me han pedido.

—Si desea verla, debe salir a dar un paseo conmigo.

Entre los muchos pensamientos de Abby, el más destacado en aquel momento era: «No estoy formada para estas cosas. No tengo ni idea de qué hacer a continuación». Sin saber muy bien cómo, consiguió decir:

—No voy a salir de este hotel.

—Muy bien, señora McDeere. Su negativa está poniendo en peligro la vida de Giovanna. Me estoy ofreciendo a llevarla a verla.

—¿Dónde está?

—No muy lejos de aquí. Será un agradable paseo en un día precioso.

—No me siento segura.

—¿Cómo cree que se siente Giovanna?

¿Con una pistola en la cabeza? No había tiempo ni para reflexionar ni para negociar.

—Está bien, iré caminando —dijo—, pero no pienso subir a ningún vehículo.

—No he mencionado ninguno.

Salieron por la entrada principal y giraron hacia una acera muy transitada. Abby sabía que el hotel estaba en el centro de la ciudad y cerca de la medina, el asentamiento urbano original y amurallado que constituye el corazón de Marrakech. Tras unas enormes gafas de sol, intentó fijarse en todas las caras y en todos los movimientos, pero no tardó en sentirse abrumada por la multitud. Llevaba unos vaqueros, unas zapatillas de deporte y un voluminoso bolso de diseño, un atuendo que le granjeó varias miradas, aunque había más turistas, sobre todo occidentales, deambulando por la zona. Rezó para que Cory y sus chicos anduvieran por allí, vigilándola de cerca. Sin embargo, después de que Hasán lo hubiera pillado de lleno, ya no estaba tan segura.

Su acompañante no dijo ni una palabra mientras paseaban. Abby lo siguió cuando franqueó una antigua entrada de piedra y se internó en la medina, un increíble laberinto de calles estrechas y adoquinadas atestadas de peatones y de carros tirados por burros. Había algunas escúteres, pero no coches. Avanzaron entre las oleadas de gente, dejando atrás interminables hileras de puestos en los que se vendía todo lo imaginable. Hasán continuaba adentrándose en el laberinto, al parecer sin ninguna prisa. Abby lanzó un par de miradas disimuladas a su espalda en un esfuerzo vano por localizar algún punto de referencia que pudiera recordar más tarde, pero le resultó imposible.

La medina llevaba siglos expandiéndose y sus mercados, llamados zocos, crecían de manera caótica en todas las direcciones posibles. Pasaron ante varios: de especias, huevos, tejidos, hierbas, pieles, alfombras, cerámica, joyas, metales, pescado, aves y animales, algunos muertos y listos para consumir, otros vivos y en busca de un nuevo hogar. En una jaula grande y sucia, una manada de monos aulladores chillaba con todas sus fuerzas, pero nadie parecía oírlos. Todo el mundo hablaba muy alto, algunos casi a gritos, y se oían una decena de idiomas distintos mientras la gente regateaba los precios, la cantidad y la calidad. Abby captó algunas palabras en inglés y también en italiano, pero la mayoría le resultaban incomprensibles. Algunos de los comerciantes gruñían a los clientes, que no tardaban en pagarles con la misma moneda. En una aglomeración de gente, Hasán se volvió para gritarle:

—Tenga cuidado con el bolso. Por aquí los carteristas son bastante agresivos.

En una plaza abierta, pasaron con precaución junto a una hilera de adiestradores de serpientes que tocaban la flauta mientras varias cobras danzaban en unas urnas de colores. Se detuvieron para admirar a un grupo de acróbatas y bailarines travestidos. Unos muchachos boxeaban equipados con pesados guantes de cuero. Los magos callejeros intentaban atraer a suficiente público para iniciar su próximo espectáculo. Los músicos tocaban laúdes y santures. En un zoco, le pareció que había un dentista sacando muelas. En otro, un fotógrafo acosaba a los turistas para que posaran con su bella y joven modelo. Había mendigos por todas partes y no se infería que el negocio les fuera nada mal.

Una vez que se perdieron sin remedio en las profundidades de la medina, Abby preguntó por encima del estruendo:

—¿Adónde vamos, exactamente?

Hasán señaló hacia delante con la cabeza, pero no dijo nada. Rodeada de hordas de personas, la estadounidense no se sentía del todo vulnerable, pero, unos segundos más tarde, empezó a notarse perdida y aterrorizada. Giraron hacia otra zona, otra calle estrecha y de adoquines bordeada de edificios destartalados, con un zoco de especias en un lado y uno de alfombras en el otro. De las ventanas abiertas en los pisos superiores colgaban decenas de alfombras de colores que daban sombra a los puestos de abajo. De repente, Hasán la agarró del codo, señaló y dijo:

—Por aquí.

Enfilaron un pasadizo oscuro y angosto entre dos edificios y luego atravesaron una puerta cubierta por una alfombra descolorida. La apartó de un empujón. Entraron en una habitación con las paredes y el suelo hechos de alfombras y luego pasaron a otra sala de aspecto idéntico. Había una mujer colocando un servicio de té en una mesita de marfil con dos sillas. El recién llegado le hizo un gesto con la cabeza y la señora desapareció.

Hasán sonrió, señaló la mesa y dijo:

—¿Quiere tomarse un té conmigo, señora McDeere?

Como si pudiera negarse. De haber podido elegir, el té no habría sido la bebida por la que Abby habría optado en aquel momento. Se sentó en una silla y lo observó mientras llenaba dos tazas con té negro, despacio. Incluso el olor era fuerte.

El hombre bebió un sorbo, sonrió y dejó la taza. Se volvió hacia su izquierda y llamó en voz alta:

—¡Alí! —Dos alfombras colgantes se abrieron un poco y un joven asomó la cabeza por la rendija. Hasán asintió levemente y dijo—: Ahora.

Los tapices se separaron más y dejaron a la vista una figura sentada en una silla a menos de seis metros de distancia. Era una mujer vestida de negro con una capucha no muy grande cubriéndole el rostro. Su largo pelo castaño claro le caía sobre los hombros por debajo de ella. Detrás había un hombre de gesto rudo, también vestido de negro, con una máscara que le ocultaba la cara y una pistola en la cadera.

Hasán volvió a asentir y el hombre tiró de la capucha. Giovanna exhaló al sentir la luz, a pesar de lo tenue que era, y parpadeó varias veces. Ella sabía que no era el momento de acobardarse, así que soltó:

—Giovanna, soy yo, Abby McDeere. ¿Estás bien?

La abogada, boquiabierta, intentó enfocar la vista.

—Sí, Abby, estoy bien. —Tenía la voz débil y rasposa.

Ella le dijo:

—*Andiamo a casa, Giovanna. Luca sta aspettando.* —«Vámonos a casa, Giovanna, Luca está esperando».

—*Si, okay, va bene, fai quello che vogliono* —respondió ella. «Sí, vale, haz lo que te pidan».

Con otro gesto de asentimiento de Hasán, las alfombras se cerraron de inmediato. El hombre la miró y le dijo:

—Ahora ya está satisfecha.

—Supongo.

Al menos estaba viva.

—Tiene buen aspecto, ¿no?

Abby apartó la mirada; se negaba a dignificar aquella pregunta con una respuesta. «La tienes cuarenta días metida en una jaula y ¿se supone que debe impresionarme el buen aspecto que tiene?».

—El siguiente movimiento es suyo, señora McDeere. Por favor, informe a su marido.

—Y, cuando lo haga, cuando reciban el dinero, ¿qué pasa entonces?

Él sonrió, chasqueó los dedos y dijo:

—Desaparecemos, sin más. Nos vamos de aquí y nadie nos sigue. Ustedes igual.

—¿Pretende que salga de este laberinto yo sola?

—Estoy seguro de que se las arreglará. Por favor, haga la llamada.

Abby buscó su viejo móvil entre su colección de teléfonos y llamó a su marido.

Mitch volvió a guardarse el teléfono en el bolsillo, sonrió a los demás y dijo:

—Todo listo.

Frick sacó un documento de una sola página y se lo entregó a Jennings, que estudió hasta la última palabra con gran detenimiento y luego se lo entregó a Mitch para que hiciera lo propio. Era una autorización, sencilla y sin palabrería. Él y Jennings la firmaron.

Frick se sentó a su escritorio, abrió el ordenador portátil y dijo:

—Señores, por favor, miren la pantalla. Voy a transferir setenta y cinco millones de dólares de la cuenta ADMP-8859-4454-7376-XBU a la cuenta número 33375-9856623, ambas abiertas aquí mismo, en la oficina de Gran Caimán del Trinidad Trust.

Mientras contemplaban la pantalla, el saldo de la primera cuenta se convirtió de repente en cero y, unos segundos más tarde, el de la segunda pasó a ser de setenta y cinco millones de dólares.

45

Hasán escuchó con atención durante unos segundos y luego dejó el teléfono sobre la mesa. Se sirvió más té y preguntó:

—¿Le apetece?

—No, gracias.

Abby había bebido un sorbo. Dudaba que alguna vez quisiera volver a probar el té.

El señor Mansour se sacó otro móvil de otro bolsillo y se quedó mirando la pantalla. Los minutos pasaban muy despacio. El hombre bebía aún con mayor lentitud. Por fin, su primer teléfono vibró ligeramente. Reprimió una sonrisa, recogió ambos dispositivos y anunció:

—El dinero ha llegado. Un placer hacer negocios con usted, señora McDeere. Nunca había tenido una adversaria tan hermosa.

—Claro. Lo que usted diga. Un verdadero placer.

Hasán se levantó y dijo:

—Ahora me voy. Es mejor que esperen un momento antes de marcharse.

Un milisegundo después, ya no estaba. Atravesó las dos alfombras colgantes que había en el otro extremo de la habitación y desapareció. Abby esperó, contó hasta diez, se puso en pie, aguzó el oído y luego preguntó:

—Giovanna, ¿estás ahí?

No obtuvo respuesta.

Abrió las alfombras de golpe y se quedó helada a causa del horror.

—¡Giovanna! —gritó—. ¡Giovanna!

Tiró de más alfombras colgantes en busca de otra habitación, de otra salida, pero no encontró nada. Se quedó boquiabierta mirando la silla vacía, la sala vacía, y le entraron ganas de gritar. Pero no podía titubear. Tenía que encontrarla, no podía estar muy lejos.

Deslizándose entre más alfombras, se las ingenió para encontrar el pasadizo angosto. Lo recorrió a toda prisa hasta salir a la calle adoquinada, donde se detuvo y miró a su alrededor, a las miles de personas que deambulaban en todas direcciones. La gran mayoría eran hombres con túnicas largas y de diversos colores, aunque predominaba el blanco. A primera vista, no distinguió a ninguna mujer vestida de negro.

¿Qué dirección tomaba? ¿Hacia dónde giraba? No se había sentido tan perdida en su vida. Aquello era imposible. Divisó la parte superior de la cúpula de una mezquita y recordó haber pasado cerca de ella hacía un rato. Encaminarse en aquella dirección era una opción tan válida como cualquier otra.

Había perdido el dinero y a Giovanna. Era surrealista, totalmente increíble, y no tenía ni idea de qué hacer a continuación. Mientras avanzaba entre la multitud, se dio cuenta de que tenía que llamar a Mitch. Quizá él pudiera detener la transferencia, recuperar el dinero, aunque en el fondo Abby sabía la verdad.

Un hombre empezó a gritarle, un lunático con los ojos desorbitados y la cara colorada que despotricaba en otro idioma, enfadado con ella por alguna razón. El desconocido le cerró el paso y, al intentar acercarse, tropezó. Aun así, no cesó en su diatriba y Abby se dio cuenta de que estaba borracho. Cuando giró hacia la derecha y aceleró el paso, el hombre volvió a tropezarse y se cayó de bruces. Ella consiguió escapar de él, pero aún más alterada. Continuó avanzando y, en cuanto vio a un grupito de personas que sin duda eran turistas, se mantuvo cerca de ellos. Eran holandeses e iban equipados con mochilas limpias y botas de montaña. Los siguió durante unos segundos mientras intentaba organizar sus pensamientos. Los holandeses encontraron una cafetería al aire libre y decidieron tomarse un descanso. Abby se sentó a una mesa cercana e intentó no hacerles caso. También procuró calmarse, pero se dio cuenta de que estaba llorando.

Su aliado más cercano era Cory. Lo llamó con el teléfono verde y el jefe de seguridad le contestó de inmediato:

—¿Dónde estás? —le espetó, a todas luces nervioso.

—En la medina, cerca de la mezquita. ¿Dónde estás tú?

—Ni puñetera idea. Estoy intentando encontrar a mis compañeros. Estamos cerca, creo.

—¿Te están vigilando?

—¿Qué?

—Escúchame, Cory. Les han transferido el dinero y Giovanna ha vuelto a desaparecer.

—¡Mierda!

—Sí, así es. La he visto un segundo y está viva. Al menos lo estaba hasta hace un momento. En cuanto Mitch ha completado la transferencia, se ha desvanecido. La he cagado, Cory. Ha desaparecido.

—¿Estás bien, Abby?

—Sí. Por favor, ven a buscarme. Estoy en una cafetería al aire libre cerca de una hilera de puestos que venden artículos de cuero.

—Ve a la mezquita Mouassine, la más cercana. Hay una fuente en el lado norte. Nos vemos allí.

—Entendido.

¿Dónde narices estaba el norte?

Cruzó una plaza abarrotada y vio la cúpula a lo lejos. No estaba tan cerca como creía.

Un ruido familiar le llegó desde el fondo de su bolso y se dio cuenta de que se había olvidado del Jakl. Se detuvo junto a un puesto de venta de quesos y miró el teléfono. No habían dejado de seguirla, claro. Era Noura.

—Sí —contestó.

—Escúchame, Abby: gira a la izquierda y pasa por delante de un zoco grande en el que venden cerámica marrón. ¿Lo ves?

—¿Dónde estás, Noura?

—Estoy aquí, observándote. ¿Ves la cerámica marrón?

—Sí. Voy hacia allá. ¿Dónde está Giovanna, Noura?

—En la medina. No cuelgues. A continuación, verás una placita con una fila de carros tirados por burros. Dirígete hacia ellos.

—Eso hago, eso hago.

La mujer se materializó de la nada y, de repente, estaba a su lado.

—Sigue andando —le dijo y se guardó el teléfono.

Abby devolvió el suyo al bolso. Miró de reojo a Noura, que tenía exactamente el mismo aspecto que cuando se habían conocido en la cafetería hacía un mes. Tenía casi toda la cara cubierta y apenas se le veían los ojos. Se preguntó si sería la misma persona y se dio cuenta de que no tenía forma de saberlo. Sin embargo, su voz le resultaba familiar.

—¿Qué está pasando, Noura?

—Ahora lo verás.

—¿Giovanna está bien? Dime que no le ha pasado nada.

—Ahora lo verás.

Pasaron por delante de los carros y los burros y se internaron en una calle residencial más tranquila y algo menos concurrida. Al fondo, había una mezquita más pequeña, la de Sidi Ishaq.

—Párate aquí —ordenó Noura—. A la derecha de la mezquita, en esa esquina, hay un zoco diminuto con café y té. Entra.

Se dio la vuelta de improviso y se marchó. Abby recorrió la calle a toda prisa, pasó junto al templo y entró en la tienda. En una esquina, medio escondida, estaba Giovanna Sandroni, vestida con los mismos vaqueros, la misma chaqueta y las mismas botas de montaña que llevaba el día de su secuestro. Agarró a Abby y ambas se abrazaron con fuerza durante un buen rato. El tendero las miró con desconfianza, pero no dijo nada.

Salieron a la calle. Ella llamó a Cory, le dio la noticia y luego habló con Mitch.

—¿Estamos a salvo? —preguntó la italiana mientras caminaban de nuevo hacia el mercado.

—Sí, Giovanna, estamos a salvo. Y vamos a llevarte a Roma. El avión está esperando. ¿Necesitas algo?

—No. Solo comida.

—Tenemos comida.

Abby desvió la mirada hacia un callejón situado detrás de una ristra de puestos de venta de frutas y verduras. Había una caja de cartón casi llena de productos podridos y otros desperdicios. Se acercó a ella y dejó caer el Jakl entre la porquería.

46

—¿Te has parado a pensar en cuánto sufrimiento pueden provocar esos tíos con setenta y cinco millones de dólares? —preguntó Stephen.

—En realidad son ochenta y cinco y, sí, lo he pensado —respondió Mitch—. Aterrorizarán y asesinarán a más gente. Comprarán y detonarán más bombas. Quemarán más edificios. De ese dinero no saldrá nada bueno. En lugar de destinarlo a alimentos y medicinas, se desperdiciará en balas.

—¿Te sientes mal por ello?

—Si lo pienso en ese contexto, sí. Pero no lo hago. No teníamos elección, porque había una vida en juego.

—Yo tampoco me preocuparía por eso. Mientras sean los malos quienes se maten entre ellos, ¿qué más da?

Estaban sentados a una mesita del porche cubierto de una cafetería con vistas a Hog Sty Bay. Había un crucero enorme atracado en la bahía y se divisaba otro en el horizonte. Los dos estaban nerviosos y ninguno le quitaba ojo al teléfono de Mitch, que descansaba sobre el centro de la mesa.

Por fin empezó a vibrar y McDeere lo cogió. A más de siete mil kilómetros de distancia, Abby le dijo:

—La tenemos y vamos camino del aeropuerto.

Se le dibujó una sonrisa en la cara y levantó el pulgar en dirección a Stephen.

—Estupendo. ¿Está bien?

—Sí. Ha llamado a Luca y se muere de ganas de llegar a casa.

—Voy a llamar a Roberto. —A Mitch se le formó un nudo en la garganta y luego añadió—: Lo has hecho genial, Abby. Estoy muy orgulloso de ti.

—En realidad no tenía elección, ¿no te parece?

—Luego lo hablamos.

—Ni te imaginas lo que ha sido esto. Desapareció después de que les transfirierais el dinero. Luego te lo cuento todo.

—Nos vemos en Roma. Te quiero.

Mitch finalizó la llamada y miró a Stephen.

—Van hacia el aeropuerto y, de ahí, a casa. Lo hemos conseguido.

El otro se encogió de hombros y dijo:

—Bueno, para eso nos pagan.

—Sí, ya. Voy a llamar a Roberto y a Jack. Tú llama a Riley a Londres.

—Vale. ¿Adónde voy ahora?

—Tú te vas a Nueva York. Yo me voy a Roma.

—¿Quién se queda con el avión privado?

—Tú no.

—Ya me lo imaginaba.

—Pero te autorizo a viajar en primera.

—Qué detalle. Gracias.

En el avión, la enfermera examinó rápidamente a Giovanna y no encontró nada preocupante. El pulso, la tensión arterial, la frecuencia cardiaca: todo estaba dentro de la normalidad. Le ofreció un sedante para ayudarla a relajarse, pero ella tenía otra cosa en mente. Pidió una copa de champán muy frío, se bebió la mitad mientras esperaban la autorización para despegar y después se tumbó en el sofá y cerró los ojos. Abby la tapó con una manta. Mientras se la ajustaba bien alrededor de las piernas, se dio cuenta de que la joven estaba llorando en silencio.

Cuando despegaron, sonrió a Cory, que la miró y levantó los pulgares. ¡Ya estaban en el aire! Veinte minutos más tarde, cuando se estabilizaron a unos doce kilómetros de altura, Giovanna se sentó y se echó la manta sobre los hombros. Abby se desabrochó el cinturón, se sentó a su lado y le dijo:

—Hay una ducha pequeña en la parte de atrás.

—No. Anoche me trasladaron a un hotel y me permitieron bañarme por primera vez en cuarenta días. Pruébalo alguna vez. Mi pelo era una maraña de nudos y grasa. Tenía los dientes cubiertos de una película mugrienta. Daba asco de pies a cabeza. Pasé horas en el baño.

Abby le tocó la manga de la camisa.

—Parece limpia.

—Sí, no me dejaban ponerme esto. ¿Has visto los vídeos?

—Sí, algunos.

—Me vistieron como a un monje, con hiyab y todo. Anoche me devolvieron esta ropa limpia y planchada. Qué tíos tan majos.

—Me has dicho que tenías hambre.

—Sí, ¿qué hay de comer?

—Lubina o ternera.

—Me quedo con el pescado. Gracias. Y más champán.

Mitch iba seis horas por detrás de ellos. Roberto tenía un coche esperándolo en el aeropuerto de Roma, con instrucciones estrictas por parte de Luca de que lo llevaran directamente a su villa, donde se estaba celebrando una pequeña fiesta. Llegó justo después de medianoche y casi placó a su mujer cuando la vio. Tras el largo abrazo, se acercó a Giovanna. Ella le dio las gracias mil veces. Él se disculpó otras mil. A continuación, abrazó a Luca y pensó que el viejo parecía diez años más joven.

Junto con Roberto y su esposa, Cory, Darian y Bella, había en la veranda una decena de viejos amigos de la familia y el ambiente era de pura euforia y alivio. Habían temido lo peor durante tanto tiempo que ahora era el momento de celebrar el milagro. Nadie quería que la noche acabara.

Un amigo que tenía un restaurante a la vuelta de la esquina llegó con otra tanda de comida. A los vecinos que se quejaban del ruido los invitaban a unirse a la juerga.

—¡Giovanna ha vuelto! —gritó alguien y se corrió la voz.

Mitch y Abby durmieron en una habitación de invitados con una cama estrecha y ambos se despertaron igual de resacosos. Nada que el agua con gas y un café cargado no pudieran arreglar.

Él le echó un vistazo a su teléfono y le entraron ganas de tirarlo por la ventana. Decenas de llamadas perdidas, mensajes de voz, correos electrónicos, mensajes de texto, todos ellos relacionados con la liberación de la rehén. Roberto y él se reunieron y prepararon una rápida estrategia de prensa. Redactaron un comunicado en el que se destacaba el hecho más importante —la liberación y la vuelta a casa sana y salva de Giovanna— y se evitaban todos los demás detalles. Lo enviaron a Nueva York y a Londres. El italiano se ocuparía de los periódicos nacionales. Nadie se acercaría a una cámara de televisión.

A media mañana, Luca apareció y se sentó con ellos en la veranda. Les dijo que Giovanna había accedido a seguir el consejo de su médico e ingresar un par de días en el hospital para que la sometieran a pruebas y observación. Había perdido al menos nueve kilos y estaba deshidratada. Roberto y él irían a acompañarla al cabo de media hora.

El anfitrión volvió a darles las gracias a Mitch y Abby y, cuando los abrazó, tenía los ojos llorosos. Él se preguntó si volvería a verlo en algún momento.

Sí, volvería a verlo. En cuanto las cosas se tranquilizaran en casa, él y su mujer volverían a Roma a visitar a Luca y a Giovanna. Había decidido tomarse un descanso durante un tiempo.

A mediodía, el Gulfstream volvió a partir de Roma con destino a Nueva York. Allí dejaría a Cory y a Darian y repostaría para volver a despegar hacia Maine, donde la familia McDeere se reuniría y disfrutaría de un largo y perezoso fin de semana.

El lunes sería terrible. Los chicos llevaban dos semanas de retraso escolar.

47

Cuando Mitch entró por última vez en el 110 de Broad Street, se detuvo y después se desvió hacia la derecha, donde los bancos de diseño permanecían vacíos, siempre vacíos, y los cuadros caros y desconcertantes colgaban a plena vista sin que nadie les hiciera caso. Se sentó y observó, como había hecho otrora su viejo amigo Lamar Quin, a los cientos de profesionales jóvenes que subían corriendo con el teléfono pegado a la oreja. No había tanta gente como de costumbre porque era tarde, casi las nueve y media de la mañana, una hora inusitada para entrar a trabajar en un gran bufete.

Desde hacía una semana, Mitch había entrado cada vez más tarde y salido cada vez más pronto, y eso cuando había ido.

Por fin, llegó a su despacho, donde comprobó el estado de las cajas de mudanza, y después se marchó sin decirle nada a su secretaria. Quizá la llamara más tarde.

Jack lo esperaba a las diez menos cuarto.

—Dale las gracias a Barry otra vez, por favor —le dijo a su jefe—. Agradécele su increíble hospitalidad. A lo mejor volvemos en agosto.

—Pues allí estaré, Mitch. Me marcho el treinta de julio.

—Yo me marcho ya, Jack. Me largo, dimito, renuncio, como quieras llamarlo. No puedo trabajar aquí. Ayer vi a

Mavis Chisenhall en la cafetería y casi se rompe el cuello intentando escapar. Estaba demasiado avergonzada como para dirigirme la palabra. No puedo trabajar en un sitio donde la gente me evita.

—Venga ya, Mitch. Ahora mismo eres un héroe, el hombre del momento.

—No lo siento así.

—Es cierto. Todo el mundo sabe lo que hizo el comité de dirección, o más bien lo que no hizo, y la gente está molesta.

—Scully perdió todo el temple, Jack, si es que alguna vez lo ha tenido.

—No lo hagas, Mitch. Deja pasar un tiempo. Todo el mundo lo superará.

—Para ti es fácil decirlo. Te jubilas.

—Cierto. Pero detesto que te vayas a otro bufete, Mitch.

—Me largo de aquí, Jack. Y Luca también. Hablé con él ayer y va a dimitir. Al igual que Giovanna. Se muda de nuevo a Roma para hacerse cargo de la empresa de su padre.

—Por favor, Mitch, estás exagerando.

—Y me quedo con Lannak. Están hartos de Scully.

—¿Ya nos estás robando clientes?

—Llámalo como quieras. Tú también lo has hecho. Se me ocurren unos cuantos a los que les has echado el guante. Así son las cosas en los grandes bufetes. —Se levantó y continuó—: Hay cuatro cajas con mis trastos en la mesa de mi despacho. ¿Te encargas de que me las envíen a mi apartamento?

—Claro. ¿Te vas de verdad?

—Está hecho, Jack. Despidámonos como amigos.

Ruch se levantó y se estrecharon la mano.

—Me encantaría veros a Abby, a los niños y a ti en agosto. Barry cuenta con ello.

—Allí estaremos.

Nota del autor

El bufete de abogados Scully & Pershing se fundó en 2009, cuando lo necesité para añadirle sabor y autenticidad a *El asociado*, el thriller jurídico de ese año. Los grandes bufetes son blancos fáciles para los escritores de ficción y yo me he divertido mucho a su costa. Cinco años después, volví a contratar a Scully en *El secreto de Gray Mountain*.

Era el lugar perfecto para ubicar a Mitch quince años después de que *La tapadera* implosionara en Memphis. Ahora, se marcha de nuevo y no sé dónde volverá a aparecer.

Una vez fui abogado en una ciudad pequeña; nada que ver con el mundo de los grandes bufetes. Y, como siempre he intentado evitarlos, no tengo ni idea de cómo funcionan. Típico de mí, hice lo que siempre hago cuando intento evitar una investigación: llamé a un amigo.

John Levy es uno de los socios sénior de Sidley & Austin, un gigantesco bufete de Chicago con sedes por todo el mundo. Me invitó a pasarme por allí para que comiéramos juntos y les formulara preguntas tanto a él como a algunos de sus compañeros. Pasé un rato maravilloso charlando de libros y de derecho con Chris Abbinante, Robert Lewis, Pran Jha, Dave Gordon, Paul Choi, Teresa Wilton Harmon y, por supuesto, el propio señor Levy. John es uno de los mejores abogados que he tenido el placer de conocer.

Si me lo pidieran, juraría sobre una Biblia que Scully no está basado en Sidley.

Gracias también a otros amigos: Glad Jones, Gene Mc-Dade y Suzanne Herz.

Un agradecimiento especial a los lectores que han disfrutado de *La tapadera* a lo largo de los años y que han tenido la amabilidad de escribir y preguntarme: «¿Volveremos a ver a Mitch y Abby?».